Dirty Like Ash

Yvonne Westphal

Dirty Like Ash

SAGA Egmont

Originalausgabe

im Vertrieb bei Egmont Verlagsgesellschaften mbH

Dieses Buch wurde vermittelt von der Literaturagentur
erzähl:perspektive, München (www.erzaehlperspektive.de).

Covergestaltung: Paulina Ochnio
Coverabbildungen: Shutterstock
Satz aus der Minion Pro: Karol Kinal
Druck und Bindung Mazowieckie Centrum Poligrafii, Marki

ISBN 978-3-98750-052-7

SAGA Egmont www.saga-books.com

Dieser Titel erscheint auch als E-Book und Hörbuch.

Kapitel 1
Moderne Prostitution

JADE

Musik, Martini und Sex sind am besten, wenn sie schmutzig sind.

Mit diesem Gedanken tröstete ich mich über meine Unfähigkeit hinweg, einen sauberen Reim für den Abschluss meiner Strophe zu finden. Vielleicht, weil ich noch nicht ganz wach war.

Heilige Scheiße! Oder vielleicht, weil die Tür gerade mit einer Wucht aufkrachte, als würde eine Horde Orks in mein Hotelzimmer einfallen.

„Raus aus den Federn, Darling! Die Sonne lacht, der Tag wird – *Huch!* Du bist ja schon wach."

Ich hörte buchstäblich, wie der Körper meiner Managerin eine Vollbremsung machte. Nicht, weil ich eine so lebhafte Fantasie besaß, obwohl das durchaus der Fall war. Und auch nicht, weil ihre Knochen dabei knackten – obwohl auch das möglich wäre. Die Frau war siebenundvierzig und hatte einen BMI von sechzehn.

Sondern, weil ihre zweihundert Armreifen rasselnd aneinanderschlugen. Die aufgehende Augustsonne flutete die Hotelsuite, als drei Vorhänge gleichzeitig zurückgezogen wurden. Und weil nicht einmal die gottgleiche Cassandra Gold drei Arme hatte, waren wohl mindestens zwei weitere Leute mit in den Raum gekommen.

Gut, dass Cassandra mir abgewöhnt hatte, nackt herumzulaufen.

Ich blinzelte auf das Papier mit den halbfertigen Songzeilen, das den plötzlichen Spalt Sonnenlicht grell reflektierte, und versuchte, den Gedanken festzuhalten.

Drinking cheap whiskey thinking 'bout you …

It was rough and true … if I only knew … pushing through …

„Fuck …" Kopfschüttelnd strich ich ein paar Reime durch.

„Das habe ich gehört, Darling!", rief Cassandra vom anderen Ende des Raums, woraufhin ich den Kopf einzog. Eine der goldenen Regeln in meinem neuen goldenen Käfig war, nicht zu fluchen.

Jade Darling ist „Everybody's Darling".

„Das Licht ist hier vorne wohl am besten", bestimmte Cassandra mit der Eleganz einer ägyptischen Pharaonin, und schon wurde einer der schweren Barockstühle über den Teppich geschoben. „Ihr habt eine Stunde, um neun ist der Fototermin. Denk dran, Jade, direkt im Anschluss ist das Interview, um eins der Soundcheck und um zwei …"

„… die Aufnahme-Session." Grinsend drehte ich mich auf dem Polsterstuhl zu ihr um und tippte mit dem Hotelbleistift gegen meine Stirn. „Alles hier oben drin."

Cassandra breitete die Arme aus wie eine gönnerhafte Königin. „Und deshalb bist du mein bestes Pferd im Stall."

„Oh! Und ich Dummerchen hatte gedacht, das wäre, weil ich gut singe, härter arbeite als jeder andere und –"

Mir seit dreieinhalb Jahren den Arsch aufreiße, wollte ich ergänzen, aber ich hielt im letzten Moment die Luft an. *Nicht fluchen.*

Cassandra lachte. „Darling, wenn du nicht singen könntest wie das uneheliche Kind von Tina Turner und Elvis, würdest du immer noch in den Honky Tonks dieser Stadt Teller waschen."

Ich verkniff mir jegliche Widerrede, indem ich erneut die Luft anhielt, während sie mich in ihrer Patschuliduft-Umarmung erstickte. Klappte jedes Mal. Wer keine Luft bekam, konnte auch nichts sagen.

Singen ist Silber – Schweigen ist Gold. Das war die erste Regel, die ich von Cassandra Gold über das Musikbusiness gelernt hatte.

Verdammt noch mal, Gold, Baby!

Sie gehörte zwar nicht zu den ganz Großen, aber ihre Website wies alle großen Country-Musiklabels als Klienten aus, und sie hatte früher bei Curb Records mit Größen wie Johnny Cash und LeAnn Rimes gearbeitet. Testimonials auf ihrer Website nannten sie die Königsmacherin von Nashville. Und ich war – trotz meines für diese Branche fast schon *zu* fortgeschrittenen Alters von siebenundzwanzig Jahren – ihre neue Prinzessin kurz vor der Krönung.

Was vermutlich erklärte, warum ich heute in einem Bett geschlafen hatte, das breiter war als lang. Scheiße, ich hätte eine Orgie darin feiern können – was ich natürlich nicht getan hatte. Ich war jetzt ein braves Mädchen. Eines, das die Nacht im luxuriösesten Hotel von Nashville verbracht hatte und heute ihr erstes Cover-Shooting haben würde!

Ich war wirklich hier. Das hier war echt. Stylisten morgens um acht, Pressetermine um zehn und Aufnahme-Sessions am Nachmittag. Keine Kellnerjobs und Kellerbühnen mehr.

In weniger als vier Monaten würde nach drei Jahren harter Arbeit und dreihundert Litern Blut, Schweiß und Tränen meine erste Maxi-CD erscheinen. Noch kein volles Album, aber ganze fünf Songs, und nicht nur als Online-Streaming, sondern auf einer CD. Zum Anfassen!

Zu sagen, dass ich nervös war, wäre ungefähr so untertrieben wie die Aussage, Michael Jackson sei ein passabler Sänger gewesen.

„Ist das schon wieder ein neues Unkraut?" Cassandras Blick musterte die mannshohe Zimmerpflanze, die ich gestern beim Bummeln im Farmer's Market ergattert hatte. Einer der unzähligen Vorteile einer Großstadt: Es gab immer Neues zu entdecken.

„Das ist ein Gummibaum. Gut fürs Raumklima – und gut für die Stimme!", schob ich schnell nach, damit sie ihn mir ließ.

Und meine Mom hätte ihn geliebt, fügte ich in Gedanken hinzu und schickte eine imaginäre Kusshand zum Himmel. Der Garten unseres Häuschens war immer meine Oase gewesen, und ich hatte es geliebt, dass in unserem winzigen Haus vor lauter Zimmerpflanzen kaum Platz für Möbel gewesen war.

Jetzt schob ich den Gedanken beiseite und setzte mich endlich vor dem Stylisten-Paar auf den Barockstuhl. Beide begannen augenblicklich mit ihrer Arbeit. Die Frau scheitelte und bürstete meine dicken Naturlocken, der Mann suchte in seinem Make-up-Koffer nach dem passenden Ton, probierte eine Nuance, dann noch eine, und eine dritte. Zugegeben, mein Teint war nicht alltäglich. Mein Vater war Däne gewesen, so hell, wie man nur sein kann. Meine Mutter Amerikanerin mit brasilianischen Wurzeln. Das Ergebnis: Ich. Mit diesem undefinierbaren Teint, irgendwo zwischen Jennifer Lopez und Zendaya. Nicht so außergewöhnlich, dass ich angefeindet wurde – meistens jedenfalls. Aber außergewöhnlich genug, um das Interesse von Cassandra Gold geweckt zu haben, der Muräne unter den Haien, die das Musikfischbecken dominierten.

Na gut, machten wir uns nichts vor. Sie war eher wie meine Zuhälterin, denn streng genommen war das Showbusiness nichts anderes als moderne Prostitution. Du opferst deinen Körper, deine Seele und alles, was dir jemals wichtig war, für den Ruhm, von Menschen geliebt zu werden, die du nicht mal kennst. Bis irgendjemand kommt, der besser, schöner, jünger, *anders* ist als du. Dann kriegst du einen Zusammenbruch und arbeitest noch härter, bis die glorreichen fünf Minuten wieder dir gehören.

Wer sich so etwas freiwillig antat? Hier, ich. Jade Darling, geboren als Madeleine Jade da Rosa. Ich hatte buchstäblich alles dafür aufgegeben.

Und ich würde es wieder tun.

Deswegen grollte ich Cassandra nicht, wenn sie meine Termine schichtete wie Cannelloni in eine Auflaufform. Ich protestierte nicht, wenn sie mich in viel zu elegante Kleider oder viel zu züchtige Blusen steckte, damit mein braves Image Schlagzeilen in Musikmagazinen machte. Und ich beschwerte mich nicht, wenn sie meinen Ernährungsplan diktierte, damit die Blusen auch mal bauchfrei sein konnten. Dabei fand ich keineswegs, dass ich dick war. Ich war höchstens ein bisschen zu klein für mein Gewicht.

Trotzdem schob ich mir schnell noch eine Handvoll Popcorn von meinem gestrigen Hotel-Heimkinoabend in den Mund, bevor sie die Schüssel wegnehmen konnte. Gesalzenes Popcorn mit Karamell-Topping war meine größte Schwäche.

Na ja, eine von vielen.

Ich kaute möglichst langsam, um den Stylisten nicht zu sehr dabei zu behindern, die Foundation aufzutragen. Er benutzte ein Schwämmchen, das sich kühl und feucht anfühlte. Ich mochte Schwämmchen am liebsten.

Noch lieber mochte ich es, gar kein Make-up zu tragen. Aber dann sah man meine Sommersprossen – ja, die Natur war manchmal seltsam –, und Sommersprossen waren laut Cassandra nur bei zarten Rothaarigen süß. Ich war nicht rothaarig – es sei denn, man zählte dunkles Kastanienbraun zu Rot. Ich stemmte mich gegen das Ziepen, während die Stylistin meine Naturlocken zu einer Frisur zerrte, die am Ende vermutlich aussehen würde, als wäre ich gerade erst aufgewacht. Warum man dermaßen viel Aufwand betrieb, damit etwas am Ende natürlich aussah, würde ich nie verstehen. Musste ich aber auch nicht. Ich war für das Singen und Songwriting zuständig, Cassandra für das Marketing.

Was mich daran erinnert …

„Hast du zufällig einen schmutzigen Reim auf ‚Nur du'?", fragte ich Cassandra, während der Stylist meinen Kopf festhielt, um mir einen Lidstrich zu ziehen. Cassandra stand am Schreibtisch und las in Dokumenten, die sie mitgebracht hatte. Ein neuer Vertragsentwurf?

„Sehe ich etwa aus wie ChatGI?"

„Es heißt ChatGPT, und ich würde nie eine KI für Songtexte nutzen." Ich kicherte, räusperte mich aber sofort, als der Stylist konzentriert den Eyeliner-Stift absetzte. „Shit, sorry."

Er blinzelte überrascht. Und ich ärgerte mich über mich selbst. Wie lautete die goldene Regel? Genau: Klappe halten.

Und verdammt noch mal nicht fluchen!

Keine schlechte Presse. Keine Skandale. Kein Tratsch. *Vor allem* kein Tratsch. Nichts beendete eine Karriere schneller als die falschen Gerüchte über dich, egal wie viel Talent du hast oder wie hart du arbeitest.

„Sorry", murmelte ich noch mal.

Stille. Dann raunte der Stylist: „Tattoo."

„Hä? – Ich meine, wie bitte?"

Ungebeten wurde mir heiß. Wie von selbst huschten meine halb geschlossenen Augen zu seinen Händen. Ich sah schlanke Finger, aber keine Tattoos.

Zumindest nicht in der Realität.

Vor meinem inneren Auge sah ich eine Menge davon. Buchstaben auf Fingerknöcheln, Seemannsknoten auf sehnigen Unterarmen, Diamanten und Spielwürfel auf muskulösen Rippenbögen, die mir genauso vertraut waren wie mein eigener Körper.

Ich kniff die Augen zusammen, um die Bilder loszuwerden.

Mist. Der Stylist musste schon wieder innehalten, diesmal mit dem Lidschatten. Ich hielt die Luft an, um mich nicht zum dritten Mal zu entschuldigen. Und, um die letzten Erinnerungen fest in der Kiste mit dem Aufkleber „*Zerbrech-*

lich – bitte vorsichtig … oh, schon kaputt!“ zu verschließen, in die ich sie verbannt hatte, als ich meiner Heimat den Rücken gekehrt hatte.

Die Kiste konnte ich erfolgreich verschließen.

Der heiße Knoten im Bauch blieb.

„Ein schmutziger Reim für ‚Nur du‘“, erklärte der Stylist überflüssigerweise.

Nicht hilfreich. Der heiße Knoten zog sich enger. Er hatte ja keine Ahnung, *wie* schmutzig.

Ich war versucht, das Wort trotzdem für die Songzeile zu benutzen. Aber dann würde der Text in eine ganz andere Richtung abdriften, Cassandra würde ausflippen, mir im besten Fall einen weiteren Benimmkurs aufbrummen und mich im schlimmsten Fall zurück auf die Straße setzen.

Nein.

Ich schüttelte den Kopf. Schon wieder mussten der Stylist und die Hairstylistin innehalten. Aus dem Augenwinkel sah ich, wie Cassandra die restliche Post in ihrer Handtasche verstaute.

„Ich muss los. Du kommst klar, Jade? Vergiss nicht die Antworten, die wir geprobt haben. Ach, und …“, ich wappnete mich für die Bombe, die meine Managerin immer nach diesen zwei unschuldigen Wörtchen platzen ließ, „Bobby Blake ist in der Stadt. Ich habe euch einen Tisch reserviert, du gehst doch mit ihm aus, oder?“

Ich atmete beherrscht durch. Bobby Blake war der Sohn von Jeffrey Blake, der zurzeit Southern Hill Records leitete. Das Label, bei dem Cassandra mein nächstes Album unterbringen wollte. Mein *richtiges* Album.

Ich zögerte. „Bobby Blake ist ein …“

„Überheblicher Schnösel ohne Talent, ich weiß."

Mein Blick huschte zu dem Stylisten, doch der ließ sich keine Regung anmerken. Profi. Ich biss mir auf die Zunge.

Langweiliges Weichei, hatte ich sagen wollen. Stattdessen lächelte ich bloß, während Cassandra fortfuhr: „Aber er ist ein heißer Draht zu Southern Hill. Und wir mögen's heiß, nicht wahr?"

Ich blendete alles aus, konzentrierte mich nur auf mein Ziel. Ein Vertrag bei Southern Hill Records. „Klar, kein Problem, ich treffe mich mit ihm."

Cassandra grinste. „Das ist mein Mädchen."

Du meinst wohl Pferd.

„Ich habe dir übrigens die Post der letzten Woche in deine Wohnung gebracht."

Damit meinte sie das Gästezimmer über der Garage ihres Bruders Clifford, in dem sie mich vor knapp einem Jahr einquartiert hatte, damit ich die zwei Kellnerjobs aufgeben konnte. Immerhin musste ich dort keine Miete zahlen und konnte mich komplett aufs Singen konzentrieren.

Ich wollte gerade nicken, da ließ sie bereits die zweite Bombe platzen: „Ach, und: Um die Angelegenheit in Kentucky habe ich mich bereits gekümmert. Mein Beileid für den Tod deines Onkels."

Kapitel 2

Das Leben ist ein Kartenhaus

ASH

„Beweg dich nicht, Kleines, sonst wird das hier ’ne Riesensauerei.“

Tracy biss sich begeistert auf die Unterlippe, während ich meine Atmung kontrollierte und mich noch weiter über sie beugte.

Sie lag ausgestreckt auf dem Bartresen.

Angezogen.

Während ich ein Kartenhaus auf ihrem Bauch platzierte, auf dessen Etagen bereits zwei gefüllte Shotgläser thronten.

„Wenn es danebengeht, musst du es ablecken“, kicherte sie.

Amüsiert schüttelte ich den Kopf, während ich die letzten Karten mit der Präzision eines Chirurgen aneinanderstellte. „Das kann dein Freund machen.“

Aber nicht, bevor ich ihn kennengelernt und zur Seite genommen hatte. Tracy war siebzehn, über vier Ecken mit mir verwandt, und heute war ihr Geburtstag. Mir kam der Gedanke, dass ich mit einunddreißig Jahren fast doppelt so alt war wie sie, und wie jedes Mal schockierte mich die Erkenntnis, dass ich nicht mehr einundzwanzig war.

„Du weißt, dass ich keinen Freund –"

„Shhht!", raunte ich, bevor ich erfolgreich das letzte Glas platzierte.

Scheiße, ich sollte Geld für so was nehmen.

Ich zog die Hände zurück, woraufhin ein paar Fotoblitze zuckten. Kurz darauf sammelte ich die drei Gläser ab und schaffte es, dass kaum ein Tropfen auf Tracys gehäkeltem Top landete.

Jubelrufe, Beifall, Klatschen. Die Leute rasteten förmlich aus, und mein Grinsen reichte bis zum Mond, als ich mich tief verbeugte, bevor ich Tracy vom Tresen half.

Meine ganz persönliche Bühne. Scheiß auf die großen Stadien dieser Welt, ich brauchte bloß Sweet Springs. Wenn ich mir das oft genug einredete, glaubte ich es bestimmt irgendwann.

Tracy landete fest auf den flachen Absätzen ihrer Boots, bevor sie gleich zwei der Gläser aus meiner Hand nahm und eines davon herunterkippte. Ich verbot es ihr nicht. Heute war ihr Geburtstag, abgesehen davon gab es hier auf dem Land kaum jemanden, der nicht schon mit sechzehn seinen ersten Vollrausch gehabt hatte.

„Danke, Ash! Darüber werden die Leute ein Jahr lang reden."

„Zwei. Immerhin leben wir hier am Arsch der Welt." Ich zwinkerte ihr zu, bevor sie sich wieder unter ihre Gäste mischte. Kaum, dass sie sich umgedreht hatte, fiel das Lächeln aus meinem Gesicht, und ich packte Mike am Kragen. Er war erst achtzehn, aber schon fast so groß wie ich.

„Wenn du ihr noch mal so auf die Brüste glotzt, ohne sie vorher auf ein Date einzuladen, kriegen wir zwei Ärger. Verstanden?"

Heftig nickend hob er die Arme. Ich ließ ihn los.

„Danke. Ich war kurz davor, ihn mir selbst vorzuknöpfen." Diese Worte kamen von der Inhaberin der Ranch, Tess Davis, die prompt um den Tresen herumkam und sich auf den Barhocker neben mir fallen ließ. „Nette Show, Crawford. Ich gestehe, ich habe gewettet, du würdest eine Sauerei veranstalten."

„Wenn du eine Sauerei haben willst, musst du es nur sagen."

Lachend ließ Tess den Blick durch ihren vollbesetzten Pub wandern. Sie hatte vor zwei Jahren die alte Pferde-Ranch übernommen und mit neuem Konzept wieder erfolgreich gemacht. Das schienen alle Mitglieder des Davis-Clans zu können: aus Scheiße Geld machen. Grinsend hob ich das Shotglas, das Tracy mir überlassen hatte.

„Ich bin froh, dass sie dich nicht wieder eingesperrt haben", sagte Tess da.

Ich schluckte bitteren Alkohol, verdrängte das Unbehagen und verschloss meine eigene Erleichterung darüber hinter einer ironischen Maske. „Ach, die hätten mich sowieso einen Tag später zurückgegeben. Und wie geht's dir?"

Sie akzeptierte den Themenwechsel. „Ganz gut, jetzt, da Jax das Racing-Event wieder veranstalten will. Den Umsatz brauche ich nämlich wirklich. Hast du gehört, was Arthur letzte Woche nach der Kirche …?"

Eine kurze Abfolge sonniger Gitarrennoten dröhnte aus den Lautsprechern, und innerhalb von einem Vierteltakt verwandelte sich der Tequila in meinem Bauch in ätzende Säure.

„Steve …“ Ich warf dem Barkeeper einen drängenden Blick zu. Er glotzte mich bloß an wie ein Auto, das am falschen Bahnhof stand.

Tess unterbrach ihr Geplauder und stapfte um die Bar herum, plötzlich von dem hitzigen Temperament erfasst, das ebenfalls alle Familienmitglieder des Davis-Clans besaßen. Zwei Takte später war der Song durch einen Bruce-Springsteen-Klassiker ersetzt.

„Danke.“

„Hab ich nicht für dich getan“, schnaubte sie. „Du solltest das in den Griff kriegen. Es ist vier Jahre her.“

Dreieinhalb.

Ich wollte etwas erwidern, wofür sie mich vermutlich ohrfeigen würde, aber da war Tess schon durch die Schwingtür in den angrenzenden Personalraum verschwunden.

Schulterzuckend schenkte ich mir aus der Tequilaflasche nach.

„Ex-Freundin?“, fragte da eine sinnliche Stimme von der Seite. Ich starrte die Frau an, die ich noch nie zuvor gesehen hatte. Und das wollte etwas heißen, denn in einer Kleinstadt mit knapp zehntausend Einwohnern kannte jeder jeden und dessen Oma.

„Nope“, antwortete ich, weil sie sicherlich nicht die Frau im Radio meinte, sondern die, die gerade den Abgang des Jahres hingelegt hatte.

„Single?“, fragte sie weiter.

Ich drehte den Barhocker zur Seite, um sie genauer zu betrachten. Sie trug ein heißes Businesskostüm, das mich unwillkürlich an Clays Frau erinnerte.

„Kommt drauf an“, erwiderte ich. „Und selbst?“

Sie zuckte in einer kalkuliert verführerischen Geste mit den Schultern. „Ich habe heute eine langjährige Beziehung beendet.“

„Shit. Mein Beileid.“

Jetzt grinste sie unverhohlen. „Ist okay. War nicht meine.“

Doppel-Shit. Sie war die Art von Frau, von der man sich fernhalten sollte, vor allem, wenn man am nächsten Morgen die wichtigste Unterschrift seines Lebens leisten würde. Das Engelchen auf meiner Schulter wusste das.

Das Teufelchen ließ mich auf die Steampunk-Uhr hinter der Bar blicken. Kurz nach zehn. Kurz diskutierten wir drei, das Engelchen verlor, und wie immer winkte ich der vernünftigen Entscheidung zu, während ich sie vorbeiziehen ließ.

„Zweimal, was sie hatte“, bestellte ich bei Steven. Sie bedankte sich für die Einladung.

„Und was machst du so?“ Ich ließ den Blick erneut über ihr makelloses Businesskostüm wandern. „Anwältin?“

Wenn ja, würde ich mir das hier vielleicht doch noch mal überlegen. Von Anwälten hatten wir in der Stadt genug für ein ganzes Jahrtausend gesehen.

„Immobilienmaklerin.“

Ich blinzelte, ließ mir jedoch keine Regung anmerken. Wie praktisch, dass ich morgen früh einen Haufen Häuser besitzen würde. „Interessant. Kaufen oder verkaufen?“

„Beides. Grundstücke kaufen, Häuser verkaufen. Ich dachte, das könnte dich interessieren, Ash Crawford. Ich habe gehört, du bist gut darin, Häuser zu bauen.“

Babe, ich bin in einer ganzen Menge Dinge gut.

Ich drehte mich ihr vollends zu. „Nenn mich Ash."

„Nina. Nina Bowmaker."

Wir schüttelten uns die Hand. Und dann begann sie zu erzählen, was sie hier vorhatte. Und es fühlte sich an, als hätte ich endlich mal die richtigen Karten auf der Hand.

Zwanzig Minuten, halb geschmiedete Pläne und einen Haufen Shots später klingelte mein Handy.

„Sekunde, Nina." Ich angelte es aus der Hosentasche und musste ein Stöhnen unterdrücken. „Devin."

„Hey, Mann. Tut mir leid für die späte Störung."

„Tut's dir nicht."

Er lachte. Eigentlich freute es mich immer, seine Stimme zu hören, schließlich war er mein Cousin und einer der coolsten Typen, die ich kannte. Leider – oder besser gesagt, zum Glück – war er Deputy beim hiesigen Sheriff's Office, hatte mich ein paar Mal zu oft vor dem Gefängnis bewahrt und deswegen ungefähr dreihunderttausend Gefallen bei mir offen.

„Ich brauche deine Hilfe. Bist du nüchtern?"

Ich kniff ein Auge zu und zählte die leeren Shotgläser vor mir. „Ich bin funktionstüchtig."

Er zischte ärgerlich. „Es ist Donnerstag!"

„Entspann dich, ich bin auf Tracys Geburtstag. Bestimmt sitze ich nicht allein in 'ner Bar und gebe mir die Kante, um mein beschissenes Leben zu vergessen und 'ne heiße Braut abzuschleppen."

Sagte er, und warf der heißen Braut neben sich an der Bar einen Blick zu.

Nina kramte lächelnd in ihrer Handtasche.

„Ich schicke jemanden vom PD, der dich abholt."

„Wenn es Zane ist, bringe ich dich um." Falls der nicht vorher mich umbrachte. Deputy Zane Hopkins und ich ... wir waren so ein bisschen wie Tom und Jerry, nur ohne Blumen.

„Ich kann keine Personalwünsche stellen. Sei froh, dass du nicht zu Fuß kommen musst. Ich brauche Hilfe bei den Kontrollen vor der Stadt. Zu viele Leute, die aus Mexiko zurückkommen. Du könntest die Jugendlichen übernehmen."

Seufzend massierte ich mir den Nacken. Nein, noch mehr Jugendliche mit illegalen Substanzen brauchten wir wirklich nicht in der Stadt. Wieso nur ging Devin immer davon aus, dass ich die am besten geeignete Person war, um mit den Kids zu sprechen? Ich war ja selbst noch zwölf.

Okay ... vielleicht war das der Grund.

„Du solltest anfangen, mich für den Scheiß zu bezahlen, Devin."

„Ich glaube, ich bezahle dich ungefähr mit vierundzwanzig Stunden pro Tag, die du frei herumlaufen kannst", schoss er zurück.

Punkt für ihn. „Ich bin bei Tess auf der Ranch."

„Ich sage den Jungs vom PD Bescheid. Danke, Ash. Bis gleich."

Stöhnend legte ich auf und ließ den Kopf hängen, bis mir zu lang gewordene Haarsträhnen in die Augen fielen. Ich hatte das noch nicht wirklich raus, sie alle auf einmal in das Haargummi zu kriegen. Ich könnte natürlich auch einfach mal wieder zum Friseur gehen.

Ninas Blick folgte meiner Hand, als ich mir das Deckhaar aus dem Gesicht strich. Ich hatte schon oft beobachtet, wie Frauen auf längere Haare reagierten. Vielleicht verspürten sie denselben Drang, ihre Finger darin zur Faust zu ballen, wie Männer.

„Geänderte Abendpläne?“, fragte sie. Als ich entschuldigend nickte, griff sie nach meinem Handgelenk.

„Alles klar, kein Grund, gleich hier über mich herzufallen.“

Sie warf mir einen amüsierten Blick zu, dann drehte sie einen teuer aussehenden Kugelschreiber auf und schrieb ihre Telefonnummer und eine Adresse zwischen meine Tattoos auf meine Haut. „Komm vorbei, wenn du fertig bist, dann können wir über einen Rahmenvertrag sprechen und …“

Den Rest des Satzes ließ sie unausgesprochen. Ich verstand ihren sinnlichen Blick trotzdem.

Worauf du wetten kannst.

Kapitel 3
Everybody's Darling

JADE

Acht Stunden zuvor

Mein Onkel ist gestorben.
Mein Onkel ist gestorben.
Mein Onkel ist …

Meine Stimme brach.

Ich wandte mich von dem Mikrofon ab und atmete tief durch. Keine Ahnung, wie ich den Interviewtermin heute Vormittag überlebt hatte, nachdem Cassandra diese Bombe hatte platzen lassen. Ich wusste nicht einmal mehr, was ich alles gesagt hatte.

„Scheiße …"

Josh und Chris am Regiepult tauschten einen Blick. Ob wegen meines Fluches oder meiner Unfähigkeit, eine gerade Songzeile zu singen, wusste ich nicht. *Reiß dich zusammen, Maddie!*

Ich presste die Augen zu und die Studio-Kopfhörer auf meine Ohren, um mich auf den Song zu konzentrieren.

Ich liebte die Melodie und den Rhythmus. Warum fühlte ich dann nichts außer dem Drang, in Tränen auszubrechen? Vielleicht waren Cannelloni-Termine doch zu viel für eine Nachricht vom Tod eines nahen Verwandten.

„Sorry, Jungs. Können wir vielleicht kurz –?"

„Macht nichts, du hattest sowieso zu viel Vibrato drin", unterbrach mich Chris, der Audio-Producer meiner Maxi-CD.

Entrüstet öffnete ich die Augen wieder. Das Vibrato war die leicht schwingende Dissonanz der Stimme, wenn man einen Ton länger hielt. Eigentlich war das eines meiner Markenzeichen.

„Einfach noch mal, du schaffst das." Chris ließ den Zeigefinger kreisen, und Josh spielte die Passage noch mal ein.

Ich schüttelte den Kopf. „Aber ist das Vibrato nicht genau das, was wir wollen?"

„Nein." Jetzt war es Josh, der Tontechniker, der antwortete. „Da können wir keinen High Pitch drüber legen, und ohne ist deine Stimme zu kratzig fürs Radio."

Mir klappte der Mund auf. *Danke für die Feinfühligkeit. Zum Glück bin ich ein Roboter und brauche keine menschliche Zuwendung!* Wer wäre Tina Turner ohne ihr kratziges Timbre gewesen? Joan Jetts „Bad Reputation" ohne kratziges Vocal-Fry? Sollte in Zukunft vielleicht lieber Siri Songs aufnehmen? Wenn ich mir einige Pop-Hits so anhörte, waren wir da schon jetzt gefährlich nahe dran.

„Sorry!", widersprach ich eindringlicher. „Aber ist das nicht …"

„Darling." Chris seufzte. „Wir verbrennen hier drin pro Stunde sechshundert Dollar, also wie wärs? Du kümmerst dich ums Singen, wir kümmern uns um den Sound, und später können wir darüber diskutieren, was du davon hältst."

Er machte eine auffordernde Geste.

Und ich … besann mich auf die goldenen Regeln des Showbusiness, schluckte meine fluchlastige Widerrede hinunter und setzte ein Lächeln auf, das hoffentlich nicht wie ein Zähnefletschen aussah. „Klar."

Ich überlebte die Aufnahme des Songs, wie ich den Interviewtermin heute Vormittag überlebt hatte: irgendwo zwischen dumpfem Nebel und automatisierten Körperfunktionen.

Mein Onkel war tot. Der letzte lebende Verwandte, den ich noch gehabt hatte. Na ja, der Einzige, der von meiner Existenz wusste. Ich hatte meiner Mutter nie einen Vorwurf gemacht, dass sie nie versucht hatte, Kontakt zu meinem Vater aufzunehmen. Doch jetzt gerade, ohne sie und Onkel Pedro, fühlte ich mich verdammt einsam auf der Welt.

Josh und Chris tauschten noch einen Blick, bevor Josh sein Mikro aktivierte. „Okay, Darling. Fünf Minuten Pause, bevor wir den nächsten Song aufnehmen."

Ich hasste es, wenn Männer mich *Darling* nannten, als würde ich ihnen gehören.

Andererseits … das war nun mal jetzt mein Name.

Jade „Everybody's Darling" war *das* neue Sternchen am Country-Himmel. Sie war höflich, kultiviert und absolut harmlos. Das Problem war nur … sie war nicht ich. Maddie da Rosa war kein bisschen von dem, was Cassandra ihr – *mir!* – angedichtet hatte.

Verdammter Mist!

Das rot leuchtende Aufnahme-Schild über der Studiotür erlosch, als Josh und Chris die Regiekabine verließen, und ich sank auf den ausladenden Ledersessel, der besser gefedert war als die meisten Betten, in denen ich jemals geschlafen hatte.

Vor allem das Bett bei Onkel Pedro. Er war zurück nach Brasilien gegangen, als ich noch klein gewesen war, und hatte immer allen erzählt, dass er irgendwann ein reicher Mann werden würde.

Stattdessen hatte er mir nun einen Haufen Schulden hinterlassen, und ein winziges Haus am Arsch der Welt in Sweet Springs, dessen einziger Wert die sentimentalen Kindheitserinnerungen waren, die ich damit verband.

Es war das Haus, in dem ich mit meiner Mutter gelebt hatte, bevor sie gestorben war. Immerhin hatte er das nie verzockt.

Ich liebte das Haus, und ich wollte es behalten. Ich wollte das Besteck, auf das Mom so stolz gewesen war. Die Gardinen, die sie selbst gehäkelt hatte. Die alten Platten auf dem Dachspeicher. Und die Erinnerungen an meinen Dad, den ich nur von den Fotoalben im Keller kannte. Ich wollte den Garten mit der Reifenschaukel und den schiefen Orchesterklang der nahen Musikschule, wenn im Sommer die Fenster offen standen. Dieses Haus war das Einzige auf der Welt, das wirklich mir gehörte. Das Einzige, das mich an meine Mom erinnerte.

Die Sache hatte nur einen Haken. In dem behördlichen Schreiben, das Cassandra bereits, ohne mich zu fragen, beantwortet hatte, stand klar: Wenn ich das Haus übernehmen wollte, musste ich auch Pedros Schulden übernehmen. Vierhunderttausend Brasilianische Real. Das waren knapp achtzigtausend Dollar.

Du hast doch einen Knall, titi!

Ich hasste es, dass Cassandra das Erbe und damit auch das Haus abgelehnt hatte. Aber sie hatte recht: So viel konnte ich nicht zurückzahlen. Tage wie heute – Luxus-Hotels, Stylisten und Pressetermine – gaben mir die Illusion, ich hätte es geschafft.

Bloß, um mich in Momenten wie diesen wieder auf den brutalen Boden der Tatsachen zu reißen. Ich rutschte noch tiefer – buchstäblich, als ich von dem Sessel auf den flauschigen Teppich glitt, aus den Sandalen schlüpfte und die Zehen in die weichen Fasern grub.

Wieso nur war es so verflucht schwer, erfolgreich zu werden?

„*Scheiße, Jadie, wenn es leicht wäre, könnte es jeder.*"

Ich blinzelte, als mir auffiel, dass das nicht meine Worte waren.

Und dann blinzelte ich noch mal, als ich daran dachte, was der Mann, dessen Worte das waren, tun würde.

„*Nach den verfickten Sternen greifen, Babycake.*"

Ich konnte fast seine tiefe Stimme dabei hören, sein träges, unendlich breites Grinsen sehen. Seine Nähe schmecken. Eilig schob ich die Gedanken an Ash Crawford tief in die Scherbenbox, sammelte mein Selbstmitleid und mich vom Boden des Aufnahmestudios auf und schob mir die Kopfhörer über, noch bevor Josh und Chris zurückkamen.

„Bereit, Darling?" Chris stellte eine halb leere Flasche Cola neben sich auf den Boden.

Ich hob einen Daumen, während ich mich in den Rhythmus der Songstelle eingroovte, an der wir stehen geblieben waren.

Baby, ich wurde verdammt noch mal bereit geboren.

„Ja. Danke, dass ihr gewartet habt."

„Kein Ding. Goldie Bennett war gerade draußen, und wir haben die Gelegenheit genutzt, um unsere Selfies mit ihr aufzufrischen." Josh zwinkerte mir zu, bevor er den Regler hochschob, der meine Stimme aus dem Song herausfilterte, damit ich mich nicht doppelt hörte.

„Jade, Darling! Ist das zu glauben?"

Mir fielen fast die Augen aus dem Kopf, als ich knapp eine Stunde später geschafft, aber glücklich aus dem Aufnahmeraum stolperte. Das war Goldie Bennett! Ihre glockenhelle Stimme schallte wie die einer Sirene durch den Flur, als sie mit ausgebreiteten Armen auf mich zustürmte, als würden wir uns schon ewig kennen. Hinter ihr folgte eine ganze Entourage aus PR-Managerin, zwei Assistenten und einem Typen, der – warte, filmte der sie etwa gerade mit einer Kamera auf einem Schwebestativ? *Uns?*

Ich schaffte es gerade noch, den Mund zuzuklappen, bevor sie mich in eine überschwängliche Umarmung zog. In echt war sie noch viel überwältigender als auf ihren Postern und Plattencovern.

Goldie Bennett war eine Legende. Sie war acht Jahre älter als ich und mit ihren fünfunddreißig Jahren auf dem Zenit ihrer Karriere. Was mir einmal mehr verdeutlichte, dass ich mit siebenundzwanzig schon fast zu alt war, um noch wirklich erfolgreich zu werden. Goldie war mein Vorbild, mein Idol – und der Grund, aus dem ich es vor knapp vier Jahren überhaupt gewagt hatte, meine jämmerliche Heimatstadt zu verlassen und ohne Plan und Geld nach Nashville zu kommen. Sie hatte es damals genauso gemacht. Und natürlich war Goldie Bennett auch nicht ihr echter Name, denn niemand interessierte sich für *Nancy* Bennett. Jeder hatte eine Nancy Bennett in der Nachbarschaft, wieso sollte man da ihre Platten kaufen?

Außerdem: Das Image des bodenständigen Country Girls von nebenan war schon von zu vielen anderen Sängerinnen besetzt.

Also war aus der netten, etwas verpeilten Blondine Nancy Bennett die Sexbombe Goldie Bennett geworden. Aufregend genug, um Aufsehen zu erregen, aber durch den bodenständigen Nachnamen nahbar genug, um den dringenden Wohlfühlfaktor zu erhalten, der Country so erfolgreich machte.

Dasselbe, was mein Name tat. Meine Managerin verstand ihr Handwerk.

Everybody's Darling. Keine Skandale, keine derben Widerworte, keine tiefen Ausschnitte. Die Frauen sollten keine Angst haben, dass ich ihre Männer stehlen würde, und die Männer sollten sich nicht schämen müssen, wenn sie meine CD-Cover stundenlang anstarrten.

„Ich konnte mir die Chance nicht entgehen lassen, das neue Sternchen am Country-Himmel endlich persönlich zu treffen", rief Goldie begeistert. „Dein neuer Song geht ja förmlich durch die Decke! Hast du den selbst geschrieben?"

Hitze schoss mir in die Wangen. „Wieso …?" Meine Stimme klang, als hätte ich eine Kröte verschluckt.

„Oh, du würdest dich wundern, wie viele Künstler ihre Songs nicht selbst schreiben."

Ich blinzelte. „Schreibst … *du* deine Songs selbst?"

Goldie zog die gepuderte Nase kraus, als wäre die Frage absurd – was sie zugegeben auch war. *Schweigen ist Gold!*

Glücklicherweise hatte ich keine Zeit, mich für diesen Fehltritt zu schämen, weil sie erneut meine Schultern umfasste. „Oh, Darling, sieh dich an. Ich liebe deinen aufregenden Teint. Und dazu deine rauchige Stimme! Die Magazine haben recht, du wirst eine Legende."

Machte sie Witze? Das hier war Goldie fucking Bennett, die *mich* eine Legende nannte?

„Ich habe auch gehört, du datest niemand Geringeren als Bobby Blake! Äh … Darling, was genau tust du da?"

Ich rieb mir über die Stelle am Oberarm, in die ich gerade gekniffen hatte. „Sorry, ich musste mich kurz kneifen, um sicherzugehen, dass das hier echt ist", gestand ich. „Ich meine: Heilige Scheiße, Goldie fucking Bennett!" Der Schmerz setzte ein, ich rieb mir erneut über den Arm. „Scheiße, das tut echt weh."

Sie lachte wieder, jetzt noch eine Spur begeisterter. „Hey, du fluchst ja richtig! In den Interviews wirkst du immer so … harmlos."

Mein Lächeln verrutschte. Ja, diese Sache mit meinen Manieren. Wenn Cassandra das herausfand, war ich geliefert. Filmte diese Kamera gerade wirklich alles?

Goldie schien meine Panik zu bemerken, denn sie hakte sich bei mir unter wie eine alte Freundin. „Keine Sorge, ich werd's keinem erzählen. Wir haben doch alle unsere schmutzigen Laster, oder? Apropos schmutzig: Magst du ihn?"

„Wen?", fragte ich, während ich mich in Gedanken auf die verdammte Scherbenkiste setzte, damit der Deckel mit meinen *sehr* schmutzigen Lastern fest verschlossen blieb.

„Bobby Blake!“

Die Kiste rückte in den Hintergrund, weil ich meine nächsten Worte mit Bedacht wählen musste. In einer Branche, in der jeder jeden kannte und jedes falsche Wort deinen Karrieretod bedeuten konnte, war Smalltalk ein Minenfeld. „Nun ja, er ist … nett?“

Goldie hielt sich damenhaft eine Hand vor den Mund, um ihr Lachen zu verbergen. „Ist sie nicht goldig? Darling, *du* bist nett. *Er* ist ein verschlagener Mistkerl. Brave Mädchen wie du müssen Angst vor Typen wie ihm haben.“

Ich hoffte inständig, dass mein Lächeln echt aussah. Denn die Wahrheit war: Ich war kein braves Mädchen. Und verschlagene Mistkerle konnte ich fast so gut spielen wie die Saiten einer Gitarre.

Kapitel 4
Ich hasse Country Music

JADE

„Du willst also einen Vertrag bei Southern Hill."

Bobby Blake legte einen Arm über die Lehne der schreiend roten Sitzbank, als würde ihm der Laden gehören.

Es war ein stylisher Steak- und Burgerladen, in dem es erstaunlich viel Privatsphäre gab. So gingen also die Reichen und Berühmten essen. Ich hob den Blick lange genug von der Speisekarte, um meinem erzwungenen Date argwöhnisch ins Gesicht zu sehen. Er war auf derbe Südstaaten-Art attraktiv, mit einem etwas zu breiten Kiefer, hoher Stirn und wachen, hellgrauen Augen, deren intensiver Blick sich hervorragend auf dem Cover seines ersten Albums machte – womit er mir etwas voraus hatte. Ich konnte verstehen, warum sein Vater ihn als Star etablieren wollte. Ich konnte auch verstehen, warum Leute ihn für arrogant oder verschlagen hielten. Erstaunlicherweise fand ich das überhaupt nicht. Seine Augen hatten eine herzliche Wärme, die nicht viele Menschen besaßen.

Ich sah wieder auf die Speisekarte. „Du sagst das, als wäre das etwas Schlechtes."

„Mh, gibt Besseres. Du passt nicht rein."

Ich hob die Brauen. Wegen seiner Worte, und weil dieses Filetsteak hundertsiebzig Dollar kostete! Hatte Cassandra gesagt, dass sie zahlen würde? Ich konnte schlecht von Bobby verlangen, dass er mich einlud. Zur Sicherheit entschied ich mich für den Caesar's Salad, obwohl ich liebend gern den Burger mit doppelt Käse probiert hätte.

„Weil ich nicht die typische Blondine vom Land bin?"

Er schnalzte mit der Zunge. „Ich spreche nicht von deiner Hautfarbe. Du bist nicht so … skrupellos. Austauschbar. Dir könnte keiner einen beliebigen Kommerz-Song vor die Nase setzen und dich bitten, ihn wie eine leere Hülle zu performen." Ich blinzelte, überrascht über diese seltene Häufung von negativen Äußerungen. Normalerweise überschlug sich jeder mit Lob und Begeisterung für andere, weil niemand irgendwo anecken wollte. Mir kam in den Sinn, wie herzlich Goldie mich heute empfangen hatte. Ich hatte mich gefühlt wie eine Königin, weil ich von einer Göttin berührt worden war.

„Nicht alle sind übel. Goldie ist nett", hielt ich dagegen.

„Nett." Bobby sah aus dem Fenster, schüttelte den Kopf. Ein Kellner kam und nahm unsere Bestellung auf. Bobby bestellte genau den Burger, auf den ich ein Auge geworfen hatte. „Hat nichts mit ihr oder sonst wem zu tun. Ist eben das Business. Macht dich kaputt. Wart's ab, Darling."

Jetzt war ich es, die sich grinsend vorlehnte. „Du musst nicht in Halbsätzen sprechen, weißt du? Falls dir irgendjemand gesagt hat, dass das männlich und gefährlich klingen würde: tut es nicht. Es klingt einfach nur dämlich."

Bobby starrte mich an, und ich zweifelte kurz an meiner geistigen Gesundheit. Hatte ich Bobby „Southern Hill Records" Blake gerade ernsthaft ins Gesicht gesagt, dass er dämlich und unmännlich war?

Bobby blinzelte. Dann prustete er los und spuckte dabei fast in sein Bierglas, was auch mich zum Lachen brachte. „Wenn's nach meinem Ex-Manager-Team geht, lege ich mir 'nen breiten Texas-Akzent und Schnäuzer zu." Er zwinkerte. „Deswegen ist es auch mein *Ex*-Manager-Team."

Wie er so darüber plauderte wie über ein Basketballspiel, war mit einem Mal das Eis gebrochen. Bobby war erfrischend normal in einer Branche voller Oberflächlichkeit. Ich verdrehte mitfühlend die Augen. „Ich weiß genau, was du meinst. Mir hat meine Managerin verboten, zu fluchen."

„Du fluchst?", fragte er begeistert.

Oh, Mist. Ich kräuselte schuldbewusst die Nase und nahm einen Schluck von meiner Cola, von der ich plötzlich wünschte, sie wäre auch ein Bier. „Also, Jade Darling flucht natürlich nicht", rettete ich mich mit der Art allgemeiner Aussagen, die Cassandra mir beigebracht hatte. Und die auch Goldie heute benutzt hatte …

„Natürlich." Er zwinkerte verschwörerisch. „Dein echter Name?"

„Du redest schon wieder in Halbsätzen", klärte ich ihn auf.

„Und du lenkst vom Thema ab."

Ertappt.

Kopfschüttelnd zerpflückte ich meine Serviette und starrte durch das Tischtuch hindurch in die Vergangenheit zwischen rostigen Traktoren, staubigen Landstraßen und gestohlenen Küssen im hohen Gras. Das Besteckklirren und Restaurantgerede verblasste zu Grillenzirpen und Wind in wogenden Wiesen, und zu dem heiser geraunten Spitznamen, den ich seit einer Ewigkeit nicht mehr gehört hatte. *Babycake.*

„Jade?“, holte mich Bobbys Stimme in die Gegenwart zurück.

„Mein Name ist albern, okay?“

„Alberner als *Bobby Blake*? Wie ein Sechsjähriger? Wohl kaum.“ Er zog eine Grimasse, und ich musste lächeln.

„Na schön, aber nur, wenn du es niemandem erzählst.“

Da lehnte er sich vor. „Ich verrate dir jetzt mal was, Darling: Verlass dich niemals auf Schwüre, die die Leute sowieso für den richtigen Betrag oder die richtige Gelegenheit brechen. Du hast nur Macht über jemanden, wenn du seine Geheimnisse kennst, und du gibst jemandem Macht über dich, wenn er *deine* Geheimnisse kennt. Merk dir das. Du kriegst im Austausch eines von meinen Geheimnissen, dann haben wir uns gegenseitig am Arsch. Deal?“

Wow, das war ein unerwarteter Rat. Ich verdrängte den Gedanken an den Mann, der mein größtes Geheimnis kannte, und ließ die malträtierte Serviette los. „Da wo ich herkomme, nennen mich die Leute Maddie. Von Madeleine. Mein voller Name ist Madeleine Jade da Rosa.“

„Madeleine?“ Bobby kicherte. „Wie die kleinen französischen Kuchen?“

Fuck.

„Ja, wie die verdammten kleinen Kuchen.“

Babycake.

Ich wusste nicht, warum ich ihm das erzählte. Vielleicht, weil er mir etwas über sich erzählt hatte. Vielleicht auch, weil es schön war, überhaupt mit jemandem ein Gespräch zu führen, bei dem es nicht um Termine, Benimmregeln und Deadlines ging. Als ich hergekommen war, hatte ich mich mit einer Kellner-Kollegin angefreundet, Hailey. Aber dann hatte ich den Vertrag bei Cassandra und einen normalen Tagesrhythmus bekommen, während sie immer noch den Nachteulen-Modus der Gastronomiebranche lebte. Und als meine ersten zwei Singles dann immer häufiger in Streaming-Rotations aufgetaucht waren, hatte sie sich zunehmend von mir abgeschottet.

„Gewöhn dich besser dran, Darling. Es ist einsam an der Spitze“, hatte Cassandra gesagt. Ich wünschte, sie würde nicht immer recht behalten.

„Da Rosa … Da-r-ling“, schlussfolgerte Bobby nickend. „Guter Name. Und wo ist dieses *da*, wo du herkommst?“

„Kentucky.“

„Ah, Bluegrass State. Viel von gehört. Pferde, NASCAR, Moonshine.“

„Na ja, da gibt's schon ein bisschen mehr“, widersprach ich, obwohl ich selbst nicht wusste, warum ich meine Heimat verteidigte, die ich immerhin freiwillig verlassen hatte.

„Oh, da kommt die Löwin raus und schickt das Honiglamm in den Feierabend“, grinste Bobby. „Hast du da etwa jemanden?“

„Wird das hier ein Verhör?“ Ich verschränkte die Arme vor der Brust, als könnte ich dadurch die ungebetenen Bilder des Mannes unterdrücken, den ich gehabt und verlassen hatte – oder die Reaktion meines Körpers auf ihn.

Bobby ließ sich nicht beirren. „Familie?“

Shit. Jetzt spukten ganz andere Bilder in meinem Kopf, von meiner Mutter im Garten, meinem Onkel, der mich auf der Reifenschaukel anstieß. Ich wandte den Kopf ab, aber zu spät: Tränen schossen mir in die Augen.

„Jade?“ Sofort klang Bobbys Stimme besorgt.

„Alles gut“, sagte ich schnell und blinzelte hoch zur Decke, damit die Mascara nicht verlief, falls sie nicht wasserfest war. „Nein, keine Familie mehr. Meine Mom ist vor vier Jahren gestorben und letzten Monat …“, ich holte tief Luft, „auch mein Onkel. Ich habe es erst heute erfahren.“

Bobbys Blick wurde mitfühlend. „Verdammt, das tut mir leid.“

„Danke.“ Ich lächelte im missglückten Versuch von Galgenhumor. „Dafür habe ich jetzt entweder ein marodes Haus und einen Haufen Schulden oder aber *kein* Haus und keine Wurzeln mehr. All meine Erinnerungen sind da drin.“

Ich hätte das Haus nicht so kurz nach Moms Tod verlassen sollen, ohne wenigstens ein paar ihrer Sachen mitzunehmen.

„Warum fährst du nicht hin? Holst raus, was dir wichtig ist, und lässt das Haus Haus sein?“, fragte Bobby, als ich ihm den Inhalt des Schreibens erklärt hatte.

„Weil das illegal ist?“

Bobby zuckte mit den Schultern. „Ich würd nachts einsteigen. Wie alt ist der Brief? Kleine Countys sind langsam, vielleicht ist die Zwangsversteigerung noch nicht durch.“

Ich glotzte ihn an. Nicht, dass ich nicht schon verbotene Dinge getan hatte, aber das hier war … offiziell! Für so etwas ging man ins Gefängnis, oder?

Trotzdem begann ein winziger Teil in meinem Hinterkopf zu arbeiten, während der größte Teil lautstark tausend Gegenargumente vorbrachte, angefangen damit, dass Sweet Springs mehr als drei Fahrstunden entfernt lag und ich kein

Auto besaß; dass ich eine Karriere vor mir hatte und meine Managerin es merken würde, wenn ich heute nicht in der Garagenwohnung ihres Bruders aufkreuzen würde. Ganz zu schweigen von all den Gründen, die mit A anfingen, drei Buchstaben hatten und mein persönliches Synonym für „Herz in Scherben" waren.

„Ich könnte alibimäßig behaupten, dass du bei mir schläfst", schlug Bobby vor. Ich schüttelte den Kopf.

„Nein. Ich habe abgeschlossen, und ich werde die Vergangenheit nicht wieder aufrollen. Genug von mir. Was ist mit dir, *Bobby Blake*? Hat dich dein Vater in weiser Voraussicht als Alliteration getauft oder –"

„Robert", erriet er meine Gedanken. „Nenn mich Rob. Ich hasse Bobby, ich bin schließlich kein Kleinkind mehr."

„Aber?"

Er hob eine Braue, als ob die Antwort offensichtlich wäre. Und verdammt, das war sie. *Bobby Blake* war eingängig, schrie förmlich nach Country und ließ sich hervorragend vermarkten. Genau wie Jade Darling. Vielleicht hatte er recht mit diesem ganzen oberflächlichen Scheiß der Branche. Frustriert blies ich die Wangen auf.

Unser Essen kam.

„Und was ist nun dein Geheimnis?", fragte ich, nachdem der Kellner wieder weg war und ich seinen mit leckeren Käsekalorien beladenen Teller anschmachtete – obwohl mein Salat fantastisch aussah.

„Ich wollte das hier eigentlich nie."

„Musik?" Das Hähnchenstück plumpste von meiner Gabel.

Er nickte. „Ich will ein Unternehmen gründen. Karl und ich arbeiten schon an einem Plan."

„Karl?“

„Mein Manager, Karl Greene. Er ist neu auf die Manager-Seite gewechselt, aber er weiß, was er tut. Und vor allem will er *meine* Vision von mir selbst verwirklichen, und nicht seine.“

Ich nickte, während ich versuchte, Salat, Hähnchen und Parmesan gleichzeitig auf eine Gabel zu spießen. „Und was ist deine Vision?“

„Gesellschaftliche Themen so zu verpacken, dass sie selbst der Letzte versteht. Umweltschutz, Rassismus, Waffengewalt. Ich will mehr als nur die Massen bespaßen. Was in der Welt verändern.“

„Aber Musik *verändert* etwas“, widersprach ich leidenschaftlich – mit vollem Mund! Schnell hielt ich mir eine Hand vors Gesicht, schluckte und ergänzte: „In jeder Sekunde machen wir mit unseren Songs das Leben von irgendjemandem besser, singen seinen Schmerz weg, schreiben den Soundtrack zum schönsten Date seines Lebens, machen seine Autofahrt zu einer fetten Party und seine einsamen Nächte ein wenig erträglicher.“

Bobby sah mich an, als käme ich von einem anderen Stern. „Verdammt, du bist wirklich eine von den Guten, Darling.“

Ich sank zurück gegen die Polsterlehne, unschlüssig, ob das ein Kompliment oder eine Beleidigung war, während er in den Innentaschen seiner Lederjacke herumtastete.

„Ich sag dir was: Ich sorge dafür, dass dein Name bei den richtigen Leuten bei Southern Hill Records landet, und du versprichst mir, dass du dich nicht von dieser Branche kaputtmachen lässt, okay? Behalte diese Leidenschaft. Lass dir nicht deine Seele aussaugen wie die ganzen Zombies mit goldenen Stimmbändern da draußen. Denn zu meiner großen Verwunderung mag ich dich. Mist, ich hab keinen Stift dabei, du?“

Ein Lächeln huschte über mein Gesicht, als ich ihm einen Stift reichte. „Ich mag dich ebenfalls mehr, als ich dachte, Rob Blake.“

Er legte ein CD-Booklet auf den Tisch, in dem ich das Cover seines ersten Albums erkannte, und schrieb seine Nummer auf den hellen Himmelbereich des Farbfotos. „Schreib mir, wenn du was brauchst. Und räum verdammt noch mal das Haus aus, sonst wirst du es bereuen. Brauchst du eine gute Mietwagenfirma?“

ASH

Nicht dein beschissener Ernst …

Natürlich war es Zane Hopkins, der mich abholte. Ich widerstand dem Drang, meinen hochprozentigen Mageninhalt auf seine Stiefel zu entleeren, und setzte das mörderisch freundlichste Lächeln seit Norman Bates auf, während der bullige Deputy ausstieg, um mit mir auf Augenhöhe zu sein.

Funktionierte nicht mal annähernd, obwohl er die Hühnerbrust aufplusterte und beide Daumen in seine Gürtelschlaufen hakte, um mir seinen Revolver zu präsentieren.

„Crawford!“ Ich ignorierte seine Selbstgefälligkeit, während er mich gemächlich von oben bis unten musterte, als würden wir nicht seit zwanzig Minuten am anderen Ende der Stadt erwartet. „Dieselbe armselige Erscheinung wie eh und je, wie ich sehe: zugedröhnt, abgerissen und ungepflegt“, kam er zu seinem Urteil.

Ich verkniff mir ungefähr dreitausend Erwiderungen, einschließlich derer, dass Haarlänge nichts mit Körperpflege und Kleidungsstil nichts mit Wohlstand zu tun hatte, denn ich wusste aus Erfahrung, dass ihn ein gelassenes Lächeln weitaus mehr auf die Palme brachte als ein Wutausbruch. Bonus: Es brachte mich nicht hinter Gitter. „Kommt da noch mehr Weisheitsgrütze, oder können wir los?"

Er schnaubte bloß und öffnete die hintere Tür für mich.

Die. Hintere! Als wäre ich ein beschissener Sträfling auf dem Weg zur Untersuchungshaft. Nicht, dass ich das nicht schon zweimal gewesen wäre.

„Wenn du mitfahren willst, fährst du hinten." Ich hasste die Selbstgefälligkeit in seiner Stimme. Aber noch mehr hasste ich, dass ich nichts dagegen tun konnte. Widerstrebend rutschte ich auf den Rücksitz und musterte das klaustrophobische Gitter, das die Vordersitze vom Rücksitz trennte.

„Willst du mir auch Handschellen anlegen, oder sparst du dir die Bondage-Spielchen heute fürs Bordell auf?"

Ich hielt ihm die Hände hin, wohl wissend, dass er sich strafbar machte, wenn er mir ohne triftigen Grund Handschellen anlegte.

Er knurrte bloß und schlug die Tür so hart zu, dass ich den Kopf wegziehen musste, um keinen Nasenbeinbruch zu riskieren. Mein Knie kam nicht so glimpflich davon, ich zischte unterdrückt.

Das schien ihn aufzuheitern, denn als er so schwungvoll einstieg, dass der Wagen wackelte, frohlockte er: „Ich wusste ja, dass ihr schon immer arme Schlucker wart, aber hätte nicht gedacht, dass du dir nicht mal mehr ein Taxi leisten kannst!"

Ich kratzte mich mit dem Mittelfinger am Kinn. „Tja, was soll ich sagen? Taxifahrer sind leider nicht dumm genug, mich kostenlos mitzunehmen."

Sein stahlgrauer Blick im Rückspiegel zuckte zu mir, seine Nasenflügel blähten sich. Ich schob die Hände in die Jackentaschen und sah betont gelangweilt aus dem Seitenfenster. Die meisten Häuser waren bereits dunkel, die Straßen glitten schemenhaft dahin. Hin und wieder blendeten mich Scheinwerfer, wenn wir auf den Kreuzungen einem Auto begegneten, und jedes Mal bohrte sich das gleißende Licht geradewegs in mein Hirn.

Das würde morgen einen üblen Kater geben. Heute waren verhältnismäßig viele Fahrzeuge unterwegs, offenbar kamen tatsächlich viele erst so kurz vor Ende der Sommerferien zurück aus dem Süden. Jeder, der nach Louisville, Lexington oder noch weiter nördlich nach Cincinnati oder Indianapolis wollte, kam über die Landstraße bei Sweet Springs, wenn die Interstates verstopft oder wegen eines Unfalls gesperrt waren. Wenn wir Glück hatten, machten ein paar von ihnen in Pipers Pension oder auf Tess' Ranch halt.

Beim zehnten Paar Scheinwerfer gab ich es auf und lehnte den Kopf mit zusammengekniffenen Augen gegen die Nackenstütze.

„Weißt du, vielleicht sollte ich dich in ein Röhrchen pusten lassen und auf Alkohol testen." Als ich ein Auge öffnete, sah ich sein ekelhaftes Grinsen im Rückspiegel. „Oder auf Drogen. Wie geht's denn deiner Mutter so?"

Ich ballte die Hände so fest zu Fäusten, dass sie zitterten. Worte konnten nicht beschreiben, wie gern ich diesem Kerl aufs Maul hauen wollte. Leider hinderte mich nicht nur das Gitter des Polizeiwagens daran, sondern die simple Tatsache, dass er ein staatlich vereidigter Polizist war und ich ein ehemaliger Gefängnissträfling.

Die Tatsache, dass er ein sadistisches Arschloch war und ich bloß ein Junge aus der falschen Familie, interessierte in einer Welt voller Paragrafen und Vorurteile niemanden. Er hatte die Marke, ich nicht. So einfach war das.

Und deswegen saß ich hier auf dem Rücksitz und konnte nichts weiter tun, als seine Provokationen zu ignorieren. Was ich jedoch nicht ignorieren konnte, war die Reaktion meines Körpers auf das sonnige Gitarrensolo, das jetzt aus den Lautsprechern drang.

Karma, falls du gerade zuhörst: Ich hasse dich.

Unfähig, der Situation oder dem Song zu entkommen, vergrub ich die Hände noch tiefer in den Jackentaschen, um meine Finger daran zu hindern, die Notenfolge auf einer imaginären Gitarre nachzuspielen.

Die Tatsache, dass ich jede einzelne Note und jedes verfickte Wort dieses Songs kannte, machte es nicht besser, sondern tausendfach schlimmer.

I'm not drunk … I'm drunk on you.

Ich starrte eisern aus dem Seitenfenster, obwohl ich Hopkins' gehässiges Grinsen spüren konnte, während er genüsslich den Blinker setzte. Natürlich drehte er das Radio voll auf.

Ich wappnete mich, doch die volltönende, ein wenig kratzige und absolut perfekte Stimme zerschmetterte meine Brust und pfählte mein Herz genauso schmerzhaft wie beim allerersten Mal.

She's out by the river, just beyond the pine trees,
gazing at the stars, while everything that he sees
is her … hair in the soft breeze
feet on the soft grass
eyes in the soft moon…light
of a perfect night.

Jede Note, jede Silbe war Perfektion, jeder Taktwechsel exakt wie in meiner Vorstellung und tausendmal besser. Jades Stimme war weich, rau und ein bisschen schneidend, wie feiner Sand auf der Haut, wie guter Whiskey im Hals. Unschuldig zuerst, mit klarem Klang, aber einem unterliegenden Timbre, das einen genauer hinhören ließ, das einen tiefer in den Song zog. Das süchtig machte und nicht mehr losließ. Deswegen lief der verkackte Song auch in Dauerschleife und sorgte dafür, dass bei Streaming-Plattformen die Autovervollständigung schon bei JAD auf „Jade Darling – Drunk On You" sprang.

Woher ich das wusste? Hörensagen.

Nicht, weil ich es zwanzig Mal am Tag selbst eingab.

Dann kam der Refrain, und wie jedes Mal bekam ich am ganzen Körper Gänsehaut, wenn sie ihrem Temperament freien Lauf ließ und die volle Stimmfarbe durchbrach, die heutzutage nur noch wenige Künstlerinnen hatten. Christina Aguilera war eine davon, und Carrie Underwood, mit der Jade immer öfter verglichen wurde.

Was mich kein bisschen stolz machte.

She spun around, oh what a view!
And kissed his lips, to him she flew
And she said „Oh, I'm not drunk! …
I'm drunk on you."

Ich hasste diesen Song. Ich hasste diese Zeilen. Ich hasste diese Stimme. Und ich hasste, dass sich alles davon so sehr in meine Haut gebrannt hatte, dass ich es nie wieder vergessen würde.

„Was glaubst du, zu wie vielen Typen sie das schon gesagt hat?“

Irgendwann würde ich diesen Kerl umbringen, und wenn ich dafür lebenslänglich bekäme. Damit beides nicht gerade heute passierte, sah ich weiterhin stur aus dem Fenster. Wie lange konnte es dauern, eine Kleinstadt mit kaum mehr als viertausend Häusern zu durchqueren?

„Muss hart sein, jeden Tag im Radio an seine eigene Unzulänglichkeit erinnert zu werden, von so einer Frau sitzen gelassen worden zu sein, was?“

Muss hart sein, jeden einzelnen Tag nur in seine eigene Hand oder gegen Bezahlung wichsen zu können, was?

Mühsam schluckte ich die Erwiderung hinunter und schoss bloß einen warnenden Blick in Richtung Rückspiegel ab. Wenn diese Autofahrt nicht bald zu Ende war, würde einer von uns sie nicht überleben.

Das Blaulicht der stehenden Streifenwagen kam in Sicht, und ich riss am Türgriff, sobald Hopkins' Wagen hinter den beiden anderen auf dem Rasenstreifen zum Stehen kam. Natürlich bewegte sich die Tür keinen Zentimeter. Weil ich auf dem beschissenen Rücksitz eines Polizeiwagens saß!

Hopkins lachte, während er sich aus dem Wagen hievte und genau vor meiner Nase auf der anderen Seite der Tür stehen blieb, um seine Hose zu richten. Ich fokussierte meine gesamte Willenskraft auf die Gestalt meines Cousins im

Scheinwerferlicht vor uns, um Hopkins nicht umzunieten, sobald er die Tür aufmachte.

„Schön, dich zu sehen, Mann." Devin schlug mir freundschaftlich auf die Schulter, jedoch steifer als üblich, damit seine Leute nicht noch mehr Anlass hatten zu glauben, er würde mich bevorzugt behandeln, weil ich zur Familie gehörte. „Du kannst direkt dahinten anfangen, Donald lenkt die Kids auf eine andere Spur. Ich denke, wir sind schnell durch und können – Alles okay mit dir?", unterbrach er sich, weil offenbar immer noch dieser giftige Cocktail aus Mordlust, Selbsthass und Seelenschmerz in meinem Gesicht brodelte.

„Alles bestens." Schnell setzte ich ein Grinsen auf. „Aber wenn du noch einmal Hopkins schickst, kannst du dir meine Hilfe sonst wohin stecken. Ich mein's ernst, Devin!", ergänzte ich, als er kicherte. „Wieso ist der Typ überhaupt noch im Dienst? Du weißt, was er letztes Jahr mit Anthony gemacht hat! Der Junge ist siebzehn."

Jetzt seufzte Devin tief und zog mich in väterlicher Geste die Landstraße entlang, obwohl wir gleich alt waren. „Es wäre schön, wenn die Realität so simpel wäre wie dein – zugegeben fragwürdiger – moralischer Kompass. Aber er ist Polizist und untersteht dem Bürgermeister, nicht dem Sheriff's Department. Und seine Personalakte ist leider sauber genug, dass es niemanden interessiert, wie er irgendeinen kleinkriminellen Schwarzen behandelt, wenn keiner hinguckt. Könnten wir uns jetzt bitte nicht mehr über Hopkins aufregen, sondern unseren Job machen, damit wir alle schnell zu unseren Frauen ins Bett können?"

Ich schnaubte, weil einfach alles an seiner Aussage falsch war: Das Problem war ja gerade, dass niemand hinsah, was

Typen wie Hopkins trieben; das hier war nicht *unser* Job, sondern allein *Devins* Job, für den er mich bloß einspannte; und weder er noch ich würden heute Abend zu einer Frau ins Bett steigen, die wir die Unsere nennen konnten.

Ohne ein weiteres Wort ließ ich meinen Cousin stehen und schlenderte auf den ersten Wagen zu. Ich erkannte Frankie schon von Weitem, neben ihm seine Freundin Millie. Lässig lehnte ich mich in sein Fahrerfenster und roch augenblicklich, dass sie beide high waren.

Ich hörte mir seine herzzerreißende Bullshit-Story an, dann ließ ich ihn schwören, nie wieder zugedröhnt Auto zu fahren, nahm ihm das prall gefüllte Tütchen ab, von dem ich Devin möglicherweise nichts erzählen würde, und ließ ihn weiterfahren. Kein Grund, dass die beiden die Nacht in einer Zelle verbrachten, bloß weil sie ein bisschen Spaß haben wollten. Ich stopfte das Zeug in meine Hosentasche.

So ging es noch ein paar Stunden, wobei ich erstaunlich viele Fahrer nicht kannte, weil sie nur auf der Durchreise waren und durch einen Unfall auf der Interstate über die Landstraßen geführt wurden.

Ich plauderte gerade mit Jonah und seinen Kumpels aus dem Basketballteam über das Festival, das sie besucht hatten, als ein Wagen in der anderen Schlange meine Aufmerksamkeit beanspruchte. Besser gesagt, das Kennzeichen.

Tennessee.

Sofort unterdrückte ich das Blubbern im Bauch, das sich gefährlich nach Brechreiz anfühlte – oder nach Liebeskummer. Beides war scheiße. Welchem prähistorischen Instinkt verdankten wir es eigentlich, dass ein bestimmter Geruch,

Klang oder Gedanke unsere Synapsen ungefragt mit irrationalen Wunschfantasien bombardierte?

„Country Music, Rap und Rock, total abgefahren, Mann! Wäre genau dein Ding gewesen. Alle waren da, ich wette, in spätestens zwei Jahren ist Maddie auch da!", resümierte Jonah am Rande meines Bewusstseins, als stünden mir meine Gedanken auf die Stirn geschrieben.

„Ich hasse Country Music", behauptete ich und wollte gerade den Blick von dem Mietwagen nehmen, als ein verirrter Taschenlampenstrahl über das Wageninnere huschte. Es war nur ein Sekundenbruchteil, aber mehr brauchte mein Körper nicht, um Maddie Jade da Rosa zu erkennen.

Kapitel 5
Polizeispielchen

JADE

Ich konnte immer noch nicht glauben, dass ich das hier tat.

Doch Bobby hatte recht gehabt, ich würde es bis an mein Lebensende bereuen, wenn ich nicht zumindest meine liebsten Andenken aus dem Haus holte. Schlimm genug, dass ich eine einzelne Sache für immer bereuen würde.

Der Plan war wasserdicht: Heimlich rein, schnell wieder raus. Niemand würde etwas merken, und Bobby würde mir das perfekte Alibi verschaffen.

Er hatte mir sogar Geld geliehen, damit ich den Mietwagen nicht von der Kreditkarte bezahlen musste, die Cassandra überwachte.

Also fuhr ich an einem Donnerstagabend auf der Interstate 65 nach Norden und vertrieb mir die dreieinhalb Stunden Autofahrt damit, mir im Duett mit Aretha Franklin die Seele aus dem Leib zu singen, und hin und wieder eine Songzeile auf den Block auf dem Beifahrersitz zu kritzeln.

Rot leuchtende Rücklichter kündigten einen Stau an, weswegen ich heilfroh war, dass das hier meine Ausfahrt war.

Welcome to Sweet Springs – the sweetest view down South

Der Anblick des Ortsschilds zog unerwartet heftig an meinem Innersten. Ungebeten prasselten widersprüchliche Gefühle aus Glück, Sehnsucht, Angst und Hoffnung auf mich ein, sodass ich um ein Haar die roten Bremslichter vor mir auf der Landstraße übersehen hätte.

„Fuck!"

Ich hämmerte den Fuß auf die Bremse und kam schlitternd zum Stehen, glücklicherweise ohne quietschende Reifen, weil das oberpeinlich gewesen wäre und zudem alle Aufmerksamkeit auf mich gezogen hätte. Der Plan von „Heimlich rein – ungesehen wieder raus" wäre dahin, wenn mich Devin, Sharon oder einer der anderen Jungs und Mädels vom PD erkennen würde.

Heilige Scheiße!

Erst jetzt sah ich, dass das hier kein Stau einer roten Ampel oder vor einem Bahnübergang war, sondern eine *Verkehrskontrolle*.

Mist, Mist, Mist! Ich sah mich um. Konnte ich noch wenden? Hinter mir waren bereits weitere Wagen. Ein älterer Deputy – Donald? – lotste einzelne Fahrzeuge aus der Schlange heraus auf eine zweite Spur. Seine Taschenlampe huschte über die Autos und ließ mich kurz blinzeln.

Ich zögerte eine Millisekunde, dann hämmerte ich den Gang rein und lenkte ebenfalls auf die zweite Spur in der Hoffnung, dass diese einfach durchgewunken wurde.

Wurde sie nicht.

Der Wagen vor mir fuhr weiter, und ein hochgewachsener Deputy trat auf mich zu. Immerhin war er nicht Devin, dafür waren seine Bewegungen zu geschmeidig.

Ich kramte mechanisch meinen Führerschein heraus und ließ das Fenster herunter, noch bevor er gegen die Scheibe klopfen konnte, übergab ihm meine Papiere und starrte geradeaus in der Hoffnung, dass er neu war und ich das hier schnell hinter mich bringen konnte. Zum ersten Mal war ich dankbar für meinen Künstlernamen.

Niemand würde ein Autogramm von *Madeleine Jade da Rosa, geboren in Sweet Springs, KY*, haben wollen.

Wurde der bald mal fertig? Wie lange konnte man einen verdammten Führerschein anstarren?

Plötzlich ließ ein ganz anderer Gedanke jähe Panik in meine Glieder rieseln. Wenn der Deputy neu in der Stadt war und mich nicht von früher kannte, würde er mich vielleicht aus Prinzip schikanieren. Das hier waren schließlich immer noch die Südstaaten und Polizisten nicht immer nett gegenüber Nichtweißen. Ich zwang mich, ruhig zu atmen und nicht alle schrecklichen Nachrichtenbeiträge über Polizeigewalt im Kopf abzuspielen.

„Ist alles in Ordnung, Officer? Ich bin auf der Durchreise, nicht betrunken und führe keine illegalen Substanzen oder Gegenstände bei mir“, sagte ich in meiner sanftesten Kopfstimme, warf einen flüchtigen Blick zur Seite – und erstarrte.

Nicht, weil ich in eine Waffenmündung blickte. Sondern auf tätowierte Fingerknöchel, die meinen Führerschein kreiseln ließen wie eine verdammte Spielkarte. Tattoos, die sich so sehr in mein Gedächtnis eingebrannt hatten, als stünden sie auf meiner eigenen Haut.

L – O – V – E. Ich sah sogar das verdammte Ornament, das das V im richtigen Blickwinkel wie ein S aussehen ließ. L – O – S – E.

Schmerz und schlechtes Gewissen kristallisierten in meinem Blut zu scharfkantigen Eisdolchen. Dann erschien das Gesicht meiner ersten und einzigen großen Liebe im heruntergelassenen Fenster.

„Hi, Jadie." Oh Gott, sein Grinsen grub immer noch diese Grübchen in seine Wangen. Ich konnte nicht atmen. Erst recht, als ich das ewig schelmische Blitzen in seinen Augen sah. „Steig aus dem Wagen."

Das setzte meine Körperfunktionen wieder in Gang.

„Was? Den Teufel werde ich tun!"

Er lehnte sich lässig gegen das Fahrerfenster und grinste so verflucht breit, dass man selbst ohne Maskenprothesen das Jokergrinsen auf sein Gesicht malen könnte. Ich verstand, warum Heath Ledger den Job bekommen hatte, sein Grinsen war genauso breit gewesen wie das von Ash Crawford.

„Glaub mir, Darling, du willst jetzt aus diesem Auto aussteigen, bevor das hier 'ne Szene gibt."

„Ich will dir höchstens in den Arsch treten!", schoss ich zurück, weil mich seine Witzeleien in den Wahnsinn trieben. Ich käme vermutlich besser damit klar, wenn er mir die kalte Schulter zeigen oder mich anschreien würde.

„Tja, dafür musst du auch aussteigen, also …" Er trat einen Schritt zurück und machte eine Geste wie ein Zauberkünstler auf der Bühne, die bei jedem anderen lächerlich ausgesehen hätte, an ihm aber einfach nur … heiß aussah!

„Vergiss es, Ash!" Ich blieb, wo ich war.

Ash seufzte theatralisch und richtete sich zu seiner vollen Größe auf, sodass ich nur noch den Saum seines weißen T-Shirts sah, zusammen mit der unwiderstehlich festen Kontur seiner Jeans, die tief auf seinen Hüften saß und rein gar nichts der Fantasie überließ. Ungebeten wurde mir heiß. Mein Mund wurde trocken, während sich mein Körper an Empfindungen erinnerte, die ich tief vergraben hatte.

„Ma'am, ich muss Sie bitten, aus dem Wagen zu steigen", forderte Ash in einem so grimmigen Befehlston, dass meine Gedanken eine noch dunklere Färbung bekamen. Zumindest, bis er mir etwas vors Gesicht hielt. Eine *Polizeimarke*?

„Was zum verfluchten Teufel? Wem hast du die geklaut?"

Sein Grinsen war genauso schmutzig wie die Gedanken, die ich im Wagen zurückließ, als ich die Tür aufriss und ausstieg, damit wir auf Augenhöhe waren. Lächerlich. Ich reichte ihm nicht mal bis zum Kinn, weswegen ich meines umso höher reckte.

Die Grübchen in seinen rasierten Wangen wurden noch tiefer, während mein gesamtes Wesen ausschließlich darauf fokussiert war, meine Einzelteile zusammenzuhalten, meinen Körper auf Abstand zu bringen – und ihn verdammt noch mal nicht anzustarren wie ein Musikinstrument, das ich kaputt gemacht hatte und dessen Reparatur ich mir nicht leisten konnte.

Sein Gesicht war immer noch kantig, sein Mund unanständig breit und seine Augen so absurd blau wie der Countryhimmel an einem perfekten Sommertag, selbst jetzt im Halbdunkel. Nur seine Haare waren länger – viel länger. In den vielen Jahren zwischen Kindheit, Jugend und jungem Erwachsenenalter hatte ich so ziemlich jede Frisur an ihm gesehen, von Aaron-Carter-Kinderschnitt über Kurt-Cobain-Matte bis zu Chris-Hemsworth-Kurzhaarfrisur. Nie waren sie so lang gewesen, dass er sie am Hinterkopf mit einem Haargummi zusammenfassen konnte und ihm einzelne Strähnen bis zu den Mundwinkeln fielen. Glatt und schimmernd, kein bisschen stumpf oder ungepflegt.

Kurz verlor ich mich in der Vorstellung, hineinzugreifen und meine Hände in den goldenen Fluten zu vergraben, während er mich im Halbdunkel gegen die Karosserie des Mietwagens drängte.

Seine Mundwinkel zuckten, als hätte er meine Gedanken gelesen.

Warte, starrte ich etwa seinen Mund an?

Schnell hob ich den Blick zu seinen Augen, bloß um festzustellen, dass er mich genauso musterte wie ich ihn. Seine azurblauen Augen huschten über mein Gesicht, als wäre er auf der Suche nach etwas, das er offenbar nicht fand, denn jetzt zogen sich seine Brauen unzufrieden zusammen.

„Du siehst anders aus."

„Du auch", gab ich zurück.

Er hielt meinen Blick im selben magnetischen Klammergriff gefangen wie meinen Körper, während er eine Braue zu einem Ausdruck hob, den ich nicht deuten konnte. „Was willst du hier, Darling?"

Nenn mich nicht so.

„Du arbeitest jetzt also für die Polizei?", entgegnete ich, um von mir abzulenken.

Er ließ sich nicht beirren. „Macht dich der Gedanke an, dass ich dich in Handschellen lege?"

Verdammt, ja.

„Träum weiter."

Diesmal konnte ich sein Grinsen lesen: Er glaubte mir kein Wort. „Dreh dich um, Jade."

„Was zum Teufel? Auf keinen verfickten Fall, Ash! Ich habe –"

Der Rest meines Satzes ging in einem Keuchen unter, als er mich eigenhändig umdrehte und gegen den Mietwagen drückte. Hitze schoss in meine Glieder, als ich augenblicklich seine großen Hände an meinen Seiten spürte. Sofort erinnerte sich mein Körper an alle Empfindungen, die er mir so oft in dieser Position entlockt hatte, dass ich die Beine zusammenpresste, um mich nicht vor Lust zu winden.

„Da ist sie also, die feurige Maddie da Rosa. Ich habe mich schon gefragt, was sie unten in Tennessee mit deinem losen Mundwerk gemacht haben", raunte seine Stimme so nah an meinem Ohr, dass ich einen wohligen Schauer unterdrücken musste. Seine Hände strichen an meinen Seiten entlang, als wäre das hier ein Vorspiel und keine Routineuntersuchung bei einer Verkehrskontrolle. „Die Jade aus den Interviews tut immer so vornehm."

Warte … er hörte Interviews von mir? Ich drehte den Kopf zur Seite, soweit es meine Position zuließ, während er meine Hände flach auf das Wagendach presste und über meine nackten Arme strich, bis sich darauf eine Gänsehaut bildete. Er stand so dicht hinter mir, dass ich die Hitze seines Körpers spürte und seinen Duft wahrnahm. Exotisch-sinnlich, nach würzigem Ingwer, spritziger Zitrone und – warte mal, Tequila?

„Bist du betrunken?"

„Oh, Baby, *I'm not drunk …*"

Mein Körper stand augenblicklich in Flammen, und nicht, weil er den Song zitierte. Die Art, wie seine Finger an meinen Seiten entlangfuhren und gerade so den Ansatz meiner Brüste streiften, stellte meine Brustwarzen auf. Der heiße Hauch seines Atems ließ meinen Nacken vor Verlangen prickeln.

I'm drunk on you.

„Das ist meine Zeile", keuchte ich.

Zur Antwort verstärkte sich sein Griff um meine Hüften. Lust explodierte in meinem Innersten, als er mich gleichzeitig zurückzog und vorwärts gegen die Karosserie drängte. Das Bedürfnis, den Hintern nach hinten zu schieben und mich an seinem harten Körper zu reiben, wurde geradezu überwältigend.

„Babycake, wir wissen beide, dass das *meine* Zeile ist."

Damit schob er ein Knie zwischen meine Schenkel, um meine Beine zu spreizen. Ich keuchte erneut, rührte mich jedoch nicht, weil ich sicher war, dass sich mein Körper gegen mich auflehnen und etwas schrecklich Dummes tun würde, wenn ich auch nur einen Muskel regte. Mit beiden Händen flach auf dem Wagendach, eng an die kühle Karosserie gedrückt, versuchte ich mit angehaltenem Atem, die wellenartigen Lustschauer zu unterdrücken, während seine Hände an meinen Beinen entlangstrichen, als hätte er alle Zeit der Welt.

„Falls es dir entgangen ist, Einstein: Ich trage Shorts! Kein Grund, meine Beine abzutasten."

„Mhm." Wie um mir das Gegenteil zu beweisen, erhöhte Ash den Druck auf meiner nackten Haut. Ich konnte ihm nichts vormachen, sogar ich spürte, wie sich meine Muskeln unter seinen Berührungen vor Lust zusammenzogen. Ich war so was von geliefert.

„Ich entscheide, was nötig ist und was nicht, Babycake“

„Hör auf, mich so zu nennen. Und hör auf, mich abzutasten. Ich bin sauber!“, beharrte ich.

„Bist du das wirklich?“, raunte er mit einer Stimme, die alles in mir zum Vibrieren brachte. Wie um mir das Gegenteil zu beweisen, strich er auf dem Rückweg an der Innenseite meiner Schenkel entlang. Ich hoffte inständig, dass meine Jeansshorts nicht so durchnässt waren wie das Höschen darunter.

„Ja, wirklich“, zischte ich. „Bist du jetzt fertig?“

Jetzt lachte er leise und … *verdammt!* Sein Lachen erreichte immer noch Orte in meiner Seele, die niemand sonst kannte. Als er sich wieder aufrichtete, spürte ich die Hitze seines Körpers auf voller Länge in meinem Rücken. Er stand dicht genug hinter mir, um mich am Abgrund schweben zu lassen. Nah genug, dass sich seine Erregung gegen meinen unteren Rücken drückte. Nicht nah genug, um mir Erleichterung zu verschaffen. Ich hörte mich selbst atmen, spürte meinen heftigen Herzschlag und musste mit aller Kraft das Bedürfnis niederringen, das Gesicht zur Seite zu drehen, um einen wilden Kuss zu empfangen wie schon so oft in dieser Position.

„Ob ich fertig bin? Baby, ich habe noch nicht mal angefangen. Was willst du hier? Hast du mich vermisst?“

„Ich bin nicht wegen dir hier und nein, ich habe dich nicht vermisst.“

Lüge.

Die Tatsache, dass er meine geröteten Wangen nicht sehen konnte, bedeutete leider nicht, dass er mir glaubte. Ich hielt die Luft an, als er sein Gesicht nahe an meines heranbrachte und eine Hand in meinen Locken vergrub.

„Ich mag es, dich beim Lügen zu erwischen, wenn mir dein Körper die Wahrheit sagt."

„Du kannst mich mal!"

Ash lachte. „Würde ich gerne, aber gerade sieht uns leider das halbe Polizeirevier zu, also ..."

Er ließ den Satz unvollendet, trat jedoch endlich einen Schritt zurück und nahm zumindest diese betörende Hand aus meinem Haar, wenngleich nicht die zweite Hand von meiner Hüfte.

„Zuschauer haben dich doch nie gestört." Endlich drehte ich mich um. Großer Fehler, denn jetzt warf mich die explosive Kombination seines Anblicks, Dufts und Körpers beinahe um. Und seines Lächelns, das verschlagener denn je wirkte.

„Nein. Aber *du* willst nicht, dass all deine schmutzigen Geheimnisse ans Licht kommen, nicht wahr ... *Darling*?" Mir blieb keine Zeit zu erkunden, was dieser Name von seinen Lippen in mir auslöste – oder darüber, was Bobby erst vor ein paar Stunden über Geheimnisse und Druckmittel zu mir gesagt hatte –, denn jetzt wurde Ashs Blick hart. „Was willst du hier?"

„Kommst du mal in die Gänge, Crawford? Brauchst du Hilfe?"

„Eine Minute, Donald!", rief Ash zurück, ohne den Blick von mir zu nehmen. Trotzdem nutzte ich die Ablenkung, um schnell einen Schritt zur Seite zu machen und nicht mehr zwischen ihm und dem Wagen eingeklemmt zu sein. Frische Landluft war eine Wohltat.

Mit neuem Sauerstoff in meinen Lungen hob ich das Kinn. „Nicht, dass es dich etwas angehen würde, aber wie ich sagte: Ich bin auf der Durchreise. Bevor die Sonne aufgeht, bin ich wieder weg."

„Noch eine Lüge."

Ich blinzelte. „Welcher Teil meiner Aussage?"

Jetzt breitete sich das durchtriebenste Lächeln auf seinem Gesicht aus, seit der Teufel aus dem Paradies verbannt worden war.

„Jeder Teil, Babycake."

Kapitel 6

Sweet Home à la Lama

JADE

Nach fast vier Jahren fand ich immer noch den Weg nach Hause.

Na gut, einmal wäre ich fast eine Straße zu früh abgebogen, aber das Bauarbeiten-Schild war früher nicht da gewesen, und es war verflucht dunkel hier – wenngleich andächtig leise. Anders als in der pulsierenden Großstadt Nashville mit all ihren Neonschildern, Music Clubs und hell erleuchteten Gehwegen, verströmten hier bloß vereinzelte Straßenlaternen ein schummeriges Zwielicht. Zikaden zirpten im hohen Gras hinter den Häusern, Wind strich sachte durch die Bäume.

Es war seltsam, zurück in die Heimatstadt zu kommen, durch die alten Straßen zu fahren, die so vertraut rochen, aber so fremd aussahen. Die sich so anders anfühlten und trotzdem dieses Ziehen in der Magengegend verursachten, das nur tief verwurzelte Sehnsucht nach einer Zeit hervorrief, die in Wahrheit viel langweiliger gewesen war, als uns die rosigen Erinnerungen weismachen wollten.

Endlich erkannte ich das dreistöckige Gemeindehaus, in dessen Schatten sich das Häuschen drängte, in dem ich aufgewachsen war. Vor der verwilderten Hofeinfahrt stellte ich den Motor ab und stieg leise aus.

Alle Fenster ringsum waren dunkel, die Straße lag still da. Friedlich. Motten flatterten in den gelblichen Lichtkegeln, hin und wieder schoss eine Fledermaus hindurch und ließ mich lächeln. Wann hatte ich das letzte Mal eine Fledermaus gesehen? Wann hatte ich das letzte Mal *die Sterne* gesehen?

Ich legte den Kopf in den Nacken und bestaunte eine kleine Weile lang das zahllose Funkeln am Himmelszelt. Ash hatte sie als kleiner Junge immer zählen wollen, und mir als Teenager so viele Tage versprochen, wie es Sterne gab. Fast konnte ich seine langen Finger spüren, wie sie sich im Dunkeln mit meinen verflochten, seinen zitronig warmen Duft riechen, der mich von Kopf bis Fuß eingehüllt hatte, während wir nächtelang nebeneinander auf seiner Jacke im Gras gelegen hatten.

Think of me when you're counting stars,
Think of me when you heal your scars,
Think of me when the night is close to the break of dawn
Think of me when you're here, and when you're almost gone …
Boy, Think of us.

Ich schüttelte die Gedanken ab und stieg die drei Stufen zur Veranda hinauf, trat aus Gewohnheit meine Stiefel auf der fransigen Fußmatte ab und bückte mich nach der vertrockneten Hortensie, unter deren Blumentopf immer der Schlüssel gelegen hatte.

Eine ganze Weile tastete ich im Dunkeln herum, fand jedoch nichts. Hatte ihn jemand verlegt? Oder gar entwendet? Womöglich ein gewisser Herr, der dafür bekannt war, Dinge zu stehlen, die ihm nicht gehörten? Geldbörsen, Küsse … Herzen.

Oh, doch nicht! Da war er ja.

Beschwingt zog ich den Schlüssel unter dem staubtrockenen Wurzelballen hervor und schloss die Haustür auf.

Das Haus war kleiner als in meiner Erinnerung.

Nicht, dass ich derzeit viel Platz hatte in der winzigen Garagenwohnung von Cassandras Bruder Clifford, aber in meiner Vorstellung war der Windfang ein breiter, lichtdurchfluteter Raum mit Garderobe gewesen, kein schmaler Schlauch, in dem man sich kaum um die eigene Achse drehen konnte.

Das Haus roch unbewohnt und nach Staub, aber nicht muffig. Die alten Dielen knarzten vertraut unter meinen Füßen, während ich mich vorantastete, die Taschenlampenfunktion meines Handys eingeschaltet. Das Herz klopfte mir bis zum Hals.

Vorfreude? Reiz des Verbotenen, weil ich nachts illegal in ein Haus einstieg? Oder war es womöglich Angst, weil die scharfkantigen Schatten in den Ecken scheißgruselig waren …

Ich wusste, dass Pedro das Haus nicht mehr vermietet hatte, seit ich vor fast vier Jahren ausgezogen war. Irgendwie schade, weil es trotz der niedrigen Decken und kleinen Zimmer ein gemütliches Haus war, das sicherlich ein schönes Nest bieten konnte. Aber ich würde mich nicht beklagen, denn so konnte ich alles auf Anhieb finden und mich wieder aus dem Staub machen, bevor irgendjemand …

Meine Gedanken gerieten ins Stocken, als ich den Lichtstrahl um die Ecke richtete. Eigentlich hatte ich erwartet, unsere durchgesessene Couch und ein paar vertrocknete Zimmerpflanzen zu sehen. Stattdessen erstarrte ich mitten in der Bewegung.

ASH

Think of me in all your Highs, Lows and In-Betweens
All your favorite songs, quotes and movie scenes
Think of me when you're riding in that big old bus.
Because every time I think of all these things
… Girl, I think of us.

„Danke, Mann!" Devins Stimme unterbrach den Refrain in meinem Kopf, den ich wohl jedes einzelne Mal wiederholen würde, wenn ich mich dabei erwischte, die Sterne am Nachthimmel zu zählen.

Es gab diese Momente, die unwillkürlich Songzeilen oder Melodien in meinem Kopf abspielten. Jemand freute sich, zu Hause zu sein: Lynyrd Skynyrds „Sweet Home Alabama". Jemand redete von Geistern: Die Ghostbusters-Titelmelodie. Ich zählte Sterne: Dieser Song.

Vielleicht war in meinem Kopf etwas kaputt, vielleicht ging es anderen auch so. Vielleicht sollte mich das verdammt noch mal nicht interessieren.

Genauso wenig wie die Rundungen des Körpers, den ich vor zwanzig Minuten erforscht hatte, als hätte ich nicht längst jeden Zentimeter davon verinnerlicht. Als wüsste ich nicht, wie ihre Haut schmeckte, wenn sie sich meinen Berührungen entgegenbog.

Verdammt, dieser Hintern.

„Soll ich dich nach Hause fahren?“, fragte Devin.

Ich machte eine undefinierbare Kopfbewegung, unentschlossen, ob ich nicht besser zurück zu Tess fahren und mir die Kante geben sollte. Jade war dünner als früher, und ich wusste nicht, welche Vorstellung mich wütender machte: dass jemand das für sie entschieden haben könnte, oder dass sie freiwillig weniger aß, weil sie glaubte, irgendetwas stimmte nicht mit ihren Kurven.

„Was ist denn los mit dir, Mann?“ Ich brauchte einen Moment, um zu begreifen, dass Devin mit mir sprach. „Sonst kann man dir das Maul nicht stopfen, und jetzt bist du stumm wie ein Fisch. Schlechten Tag gehabt?“

Nur ungefähr eintausendzweihundert in Folge.

„Sieht doch nach Erfolg aus. Von wem ist die Nummer?“ Er nickte auf die Kugelschreiberzahlen auf meinem Unterarm.

Nina Bowmaker, die blonde Immobilienmaklerin aus Tess’ Bar, hatte ich völlig vergessen. Kurzerhand zog ich mein Handy aus der Tasche und speicherte die Nummer ab, zusammen mit dem, was von den halb verschmierten Buchstaben der Adresse noch zu entziffern war, auch wenn ich nicht mehr vorhatte, später dorthin zu fahren. In dem Moment sah ich eine Nachricht.

Bro: Hab heute Abend ein Date und du?

Ich widerstand dem Drang zu fluchen – und dem Reflex, das Display so zu kippen, dass Devin die Nachricht nicht sehen konnte. Aber das wäre noch auffälliger, als gleich neben ihm einen überteuerten Sportwagen aufzubrechen. Er linste herüber, während wir auf seinen Jeep zugingen. Nicht aus Misstrauen oder Gesetzeshüter-Pflichtgefühl, sondern weil er mein Cousin war und Neugierde völlig menschlich. Und genau das war der Grund dafür, dass alles an dieser Nachricht eine Lüge war.

Immerhin schien sie zu funktionieren. „Phoenix?“, fragte Devin mit dem Anflug eines Grinsens.

Ja, meinem treulosen Bruder wäre zuzutrauen, so etwas zu schreiben. Früher. Heute würde mir keiner meiner drei Brüder eine Nachricht schreiben. Zwei, weil sie getan hatten, was ich nie geschafft hatte, und aus dieser Stadt abgehauen waren. Einer, weil er im Knast saß.

Ich schüttelte den Kopf, um Devin nicht ins Gesicht lügen zu müssen. Ich log nicht gern, doch wenn ich mich zwischen Loyalität und Ehrlichkeit entscheiden musste, dann wählte ich Loyalität, jedes Mal. Und während mein eigener Bruder mich ins Gefängnis gebracht hatte, hatte mich Mason wieder rausgeholt, also verdiente er die Bezeichnung „Bro“ streng genommen sogar mehr.

„Wie geht's Knox?“, fragte Devin, weil meine Gedanken an meinen ältesten Bruder offenbar auf meine Stirn tätowiert waren, während meine Finger bereits eine Antwort an Mason begannen: *Viel Spaß, hab was anderes vor.*

Übersetzt mit: *Die Luft ist rein, ich habe keinen Cop in der Nähe gesehen.*

Weil das halbe Polizeirevier gerade mit mir auf der anderen Seite der Stadt war.

„Ganz gut für jemanden, der dreiundzwanzig Stunden am Tag auf fünf Quadratmetern verbringt“, antwortete ich Devin indes. Ich wollte nicht über Knox reden. Aber ich wollte die Stimmung auch nicht so gedrückt hinterlassen, also schob ich mit einem gezwungenen Grinsen hinterher: „Immerhin muss er keine Steuern zahlen.“

Devin schnaubte amüsiert, was mir ein echtes Grinsen aufs Gesicht pflasterte – das schlagartig verblasste, als eine zweite Nachricht kam:

Bro: Hast du'n neuen Wagen? Roter Nissan?

„Fuck.“

Devin sah fragend herüber, aber ich konnte ihn nicht ins Bild setzen.

Hatte Jade vorhin nicht ihre Kurven gegen das Dach eines roten Nissans gepresst?

Fluchend löschte ich die angefangene „Viel Spaß“-Nachricht und schrieb stattdessen die Warnung: *Benutz ein Kondom!*

„Kannst du mich am Gemeindehaus rauslassen?“, fragte ich, während Devin losfuhr.

„Das ist über eine Meile von deinem Haus entfernt.“

Kein Scheiß, Sherlock. „Ich laufe den Rest. Kopf freikriegen und so.“ Ich kreiselte mit dem Finger vor meiner Schläfe, als hätte ich nicht alle Tassen im Schrank. Was ziemlich nah an der Wahrheit lag.

Denn was ich vorhatte, war hochgradig illegal und könnte meine ambitionierten Ziele morgen früh erheblich in Gefahr bringen. Ich warf einen Blick auf die Uhr. Weniger als zehn Stunden trennten mich davon, diesen Zielen einen großen Schritt näherzukommen.

Andererseits: Was machte eine weitere dumme Tat schon für einen Unterschied?

Kapitel 7
Mit Anlauf in die Scherbenkiste

JADE

Etwas knirschte unter meinem Stiefel.

Glas!

Wie in Zeitlupe hob ich die Sohle an und leuchtete auf den Boden zu meinen Füßen. Glasscherben. Überall!

Blut rauschte in meinen Ohren, mein Herz klopfte so laut, dass ich kaum noch Luft bekam. Nein, das lag daran, dass ich die Luft angehalten hatte. Mein Atem klang zittrig, als ich ihn kontrolliert entweichen ließ, so wie ich es im Stimmtraining gelernt hatte. Kein Lampenfieber der Welt hatte meinen Körper je so zittern lassen.

Fassungslos ließ ich den Lichtschein über das wandern, was einmal unser Wohnzimmer gewesen war. Es war nicht so, dass die Couch, Möbel, Pflanzen und Gardinen nicht mehr da wären. Sie waren nur komplett zerstört, als wäre ein Tornado mitten durchs Zimmer gefegt. Die Couchkissen waren aufgeschlitzt, Federn und Baumwollflusen lagen herum wie Schnee im Sommer. Das Bücherregal war umgekippt, die Zierschüsseln waren zerbrochen. Die scharfen Bruchkanten schnitten geradewegs in mein Herz, als ich an all die Feiertage dachte, an denen Mom darin Feijoada serviert hatte.

Was war hier passiert? Ein Kampf? Ein Einbrecher? War er noch da?

„Hallo …?“ Es war mehr ein Wispern als ein Rufen, und während ich in die Stille des Hauses lauschte, wusste ich nicht, was schlimmer wäre: *Nichts* zu hören oder *etwas* zu hören.

Vorsorglich tastete ich nach der Stange, mit der man die Leiter zum Dachboden herunterziehen konnte, bevor ich auf Zehenspitzen in die Küche schlich.

Dort sah es genauso aus: alle Schubladen waren aufgerissen, Besteck lag auf dem Boden verstreut, umgekippte Vorratsdosen ergossen Reis, Paniermehl und schwarze Bohnen über den Boden.

Mir wurde bewusst, wie viel Kram sich in einem Menschenleben ansammelte, und dass ein Haus niemals wirklich leer war, selbst wenn ich vor meinem Auszug den Müll, Kühlschrank und die Kleiderschränke leer geräumt hatte. Zugegeben, vielleicht war ich ein wenig zu überstürzt ausgezogen, nachdem –

Der Gedanke riss ab, als Glas hinter mir im Flur knirschte. Mit angehaltenem Atem und pochendem Herzen lauschte ich auf die kaum hörbaren Schritte, die eindeutig nicht von einem Waschbären stammten.

Fuck, fuck, fuck!

Denk nach, Jadie!

„Was zum …“

Ich fuhr schreiend herum, die Stange reflexartig schwingend. Ein dumpfer Knall, ein schockiertes Keuchen, gefolgt von einem unterdrückten Schmerzensfluch, der mich zurücktaumeln ließ. Die Stange fiel klappernd zu Boden, als ich sie losließ.

„Scheiße, Jadie! Was zum Teufel?“

„Ash?!“ Fassungslos leuchtete ich ihm ins Gesicht. Er kniff die Augen zusammen, aber sein Kopf schien unverletzt. Die Erleichterung wurde augenblicklich von meinem wütenden Restadrenalin weggeschwemmt. „Hast du sie noch alle? Du kannst dich doch nicht einfach an mich heranschleichen! Es ist mitten in der Nacht und scheißgruselig hier!“ Ich stieß ihm unwirsch gegen die Brust, ungeachtet der Tatsache, dass ich ihm gerade erst eine Stange übergezogen hatte. „Was willst du hier?“

„Dasselbe könnte ich dich fragen.“ Er ließ ächzend die Schulter kreisen, die wohl den Schlag abbekommen hatte. Ich schob das schlechte Gewissen beiseite.

Der Schein der Taschenlampe zuckte über die Deckendielen, als ich die Arme hochwarf. „Was ich hier will? Es ist *mein* Haus?!“

„Nein, ist es nicht.“

Woher wusste er das? Wusste er von dem Erbe? Von der Zwangsversteigerung?

Diese drängenden Fragen rückten vorübergehend in den Hintergrund, als ich sah, wie er das Gesicht verzog und seinen Arm umständlich verdrehte, um seinen Unterarm zu inspizieren. Ich leuchtete darauf – und erstarrte. „Scheiße, Ash, du blutest!“

Über seinen Unterarm zog sich ein Riss von gut zehn Zentimetern. Er schien nicht tief, aber tief genug, dass ein schmales Blutrinnsal über seinen Ellenbogen lief und auf den Boden tropfte. Anscheinend hatte ich ihn nicht nur mit der Stange erwischt, sondern mit dem Eisenhaken, mit dem man die Falltür auszog. Nicht auszudenken, was passiert wäre, wenn Ash nicht die Reflexe einer Katze hätte und geistesgegenwärtig den Arm hochgerissen hätte.

Ash betrachtete die klaffende Wunde wie ein erstauntes Kind, das zum ersten Mal eine Ameisenstraße entdeckt. Dann war alles, was er sagte: „Shit." Er hob den Ellenbogen höher, damit er nicht weiterhin meinen Boden volltropfte, wobei sich sein beeindruckender Trizeps spannte und mich kurz aus dem Konzept brachte. Erst recht, als Ashs raue Stimme mich völlig gefangen nahm. „Verdammt, ich wusste, dass du mich irgendwann umbringen würdest, Babycake."

„Übertreib nicht gleich, Shakespeare", entgegnete ich, um der Anziehungskraft zu entkommen. Und, um nicht zugeben zu müssen, dass mich sein Spitzname immer noch berührte. Seine Stimme. Seine Nähe. „Du blutest meinen Boden voll."

Ash schüttelte amüsiert den Kopf, schob mich zur Seite und ging den dunklen Flur entlang, als wäre das hier sein Haus. Ich folgte ihm zu der Tür, die er mit der unversehrten Schulter aufdrückte. Selbst hier waren alle Schränke aufgerissen.

„Wer tut so was?", fragte ich fassungslos, während Ash im Lichtstrahl meiner Handytaschenlampe den Hahn aufdrehte und seinen Unterarm unter den Wasserstrahl hielt. Die Art, wie er dabei die Zähne zusammenbiss, zog meine Eingeweide vor schlechtem Gewissen zusammen.

„Ich weiß es nicht, Jadie …"

Jadie. Er war der einzige Mensch gewesen, der mich Jade, liebevoll Jadie, genannt hatte. Mein Rufname war Madeleine, also war ich für jeden immer Maddie gewesen. Für jeden außer Ash.

Ich verschränkte die Arme vor der Brust, um nicht darauf zu reagieren, wie absolut heiß das geschmeidige Spiel seiner Muskeln aussah, während er hellrot gefärbtes Wasser in den Abfluss laufen ließ. Niemand sah in zerschlissenen Jeans und einem weißen T-Shirt so sexy aus wie Ash. Kombiniert mit seinem breiten Grinsen, verlieh es ihm diesen verruchten Underdog-Charme, der gleichermaßen den *„Ich muss diesen Straßenwelpen adoptieren"*-Helferinstinkt einer Frau weckte und das *„Ich will, dass du mir gleich hier den Verstand aus dem Leib vögelst"*-Bedürfnis.

„Ziemlicher Zufall, dass du gerade jetzt hier auftauchst, was?", fragte ich, um meine Gedanken im Zaum zu halten.

Ash hob schelmisch die Mundwinkel. Gott, könnte er das lassen? Als er nicht antwortete, bohrte ich weiter: „Hast du etwas mit dieser Verwüstung hier zu tun?"

Jetzt riss er den Kopf herum, und da war wieder der ausgesetzte Welpe. Die ehrliche Fassungslosigkeit auf seinem Gesicht ließ mich wünschen, ich hätte nicht gefragt. „Warum um alles in der Welt denkst du, ich könnte dir so was antun?"

„Weil du … mich hasst und mir heimzahlen willst, dass ich …" Er hob neugierig eine Augenbraue. Ich konnte es nicht sagen. „Gegangen bin", endete ich.

Jetzt schnaubte Ash und setzte wieder sein Crawford'sches Pokerface auf. „Darling, wenn das mein einziges Problem wäre, würde ich 'ne fette Party schmeißen und einen auf dich trinken."

Autsch.

Das war das Risiko bei Anschuldigungen trotz unverheilter Wunden: Sie kamen als Boomerang zurück und klatschten einem nass und glitschig ins Gesicht. Ich betrachtete das Spiel seiner Muskeln und geschickten Hände, während ich versuchte, mir einen Reim auf all das hier zu machen.

„Sah es schon so aus, als du angekommen bist?", fragte Ash da.

„Ich war es sicherlich nicht selbst."

„Und das Absperrband?"

Jetzt zog ich den Kopf ein. Das Absperrband, das dieses Haus bis zur Versteigerung als behördliches Eigentum kennzeichnete, und über das ich einfach hinweggestiegen war. Dabei war es gerissen. „Ja, das war ich."

Ash hob eine Braue und sah mich auf eine Weise an, die jeden schmutzigen Gedanken in mir an die Oberfläche schwemmte. Zusammen mit dem Bedürfnis, meine Finger in seinen Haaren zu vergraben und mich auf ganzer Länge gegen seinen harten Körper zu pressen.

Hitze schoss mir in die Glieder, als Ash den Wasserhahn schloss und auf mich zukam, als hätte er meine Gedanken gelesen. Doch er griff nicht in meine Haare, sondern nach der Tür.

„Ich muss telefonieren."

Das riss meinen Körper aus der Starre. „Nachts um halb eins? Klar! Mit wem, einer Escort –"

Er schloss die Tür vor meiner Nase und drehte sogar den Schlüssel um. Schwärze umfing mich, als das Handylicht vom Holz geschluckt wurde, eilig hob ich es wieder. Entschuldige mal?

Sofort legte ich das Ohr an das Holz, hörte jedoch nichts außer dem viel zu laut rauschenden Wasserhahn. Das tiefe Timbre seiner Stimme erklang, das meinen Körper augenblicklich in eine widersprüchliche Mischung aus Verlangen und Geborgenheit hüllte, doch ich verstand kein Wort. Klang er zornig? Erregt?

Die Vorstellung jagte einen heißen Schauer durch meine Glieder. Ich schob die plötzlich sehr lebhafte Erinnerung beiseite, wie wir einmal Sex übers Telefon gehabt hatten, um unsere Fernbeziehungsfähigkeiten zu testen. An sein tiefes Raunen und seine schmutzigen Worte.

Dann beschloss ich, dass ich nicht vor dieser Tür stehen würde, bis er mit was-auch-immer fertig war, und suchte im Haus nach Verbandszeug. Natürlich war keines da, also holte ich den Verbandskasten aus dem Leihwagen. Damit bewaffnet, klopfte ich laut an die Tür. „Bist du langsam fertig mit dem Telefonsex?"

Keine Antwort. Ich hämmerte erneut an die Tür, lauter diesmal. „Ich werde dich nicht kommen lassen, bevor du –"

Ich verschluckte mich, als die Tür aufging und ich unvermittelt auf Ashs Brust blinzelte. Auf Ashs *nackte* Brust, deren Hügel und Täler von dem scharfen Handylicht nur noch deutlicher konturiert wurden. Eine Sekunde lang konnte ich bloß seine wie gemeißelten Muskeln anstarren, gebräunt und tätowiert und so unwiderstehlich, dass ich mich zusammenreißen musste, um nicht die Hände auszustrecken und mit den Fingern die Schweife der Sternschnuppen auf seinem Rippenbogen nachzufahren.

„Du bist nackt", keuchte ich.

„Und du hast zu viel an für das, was ich in deinem Blick lese."

Ich ignorierte die Tatsache, dass er mich besser kannte als ich mich selbst. „Warum zum Teufel bist du nackt?"

Da sah ich, warum. Er hatte das T-Shirt als Handtuchersatz benutzt. Es lag durchweicht und rotfleckig über dem Badewannenrand.

„Nervös, Babycake? Immerhin trage ich eine Hose."

Mein Blick wanderte hinab zum tief sitzenden Saum der Jeans. Oh mein Gott, wieso musste sie so tief sitzen? Wieso mussten seine Muskelstränge im perfekten Winkel verlaufen, und *wieso verdammt* sah es aus, als würde er unter dieser Jeans nichts tragen?

„Sag nur ein Wort, wenn du willst, dass ich sie ausziehe." Schon waren seine flinken Finger am Knopf. Ich rang eine Sekunde lang mit der Versuchung, ihm dabei zu helfen. Dann riss ich den Blick los.

„Was ich will, ist, dass du dir etwas anziehst und aus meinem Haus verschwindest, nachdem ich das da verarztet habe."

Ich zeigte auf seinen Arm, doch er grinste unverhohlen. „Dein Mund lügt ja schon wieder."

ASH

Ich beobachtete, wie Jade den Mund öffnete, um mir zu widersprechen. Ich widerstand dem Drang, ihr Kinn zu umfassen und meinen Daumen zwischen ihre geöffneten Lippen zu schieben. Und ich grinste wie ein Idiot, als sie sich einfach umdrehte und den Flur entlangging.

„Mitkommen. Und bring gefälligst dein T-Shirt mit."

Ich gehorchte. Scheiße, ich würde dieser Frau vermutlich quer durch die Wüste folgen. Wenn das Leben nicht so verdammt kompliziert wäre … Zum tausendsten Mal verlor ich mich in der Vorstellung, was passiert wäre, wenn ich mit ihr gegangen wäre. Wenn ich nicht in diese erbärmliche Familie am Arsch der Welt hineingeboren worden wäre. Wenn ich ein anderer wäre.

„Heute noch, Crawford! Du blutest meinen Boden voll."

Ich kontrollierte meinen Arm: tat ich nicht. Trotzdem winkelte ich den Unterarm vorsorglich an und folgte ihr in die Küche, wo sie ein kleines Lazarett auf dem Tisch ausgebreitet hatte.

„Setzen."

„Ich mag es, wenn du mich herumkommandierst", sagte ich in meiner tiefen Bauchstimme, weil ich wusste, dass sie das anmachte.

Jade holte beherrscht Luft, woraufhin sich die Rüschenbluse über ihren Brüsten spannte und mein Blick wie von selbst zu ihrem Dekolleté wanderte. Schön, aber zu unschuldig für sie. Und höllisch unpraktisch. Maddie da Rosa hätte dieses Kleidungsstück nicht in hundert Jahren angezogen.

Ich wollte sie fragen, ob es das alles wert war. Der Stress, die Entbehrungen, die Lügen – vor allem die Lügen. Ob sie glücklich war. Doch da stieß sie mir gegen die Brust, sodass ich rückwärts auf den Stuhl taumelte, und ich dachte nur noch daran, wie ich ihren Körper möglichst bald auf meinem spüren konnte.

„Langsam, Baby. Ich gehe nirgendwohin."

„Ja, und genau das ist das Problem." Sie brachte ihr Gesicht so dicht vor meines, dass ich ihren Atem riechen konnte.

Kirsch-Karamell, ihre Lieblingsbonbons. Es kostete mich alle Beherrschung, die vertraute Süße nicht von ihren Lippen zu saugen. Ihre Stimme war betörend, ihre jadegrünen Augen blitzten, während sie meine Hand ergriff –

Und meinen Unterarm hart auf den Tisch nagelte. Ich ächzte. Nichts killte eine Erektion schneller als brennender Alkohol auf offenen Wunden.

„Du hast recht ... Ich ... hasse dich", presste ich zwischen den Zähnen hervor.

Sie lächelte wie ein gefallener Engel.

Eine Weile sah ich ihr dabei zu, wie sie die Wunde mit einem alkoholgetränkten Tuch desinfizierte. Dabei entging mir nicht, wie ihre Finger verstohlen die Ränder der tätowierten Spielkarten auf meinem Unterarm nachfuhren, die Ausläufer des Tattoos auf meinem Handgelenk. Verdammt, die Art, wie ihre kurzen Fingernägel über meine Haut strichen, war heißer als ein Lapdance in der Hölle.

Ohne darüber nachzudenken, packte ich ihre Hüfte und zog ihren Hintern auf meinen Schoß. Ihr entwich ein kleines Keuchen, das meinen Schwanz zucken ließ, doch sie protestierte nicht. Jade gab sich professionell, unterbrach ihre Arbeit nicht, aber ich spürte, wie sich ihr Körper gegen meinen schmiegte, als wäre er für mich gemacht, wie sich ihr Puls beschleunigte und ihr Atem flacher wurde. Ich ließ sie keine Sekunde aus den Augen, studierte ihr Profil im fahlen Schein der Handytaschenlampe wie ein Gemälde: den Karamell-Teint, das spitze Kinn, die runde Nase. Ihr Make-up war meisterhaft, aber es überdeckte all ihre Sommersprossen, und das führte dazu, dass ich ihr am liebsten das getränkte Tuch aus der Hand gerissen und über ihre Wangen gestrichen hätte, bis sie wieder zum Vorschein kamen. Nichts war perfekter als die natürliche Jade.

Ihre Bewegungen wurden fahrig, ihre Lippen teilten sich. Gott, diese Lippen.

„Hör auf, mich so anzusehen." Ihre Stimme war nicht mehr als ein Wispern, als würde sie sich selbst nicht vertrauen, und ich liebte es, dass sie kurz davor war, die Kontrolle zu verlieren.

Ausgleichende Gerechtigkeit.

Ich brachte mein Gesicht nah an ihres, bis meine Lippen die Stelle unter ihrem Ohr streiften. „Womit?", raunte ich an ihrem Hals, während ich mit der Nase über ihre pochende Halsschlagader strich, die nur allzu deutlich verriet, was gerade in ihr vorging. Ihr Duft gab meinem Verstand den Rest, nach Honig, Jasmin und Rosmarin, süß und herb zugleich, wie alles an ihr.

Sie stieß ein köstliches kleines Wimmern aus, bei dem mich mein Schwanz schmerzhaft daran erinnerte, dass wir beide zu viel anhatten.

Wie von selbst wanderte meine freie linke Hand die Rundung ihrer Hüfte hinauf und strich begehrlich über ihr Rückgrat. Jade erschauerte und bog den Rücken durch. Ich zog sie unmissverständlich zurück gegen meine Brust. Jetzt erschauerten wir beide.

Ihr Hintern drängte gegen die Schwellung in meiner Hose, und verdammt, ich wollte unsere Kleidung in Luft auflösen. Meine Hand hielt ihre Hüfte an Ort und Stelle, als sie sinnlich mit dem Becken kreiste wie bei einem schmerzhaft langsamen Slow Ride, der meine Hose fast platzen ließ. Ich schob die Hand höher, bis meine Finger ihren Brustansatz streiften. Sie stöhnte leise, als mein Daumen durch den dünnen Blusenstoff hindurch fest über ihre Brustwarze strich, keck aufgerichtet und so steif, dass ich Jade augenblicklich auf den Tisch heben und daran saugen wollte, bis sie meinen Namen stöhnte.

„Was tun wir hier …?“ Ihre Stimme war nicht mehr als ein Keuchen.

„Was auch immer zur Hölle wir wollen, Baby. Was immer du brauchst“, raunte ich gegen ihre Locken. Honig und Rosmarin benebelten meine Sinne im Halbdunkel der Handylampe. „Und ich kann spüren, wie sehr du es brauchst.“

Ohne ihre Brust loszulassen, nahm ich mit der Linken ihre Hand, die längst aufgehört hatte, meinen Unterarm zu verarzten, und führte sie zwischen ihre Schenkel, dorthin, wo sich Hitze zwischen unseren Körpern staute, feucht von ihr und hart von mir.

Jade sog scharf die Luft ein, als ich mit ihrer Hand erst über meine gesamte Länge strich und dann über den klammen Stoff ihrer Shorts.

„Willst du es?“

Ihre Antwort war ein sehnsüchtiges Wimmern. Aber das reichte mir nicht.

„Sag es.“

„Fuck …“

Ich lächelte in ihr Haar, während sie sich auf meinem Schoß wand. Die Jade aus den Interviews würde niemals so schmutzige Worte sagen. Aber die Jade auf meinem Schoß war noch dieselbe von früher. „Nah dran. Aber das reicht nicht, Babycake.“

Als kleine Kostprobe fuhr ich mit der Zunge über ihren Hals und presste unsere Hände auf ihre empfindlichste Stelle, bis sie sich atemlos gegen meinen Schwanz und meine Hand drängte auf der Suche nach Erlösung. Ihr Atem ging in unkontrollierten kleinen Stößen.

„Sag es, oder ich verspreche dir, dass du heute Nacht nicht kommen wirst."

Sie schüttelte den Kopf. „Ich brauche keinen Orgasmus, Ash …"

Wieder sagte ihr widerspenstiger Mund das eine, aber ihre hemmungslos kreisenden Hüften etwas ganz anderes. Ich nutzte die Linke, um sie stärker gegen mich zu pressen und ihren Rhythmus zu kontrollieren, während ich ihre Hand mit der Rechten festhielt, damit sie nicht auf dumme Gedanken des Alleingangs kam. Mit einem köstlichen Stöhnen drehte sie das Gesicht, bis unsere Lippen voreinander schwebten. Ihr Atem schmeckte nach süßem Karamell, das geradezu darum bettelte, dass ich ihm eine Salznote hinzufügte.

„Ash …" Gott, ich liebte es, wenn sie meinen Namen auf diese Weise stöhnte. „Das ist eine schlechte Idee …"

„Dann ist es ja gut, dass ich der Beste in schlechten Ideen bin."

Sie hob den Blick, um mich anzusehen, und *verdammt*, diese Augen. Dieser Körper. Diese Frau.

Zum Teufel mit allen guten Vorsätzen. Zum Teufel mit der Wunde auf meinem Arm und mit allen Konsequenzen.

Ich griff in ihre Locken und zog ihren Kopf zu mir.

In dem Augenblick wurde vor dem Haus eine klapprige Wagentür zugeschlagen.

Kapitel 8

Angehaltener Atem hält nicht die Zeit an

JADE

In einem Moment saß ich noch auf Ashs Schoß und rieb mich schamlos an seiner Erektion auf der Jagd nach einem Orgasmus. Im nächsten Moment lag ich auf dem Boden unter dem Tisch, Ashs Arme schützend um meinen Körper.

„Was soll das? Hast du den beschissenen –?"

„Shhht." Seine Hand schnellte zu meinem Mund, während er das Handy mit dem Licht nach unten drehte und unter unsere Körper schob, bis es vollkommen finster war. Nur das Mondlicht schien durchs Fenster.

Und da hörte ich es: Schritte. Auf der Veranda vor der Haustür.

Shit, Shit, Shit! Waren das die Einbrecher, waren sie zurück?

Mein Herz hämmerte so laut in meiner Brust, dass ich glaubte, sie würden es bis vor die Haustür hören. Mein ganzer

Körper begann zu zittern, woraufhin Ash mich enger gegen sich drückte. Die brennende Lust verpuffte zu einem Gefühl von Wärme und Dankbarkeit.

Ich hatte tausend Fragen, aber ich traute mich nicht, auch nur einen Mucks von mir zu geben. Also lag ich reglos da, auf ganzer Länge an Ashs Körper gepresst, eingehüllt von seinem Duft, benebelt von seiner Nähe und meinen Hormonen. Ein gleißender Taschenlampenstrahl fiel durch das Milchglas in der Haustür, kurz darauf drückte jemand die Klinke herunter. Mein Herz gefror vor Angst. Doch nichts geschah. Anscheinend hatte Ash die Tür abgeschlossen, als er hereingekommen war. So klug war ich nicht gewesen. Ich wollte ihn küssen für seine Umsicht. Aber ich wollte ihn auch umbringen, weil er etwas wusste, das er mir nicht sagte. Und ein Teil von mir wollte ihm immer noch die Kleider vom Leib reißen und das Verlangen befriedigen, das er in mir entfacht hatte.

Jetzt leuchtete der Taschenlampenstrahl durchs Küchenfenster. Ich wollte mich vor Angst krümmen, doch Ash zog mich fester an sich. Die Starre meines Körpers löste sich ein wenig.

Dann war der Taschenlampenschein weg, eine kleine Ewigkeit später schlug erneut eine Wagentür zu, und ein alter Motor startete. Mit angehaltenem Atem starrte ich auf die im schwachen Mondlicht pochende Schlagader an Ashs Hals und zählte meine eigenen Herzschläge. Schließlich regte er sich.

„Ich bringe dich zu Piper.“

Er machte Anstalten aufzustehen, doch ich krallte mich an ihn, als hinge mein Leben davon ab. „Ich gehe nirgendwohin. N...nicht heute Nacht.“

Ich wollte nicht dort hinausgehen, wo vor Sekunden erst ein Fremder in der Dunkelheit gewesen war. Ich wollte nicht einmal in einen anderen Raum gehen, obwohl ich jeden Winkel blind kannte. Ich wollte mich einfach in Luft auflösen und in der winzigen Wohnung über Cliffords Garage aufwachen.

Ash verstand mich ohne Worte. Statt einer Antwort zog er mich fester an sich und strich in langen Bewegungen über meinen Rücken, bis ich aufhörte zu zittern. Bis es so still wurde, dass unsere Herzen im gleichen Takt schlugen.

„Ash?", fragte ich in die stille Dunkelheit hinein. Er gab einen heiseren Laut von sich. „Bitte sag mir, dass du nichts damit zu tun hast."

Da hob er den Kopf. Obwohl ich seine Gesichtszüge in der Dunkelheit nicht genau erkennen konnte, spürte ich seine ehrliche Bestürzung. „Ich habe nichts hiermit zu tun, Jade. Das schwöre ich dir."

„Mit wem hast du vorhin telefoniert?"

Das kleinste Zögern in seinen Gliedern. „Mit einem Kumpel, der vielleicht etwas wissen könnte."

„Und?"

„Er hört sich um."

Ich nickte. Dann fiel mir noch etwas ein: „Ash?"

„Hm?" Jetzt klang seine Tonlage amüsiert.

„Hasst du mich wirklich?"

„Du stellst die falschen Fragen, Babycake."

Plötzlich hämmerte mein Herz wieder in meiner Brust. Aber die Frage zu stellen, die mir wirklich auf der Seele lag, wäre Folter für uns beide. Ich hatte ihn verlassen. Und ich würde es wieder tun, morgen früh. In ein paar Stunden würde ich Moms alte Sachen vom Speicher holen und hier verschwinden, bevor mich jemand sah und wegen Betreten öffentlichen Eigentums verklagen konnte – oder schlimmer noch, mir die Schulden aufbrummen, die ich mir nicht leisten konnte.

Leider gestaltete sich das schwieriger als gedacht. Als ich nur wenige Stunden später viel zu steif unter dem Küchentisch aufwachte und mich in der Morgendämmerung vorsichtig aus Ashs Armen schälte, nahm ich das ganze Ausmaß des Chaos wahr. Entweder hatte in diesem Haus eine Horde Waschbären einen Tobsuchtsanfall gehabt, oder jemand hatte etwas gesucht, aber nicht gefunden. Ich zwang mich dazu, nicht weiter darüber nachzudenken, um nicht in kopflose Panik zu verfallen, die mir weder Antworten liefern noch dabei helfen würde, Moms Sachen vom Speicher zu holen.

Auf dem Dachboden stapelten sich mehr Kisten als angenommen, und ich musste in jede einzelne sehen, um die Fotoalben und Erinnerungsstücke zu finden, die ich suchte. Zum zweiten Mal an diesem Morgen brauchte ich all meine Willenskraft, um mich nicht in den alten Spielsachen, Kinderbüchern, Musik-CDs und Fotoalben zu verlieren. Bei Marie Kondo hatte ich gelernt, dass man sich beim Ausmisten und Sortieren wie ein Roboter verhalten sollte: *Nimm Objekt A und lege es auf Platz B. Denk nicht darüber nach. Gehe nicht über Los, ziehe keine nostalgischen Erinnerungen ein.*

Es funktionierte. So leise ich konnte, um Ash nicht zu wecken, stapelte ich die Kartons, die ich mitnehmen wollte, vor der Kellertür und stiefelte über den vertrockneten Vorgarten auf den Mietwagen zu, um meine Tetris-Skills gedanklich auf den winzigen Innenraum anzuwenden.

Da hielt ein zweiter Wagen so dicht hinter meinem, dass kein Blatt mehr zwischen die Stoßstangen passte. Ich sah mich um. Die ganze Straße war frei, wieso parkte er so nah?

Ein Mann mittleren Alters stieg aus, zog eine Kladde vom Beifahrersitz und öffnete den Kofferraum, um ein massiges Schild herauszuholen.

Er stutzte, als er mich sah, blickte sich ebenfalls um und zog dann die buschigen Brauen zusammen.

„Ma'am, ich muss Sie bitten, das Grundstück zu verlassen. Dieses Objekt befindet sich in Zwangsversteigerung und ist derzeit behördliches Eigentum."

„Ich weiß, Verzeihung", sagte ich schnell, bevor er mir erklären konnte, dass es eine Rechtsverletzung darstellte, als Unbefugter behördliches Eigentum zu betreten. „Ich, äh ..."

Er schien sich an etwas zu erinnern. „Sie sind die Höchstbietende?"

„Nein, ich bin ..." Ich biss mir auf die Unterlippe. Wenn ich jetzt sagte, dass ich die Erbin war, hätte ich womöglich auf einen Schlag achtzigtausend Dollar Schulden am Hals.

„Nein", hörte ich da Ashs Stimme hinter mir. „*Ich* bin der Höchstbietende."

Mir klappte der Mund auf. Fassungslos starrte ich Ash an, wie er in langen, selbstsicheren Schritten über die Überreste des Rasens kam und dem Mann die Hand hinstreckte. Er hatte sein Eine-Million-Dollar-Lächeln aufgesetzt. Ich schwöre, wenn Ash Crawford lächelte, bekam die Sonne Minderwertigkeitskomplexe.

Der Beamte musterte Ashs zerknittertes T-Shirt mit den wässrigen Blutflecken von gestern Abend, und ich wusste, was er dachte: *Du siehst nicht aus, als könntest du dir ein Haus leisten, geschweige denn eine Hundehütte.*

Doch er fing sich schnell. „Sie waren im Haus?"

„Sieht es danach aus?" Ash sah sich vielsagend um, und wir taten es ihm gleich. Die Haustür war verschlossen, sogar das Absperrband hing wieder straff gespannt. Wann hatte er das denn fertiggebracht?

„Du bist wach?", wisperte ich ihm zu, während der Mann prüfend das Grundstück musterte.

„Ich war in der Sekunde wach, in der du die Augen aufgemacht hast. Aber ich dachte, du fühlst dich vielleicht besser, wenn du denkst, ich würde noch schlafen. Du streckst dich immer noch wie ein Katzenbaby, wenn du wach wirst."

Der Schatten eines Lächelns huschte über sein Gesicht, und mein Herz zerbrach in zwei Hälften. Bruchstellen verheilen nicht.

„Sie haben nichts entwendet oder hinzugefügt?", zerschnitt der Mann mein Gefühlschaos.

Ash grinste breit. „Das wäre ja illegal, guter Mann."

„Ein Zwangsversteigerungsobjekt vorher zu besichtigen, auch."

„Nicht von außen", widersprach Ash gewinnend.

Widerwillig nickte der Mann, dann sah er auf die Uhr. „Tja, wenn Sie der Ersteigerer sind, dann machen Sie sich besser schnell auf den Weg zum Rathaus. In vierzig Minuten erfolgt die Zuschlagserteilung."

Jemand, der Ash nicht so gut kannte wie ich, mochte den Schock übersehen, der kurz durch seinen Körper zuckte. Doch Ash verzog keine Miene, sondern zog lässig sein eigenes Handy aus der Tasche, um ebenfalls auf die Uhr zu sehen.

„Richtig, um acht Uhr, nicht wahr?"

Der Mann nickte wieder, dann tauschte er die Schilder aus, stieg in seinen Pick-up und fuhr wieder davon. Ash rieb sich frustriert über das Gesicht. Ich stemmte die Hände in die Hüften.

„Wann genau wolltest du mir das sagen?"

„Dass der Termin eigentlich auf zehn Uhr angesetzt war?"

„Dass du mein Haus ersteigerst."

Die Intensität, mit der mich seine blauen Augen trafen, saugte allen Sauerstoff aus der Umgebung. „Ich habe dir gesagt, dass das nicht dein Haus ist, Babycake."

„Hör auf, mich so zu nennen. Maddie ist völlig in Ordnung."

„Nein, so nennt dich jeder."

„Dann Jade."

„Tja, das war mal. Aber so nennt dich mittlerweile auch jeder." Sein Blick verweilte noch einen Moment länger auf mir, und in seinen Augen standen so viele unausgesprochene Worte, so viele stumme Vorwürfe und verletzte Gefühle, dass ich das Gesicht abwenden musste.

„Was ist nun, machst du die Haustür auf, damit ich die Kisten in mein Auto packen und wieder verschwinden kann?"

„Nein. Erst werde ich das Haus kaufen, und wenn du dann nett fragst, lasse ich dich vielleicht deine Sachen rausholen." Breit grinsend hielt er einen Autoschlüssel hoch. *Meinen* Autoschlüssel! Wann hatte er mir den denn gestohlen?

„Ernsthaft? Du hältst meine Erinnerungen als Geisel?"

Sein Grinsen im Morgenlicht war noch betörender als mein Name auf einem CD-Cover.

„Steig ein, Jadie."

Kapitel 9

Herz aus Schere, Stein, Papier

ASH

Ich raste die Old Road entlang, so schnell es der Kleinwagenmotor zuließ – und die Geschwindigkeitsbegrenzung. Das Einzige, was schlimmer war, als *fast* zu spät zu einem wichtigen Termin zu kommen, war, von der Polizei angehalten zu werden und *garantiert* zu spät zu kommen.

Nur sieben Minuten später kam ich schlitternd auf dem Kies vor Clays Werkstatt zum Stehen, zog den Schlüssel ab und riss die Wagentür auf.

„Beweg dich nicht vom Fleck. Ich brauche nur zwei Minuten."

„Wieso klingt alles aus deinem Mund wie Dirty Talk?"

Ich grinste. „Weil du eine schmutzige Fantasie hast, Babycake."

Der scharfe Blick, den sie mir jetzt zuwarf, befeuerte jedenfalls *meine* schmutzige Fantasie. Sie rutschte demonstrativ auf dem Beifahrersitz nach vorne und stemmte einen Stiefel gegen das Armaturenbrett, zum Zeichen, dass sie nirgendwohin gehen würde, solange ich ihre Erinnerungskisten als Geisel hielt. Zugegeben eine meiner klügeren Ideen.

„Von deinen zwei Minuten ist noch eine Minute fünfzig übrig, Crawford!"

Scheiße, ich liebte diese Frau. Und jetzt, da sie wieder in meiner Nähe war und so mühelos in das Loch glitt, das sie in meinem Leben hinterlassen hatte, konnte ich Clay plötzlich verstehen: Auf keinen Fall würde ich Jade wieder aus Sweet Springs fortlassen.

Ich klopfte auf das Wagendach, dann riss ich mich von ihrem Anblick los und spazierte in die Werkstatt meines besten Freundes. Im Inneren bot sich mir derselbe Anblick wie immer: Clay war halb in der Motorhaube eines Pick-ups verschwunden, und Jax lötete an irgendeiner Platine herum.

„Einen wunderschönen guten Morgen zusammen!"

„Morgen", brummte Clay, während er sich gegen eine festsitzende Schraube stemmte.

„Ash." Jax hob grüßend das Kinn. „Hast du dir eine Katze zugelegt? Und von wem ist die Nummer?" Er musterte den Kratzer auf meinem rechten Unterarm, dann die Kugelschreiberzahlen auf meinem linken. Aus zehn Metern Entfernung. Diesem Typen entging wirklich nichts, oder?

„Keine Zeit, die haben den Termin für die Versteigerung zwei Stunden vorverlegt. Ist sie fertig?"

Clays Kopf erschien endlich hinter der Motorhaube. Mit einem Ruck zog er sie herunter und griff nach einem Lappen, um sich die Hände abzuwischen. Sein grimmiger Blick wurde noch finsterer, als er mich musterte. „Alles in Ordnung? Du siehst beschissen aus."

Klar, hab nur die Nacht auf 'nem harten Boden mit 'nem noch härteren Ständer neben meiner Ex verbracht, nachdem sie versucht hat, mich zu ermorden, in einem Haus, in das wir beide verbotenerweise eingebrochen sind.

Anstatt ihm das zu erklären, setzte ich ein breites Grinsen auf. „Jepp, alles bestens. Ich muss nur wirklich dringend ins Rathaus, also …?" Ich gestikulierte vage in Richtung meines alten Ford Mustangs.

Glücklicherweise ließ es mein bester Freund dabei bewenden und nahm meinen Autoschlüssel vom Werkstattwagen. „Eine Zylinderkopfdichtung war hinüber. Wenn du weiterhin Kühlwasser verlierst, komm zurück, dann müssen wir den Motorblock austauschen. Könnte dann bloß etwas teurer werden."

Ich riss grinsend die Fahrertür auf. „Keine Sorge, bis dahin bin ich reich."

Clay schnaubte kopfschüttelnd, obwohl sich ein winziges Lächeln auf seine Lippen schlich.

„Guten Morgen, Ash!", flötete da eine weibliche Stimme.

Okay, streich das Lächeln. Hatte nicht mir gegolten, denn gerade betrat seine Frau den Werkstattraum. Zwar war Evelyn noch nicht mit ihm verheiratet, aber das hinderte ihn nicht daran, ihr alles zu Füßen zu legen, was er besaß. Auch das konnte ich seit gestern Abend wieder verdammt gut verstehen.

„Kaffee?" Sie hielt mir eine dampfende Tasse unter die Nase, komplett mit Persönliche-Assistentin-Augenaufschlag und Großstadtlady-Lächeln.

„Oh, du bist göttlich, Lynn."

„Ash", knurrte Clay. Ernst. Besitzergreifend. Unmissverständlich.

Warnung angekommen.

Ich leerte die Kaffeetasse. „Gibt's noch mehr, wo der herkommt?"

„Du weißt, wo die Küche ist. Sie ist keine verdammte Sekretärin", protestierte Clay, aber ein Blick von Evelyn ließ ihn verstummen. Würde mir auch die Sprache verschlagen, wenn sie mich so über die Schulter hinweg ansehen würde, während sie ins angrenzende Werkstattbüro ging.

Keine zehn Sekunden später kam sie mit einem ganzen Tablett inklusive Milch und Zucker zurück, weil diese Frau einfach an alles dachte. Ich bedankte mich und schenkte nach. „Kann ich die Tasse behalten?"

Jax machte sich mit einem belustigten Schnauben bemerkbar. „Du bist dabei, eine halbe Million Dollar auszugeben, und kannst dir keine Tasse leisten?"

Ich schnitt ihm eine Grimasse. „Weißt du, Rayne, manches begreifst selbst du nicht."

Er blieb unbeeindruckt. Ich füllte die Tasse bis zum Rand, trank ein Drittel wieder ab und gab etwas Milch und zwei Zucker dazu. Dann klemmte ich sie mir zusammen mit meinem Schlüssel zwischen die Finger, um die Fahrertür des Mustangs zu öffnen.

„Danke. Ich melde mich später."

„Hey, Crawford!" Jax warf mir das rauchblaue Langarm-Hemd zu, das er über dem schlichten Unterhemd getragen hatte. Schnell wechselte ich Tasse und Schlüssel in die andere Hand, um es aufzufangen. Der Stoff war weich und wertig.

„Ich würde dir in dem Aufzug nicht mal ein angebissenes Sandwich verkaufen."

„Wieso, was stimmt nicht mit mir?" Ich blickte gespielt empört an mir herab.

„Oh, mit dir stimmt eine ganze Menge nicht", entgegnete Jax. „Aber dieser blutverschmierte Putzlappen ist sogar für deine Verhältnisse erbärmlich."

Wer solche Freunde hat ...

Selbst Evelyn zog ihre spitze Nase kraus. „Tja, wo er recht hat ... Kleider machen eben Leute."

„Tja, zum Glück bin ich besser ohne Kleider." Ich zwinkerte ihr zu.

„Ash", knurrte Clay erneut.

Alles klar, ich machte mich besser auf den Weg, bevor noch jemand ein blaues Auge riskierte. Womit ich *mich* meinte. Ich war schnell, aber Clay war stärker, und Jax würde uns vermutlich beide mit einem Terminator-Prototypen in der ersten Sekunde auf die Matte schicken.

„Viel Erfolg!", rief Evelyn noch, als ich in meinen Wagen stieg und den Motor startete. Das dröhnende Fauchen ließ meine Haut prickeln, die satte Vibration trieb mir ein Grinsen aufs Gesicht.

„Hey Betty, ich hab dich auch vermisst."

Den Ram Jam Song pfeifend, nach dem der Wagen benannt war, schob ich eine CD in den Schlitz und legte den Gang ein, um durch das Tor zu manövrieren.

Jade saß tatsächlich noch vor der Werkstatt im Wagen. So kooperativ kannte ich sie gar nicht. Ich wollte mir einreden, dass ich ihr die Kaffeetasse zur Belohnung überreichte, aber ausnahmsweise waren sich Teufelchen und

Engelchen auf meiner Schulter einig, dass das gelogen wäre.

Das Teufelchen übernahm ruckartig die Kontrolle, als Jade mir einen Blick zuwarf, der Jesus Christus zum Sünder gemacht hätte. „Zu deiner Information: Das waren vier Minuten und einunddreißig Sekunden. Zumindest in meiner Zeitrechnung."

Ich grinste, während ich ihren Blick festhielt.

Gewöhn dich besser dran. In meiner *Zeitrechnung habe ich noch nicht mal angefangen.*

JADE

„Kaffee?"

Ich blinzelte auf die Tasse vor meinem Gesicht. Und ich blinzelte noch mal, als er mir die Beifahrertür öffnete wie ein Gentleman.

„Mylady."

Fast war ich versucht, meine Hand in seine zu legen, während ich ausstieg. Stattdessen nahm ich bloß die Tasse aus seinen gespreizten Fingern und trank einen Schluck. Ein bisschen Milch und viel Zucker. Ich verdrängte meine Gefühle über die Erkenntnis, dass Ash noch genau wusste, wie ich meinen Kaffee liebte.

Wir stiegen in seinen schwarzen Ford Mustang 2, dessen vertraute Kurven ich möglicherweise verstohlen streichelte, während ich an alle besten Erinnerungen dachte, die ich mit diesem Wagen verband … und sofort wieder einen Ohrwurm hatte.

Woah, Black Betty …

„Das nennt man Kidnapping, weißt du?"

„Du bist freiwillig eingestiegen. Außerdem gibt's Schlimmeres. Ich könnte dich in meinen Schuppen sperren oder so was."

Er lachte in sich hinein, als wäre das ein fantastischer Witz. Ich sah ihn bloß entgeistert an. „Du kannst es ja mal versuchen und schauen, wie schmerzhaft ich dich dafür töten würde. Zum Glück für dich besitzt du keinen Schuppen."

Ash grinste, während er die polarisierende Sonnenbrille von der Ablage nahm und augenblicklich jedem sexy Piloten die Show stahl, der jemals geboren worden war. „Wenn ich das Haus deines Onkels gekauft habe, schon."

„Und ich soll dir dabei die Hand halten, oder was?"

Sein Grinsen sandte heiße Lustschauer durch meinen Körper. „Tu, was du nicht lassen kannst. Du darfst mir halten, was auch immer du willst."

Ich redete mir ein, dass das Prickeln auf meiner Haut Empörung war. „Wirst du mir den Mietwagenschlüssel zurückgeben, wenn ich es tue?"

„Meine Hand halten oder meinen –?"

„Mit zum Rathaus kommen, Ash!"

Seine Lippen kräuselten sich zu diesem atemberaubenden Halblächeln. Wie sexy konnte ein Mund aussehen? Noch dazu in diesem Gesicht, über diesem Kinn, in Kombination mit dieser verspiegelten Sonnenbrille und diesem … viel zu teuren Hemd, das ihn aussehen ließ wie einen millionenschweren Playboy!

„Vielleicht. Vielleicht auch nicht", beantwortete er meine Frage nach dem Schlüssel, die ich vorübergehend vergessen hatte. „*Schere, Stein, Papier* darum?"

„Wie bitte?“

Schon hielt er mir die Faust hin. Ein Hauch würzigen Aftershaves drang an meine Nase, das eindeutig nicht zu Ash gehörte. Viel zu hypnotisch betörend. Nicht, dass Ash das ohnehin schon wäre …

„Wem gehört dieses Hemd?“

„Schere, Stein, Papier“, wiederholte er unbeirrt.

Ich stieß einen resignierten Seufzer aus, obwohl mein Bauch seltsam kribbelte, und hob ebenfalls die Hand. Freudige Erregung flutete mich, als meine Faust zum Stillstand kam: *Stein.*

Ash hielt zwei Finger gespreizt wie ein Badass-Victory-Zeichen. Ich verlor mich kurz in den tätowierten Buchstaben und allem, was diese Finger tun konnten, bis ich realisierte, dass er *Schere* zeigte. Ich hatte gewonnen!

„Von Jax“, gab er zu. „Magst du es? Soll ich es mitgehen lassen?“

„Ich bezweifle, dass du es dir leisten kannst. Sieht aus wie ägyptische Baumwolle“, sagte ich, während ich mir Jax Raynes Bild in Erinnerung rief: Drahtig, diszipliniert und mit dem verstörendsten Blick, mit dem ich jemals angesehen worden war. Er war erst zwei Jahre vor meinem Wegzug nach Sweet Springs gekommen, als NASCAR-Fahrer, und vor einem Rennen in der Werkstatt von Clay Davis gestrandet. Der wiederum war ebenfalls eine Klasse für sich: der Inbegriff von grimmigem Mistkerl mit einem Blick aus Feuer und einem Herzen aus Gold – und den bezauberndsten Schwestern diesseits des Mississippi.

Egal. Ich hatte Sweet Springs und seine Bewohner hinter mir gelassen, und ich würde nicht anfangen, sie wieder in mein Herz zu lassen, nachdem ich meine Erinnerungen so mühsam in der Scherbenkiste verstaut hatte.

Also streckte ich die Hand aus. „Schlüssel."

„Was für ein Schlüssel?" Ash tat ahnungslos, grinste jedoch bis über beide Ohren.

„Mein Autoschlüssel. Ich habe gewonnen, schon vergessen?"

„Darling, was du gewonnen hast, ist die Antwort, von wem dieses Hemd ist."

Mir klappte der Mund auf. „Das ist nicht dein Ernst."

„Regeln sind wie Gesetze. Wir müssen uns daran halten, auch wenn es uns nicht passt. Aber ich bin jederzeit für eine zweite Runde zu haben."

Ohne zu zögern, hielt ich ihm die Faust hin. Sein Grinsen machte süchtiger als jubelnder Applaus auf Kellerbühnen. Wieder schoss mein Puls in die Höhe, als ich die Faust fester ballte: *Stein*. Ash schnalzte tadelnd mit der Zunge, während seine flache Hand meine umschloss: *Papier*.

„So vorhersehbar, Babycake."

„Zwei aus drei!", forderte ich.

„Nope."

„Ich muss zurück nach Nashville!"

„Nope." Seine Mundwinkel zuckten.

„Ash!", protestierte ich. „Kannst du auch einmal im Leben ernst bleiben?"

Ich wusste, was er sagen würde, noch bevor er es tat: „Nope!"

Und am liebsten hätte ich ihn geboxt, weil er so ein ewiges Kind war, und geküsst, weil er mich so mühelos zum Lachen brachte. Und verflucht, weil beides mein Herz zerriss.

„Was willst du überhaupt mit dem Haus? Geldanlage?“, lenkte ich uns beide ab.

Ich hörte an seinem Tonfall, dass er auch diese Antwort nicht ernst nahm. „Jepp. In zehn Jahren mache ich Führungen: *Das Geburtshaus der Country-Legende Jade Darling. In diesem Zimmer hat sie ihre Unschuld an mich verloren, diese Blumenbank wurde mehr als einmal zweckentfremdet und auf dieser Küchenzeile –*“

„Ash!“, rief ich schockiert, obwohl mich die Vorstellung elektrisierte, dass er mich Country-Legende genannt hatte. Ganz zu schweigen von der erregenden Erinnerung an die Blumenbank. „Das wirst du auf keinen Fall tun.“

„Du kannst ja versuchen, mich aufzuhalten.“

Seine Mundwinkel waren nach oben gebogen, seine Körperhaltung völlig entspannt, aber ich konnte ihn mit der verdammten Sonnenbrille einfach nicht lesen. Kurzerhand zog ich sie ihm von der Nase.

„Sag mir die Wahrheit, Ash.“

Er drehte den Kopf zu mir. Seine Augen spiegelten das Morgenlicht, weit wie der Himmel und tief wie das Meer, und für eine Sekunde gab es nur ihn und mich und meinen viel zu lauten Herzschlag.

Dann schüttelte er den Kopf und sah wieder auf die Straße.

Geheimnisse geben anderen Macht über dich, hallten Bobbys Worte in meinen Gedanken wider.

Wir rasten über den staubigen Feldweg – eine Abkürzung in die Stadt –, aber ein Blick aufs Armaturenbrett verriet, dass er sich an die Geschwindigkeitsbegrenzung hielt. Ich schlüpfte aus den Stiefeln, um Betty nicht zu versauen, und legte die nackten Füße aufs Armaturenbrett. Mir entging nicht, wie Ash so intensiv herüberschielte, dass er einen bleibenden Augenschaden riskierte.

„Augen auf die Straße, Crawford." Mein nackter Fuß wanderte über die Mittelkonsole hinweg zu seinem Oberschenkel. „Außer, du willst mir noch etwas sagen."

Er spreizte die Finger. „Na schön. Ich habe es für vierzig ersteigert, renoviere es für hundert, verkaufe es für zweihundertvierzig und mache hunderttausend Gewinn."

„Dollar?!", entfuhr es mir, ich zog den Fuß zurück.

„Nein, Erbsen." Er verdrehte wohlwollend die Augen.

Ich stieß ihm gegen die Schulter, woraufhin der Wagen einen kurzen Schlenker machte. Dabei wusste ich nicht, was mich mehr schockierte: dass er so viel Geld investierte; so viel Geld damit verdienen würde; überhaupt genügend Geld besaß, um sich das leisten zu können – oder: dass es ausgerechnet das Haus meines Onkels war.

„Machst du das, um mir eins auszuwischen? Hat Sweet Springs keine anderen Zwangsversteigerungen?"

Ashs Finger trommelten aufs Lenkrad. „Im Augenblick hat Sweet Springs siebenunddreißig Zwangsversteigerungsobjekte, und ich habe vor zwei Wochen neunzehn davon ersteigert. Ja, das Haus deines Onkels ist dabei. Nein, das hat nichts mit dir zu tun. Zufrieden?"

Nein, ich war nicht zufrieden. Ich war frustriert, gekränkt, ein wenig enttäuscht, voller Sehnsucht und ziemlich neidisch.

Ash schien es nicht viel besser zu gehen, gemessen daran, dass er eine neue CD in den nachgerüsteten Spieler schob und sich mit der Linken das Deckhaar zurückstrich. Ich mochte es, wie ihm die langen Strähnen prompt wieder ins Gesicht fielen. Irgendwie passte dieser Look zu ihm. Verwegen, aber nicht verlottert, und sexy, aber nicht spießig. Während Elvis' *Greatest Hits* über die morgendlichen Bluegrass-Hügel hallten, wanderte mein Blick über die hervortretenden Venen und Tattoos auf Ashs Unterarm. Und über die – *Telefonnummer*?

Völlig unangebrachte Eifersucht zuckte wie ein Feuerstoß in mir empor. „Wem gehört die?"

Er wirkte kurz irritiert, dann konnte sein Grinsen Polarkappen schmelzen. „Eifersüchtig? Du bist diejenige, die ein bekritzeltes Plattencover von Bobby Blake mit sich herumträgt."

„Ich frage gar nicht erst, woher du das weißt", beschloss ich und verschränkte die Arme vor der Brust. Ob ich eifersüchtig war? Und wie! Entbehrte das jeder Logik? Total. Würde ich das jemals zugeben? Auf keinen Fall. „Behalt deine Finger von jetzt an gefälligst bei dir."

Kapitel 10

Anzugträgern ans Bein pinkeln

ASH

„Wir haben zwei Probleme, Ash. Du bist nicht der Höchstbietende."

Zehn Minuten später und zwei Stockwerke höher im Beglaubigungsbüro des Rathauses glotzte ich Doug Wallace an. Er war ein netter Kerl Anfang fünfzig mit warmem Lächeln und Hamsterbäckchen, die ein gepflegter kastanienbrauner Bart bedeckte. Bonus: Er trug trotz seiner Beamtenposition keine Anzüge, sondern meist Jeans und ein locker sitzendes Hemd, das sein Wohlstandsbäuchlein kaschierte. „Was soll das heißen? Vor zwei Wochen war die Versteigerung, und ich hatte das höchste Gebot. Du warst dabei!"

„Ich weiß, aber das hier ist das offizielle Zuteilungsformular, und hier steht nicht dein Name. Offenbar hast du nicht das Höchstgebot für das Haus auf der Chapel Lane abgegeben."

„Sondern wer?“

Sein Blick flog durch den Raum. „Du weißt, dass ich dir das nicht sagen kann, Ash.“

Ich holte tief Luft. Dass ich mich selbst über Gesetze hinwegsetzte, bedeutete nicht, dass ich dasselbe von braven Bürgern wie Doug verlangen konnte, der nicht mal in der Halteverbotszone parkte. Na schön. Wenn irgendein anonymer Großkotz nach der eigentlichen Auktion ein höheres Gebot abgeben konnte, konnte ich das auch. „Wie viel?“

„Auch das kann ich dir nicht sagen.“

Ich war kurz davor, in die Tischkante zu beißen, als er wie zufällig nach dem Bleistift auf seinem Tisch griff und scheinbar wahllos auf seiner Schreibunterlage kritzelte.

Vierhunderttausend Dollar?

Ich konnte mich gerade noch daran hindern, die Zahl laut auszustoßen. Das war wohl ein Scherz! Das war zehnmal so viel wie das Einstiegsgebot – *mein* Gebot! Nie im Leben war das Ding auch nur die Hälfte wert, nicht einmal nach einer Grundsanierung mit goldenen Fußböden. Selbst Jade neben mir sog scharf die Luft ein.

„Doug, dir ist klar, dass das Haus nicht mehr als hundertfünfzig wert ist?“, murmelte ich eindringlich.

Doug hob hilflos die Schultern. Jade sah mich aus weit aufgerissenen Augen an, und ich wusste, dass sie an gestern Nacht dachte. Nicht daran, wie wir fast Sex mit Klamotten gehabt hätten, sondern daran, wie durchwühlt das Haus gewesen war. Und, dass jemand mitten in der Nacht noch mal vorbeigekommen war. Ich hatte Mason den Schwur beim Leben seiner Großmutter abgenommen, dass er das nicht gewesen war. Wer dann? Der anonyme Großkotz? Kam er aus Sweet Springs?

Ich beschloss, dass ich mich später darum kümmern musste. Jetzt hatte ich andere Probleme.

„Also schön", räumte ich ein, auch wenn ich den Gedanken hasste, dass irgendein gesichtsloser Investor Jades Haus kaufen und dem Erdboden gleichmachen würde, um ein seelenloses Multi-Apartment-Gebäude darauf zu errichten. „Dann eben nur die anderen achtzehn. Das wären dann ... vierhundertzwanzigtausend Dollar?"

„Das ist leider das zweite Problem." Doug schob mir den Scheck zurück, den ich zu Beginn unserer Unterhaltung feierlich auf den Tisch gelegt hatte. Vierhundertsechzigtausend Dollar. Ich hatte mit achthundert spekuliert, denn das hatten die Ölkonzerne vor einigen Monaten für das Grundstück geboten, das ich als Sicherung nutzte. Aber mehr als sechzig Prozent des Werts hatte mir die Bank nicht geben wollen. Banker waren eben Bastarde, genauso wie alle anderen Typen in Anzügen. „Der ist nicht gedeckt. Deine Bank hat vorhin angerufen."

„Was soll das heißen? Natürlich ist er das, mit einem zehntausend Quadratmeter-Grundstück unten am –"

„... am Canyon", beendete Doug meinen Satz mit entschuldigender Miene. „Wo jetzt nicht mehr abgebaut wird. Weswegen es kein Kaufangebot mehr gibt, wodurch es keine achthunderttausend mehr wert ist, sondern nur noch dreihunderttausend. Womit dir eine Absicherungslücke entsteht."

Willst du mich ...

Ich konnte nicht sagen, was mich wütender machte: dass er jeden Satz mit einer anderen Konjugation begonnen hatte, dass er mit mir sprach wie mit seinem neunjährigen Enkel, oder dass ich am Ende doch noch mit diesem Hochstapler-Trick auf die Nase gefallen war, nachdem ich den Scheck schon in den Händen gehalten hatte.

„Und das fällt denen ausgerechnet heute auf“, knirschte ich.

Zufall? Ich war zwar kein misstrauischer Paranoider wie mein bester Freund, aber allmählich beschlich mich das Gefühl, dass es jemand auf mich abgesehen hatte – abgesehen von den üblichen Verdächtigen mit Dienstmarke und Stern auf der Brust, versteht sich. All das konnte kein Zufall sein: Der Beglaubigungstermin war zwei Stunden vorgezogen worden, das Höchstgebot für Jades Haus hatte sich aus heiterem Himmel verzehnfacht, und zufällig jetzt hatte auch noch irgendjemand meiner Hausbank gesteckt, dass sie das Grundstück neu bewerten mussten?

Das Schlimmste war, dass ich rein gar nichts dagegen tun konnte. Nicht auf illegalem Weg und erst recht nicht auf legalem. Ich hatte alles darauf gesetzt, dass die Grundstücke am Canyon höchstens einmal im Jahr neu bewertet werden würden, und bis dahin hätte ich die Häuser längst weiterverkauft.

„Doug“, sagte ich eindringlich, nein, ich flehte geradezu, wobei ich beide Hände flach auf den Tisch presste, um sie nicht zu Fäusten zu ballen. „Ich brauche diese Grundstücke! Das ist die größte Chance, die ich je kriegen werde. Du weißt, dass niemand außer mir diese Häuser will. Bitte! Du musst doch einfach nur diesen Stempel auf das blöde Papier drücken.“

Doug wirkte, als wollte er überall lieber sein als hier, und ich hasste es, dass ich ihn so unter Druck setzte, aber ich stand buchstäblich mit dem Rücken zur Wand. „Ich glaube dir, Ash. Aber ich kann das nicht entscheiden. Ich darf nicht. Die schmeißen mich raus!“

Ich sackte gegen die Stuhllehne, während ich meine Optionen überdachte. Baustofflager und Privatfirmen akzeptierten Ratenzahlungen, aber Häuser vom Staat konnte ich ohne bankhandelsfähige Absicherung nicht kaufen, egal wie spottbillig sie dank der Zwangsversteigerung waren.

„Wie viel Absicherung fehlt ihm, um alle anderen Häuser kaufen zu können?“, fragte Jades klare, etwas rauchige Stimme hinter dem Dickicht meiner Gedanken.

Doug überschlug kurz im Kopf den Wert des Grundstücks am Canyon. Vor dem Angebot der Konzerne war es knapp dreihunderttausend Dollar wert gewesen. Ergab bei sechzig Prozent Absicherungswert eine Differenz von: „Zweihundertfünfzigtausend, schätzungsweise?“

„Und das Höchstgebot für das Haus meines Onkels liegt bei vierhundert? Habt ihr das schriftlich?“

„Die Zahl ist nicht offiziell. Aber ja, das haben wir natürlich schriftlich.“

„Und nur mal angenommen, ich würde ihm mein Haus als Absicherung verbürgen …? So rein theoretisch?“

Ich hatte keine Ahnung, wie sie das anstellen wollte, aber gerade schrie mich jede Zelle meines Körpers an, dass ich der größte Idiot auf der Welt wäre, wenn ich sie noch mal gehen lassen würde. *Danke, die Botschaft ist angekommen.*

Doug strich sich über den Vollbart. „Dann könnte er sechzig Prozent davon, also zweihundertvierzigtausend, einsetzen. Aber …“

„Danke, das genügt.“ Jade lächelte das strahlende Lächeln vom Cover ihrer letzten Single und erhob sich schwungvoll.

Doug und ich sahen ihr verdattert nach, wie sie den Warteraum durchquerte.

„Jade … Was tust du?“ Wenn sie jetzt ging, würde ich …

Sie zog eine Wartemarke. Was zum Teufel?

Selbst der Anzugträger im Wartebereich starrte sie unverhohlen an, während sie die Nummer mit der Anzeigetafel verglich. Vor ihr war nur eine Person – offensichtlich besagter Anzugträger, der sie immer noch angaffte.

Augen auf deine eigenen Angelegenheiten, Arschloch!

„Was ich tue? Ich ziehe eine Wartemarke!“ Jade warf mir ein strahlendes Lächeln zu, das mir fast die Luft zum Atmen nahm. „Ich habe gehört, das macht man so, wenn man ein Erbe antreten will. Du kannst doch sicherlich irgendwo zehntausend Dollar Leihgabe auftreiben, oder?“ Sie warf einen eindeutigen Blick auf das geliehene Hemd, das ich trug.

Begeisterung peitschte durch meine Adern, als ich mein Handy hervorzog. Sie war genial! „Gib mir zwanzig Minuten, Darling.“

Der Typ im Anzug regte sich. „Du bist Jade Darling.“

Ich war auf den Beinen, noch bevor Jade sich ihm zuwandte. „Und du bist?“ Meine Frage klang eher wie ein Knurren, während ich die Nachricht an Jax blind abschickte.

Ein kleines Lächeln erschien auf seinem Gesicht. „Der Käufer des Grundstücks auf der Chapel Lane.“

Das war jetzt wohl ein Scherz.

Ich starrte ihn an, während er den Blick über meine – dank Jax nicht mehr ganz so schäbige – Erscheinung gleiten ließ und sich dann mit einem Schulterzucken wieder Jade zuwandte.

„Zumindest bin ich in seinem Namen hier. Wie stehen die Chancen, dass ich ein Autogramm von dir kriege?"

„Wie stehen die Chancen, dass dein Boss sein Gebot zurückzieht?", schoss ich zurück, wobei ich den Zusatz „und dir in den Arsch schiebt?" wegließ – aus Gründen, die nichts mit meinen guten Manieren und alles mit Beleidigungsdelikten in öffentlichen Gebäuden zu tun hatten.

„Nein!", ging Jade dazwischen, und ich erkannte den Fehler meines voreiligen Mundwerks: Wenn es das Gebot nicht mehr gab, war das Haus nicht mehr so viel wert.

Jade überraschte mich noch mehr, indem sie ihn aufreizend musterte. „Wenn dein Boss das Gebot um zwanzigtausend erhöht, signiere ich dir alles, was du willst."

„Nicht explizit *alles*", relativierte ich eisern. Alles Geld der Welt konnte Jades Wert nicht aufwiegen.

Der Anzugträger lächelte unverbindlich. „Bedaure. Ich kann nicht über das Gebot entscheiden, ich bin nur hier für die Dokumente."

Jade zog eine Schnute, für die ich sie augenblicklich an mich reißen und küssen wollte. „Tja, schade. Dann kriegen wir wohl alle nicht, was wir wollen: Du kein Autogramm, dein Boss kein Haus, Ash ungewollt einen Deal mit seiner Ex und ich einen Haufen Schulden."

Und damit schnappte sie sich *meine* Wartemarke aus meiner Brusttasche und ging zurück zu Doug, um das Haus ihres Onkels aus dem Zwangsversteigerungsverfahren zu lösen, indem sie das Erbe beanspruchte. Und zwar, bevor der Typ dran war.

Sagte ich heute schon, dass ich diese Frau vergötterte?

Zwar war es zulässig, dass der Schuldner das Verfahren jederzeit aufheben konnte, aber vorgekommen war es noch nie, seit ich auf diese Weise mein Geld verdiente. Anders als bei mir drückte Doug für Jade ein Auge zu und öffnete die Erbakte wieder. Er setzte sogar den Wert des Hauses auf vierhunderttausend Dollar mit Verweis auf das Gebot aus dem Zwangsversteigerungsverfahren.

Fünfundvierzig Minuten später verließen wir das Rathaus. Jade mit einem ramponierten Haus und achtzigtausend Dollar Schulden, und ich vierhundertzwanzigtausend Dollar ärmer, aber um ein Dutzend sanierungsbedürftiger Grundstücke reicher, die nur darauf warteten, in Geld umgewandelt zu werden.

Ich konnte nicht anders, als den Anzugträger beim Hinausgehen anzulächeln, während ich lässig den Arm um Jades Schulter legte. Die völlig legale Form, jemandem den Mittelfinger zu zeigen.

„Was war mit dem Grundstück deines Grandpas am Canyon?", fragte Jade, als wir vom Parkplatz fuhren.

Ich zögerte kurz, dann erzählte ich ihr von dem buchstäblichen Knall, mit dem die Ölkonzern-Geschichte, die Sweet Springs seit fast zwei Jahrzehnten im Würgegriff gehalten hatte, vor ein paar Monaten ein jähes Ende gefunden hatte. Die brisantesten Details ließ ich aus, denn das war Clays Geschichte, nicht meine.

Als ich fertig war, lächelte Jade. „Deine Idee mit dem zu hoch bewerteten Grundstück als Sicherung ist so typisch Ash Crawford: ‚Wie kann ich möglichst reich werden, ohne jemanden zu verletzen, und wie kann ich Leuten in Anzügen ans Bein pinkeln, ohne dafür ins Gefängnis zu wandern?'"

Shit, jetzt musste auch ich lächeln. Nicht nur wegen dem, was sie sagte. Sondern *wie* sie es sagte. Als wäre mein gescheiterter Betrugsversuch etwas Gutes, Anständiges. Als wäre ich kein kompletter Fehler im System.

Ich wollte sie küssen. Aber ihr Blick war so getrübt, weil sie jetzt zu tief in ihren eigenen Gedanken feststeckte, dass ich mich stattdessen entschied, sie aufzumuntern: „Tja, das mit dem ‚nicht ins Gefängnis wandern' hat leider nicht immer so gut geklappt."

Jackpot: Sie lächelte, wenn auch mitfühlend. „Das war nicht deine Schuld, sondern Knox'." Ich nickte, auch wenn die Gesetze und Behörden das leider anders gesehen hatten.

„Du besitzt jetzt also ein Haus", wechselte ich das Thema.

Als würde es ihr jetzt erst so wirklich bewusst, schüttelte Jade fassungslos den Kopf und sah aus dem Fenster auf die vorbeiziehenden grünen Wiesen. „Frag mich nicht, was ich mir dabei gedacht habe. Eigentlich wollte ich das Haus und die Schulden auf keinen Fall, deswegen bin ich ja eingebrochen, um die Sachen heimlich rauszuholen. Aber als ich gesehen habe, wie sie dich da drinnen über den Tisch ziehen wollten, mal wieder …" Sie brach ab, schüttelte erneut den Kopf. Und ich starrte sie bloß an wie ein liebeskranker Idiot. Ich war es gewohnt, betrogen, verarscht und abgezockt zu werden, hatte oft genug selbst betrogen, verarscht und abgezockt. Aber es war lange her, dass sich jemand derart für mich eingesetzt hatte, und ich konnte alle Gelegenheiten in den letzten einunddreißig Jahren an einer Hand abzählen: Mom. Clay. Knox. Mason. Jax.

Das Leben schenkt dir nichts. Wenn du etwas willst, musst du es dir schon selbst nehmen.

Mir fiel auf, dass das nicht ganz stimmte. Das Leben hatte mir Jade geschenkt. Jetzt musste ich sie mir nur zurückholen.

Wie aufs Stichwort wandte sie mir das Gesicht zu. Gott, diese Augen. Ich liebte diese besondere Farbe zwischen Grün,

Blau und Grau, wie ein verwunschener See im Sonnenlicht. Ihre Mutter hatte mir einmal erzählt, dass sie ihr den Zweitnamen Jade gegeben hatte, als ihre Tochter zum ersten Mal die Augen geöffnet hatte. Echter Jade war der teuerste Edelstein der Welt, teurer als Diamanten, Rubine und Saphire derselben Reinheitsklasse. Wusste ich nur durch Zufall, nicht etwa, weil ich mich informiert hätte. Erst recht nicht, weil ich so ein Teil besaß.

„Du könntest ruhig etwas dazu sagen, dass ich dir den Arsch gerettet habe", fing Jade meine Gedanken wieder ein.

Heirate mich.

Ich schluckte, sah aus dem Fenster, dann wieder sie an. „Danke. Wirklich, Jadie. Ich werde mich revanchieren."

Sie lächelte, warm zuerst, dann schelmisch. „Mach dir keine Umstände. Ich tue das nicht für dich. Ich will nur nicht, dass das Haus meines Onkels in ein Schuhgeschäft oder so etwas umgebaut wird."

„Das würde der Bebauungsplan nicht hergeben."

„Der *was*?"

„Nicht so wichtig." Ich streckte die Hand aus und strich über ihren seidigen Oberschenkel. „Lass uns dein Haus renovieren gehen."

JADE

Moment mal, „Lass *uns*"? Es gab kein *uns*, selbst wenn ich in den letzten Stunden mehr gefühlt hatte als in den letzten dreieinhalb Jahren, und sich seine Hand so verdammt perfekt auf meinem Bein anfühlte.

Ich wagte es nicht, sie wegzuschieben, weil die Gefahr groß war, dass ich sie sonst in entgegengesetzte Richtung schob, damit er beenden konnte, was er heute Nacht angefangen hatte. Also blieb seine Hand, wo sie war, und meine Fantasien dort, wo sie hingehörten: in der verdammten Scherbenkiste.

„Falsch, Ash. *Du* wirst das Haus renovieren. *Ich* fahre zurück nach Nashville und erkläre meiner Managerin, wo ich heute Nacht war."

„Mit 'nem heißen Kerl im Bett?", schlug er grinsend vor.

Ich zog die Nase kraus. „Erstens war es kein Bett, und zweitens habe ich quasi ein Alibi, das ich nicht in Verlegenheit bringen will."

Der Sicherheitsgurt drückte in meine Schulter, als Ash unvermittelt bremste. „Was für ein Alibi."

„Nicht so wichtig. Niemand, den du kennst."

„Wer?"

„Eifersüchtig?", wiederholte ich seine Frage von vorhin und warf einen eindeutigen Blick auf die Handynummer, die auf seinen Arm gekritzelt war.

„Das ist nicht, wonach es aussieht."

„Klar. Ihr wart also nicht aus."

„Nein!"

„Und habt nichts getrunken."

Ha! Treffer. Ash spreizte unwillig die Finger, wie immer, wenn ihm etwas missfiel. „Na schön. Wir haben etwas getrunken. Aber es war kein Date."

„Entschuldigung, Herr Richter, es war nur Sex. – Ach so, na dann, Freispruch, Mr Crawford!", ahmte ich seine Ausrede mit verstellter Stimme nach.

„Es war kein Sex!“, beharrte Ash, obwohl er bei meiner Imitation lachen musste. „Und zu meiner Verteidigung: Das Gesetz und ich … wir sind einfach nicht auf einer Wellenlänge, okay?“

Jetzt war ich es, die lachen musste.

„Zurück zu deinem Alibi. Einer deiner vielen Liebhaber?“

Ja, klar. Weil es davon auch so viele gab. Aber Ash war ehrlich zu mir gewesen, also schuldete ich ihm dasselbe: „Nein. Nicht, dass ich in letzter Zeit für ein Privatleben Zeit gehabt hätte vor lauter Gesangsstunden, Deadlines und Terminen …“

Meine Gedanken schweiften kurz zu Cassandra ab. Ich musste mich dringend bei ihr melden, damit sie nicht schlecht von mir dachte und mich womöglich fallen ließ. Konnte sie so etwas tun? *Würde* sie so etwas tun?

„Definiere ‚in letzter Zeit‘.“

„Fragst du mich gerade nach meinem Sexleben aus?“

„Ich betreibe Marktforschung.“

Mir entwich ein Prusten. „Zeig mir deins, zeig ich dir meins?“

„Oh Baby, achte auf deine Wortwahl“, grinste Ash, nahm jedoch die Hand von meinem Knie und ballte sie locker zur Faust. Stumme Aufforderung zu *Schere, Stein, Papier*.

Seufzend machte ich mit. Er hatte beim letzten Mal gewonnen, weil ich *Stein* genommen hatte, also würde er wohl wieder *Papier* nehmen. Schnell zeigte ich *Schere*.

Er zeigte *Stein*.

„Ich hasse dich.“

Mit einem zufriedenen Grinsen ließ er seine Hand wieder auf mein Bein sinken. Diesmal lag sie deutlich höher. Ich unterdrückte den Impuls, das Becken vorzuschieben.

„Tust du nicht. Also, mit wem warst du aus, wie lange kennt ihr euch, und wie gut ist er im Bett?"

Ich verdrehte die Augen. „Ein Typ namens Robert Blake, meine Managerin hat das Date arrangiert. Wir kennen uns seit genau einem Tag, und ich habe keine Ahnung, wie er – warte, das war ja doch eine Fangfrage nach meinem Sexleben!"

Ash grinste. „Vielleicht. Vielleicht nicht. Nachfrage, nur zur Klarstellung: Wir sprechen nicht von *Bobby* Blake?"

„Doch, von genau dem."

Er sah mich so entgeistert an, als hätte ich ihm gestanden, einen Katzenwels zu daten. „Du magst seine Musik nicht?", schlussfolgerte ich.

Ash holte tief Luft, hielt sie kurz an, schüttelte dann den Kopf. „Was ich nicht mag, ist, dass Klischee-Karikaturen wie er über Nacht aus dem Boden wachsen, weil ihre Daddys Einfluss haben, während echte Künstler wie du dreieinhalb Jahre lang auf keinen grünen Ast kommen."

Mir blieb die Luft weg. Er klang wirklich verärgert, aber nicht über mich. Im Gegenteil, es klang, als ärgere er sich *für* mich.

„Dabei bin ich bestenfalls eine halbe Künstlerin", widersprach ich kleinlaut, wohl wissend, dass ich mich ihm und dem Geheimnis, das er von mir kannte, damit schutzlos auslieferte.

Er schüttelte bloß den Kopf und setzte den Blinker. „Frühstück?"

Kapitel 11

Gesalzenes Karamell

JADE

„Da brat mir einer einen Storch, Maddie da Rosa! Lass dich drücken, du treulose Tomate!“ Ich zog reumütig den Kopf ein, während Piper Davis mich in die Arme schloss wie eine Mutter ihre verschollene Tochter, obwohl sie nur ein paar Jahre älter war als ich. „Oh, ich freue mich so, dich zu sehen. Ich platze jedes Mal vor Stolz, wenn ich einen deiner Songs höre, dabei bin ich nicht mal mit dir verwandt.“

Ich erwiderte ihre Umarmung von ganzem Herzen. Ihre Pension, das *Honey Inn*, war immer noch der Himmel auf Erden, mit seinem sonnendurchfluteten Rustikal-Flair und einem Duftgemisch von Kaffee, Gebäck und kross gebratenem Speck, der meinen Magen knurren ließ.

„Darf ich dich jetzt Darling nennen?“

Ich kicherte. „Du kannst mich nennen, wie du willst, Pipe. Wie geht’s dir? Wie geht’s Darren? Und wo ist dein Baby?“

Als ich sie zuletzt gesehen hatte, war sie hochschwanger gewesen, nachdem sie ihre Jugendliebe Darren geheiratet hatte, der als US-Army-Soldat die meiste Zeit des Jahres im sechzig Meilen entfernten Fort Knox stationiert war. Jetzt warf sie einen vielsagenden Blick zur Theke, hinter der ein dreijähriger Junge pausbäckig auf einer Möhre herumnagte. Meine Augen wurden groß, mein Mund klappte auf.

„Oh, wow, Pipe! Er sieht ja genauso aus wie Darren!"

„Einen Vaterschaftstest brauchen wir jedenfalls nicht", witzelte sie, obwohl ihr Gesicht vor Stolz leuchtete. „Darren geht es gut, und das hier ist Tommy. Sag Hallo zu Tante Maddie, Baby. Sie wird bald ein großer Star!" Sie winkte ihrem Sohn, woraufhin er kichernd die Möhre fallen ließ. „Er liebt deinen neuen Song, nicht wahr, Baby? ‚*And she said I'm not drunk! – I'm drunk on ...?*'"

„*You*!", jauchzte Tommy und grinste von einem Segelohr zum anderen.

Mein Herz schmolz zu flüssigem Gold. Es dehnte sich vor Glück, quoll über vor Liebe ... und zerbrach, als ich Ashs versteinerte Miene sah. Sofort zerfraß das schlechte Gewissen jedes Quäntchen Glück wie brennende Säure.

„Hast du noch Frühstück, Pipe?", fragte er dann grinsend.

Piper warf einen Blick zur Uhr an einem der freigelegten Holzbalken. Es war kurz vor zehn, eigentlich zu spät für Frühstück an einem Wochentag. „Für euch immer. Was darf ich euch bringen?"

Ashs Augen wanderten zu mir, um mir die Gelegenheit zu geben, für mich selbst zu bestellen. Ich war so abgelenkt davon, seinen Gesichtsausdruck deuten zu wollen, dass ich sie verstreichen ließ. War er wütend? Belustigt? Hatte er bloß ein Pokerface aufgesetzt, oder würde er mir meinen Verrat heimzahlen?

„Dasselbe wie immer. Für mich Toast mit zwei Eiern und Speck, und für unseren Country-Star Waffeln mit Erdnussbutter, viel Karamellsauce und Schlagsahne."

Ich hasste es, wie gut er mich kannte, und ich hasste es, wie mein Herz darauf reagierte. Am meisten aber hasste ich das schlechte Gewissen, das sich jetzt von Ash auf Cassandra ausweitete.

„Ohne Schlagsahne", bat ich, um meinen Kalorienplan nicht völlig zu sprengen.

Da wurde Ashs Blick hart. Okay, also hatte ich mir das doch nicht eingebildet.

Wir setzten uns an einen ruhigen Tisch und schwiegen uns an, während Piper Kaffee brachte. Ash saß entspannt da, zwinkerte Tommy zu und hob das Kinn zum Gruß in eine Richtung, in die ich mich gerade nicht umdrehen wollte. Bloß die Finger seiner rechten Hand zupften an dem groben Bast des Platzsets auf dem Holztisch, als würde er eine imaginäre Notenfolge auf einer Gitarre spielen.

Ich hielt es nicht mehr aus.

„Okay, du bist eifersüchtig, gekränkt und wütend", platzte ich heraus, wobei ich versuchte, meine bebende Stimme leise zu halten. Es musste ja nicht das ganze *Honey Inn* mitkriegen, dass Jade Darling eine Hochstaplerin war. „Und das verstehe ich. Ich weiß, wie es für dich aussehen muss: Ich lebe unseren gemeinsamen Traum, und du hast nichts davon. Ich wollte nicht, dass du diese Songs im Radio hörst und dich fragst, warum du nichts davon wusstest. Ich wollte es dir sagen, aber Cassandra …"

Er wartete, bis er sicher war, dass nichts mehr von mir kommen würde, dann sagte er: „Du denkst, ich bin eifersüchtig? Worauf, Jadie? Dass dir fremde Leute vorschreiben, was du essen und anziehen sollst, und dass du bei jedem Wort aufpassen musst, was du sagst, damit du bloß niemandem aus Versehen ans Bein pisst? Nein, darauf bin ich ganz sicher nicht eifersüchtig." Er sah weg und sah für einen Sekundenbruchteil so verloren aus wie ein ausgesetzter Welpe. „Ich frage mich nur, … ob du glücklich bist."

Ich biss mir fest auf die Unterlippe, um nicht zu weinen. Wie konnte ich darauf antworten, ohne ihn komplett mit dem Geständnis zu desillusionieren, wie unglücklich ich die meiste Zeit über war? Wie viele Selbstzweifel mich plagten, wenn eine weitere Absage hereinkam, ein neuer Songtext nicht gut genug war, ein Magazin sich nicht für ein Interview mit mir interessierte.

Das Einzige, das mich dann weitermachen ließ, war, dass Cassandra Gold an mich glaubte, obwohl sie in den zwei Jahren, seit sie mich unter Vertrag genommen hatte, noch keinen Cent an mir verdient hatte. Das wusste ich, weil das bisschen, was ich an Auszahlungen bekam, nicht einmal die Miete aufwog, die Clifford für die Wohnung verlangen könnte, in der Cassandra mich umsonst wohnen ließ.

Es gab nur eine Möglichkeit: Ich würde sie stolz machen, ich *musste*.

Sie. Ash. Und mich selbst.

Also nickte ich. „Ja, das Singen macht mich glücklich."

Und meine Karriere würde das auch tun, wenn sie denn endlich in Gang käme. Ich würde später noch mal Bobby anrufen.

Ash forschte noch eine Sekunde lang in meinem Blick, dann nickte er auch. Seine Augen sprühten vor Schalk, und ich wusste, dass er etwas Schmutziges sagen würde, noch bevor er den Mund öffnete.

„Sehr gut. Dann muss ich kein schlechtes Gewissen haben, wenn ich mir dich weiterhin in Luxus-Whirlpools unter einem Panorama-Dachfenster vorstelle, während ich masturbiere."

Ich verschluckte mich am heißen Kaffee. „Das tust du nicht …!"

„Willst du es herausfinden?" Er lehnte sich unanständig weit über den Tisch, bis ich in azurblauen Himmelweiten ertrank. „Du könntest meiner Fantasie neue Impulse geben. Wie breit ist die Wanne?"

Ich öffnete den Mund, um zu widersprechen. Aber verdammt, dieses Grinsen. Dieser Schalk in seinen Augen. Ich konnte ihm das nicht auch noch ruinieren. Also tat ich, was ich seit zwei Jahren tat: ich log.

„Die Badewanne ist gar nicht das Highlight. Wusstest du, dass es Betten gibt, die breiter sind als lang?"

Seine Augen blitzten interessiert. Er sah nicht einmal weg, als Piper unsere Teller brachte. „Und wie hoch sind sie?"

Mein Unterleib zog sich heftig zusammen bei der Vorstellung, was man alles über ein Bett mit der richtigen Höhe gebeugt anstellen konnte. Wie hoch war das Bett im Hotel gewesen?

Er grinste wieder, weil offenbar nicht zu übersehen war, dass ich ernsthaft darüber nachdachte, während er sein Spiegelei blind zerteilte und sich eine Hälfte in den Mund schob. „Nun?"

„Möglicherweise wäre das Bett, in dem ich gestern Morgen aufgewacht bin, dazu geeignet", räumte ich spielerisch ein. Seine Augen blitzten, und ich konnte nicht widerstehen, hinzuzufügen: „Im *Hermitage*."

Er schluckte eilig, um sich nicht zu verschlucken. Das *Hermitage* war eines der teuersten Hotels in Nashville. „Sehr gut."

Damit spießte er ein Stück kross gebratenen Bacon auf, auf das ich wirklich neidisch war, und zog es – Entschuldige mal? – mitten durch die Karamellsauce auf meinen Waffeln. Ich starrte ihn an, als er es sich in den Mund schob und genüsslich kaute.

„Du bist pervers."

„Ich bin nicht derjenige, der mit gesalzenem Karamell angefangen hat."

Verdammt, wieso hatte er immer recht? Wieso kannte er mich so gut? Jetzt hatte ich noch mehr Appetit auf einen seiner Bacon-Streifen.

Als hätte er meine Gedanken gelesen, schob er seinen Teller ein paar Zentimeter zu mir. Einladung. Versuchung. Verderben.

Ach, zum Teufel mit meinen Verboten! Was Cassandra nicht weiß, macht sie nicht heiß. Kurzerhand bediente ich mich ebenso schamlos an seinem Teller wie er zuvor an meinem, und zog ebenfalls ein Stück Bacon durch die Karamellsauce auf meinen Waffeln.

„Schläfst du immer noch nackt?", fragte er da.

Die Gabel verharrte vor meinem Mund. Zähflüssiges Karamell tropfte herunter, das ich schnell mit der Zunge auffing. Ash verfolgte die Bewegung mit einem hungrigen Blick, der Hitze durch meine Glieder jagte.

„Willst du es herausfinden?“ Oh, verdammt, wie konnte mir denn das herausrutschen? Ash hatte diese Ungezwungenheit an sich, die mich alle Benimmkurse vergessen ließ und mein unverfälschtes Innerstes enthüllte. Und das war leider alles andere als damenhaft. Bevor sein Grinsen noch breiter werden konnte, beendete ich das Thema schnell: „Nein. Meine Managerin hat es mir verboten.“

„Wenn das so ist: Pfeif auf deine Managerin. Niemand sagt meinem Mädchen, was es zu tun hat.“ Noch ein unverfrorenes Grinsen, noch ein Blick, bei dem ich mir die Kleider vom Leib reißen wollte. „Niemand außer mir.“

Weil ich darauf keine Erwiderung hatte, schob ich mir den Karamell-Bacon in den Mund.

Gott, war das gut. Ich schloss die Augen, als süß und salzig auf meiner Zunge in einem Feuerwerk der Sinne explodierten, und konnte ein genüssliches Stöhnen nicht unterdrücken. „Verdammt, das hätten wir schon viel früher tun sollen.“

Ash sah mich an, als würde er gleich den Tisch leer fegen und mich darüber beugen. „Baby, wir müssen das Thema wechseln, sonst kann ich gleich nicht aufstehen.“

Augenblicklich stand mein Körper in Flammen. Ich ließ meinen Blick tiefer wandern, als könnte ich durch die Tischplatte hindurchsehen, und widerstand dem Drang, aus dem Stiefel zu schlüpfen und tastend den nackten Fuß auszustrecken.

Es gelang mir ganze zwei Sekunden lang.

Ash hörte auf zu kauen, als meine Zehen seine Jeans streiften.

„Fuck, Jadie …“ Unter dem Tisch umfasste er meinen nackten Fuß, zog ihn näher und rieb in festen, trägen Kreisen über genau die richtigen Reflexzonen, um heiße Blitze bis in meine Körpermitte zucken zu lassen. Ich wand mich auf dem Stuhl.

„Fuck …", echote ich heiser. „Das war eine schlechte Idee."

Ich wollte den Fuß zurückziehen, doch er packte meine Sohle fester und drückte sie gegen seine harte Erektion. Ein neuerlicher Lustschauer durchlief meinen Körper, um ein Haar wäre mir ein Keuchen entwichen.

„Ich habe nicht damit angefangen, Babycake", erinnerte er mich, seine Stimme rau vor Verlangen.

„Wir sollten gehen!" Verdammt, wie atemlos konnte man in einem Speisesaal voller Menschen klingen? Mit größter Mühe nahm ich den Fuß von der herrlichen Schwellung in Ashs Jeans und schob ihn zurück in meinen Stiefel, stand auf und hob meine karamellverklebten Hände: „Ich bin kurz Hände waschen."

Ash grinse amüsiert. Er blieb sitzen – aus offensichtlichen Gründen –, doch sein Blick prickelte heiß auf meiner Haut, bis die gebeizte Tür der Damentoilette hinter mir ins Schloss fiel. Dort wusch ich mir nicht nur die Hände, sondern schaufelte mir auch kaltes Wasser auf Hals und Nacken, um wieder klar denken zu können.

Was hatte dieser Mann nur an sich, dass ich innerhalb kürzester Zeit dermaßen die Kontrolle verlor?

Beide Hände auf das Waschbecken gestemmt, genoss ich die Kühle auf der Haut und lauschte den Tropfen, die auf das Porzellan klopften wie emsige Taktgeber. Tropf, tropf, tropf. Pause, tropf. Längere Pause. Rinnsal.

Die Tür ging auf, doch ich reagierte nicht, während ich im Kopf eine Melodie auf diesen Takt zusammenbaute.

Hände glitten über meine Taille. Große, warme Hände mit kräftigen Fingern. Ich riss die Augen auf, begegnete Ashs Blick im Spiegel.

Mein Mund klappte auf. Bevor ich einen Satz formulieren konnte, verstärkte er seinen Griff um meine Taille und schob gleichzeitig seine Hüften nach vorn. Der halbe Satz, der sich in meinem Hals gebildet hatte, kam als Stöhnen heraus.

„Ash …" Seine Antwort war ein Knurren. „Hier könnte jeder reinkommen."

„Die Tür ist abgeschlossen." Seine Finger glitten in den Bund meiner Jeans, seine Zähne strichen über die empfindliche Haut an meinem Hals. Mir entwich ein Keuchen.

„Hier kann uns jeder hören", argumentierte ich weiter, obwohl mein Hirn längst abgeschaltet und mein Körper unter seinen zärtlichen Fingerspitzen kapituliert hatte.

Zur Antwort griff er an mir vorbei, um den Wasserhahn voll aufzudrehen. Scharfes Rauschen erfüllte die Luft, einzelne Spritzer trafen meine Haut und ließen mich aufkeuchen. Der Druck seiner Finger auf meinen Hüften verstärkte sich, zog träge Kreise über den Blusenstoff, die mich um den Verstand brachten. Diese Bluse musste weg, genauso wie die Hose.

„Oh, verdammt, dieser Körper … Ich kann mir nicht annähernd so viel Zeit nehmen, wie ich gerade will …"

Ich löste die Hand vom Waschbecken und griff hinter mich, spürte seine große Erektion in meiner Hand, als er die Hüften weiter vorschob. „Dann hör auf zu reden und beeil dich. Wenn Piper uns erwischt, …"

Mein Satz ging in einem Keuchen unter, als er mich an der Hüfte nach hinten zog, bis ich mich an dem Waschbecken festkrallen musste, um nicht den Halt zu verlieren. Nach vorn gebeugt sah ich über die Schulter zurück, konnte aber nur seine scharfkantige Hüfte über der tief sitzenden Jeans sehen. Flammen schossen durch meine Glieder und entluden sich in einem Feuerwerk, als seine flinken Finger in einer einzelnen Bewegung meine Shorts samt Höschen über meine Hüften streiften. Die Art, wie seine Hände auf dem Rückweg über meine entblößte Haut strichen, als wäre ich das Einzige, das sie für alle Ewigkeit berühren wollten, verursachte mir ein Ganzkörperkribbeln, das nur auf eine Weise gestillt werden konnte. Das Geräusch seiner Gürtelschnalle ließ meinen Puls in die Höhe schnellen. Ich schloss die Finger um das Waschbecken, meine inneren Muskeln zogen sich vor Erwartung zusammen, während ich das Becken weit nach hinten schob, um ihn endlich in mir zu spüren.

Er hielt mich fest, bevor ich ihn erreichen konnte.

„Ich trage immer noch eine Spirale“, keuchte ich.

Ash lachte leise. „Darüber unterhalten wir uns beim nächsten Mal.“

Kurz darauf hörte ich Folie knistern und musste unwillkürlich lächeln. So draufgängerisch, und doch so verantwortungsbewusst …

„Willst du das?“

„Willst du mich verarschen? Ich winde mich hier gerade vor dir wie –“

Ich schnappte nach Luft, als er mit einem einzelnen Stoß in mich glitt. Süßer Schmerz durchzuckte mich, während wir beide aufstöhnten. Ich stellte mich auf die Zehenspitzen, um den Winkel anzupassen.

„Wir brauchen eine Blumenbank“, lachte er und schlang den Arm um meine Hüften, um mich zu entlasten. Ich lachte mit, bis er tiefer in mich glitt, dann stöhnte ich lauter, als er mich ganz ausfüllte. Wie lange hatte sich nichts mehr so perfekt angefühlt?

Verdammt, seit dreieinhalb Jahren …

„Oh, fuck, Jadie … Du fühlst dich genauso gut an wie damals."

Ich hasste es, dass er dasselbe dachte. Und zugleich liebte ich es, wie mein Körper auf seine Worte reagierte. Ich hasste es, wie langsam er sich in mir bewegte, bis ich mich an seine Größe gewöhnt hatte. Und ich liebte es, wie sich dadurch der süße Druck in meinem Innersten erhöhte.

Er hielt sich zurück, bis sich mein Körper entspannte. Und als ich erneut die Hüften nach hinten schob, zog er mich so energisch zurück, dass pure Begeisterung in meinen Nervenenden explodierte. Ich keuchte verzückt, als er unseren Rhythmus steigerte, kontrolliert zuerst, dann immer wilder, bis ich glaubte, an meiner Lust ersticken zu müssen.

Seine Hand schnellte zu meinem Mund, dämpfte meine Lustschreie. Seine Finger schmeckten süß und salzig. Gott, ich wünschte, wir hätten die Schlagsahne mitgebracht.

Sein Stöhnen war Musik in meiner Seele, während ich die Wellen der Lust so weit hinaufritt, wie sie mich trugen.

„Ash …" Ich griff hinter mich, er umschloss meine Hand.

„Ich bin hier." Seine Stimme klang genauso heiser wie meine. Mein Stöhnen schwoll zu einem atemlosen Keuchen an, während sich meine inneren Muskeln anspannten.

„Hör nicht auf …"

„Nie wieder." Sein Arm umfing meinen Oberkörper, um tiefer zu stoßen. „Das. Ist. Viel. Zu."

Ich warf den Kopf nach hinten, als der Orgasmus über mich hinwegrollte wie eine Naturgewalt.

„Perfekt", endete Ash mit einem letzten, tiefen Stoß, in dem auch er zitternde Erlösung fand. Hitze verblasste zu allumfassender Wärme, als er die Arme fest um meinen Oberkörper schlang und einen langen Kuss auf meinen Nacken drückte. Dann lachte er ein leises Lachen, das ich im ganzen Körper spürte. „Na ja, fast perfekt", relativierte er, während er sich nach den Papierhandtüchern streckte. „Wir hätten die Schlagsahne mitbringen sollen."

Ein Prusten brach aus mir heraus. „Wir können froh sein, wenn Piper uns nicht Hausverbot erteilt. Ich hatte vergessen, wie laut wir sind."

Seine azurblauen Augen im Spiegel waren voller Wärme, Schalk und Entschlossenheit. „Ich nicht."

Kapitel 12
Clint Eastwood ist kein Musikmanager

JADE

Piper erteilte uns kein Hausverbot.

Zwar empfing sie uns mit verschränkten Armen und einer vielsagend erhobenen Augenbraue, doch tatsächlich schenkte uns niemand außer ihr Beachtung, als wir uns aus der Damentoilette stahlen. Vielleicht, weil die Musik deutlich lauter war als noch vor ein paar Minuten. Ich formte mit den Lippen eine inbrünstige Entschuldigung, während Ash mich an der Hand ins Freie führte – was sich fast so anfühlte, als wären wir wieder siebzehn.

Da Ash immer noch meinen Mietwagenschlüssel und meine Erinnerungskisten als Geisel hielt, fuhr ich gezwungenermaßen mit ihm zu drei verschiedenen Baustofflagern, um Lieferungen zu organisieren, und hörte dabei zu, wie er Dutzende Telefonate für Baustellen in unterschiedlichen

Stadien der Fertigstellung führte. Mal ging es um schiefe Dachbalken, mal um Fenster, die nicht geliefert worden waren, mal um falsch verlegte Bodenfliesen.

Und jedes Mal sah er dabei so verdammt attraktiv aus. Ash besaß diese mühelose Attraktivität, die dann am sexysten war, wenn es ihm am wenigsten bewusst war. Wenn er im Takt der Musik aufs Lenkrad klopfte und leise Songzeilen mitsang, oder die vorbeiziehenden Pferdekoppeln und weißen Zäune betrachtete wie ein unschuldiges Kind. Im Körper eines verdammten Sexgotts.

„Klingt stressig", gab ich zu, als er nach dem Telefonat mit den Bodenfliesen Anstalten machte, das Handy aus dem offenen Fahrerfenster zu werfen.

„Manchmal komme ich mir vor wie ein Zirkusdirektor im Affenstall und frage mich, ob die alle nicht lesen können oder einfach morgens ihr Hirn zu Hause lassen."

Ich musste lachen, was ihm ebenfalls ein Lächeln entlockte. „Arbeiten die für dich? Hast du eine Firma gegründet?"

Er strich sich die langen Haare zurück. „Ja, tun sie. Nein, nicht in meiner Firma. Wir arbeiten alle auf eigene Rechnung, weil die rechtlichen Auflagen zu hoch wären und ich nicht die notwendigen Qualifikationen habe. Schlimm genug, dass ich die Verantwortung für alles trage." Ein Grinsen. „Da will ich sie wenigstens bei Bedarf ordentlich zusammenfalten können, ohne eine Klage vom Arbeitsgericht zu riskieren."

Wieder musste ich lachen. Natürlich würde Ash niemanden derart zusammenfalten, dass er eine Klage riskierte. Aber ich wusste, was er meinte. Sein Vater hatte immer gewollt, dass sein zweitältester Sohn studiert und etwas Anständiges lernt, Ingenieur oder Architekt zum Beispiel. Sein ältester Sohn hatte das offenbar anders gesehen, als er Ash in seine kleinkriminellen Streifzüge eingebunden hatte, wofür beide vorübergehend ins Gefängnis gewandert waren. Ash nicht so lange wie Knox, weil er zu dem Zeitpunkt noch minderjährig gewesen war. Ich kannte niemanden, der Ash Crawford nicht mochte, doch manches ließ sich nicht so einfach wegradieren wie ein falsches Wort in einer Songzeile.

„Mittagessen to go?", fragte ich überrascht, als er nach dem nächsten Stopp wieder einstieg und mir eine himmlisch duftende Papiertüte hinhielt. „Kalorien sind wichtig. Wir haben ein Haus zu renovieren."

„*Wir* haben gar nichts zu tun", erinnerte ich ihn. „Nur weil wir Sex hatten, heißt das nicht, dass wir wieder zusammen sind und da weitermachen, wo wir aufgehört haben. Ich bleibe nicht hier."

Ashs selbstsicheres Lächeln verrutschte nicht einen Millimeter. „Wieso nicht? Musst du in Nashville 'nen Song aufnehmen?"

„Nein." Ich wollte hinzufügen, dass ich gestern die finalen Songs für meine erste Maxi-CD aufgenommen hatte, aber ich wollte nicht noch mehr Salz in seine Wunden streuen.

„'nen Vertrag unterschreiben?"

„Nein."

„'ne Katze füttern?"

„Du weißt, dass ich keine Katzen mag. Was sollen die Fragen?"

Sein Grinsen war berauschend. „Dann musst du auch nicht weg."

„Ich muss meiner Managerin zumindest sagen, wo ich bin! Und dieses Gespräch wird ganz sicher nicht so ablaufen: ‚*Hi Cassandra, ich weiß, du reißt dir den Arsch für mich auf, aber Folgendes: Mein Ex zwingt mich dazu, am Arsch der Welt ein Haus zu renovieren, ich werde also die nächsten zwei Wochen nicht nach Hause kommen, okay?*'"

Ash sah mich so ernst an, dass mir heiß wurde. „Stimmt, das wirst du nicht tun. Denn erstens wird das Ganze mindestens zwölf Wochen dauern – zehn, wenn wir schnell sind." Mir klappte der Mund auf. „Und zweitens ist Nashville nicht dein Zuhause. Sondern Sweet Springs."

Dieser Satz und das Gefühlschaos, das er in meinem Innersten anrichtete, nahmen mir alle Luft aus den Segeln. Unfähig, eine Erwiderung zu finden, trank ich aus einem der Becher, verbrannte mir die Kehle an zu heißem Kaffee und langte stattdessen in die Tüte. Fühlte sich an wie Gebäck. Klein, luftig weich und noch warm, mit einer groben Zuckerschicht. Ich zog eines heraus. Es war ein …

„Madeleine?", keuchte ich.

Ash neigte den Kopf zur Seite, um mich mit einem Blick anzusehen, der verboten gehörte. „Was soll ich machen, ich stehe eben auf Babycakes."

„Zum Mittagessen?!"

„Nein, das ist der Nachtisch."

Hitze schoss mir in die Glieder, als ich daran dachte, was wir heute Vormittag getan hatten. „Sag mir, dass wir noch über die kleinen Kuchen sprechen."

Sein Grinsen. Gehörte. Verboten!

„Vielleicht. Vielleicht nicht. Vielleicht findest du es bald heraus."

„*Schere, Stein, Papier?*" Erwartungsvoll hob ich die Hand, doch Ash schüttelte amüsiert den Kopf und lenkte auf den Schotterparkplatz vor Clays Werkstatt. Mein Mietwagen stand immer noch dort.

„Gib mir dein Handy."

„Was? Auf keinen Fall."

„Vertrau mir, Jadie."

„Auf keinen verdammten Fall!", wiederholte ich.

Seufzend hielt er mir im Austausch den Mietwagenschlüssel hin. „Als Pfand. Bis wir an deinem Haus sind. Du willst doch deine Kisten holen, oder nicht?"

Na gut, das war akzeptabel. Widerwillig nahm ich den Schlüssel entgegen. Ash hielt ihn fest, bis ich mein Handy in seine offene Hand legte. Wir tauschten. Augenblicklich zog er sein eigenes Handy hervor, während ich einen der beiden Kaffeebecher und die Tüte umklammerte, um die Beifahrertür zu öffnen und auszusteigen.

„Nur, damit das klar ist, Ash: Das letzte Wort in dieser Renovierungsgeschichte ist noch nicht gesprochen."

Er lächelte bloß. „Wir treffen uns in dreißig Minuten am Haus deines Onkels."

„Was machst du in der Zwischenzeit?"

„Telefonieren." Damit hielt er sich sein Handy ans Ohr, mein Handy locker in seiner anderen Hand. Moment mal, war es etwa entsperrt? Wie hatte er das denn schon wieder gemacht? Bevor ich darüber nachdenken konnte, sackte mein Blutdruck ab. Geöffnet war der Kontakt von …

„Hi, Miss Gold." Ash setzte sein Eine-Million-Dollar-Lächeln auf, obwohl sie das nicht sehen konnte, „Clint Westwood der Name."

Clint Westwood? Was zum Teufel stimmte nicht mit ihm? Das hier war mein Leben und kein Westernstreifen, in dem er sich für jemand anderen ausgeben und Leute verarschen konnte!

Ash übersah geflissentlich, wie ich die Beifahrertür lautlos wieder zuzog und stattdessen neben ihm Mordszenarien gestikulierte. „Ich rufe im Auftrag eines Klienten an. Ein alter Freund von Jade, Sie haben bestimmt schon den ein oder anderen Song von ihm gehört."

Noch ein Grinsen, das ich sprachlos anstarrte. War das seine Rache, würde er mich jetzt auffliegen lassen? Er hatte ihr buchstäblich gerade gesagt, dass meine Songs nicht nur von mir allein geschrieben worden waren.

Bitte, Ash, tu es nicht.

Er fing meinen flehenden Blick auf und zwinkerte mir zu. Ein weiteres stummes „Vertrau mir, Baby". Gott, wenn er nicht so sexy aussähe! Mein Blick fiel auf seinen Mund, als er grinsend die Lippen zwischen die Zähne zog. Ich versuchte, den Gedanken wegzuschieben, wie er meine Lippen so zwischen die Zähne nehmen würde, bevor er seine Zunge in meinen Mund gleiten ließ. Was es wohl über uns aussagte, dass wir innerhalb von zwölf Stunden nach unserem Wiedersehen Sex gehabt hatten, aber noch keinen Kuss? Vermutlich, dass es besser war, keine Gefühle mehr füreinander zu haben.

„Oh, vertrauen Sie mir, Cassandra – darf ich Sie Cassandra nennen? Jade ist mit ihren sehr speziellen Fähigkeiten die Einzige, die meinem Klienten helfen kann."

Wieso klang wirklich alles, was dieser Kerl sagte, nach schmutzigem Sex? Sein Blick huschte zu mir, und sein unerhört breiter Mund verzog sich zu einem noch viel unerhörteren Lächeln, als er offenbar meine Gedanken las. Ich wollte die Augen verdrehen, aber ich konnte den Blick nicht von seinem Gesicht nehmen. Ich liebte dieses Muttermal an seiner Wange, das in dem Grübchen verschwand, wenn er grinste, und diesen widerspenstigen Wirbel in der rechten Augenbraue.

„Nennen Sie es eine künstlerische Blockade", schmunzelte er jetzt. An Ash war wirklich ein Schauspieler verloren gegangen. „Und das kann ich nicht weiter tolerieren. Sie wissen, wie brutal das Business ist: Deadlines, Druck, unlauterer Wettbewerb von Pseudokünstlern, andere Künstler, die die eigenen Ideen klauen, und jetzt steht noch die KI vor der Tür. Um es kurz zu machen: Jade Darling wird in den nächsten Wochen nicht in Nashville sein können, sondern gemeinsam mit meinem Klienten Songs schreiben."

Mir klappte der Mund auf.

ASH

„Schön, dass wir uns darauf einigen können. Seien Sie versichert, Jade wird es an nichts fehlen."

Ich ließ meinen Blick zu Jade wandern, die neben mir fast ausflippte. Ihre stummen Mordgesten wären Furcht einflößend, wenn sie dabei nicht die ganze Zeit meine Lippen hypnotisieren würde wie eine ausgehungerte Vampirin. Dieser Anblick war jedes schnippische Wort ihrer Managerin wert. „Ich werde persönlich dafür sorgen, dass sie alles bekommt, was sie braucht."

Ich liebte es, wie sich Jades Blick bei diesen Worten verdunkelte.

„Na schön. Und wie lange wird dieses Songwriting wohl dauern?“, drängte sich Cassandras zänkische Stimme in die Intimität zwischen uns.

„Schwer zu sagen“, sinnierte ich, während ich in Gedanken bereits mit der Zunge die geschwungene Linie von Jades Kiefer nachfuhr. Ihr Mund stand immer noch offen, und diesmal gab ich dem Verlangen nach, ihr Kinn zu umfassen und mit dem Daumen fest über ihre Unterlippe zu streichen. Ich hatte so einiges mit diesem Mund vor. „Zwei Monate, vielleicht drei.“ *Für immer*, fügte ich stumm hinzu, sprach es jedoch nicht aus. „Mein Klient widmet sich seinen Projekten gern … *intensiv*.“

Ich sah das Flackern in Jades grünen Augen, das nur zum Teil von der genannten Zeitspanne kam. Der größere Teil kam davon, was mein Daumen mit ihrer Unterlippe tat. Ich zog ihn zurück und saugte ihren Geschmack von meiner feuchten Fingerkuppe. Jades Blick war dunkel vor Verlangen, und ich wollte einfach nur, dass ihre Managerin endlich aufhörte, mich mit Vertragsklauseln vollzuquasseln.

„… und ich setze selbstverständlich voraus, dass Jade als Miturheberin der Songs genannt und entsprechend vergütet wird.“

Mein Lächeln fühlte sich an wie ein Zähnefletschen. Ausgerechnet sie kam mir mit diesem Scheiß? „Selbstverständlich. Es ist schließlich Pflicht und guter Anstand, dass jeder Miturheber eines Songs genannt wird, nicht wahr?“

Ich vermied es, Jade anzusehen, doch ich spürte, wie sie auf dem Beifahrersitz schrumpfte. *Danke für den Stimmungskiller, Miss Gold. Die Rechnung schicke ich Ihnen dann später!*

„Schreiben Sie mir einfach eine E-Mail“, sagte ich und legte auf, ohne ihr eine E-Mail-Adresse zu geben.

Kapitel 13

Scherbenkiste: Bitte nicht öffnen

JADE

Ash legte auf und Stille dehnte sich aus wie ein Luftballon, der mit jeder verstreichenden Sekunde zu groß für das Wageninnere wurde. Ich starrte mit angehaltenem Atem geradeaus und wartete auf den Knall.

Er kam nicht.

Ash saß bloß auf dem Fahrersitz, ließ unzufrieden die Finger auf dem Lenkrad spielen wie auf einer Gitarre, und sagte kein Wort.

Stille.

Dann summte Ashs Handy. Er warf einen flüchtigen Blick aufs Display, und sofern überhaupt möglich, verdunkelte sich seine Miene noch mehr. Noch während er den Anruf entgegennahm, stieg er aus und schloss die Tür hinter sich – und sperrte mich zum zweiten Mal aus einem privaten Telefonat aus.

Ich blieb sitzen, presste den Hinterkopf gegen die Nackenstütze und sah zum Fahrzeughimmel auf.

Warum konnte ich mich nicht einfach bei ihm entschuldigen?

Ash verdiente etwas Besseres.

Ich atmete tief ein und hielt die Luft an, konzentrierte mich auf die Atemübungen, die ich im Stimmtraining gelernt hatte, und brauchte trotzdem drei Minuten – oder auch dreißig –, um den Mut aufzubringen, ebenfalls auszusteigen.

Plötzlich wurde die Beifahrertür so überraschend aufgezogen, dass ich fast aus dem Wagen gepurzelt wäre. Erschrocken hob ich den Blick, bereits eine halb formulierte Entschuldigung auf den Lippen, doch ich sah kein fleckiges weißes T-Shirt über zerschlissenen Jeans, sondern volltätowierte Arme, die vor einer breiten Brust verschränkt waren.

„Hi, Clay." Meine Stimme klang dünner als beabsichtigt.

„Maddie." Seine Stimme klang so grimmig wie beabsichtigt. Er trat zur Seite: unmissverständliche Aufforderung, dass ich aussteigen sollte, und ich gehorchte. Ich hatte vergessen, wie riesig dieser Typ war. Ash war schon groß, aber Clay überragte mich um fast zwei Kopflängen. Umso mehr trieb es mir die Luft aus den Lungen, als er mich unvermittelt in eine feste Bärenumarmung zog.

„Ich würde ja sagen, dass es schön ist, dich zu sehen", sagte Clay, wobei sich ein Hauch Wärme in seine Stimme stahl.

„… aber Ash ist gerade alles andere als begeistert von meiner Anwesenheit", beendete ich seinen Satz reumütig und musterte den verwaisten Vorplatz seiner Werkstatt. Ash war längst im Inneren.

Clay nickte. Die Arme wieder verschränkt, lehnte er sich gegen den Mustang. „Seit wann bist du zurück?“

„Gestern Abend.“

Jetzt hob er eine Augenbraue, während der Anflug eines Lächelns über sein Gesicht zuckte. „Das erklärt einiges. Bist *du* auf ihn losgegangen?“ Er hob den rechten Ellenbogen, um auf den Schnitt in Ashs Unterarm anzuspielen. Ich biss mir auf die Unterlippe.

„Das war ein Unfall.“

Jetzt wurde das kleine Lächeln zu einem ausgewachsenen Grinsen, das Clays dunkle Augen blitzen ließ. Er sah gut aus, wenn er lächelte. Er tat es nur viel zu selten. „Das sagen sie alle.“

Dann stieß er sich mit einer auffordernden Kopfbewegung von dem Mustang ab, und ich folgte ihm mit eingezogenem Schwanz.

Im Inneren umfing mich der vertraute Geruch von Gummi, Motoröl und holziger Orange. Ash saß auf einer Werkbank und telefonierte immer noch – oder erneut –, während er den präzisen Handgriffen des Mannes neben ihm zusah, in dem ich Jax Rayne erkannte. Das dunkelblaue Hemd, das er ihm geborgt hatte, lag zwischen den beiden auf der Arbeitsfläche.

Clays tiefe Stimme holte mich aus der Beobachtung. „Kaffee?“

Ich schüttelte den Kopf. „Danke. Ich glaube, ich muss erst mit Ash reden.“

Clay brummte zustimmend und machte sich wieder an die Arbeit. Ich zögerte noch einen winzigen Moment, dann gab ich mir einen Ruck.

Ashs Beine hörten auf, munter zu baumeln, als er mich sah. Sein Blick verhakte sich mit meinem. „Fangt schon an, ich komme in einer halben Stunde dazu. Und Anthony? Wenn irgendjemand die Kisten vor der Kellertür anfasst, mache ich dich persönlich einen Kopf kürzer, klar?"

Er legte auf, ohne den Blick von mir zu nehmen.

Jetzt bemerkte mich auch Jax. Ich hatte vergessen, wie verstörend seine volle Aufmerksamkeit war. „Maddie."

Ich lächelte leicht. „Hi, Jax. Kannst du uns zehn Minuten geben?"

„Fünf", widersprach Ash, „ich hab 'nen Haufen Arbeit."

Jax' wissendes Halblächeln war geradezu hypnotisch, als er auf seine teure Armbanduhr sah. „Sieben", prophezeite er.

Nachdem er gegangen war, lehnte ich mich vorsichtig neben Ash gegen die Werkbank. Eine Weile schwiegen wir. Schließlich lächelte ich wehmütig. „Du hast mich angelogen, weißt du?"

„Ich. *Dich*. Angelogen." Ash schnaubte. „Wohl kaum."

„Du hast gesagt, du würdest mich nicht hassen. Aber das tust du." Ash setzte zur Widerrede an, also sprach ich schnell weiter: „Und das verstehe ich. Das ist dein gutes Recht. Ich hätte unsere gemeinsamen Songtexte nicht verwenden dürfen, ohne dich zu fragen oder zumindest als Miturheber zu nennen. Ich wollte nicht, dass jemand Fragen stellt, die uns beiden zu sehr wehgetan hätten, aber ich hatte kein Recht dazu. Ich weiß, das ist keine Entschuldigung, aber …"

Ich verstummte, als er immer vehementer den Kopf schüttelte, wie um eine lästige Fliege zu verscheuchen. „Darum geht es nicht und ging es nie. Scheiß auf Recht und Unrecht,

Jadie! Recht haben und recht bekommen sind zwei völlig unterschiedliche Dinge. Du hast jedes Recht, sie zu verwenden. Sie gehören dir. Dein Name steht drauf."

„Aber es sollte auch dein Name draufstehen!", widersprach ich.

Er sah mich so eindringlich an, dass ich in den blauen Fluten seiner Augen zu ertrinken drohte. Oder in meinen Schuldgefühlen.

„Vergiss die Songtexte. Ich hätte sie dir freiwillig geschenkt, wenn du darum gebeten hättest. Scheiße, der masochistische Teil von mir war sogar stolz darauf. Jedes Mal, wenn ich dich irgendwo gesehen oder gehört habe, dachte ich nur: *Das ist mein Mädchen!*"

Er verstummte, und da wurde mir bewusst, was er nicht fortführen konnte:

Aber das ist sie nicht mehr.

Ich hatte nicht nur seinen Traum und seine Songtexte gestohlen und mit nach Tennessee genommen, sondern auch sein Herz.

Ein hilfloses Lachen brach aus meiner Kehle, das eher wie ein Schluchzen klang. „Und da behaupten alle, *du* wärst der notorische Dieb."

Er wandte den Kopf, als sähe er mich zum ersten Mal. Seine Augen wanderten über mein Gesicht, erfassten jedes Detail, und ich wusste, was er tat: Er versuchte, meine Sommersprossen zu zählen. Das hatte er schon immer versucht. Eine eiserne Faust zerquetschte mein Herz, doch ich wehrte mich nicht gegen den Schmerz. Ich verdiente ihn. Vielleicht waren wir beide masochistisch veranlagt, dachte ich, als sein Blick auf meinen Lippen verharrte.

Seine Augen nahmen einen dunkleren Ton an, als ich den Mund öffnete, und der Anblick war so elektrisierend, dass ich mich unwillkürlich ein paar Zentimeter vorlehnte.

Er streckte die Hand aus und wickelte eine meiner Locken um seinen Finger. Ich widerstand dem Verlangen, mit den Lippen über seine Fingerknöchel zu streichen.

„Du weißt, dass ich wieder gehen werde, oder?"

Seine Antwort war ein schwaches Heben der Mundwinkel, während er sich ebenfalls vorlehnte, bis sich unsere Nasen fast berührten.

„Du weißt, dass das derselbe Fehler wie damals wäre?"

Er sah mir so tief in die Augen, dass ich vergaß, wie man atmete. „Babycake, ich mache nie denselben Fehler zweimal. Ich mache ihn fünf- oder sechsmal, nur um sicherzugehen."

Damit griff er in meinen Nacken und küsste mich mit einem Hunger, der dreieinhalb Jahre lang nicht gestillt worden war. Seine Zunge strich über meine Zähne und forderte Einlass, den ich augenblicklich gewährte. Hungrig öffnete ich die Lippen gegen seine, schlang die Arme um seinen Hals und vergrub endlich, endlich die Finger in seinen Haaren. Sie waren weicher als gedacht und so verführerisch, dass ich mit allen zehn Fingern hineingriff und daran zog, nur um zu spüren, wie es sich anfühlte. Hitze wallte durch mich hindurch, als er die harte Geste mit noch härteren Zungenschlägen beantwortete. Ich stöhnte in seinen Mund, und er schluckte den Laut mit grimmiger Genugtuung.

Unversehens kletterte ich rittlings auf ihn, bis meine Knie gegen die stählerne Arbeitsplatte stießen, auf der er saß, und küsste ihn heftiger. Er umfasste mit beiden Händen meinen Hintern, und jetzt war er es, der in meinen Mund stöhnte.

Ich hatte ihn erst vor ein paar Stunden gehabt, doch jede Sinneszelle verzehrte sich danach, ihn überall zu spüren. Als müsste mein Körper die verlorenen Jahre nachholen. Schon glitten meine Hände unter den Stoff seines T-Shirts. Mir entwich ein wohliges Stöhnen, als ich über seine harten Bauchmuskeln strich.

Er zog mich gegen sich und schob die Hüften vor, bis ich seine Erektion genau da spürte, wo ich sie brauchte. Seine Finger schlüpften unter die ausgefransten Hosenbeine der Shorts, um meine halb nackten Pobacken zu kneten, sein lustvolles Seufzen ließ meinen gesamten Körper erbeben.

Ich brauchte mehr. Ich brauchte alles.

„Ich will dich", raunte ich gegen seine Lippen, was ich gestern Nacht nicht hatte aussprechen wollen und was heute Morgen offensichtlich gewesen war.

Sein Lachen klang atemlos. „Das geht nicht."

„Warum nicht?"

Jemand räusperte sich. Es war nicht Ash.

Und da rieselte ein heißer Schauer durch meinen Körper, der nichts mit Lust zu tun hatte. *Scheiße* … Wir waren immer noch in Clays und Jax' Werkstatt!

Die uns beide mit verschränkten Armen und verstört-faszinierten Mienen musterten, als ich mich atemlos umdrehte.

Jax streckte wortlos die offene Hand aus, und Clay legte etwas hinein, das verdächtig nach einer Dollarnote aussah.

„Ihr habt darüber gewettet, ob wir uns küssen?", empörte ich mich.

„Wenn du das *Küssen* nennst", entgegnete Clay mit amüsiert hochgezogener Augenbraue, während Jax geradeheraus antwortete: „Ich war mir sicher, dass er über dich herfällt.

War eine Überraschung, dass du ihn gleich besteigst wie einen Baum."

Mir klappte der Mund auf, eher vor Unglauben als Empörung, denn ich wusste, dass sie es beide nicht böse meinten. Dennoch versteifte sich Ashs Körper unter meinem. Er schob sanft meinen Mund zu. „Vorsicht, Rayne. Du vergisst, mit wem du da redest."

Sein unerwarteter Beschützerinstinkt ließ meinen Bauch kribbeln, und nicht nur, weil seine Stimme dabei mein tiefes Lieblings-Timbre annahm. Zum Zeichen meiner Wertschätzung streichelte ich seinen Nacken, bevor ich Anstalten machte, den Äffchen-Klammergriff meiner Beine um seine Hüften zu lösen. An dem Bild mit dem Baumstamm war durchaus etwas dran.

Ash protestierte wortlos, indem er mich enger an sich zog und die Hände fest unter meinem Hintern verschränkte. Ich spürte, warum er das tat. *Baumstamm.*

„Okay", räumte ich allen dreien gegenüber ein und verrenkte mich, um Jax trotzdem ansehen zu können. Ash half mir, indem er uns beide eindrehte und einen Fuß auf den Boden abstellte. „Und du wusstest also, dass das innerhalb von sieben Minuten passiert, Herr Professor Doktor?"

Ich wusste, dass ich mich weit aus dem Fenster lehnte, denn mit Jax Rayne zu diskutieren war wie eine Schulprüfung zu bestreiten, für die man nicht gelernt hatte.

„Nein", sagte er mit einem weiteren Blick auf seine Uhr. „Die sieben Minuten bezogen sich auf Evelyns Ankunft. Und *Doktor* reicht völlig aus, Honey."

Shit. Erwähnte ich, dass ich nie besonders gut in der Schule war?

„Wer ist Evelyn?", fragte ich, um die Niederlage abzufedern.

In dem Augenblick hörte ich einen mächtigen Motor vor der Werkstatt, der nicht zu Ashs schwarzem Mustang gehörte. Keine dreißig Sekunden später bekam ich die Antwort, als eine hochgewachsene Brünette in die Werkstatt kam. Ihr Gang war so aufrecht wie der eines Models auf dem Laufsteg – und ihr Anblick war atemberaubend. Sie trug ein einfaches Hemdkleid aus hellblauem Jeansstoff, das viel zu weit für ihre Figur wirkte, aber mit einem schmalen Taillengürtel zu einem Statement-Look gerafft war, dessen mühelose Eleganz so manche Moderedakteurin vor Neid erblassen ließe. Und sie trug Sandalen mit Absätzen. Ich konnte an einer Hand abzählen, wie oft ich Sandalen mit Absätzen getragen hatte. Sneakers und Boots waren unser Ding hier im staubigen Süden.

Kurzum: Sie war die perfekte Lady. Bis sie die vier Personen in der Werkstatt bemerkte und mitten in der Bewegung innehielt.

„Huch." Der überraschte Ausdruck auf ihrem Gesicht ließ die Seifenblase zerplatzen, die sie hatte erscheinen lassen wie ein Wesen aus einer höheren Sphäre, die uns Sterblichen versagt blieb. „Komme ich ungelegen?"

„Höchstens zwei Minuten zu spät für die Show des Jahres", kommentierte Jax, woraufhin sowohl Ash als auch Clay ein leises Grollen von sich gaben.

Letzterer streckte statt einer Antwort den Arm aus, griff in ihr dunkles Haar und küsste sie mit einer feurigen Leidenschaft, die mir selbst auf die Entfernung Hitze auf die Wangen trieb.

„Hey, *Sugar.*" Clay löste seine Lippen von Evelyns, um die Nase in ihrem Haar zu vergraben. „Ich habe dich vermisst."

Sie lachte ein helles, sanftes Lachen. „Ich war nur eine halbe Stunde lang weg."

„Es war eine halbe Stunde zu viel. Und zu deiner Frage: Du kommst niemals ungelegen, Evelyn. Erst recht nicht, wenn mir jedes Wiedersehen eine Ausrede gibt, dich zu küssen."

Evelyn schmolz ein bisschen und – oh Mann, ich auch! Ich kannte Clay Davis schon fast mein ganzes Leben lang, aber noch nie hatte ich gesehen, dass er eine Frau so ansah.

„*Das* nennst du Kuss", zog ich Clay mit seinen eigenen Worten von vorhin auf. Seine dunklen Augen sprühten vor Belustigung, als er meinen Blick auffing.

Daraufhin drehte sich Evelyn zu mir um. Ihr Lächeln war so strahlend wie ein frisch polierter Edelstein, während sie Clay einen Wagenschlüssel hinhielt. Wieder klappte mir der Mund auf.

„Du fährst seinen Wagen?" Der Camaro war ihm heilig.

„Oh, sie fährt weit mehr als nur seinen Wagen", bemerkte Jax, woraufhin Clay ungefähr dasselbe Territorialverhalten an den Tag legte wie Ash nur zwei Minuten zuvor.

„Hört auf, alle beide", erstickte Evelyn jedes Testosterongetue im Keim, bevor sie mit ausgestreckter Hand auf mich zukam. „Hi, ich bin Evelyn. Evelyn Tate."

Clay knurrte noch lauter, was wir beide ignorierten. Mein Blick fiel auf den zierlichen Ring an ihrem Finger, und ich konnte ein Grinsen nicht unterdrücken. „Ihr seid noch nicht verheiratet? Wie konnte das denn passieren?"

Ihr Lächeln nahm verschwörerische Ausmaße an. Ich liebte sie schon jetzt. „Wir lassen Elle und Matt den Vortritt."

„Elle und – *Matt*?" Mein Kopf fuhr zu Ash herum. „Matthew Hopper?"

„Und Kate", ergänzte Jax, wie nur Jax es konnte.

Meine Augen wurden noch größer. Hieß das etwa, die beiden hatten ein Baby? „Kate wie …?"

„Wie wär's, wenn du deine Nase aus den Familienangelegenheiten anderer Leute raushalten und der Lady deinen Namen verraten würdest, Maddie?", unterbrach mich Clay barsch.

Alles klar, der Grummelbär lebte also immer noch, er hatte jetzt bloß einen Zuckergussüberzug.

„Maddie?", wiederholte Evelyn charmant, ohne auf ihren Mann zu achten.

Ich nickte. „Ja. Oder Jade, wenn du willst."

„Sie sind beide schön. Jade gefällt mir besonders, weil er so anders ist. Und er passt zu deinen Augen!"

Ich spürte, wie ich bei dem Kompliment errötete. Und, wie sich Ashs Griff leicht verstärkte, weil er ihr zustimmte. Natürlich mochte er den Namen, er hatte schließlich damit angefangen, ihn zu benutzen.

„Danke", sagte ich überwältigt. „Wow, wo hat Clay dich denn aufgetrieben? Hat er dich irgendwo gekidnappt oder so?"

Plötzlich mussten drei Leute um mich herum gegen ein Lachen ankämpfen.

„Habt ihr Jungs nichts zu tun?", fragte Evelyn honigsüß, obwohl es eher wie ein Befehl klang. Clay und Jax machten sich wieder an die Arbeit, Ash schob meinen Hintern minimal zur Seite, um sein Handy hervorzuziehen. Evelyn lächelte mich schief an und beantwortete meine Frage: „Nah dran. Er hat mich in seinen Schuppen gesperrt."

Ich riss die Augen auf, mein Blick zuckte zu Ash. Das also hatte er heute Morgen gemeint. „Das hat Clay nicht wirklich getan! Scheiße, ich glaube, ich hätte ihn ermordet."

Evelyn lachte schuldbewusst. „Ja, möglicherweise ... habe ich ihm eine Schaufel übergezogen."

Ich brach in so heftiges Prusten aus, dass ich beinahe von Ashs Schoß kippte. Er hielt mich mit einer Hand fest, während er mit der anderen eine Nachricht tippte.

„Okay, es ist offiziell: Ich liebe dich, Girl!", platzte ich heraus.

„Du kannst ruhig sagen, dass du selbst mit einer Eisenstange auf mich losgegangen bist", kommentierte Ash, ohne von seinem Handy aufzusehen.

„Es war eine Holzstange!", relativierte ich, als Evelyns Augen vor Entsetzen groß wurden. „Und es war nicht meine Schuld, dass da ein Eisenhaken dran war. Außerdem hättest du nicht nachts in mein Haus einsteigen sollen! Evelyn hätte dasselbe getan, nicht wahr?"

Bevor Clays Frau kollegial nicken konnte, grätschte Ash dazwischen: „Nein, weil Evelyn nämlich gute Manieren hat. Anders als du."

„Fuck you", lachte ich und wollte seinen Arm wegschieben, aber er bewegte sich keinen Zentimeter. Im Gegenteil, Ash zog mich noch enger gegen seine Brust und grinste breit.

„Siehst du? Genau das meine ich. Sie sollte dir einen Kurs in Höflichkeit geben, dann redest du dich bei deinem nächsten Interview nicht wieder um Kopf und Kragen."

Ich horchte auf. Das war schon das zweite Mal, dass er eines meiner Interviews erwähnte. „Du hörst meine Interviews?"

Seine Mundwinkel zuckten, sein azurblauer Blick wanderte zu mir. „Vielleicht. Vielleicht nicht."

„Du gibst Interviews?“, fragte Evelyn.

„Ja, ich … singe.“

Ihre dunklen Augen weiteten sich begeistert, sodass ich fortfuhr: „Ich bin vor ein paar Jahren nach Nashville gezogen, um Countrymusik zu machen. Seit zwei Jahren habe ich eine Managerin, und jetzt laufen meine Songs auch hin und wieder in Streaming-Playlists.“ Ash schnaubte unzufrieden, doch ich schob den Stich beiseite und stand endlich von seinem Schoß auf. „In etwas mehr als drei Monaten kommt meine erste Maxi-CD raus.“

„Ohhh.“ Erkennen flackerte in Evelyns Blick. „Von dir stammen die Songs, bei denen Ash immer umschalten muss.“

Mir blieb die Luft weg. Wenn sein Schnauben schon ein Stich für mich gewesen war, dann war die Enthüllung, dass er meine Songs nicht anhören konnte, ein Vorschlaghammer, der meine Brust in tausend Splitter zerschlug.

Warum zum Teufel hatte ich die beschissene Scherbenkiste nur geöffnet?

Kapitel 14

Goldie f*ing Bennett

ASH

Jonah hat dieses Video von @goldie.bennett
auf TikTok mit dir geteilt
Jonah: Alter, hast du das gesehen??!! 🤯🤤🔥

Ich verdrehte innerlich die Augen. In Momenten wie diesen wünschte ich, meine Sozialstunden hätten aus Müllsammeln oder Gassirunden im Tierheim bestanden anstatt darin, einem Haufen Halbwüchsiger im Jugendzentrum Basketball beizubringen. Ich liebte diese Jungs, und ich war dankbar für das, was ich tun durfte, aber regelmäßig mit pubertären Chats und sinnfreien Videos auf dubiosen Zeitfresser-Apps zugespammt zu werden, gehörte definitiv zu den Schattenseiten der Jugendarbeit.

Ich: Nein. 1.: Ich hasse TikTok. 2.: Goldie Bennett
ist nicht mein Typ.
Jonah: Glaub mir, Bruder, dieses Video willst du
sehen. Sie ist sexy as f*!!!

Ich verzichtete darauf, ihm einen Vortrag über seine Sexfantasien und Ausdrucksweise zu halten, denn ich war mit sechzehn genauso gewesen, und ehrlich gesagt war ich das immer noch. Ich wusste nur nicht, was von beidem der Grund dafür war, dass mir diese Kids dauernd alles anvertrauten.

Ich: Sie ist doppelt so alt wie du.

Jonah: omg, guck einfach das Video, Mann!

Jonah: Sonst

Jonah: Nerve

Jonah: Ich

Jonah: Bis

Ich stellte das Handy stumm und wechselte die App, während Evelyn und Jade über gewalttätige erste Dates und gute Manieren sprachen und sich auf Anhieb zu mögen schienen. Ich für meinen Teil mochte die Wärme in meiner Brust beim Gedanken an gemütliche Doppel-Dates am Lagerfeuer bis ans Ende unserer Tage.

Kaum, dass das Video lief, erstarrte ich. Es zeigte nicht Goldie Bennett – zumindest nicht nur. Es zeigte vor allem Jade. In einem fensterlosen Flur, an dessen Wänden in regelmäßigen Abständen dasselbe gerahmte Bild hing: ein goldener Kreis auf schwarzem Hintergrund, der ... Ich schnaubte, als ich meinen Fehler erkannte. Das waren goldene Schallplatten. Ein Tonstudio.

Doch mein Blick klebte förmlich an dem überwältigten Gesichtsausdruck der Jade im Video. Ihre Augen sprühten vor Begeisterung, ihr dunkelrot geschminkter Mund war zu einem atemberaubenden O geformt. Alles an ihr war faszinierend widersprüchlich: die glänzenden Locken zu ihrem Bronze-Teint, die blitzenden Augen und ihr sinnlicher

Mund, das unschuldige Outfit und das volle Lachen. Sie trug dasselbe wie die Jade auf meinem Schoß und hatte sogar dieselbe Frisur, was mir sagte, dass das Video erst gestern aufgenommen worden sein konnte.

Die Anzahl der Likes und Kommentare darunter passte allerdings eher zu Videos, die schon drei Wochen alt waren, was bedeutete, dass es innerhalb von einem Tag viral gegangen war.

Augenblicklich wollte ich den Sound anstellen, um die vertraut kratzige Stimme der lachenden Jade im Video zu hören, aber die Tatsache, dass der Hintern der echten Jade gerade auf meinem Schoß klebte, machte das zu einer ziemlich dummen Idee.

Wie sich herausstellte, brauchte ich keinen Ton, um die Videobotschaft zu verstehen, denn die Worte waren in fett animierten Buchstaben ins Bild eingebrannt. In Dauerschleife.

„Goldie fucking Bennett!
Ich meine Heilige Scheiße
GOLDIE
FUCKING
BENNETT!!!"

Mein Puls beschleunigte sich, meine Brauen zogen sich zusammen. Zum einen, weil sich Jades Hintern von meinem Schoß löste und ich nicht schnell genug war, sie zurückzuziehen. Zum anderen, weil mich die Kommentare beunruhigten.

Während die Mehrheit den Ausdruck augenblicklich zum Meme erklärte, die Kommentarsektion mit „*GOLDIE F*ING BENNETT*"-Parolen flutete und einige begeistert hinzufügten: „Goldies Hotness bringt sogar Jade Darling zum Fluchen", meldeten sich auch verstörte Stimmen zu Wort.

Posts wie *Ist das wirklich Jade Darling?*, *#NotMyDarling* und *I'm not Drunk, I'm drunk on Lies* waren noch die harmloseren. Diejenigen, die ihre Intelligenz oder Hautfarbe angriffen, blendete ich aus, um nicht komplett die Beherrschung zu verlieren.

Mein Körper vibrierte, und mir fiel erst nach einer Weile auf, dass es nicht das Knurren in meiner Kehle war, und auch nicht das Handy in meiner Hand.

Es war Jades Handy, das ich noch von dem Anruf bei ihrer Managerin in der Tasche hatte. Ich warf einen kurzen Blick zu Jade, die gerade mit Evelyn im Büroteil der Werkstatt verschwand, dann zog ich es hervor.

Cassandra Gold

Ihre Managerin, die vermutlich ebenfalls von dem Video erfahren hatte und Jade zur Rede stellen wollte.

Scheiße, Jadie, wieso hast du dich überhaupt für diese Darling-Farce entschieden?

Maddie da Rosa war besser als das. Sie musste sich nicht verstellen, um beliebt oder erfolgreich zu sein. Sie war perfekt, wie sie war, mit ihrem lauten Lachen, derben Humor und ungeschliffenen Wesen.

Ich ließ den Anruf auf Jades Mailbox wandern und diskutierte kurz mit meinem Engelchen und Teufelchen, ob ich ihr Handy noch mal entsperren sollte, um mir einen Kontakt weiterzuleiten und Goldie fucking Bennett persönlich zur Rede zu stellen, denn so ein Video auf Kosten anderer ging gar nicht, erst recht nicht, wenn Goldie die Queen of Country war und Jade ein Niemand.

Eine Nachricht von „Rob“ zog meine Aufmerksamkeit auf sich.

„Ash, ich brauche mein Handy zurück!"

Mein Blick zuckte von der unvollständigen Nachrichtenvorschau zu Jade, die wieder im Durchgang zum Büro erschien, eine riesige Kaffeetasse in der Hand.

„Warum?"

Ernsthaft, Hirn? Hundertsiebzigtausend Wörter in der englischen Sprache, und dir fällt nur dieses ein?

Jade schürzte nachdenklich die Lippen zu einem Kussmund, den ich augenblicklich in Besitz nehmen wollte. „Lass mich überlegen: Weil es mein Handy ist, weil ich dir keine Rechenschaft schuldig bin, weil ich Evelyns Nummer abspeichern möchte, damit sie mir ein paar Fotos schicken kann, und – oh ja, weil es dich einen Scheiß angeht."

Sie kräuselte die Nase zur niedlichsten aller Grimassen, während Evelyn sich gewichtig nickend auf Jades Schulter stützte, als wären die beiden beste Kindheitsfreundinnen.

„Evelyn sollte dir lieber Manieren beibringen." Ich grinste, obwohl mein Vorschlag nur zum Teil als Witz gemeint war. Denn eine Schimpfwort-Explosion wie in Goldie Bennetts Video wäre Evelyn sicherlich nicht passiert.

„Gerne! Heute Abend um sieben bei Tess?", fragte Evelyn. Verdammt, diese Frau machte wirklich keine halben Sachen. Nicht zum ersten Mal fragte ich mich, wer in ihrer Beziehung mit Clay in Sachen Dickschädel auf wen abgefärbt hatte.

Der schloss gerade die Heckklappe des Jeeps und wandte sich Evelyn zu. „Mittagessen?"

Ich sah auf die Uhr. Shit, schon kurz nach eins. „Evelyn, ich lege Jades Gesellschaft bis heute Abend vertrauensvoll in deine Hände, denn ich muss leider los. Sicherstellen, dass sie ihre achtzigtausend zurückbekommt."

Nicht, dass sie das Geld brauchen würde, weil sie sicherlich durch die Streaming-Einnahmen ihrer Songs so viel verdiente wie ein Durchschnittsbürger mit Vollzeitjob. Aber ich hatte gesagt, dass ich mich revanchieren würde, und versprochen war versprochen.

Feierlich hielt ich ihr das Handy hin.

Kaum, dass sie es entsperrt hatte und die ganzen Mitteilungen sah, wurde Jade so blass, dass ich Goldie Bennetts Haus anzünden wollte.

JADE

„Wir haben hundertmal darüber gesprochen, Darling! Wie um alles in der Welt konnte dir ein solcher Lapsus passieren? Hast du eine Ahnung, was so ein Video mit Karrieren anstellt?"

Ich schrumpfte umso kleiner auf dem Fahrersitz meines Mietwagens zusammen, je länger Cassandra über ein Video zeterte, von dem ich nichts wusste. Allerdings erinnerte ich mich deutlich, was ich zu Goldie Bennett gesagt hatte.

Der Mietwagen stand immer noch vor Clays Werkstatt, weil meine Hände zu sehr zitterten, um loszufahren. Hierherzukommen war eine schreckliche Idee gewesen.

„Ich bin in vier Stunden zu Hause, und dann können wir das geradebiegen!" Schon fingerte ich den Schlüssel ins Zündschloss, den Ash mir letztlich überlassen hatte, ohne wieder mein Handy als Pfand zu kassieren.

„Kommt nicht in Frage. Bis Gras über die Sache gewachsen ist, hältst du dich bedeckt und bleibst da, wo du bist – wo auch immer das sein mag. Ach, und: Dass du ein gemeinsames

Album mit Bobby aufnehmen willst, ist kein dummer Plan, aber du hättest mir das vorher sagen müssen. Und du hättest auf keinen Fall die Nacht mit ihm verbringen sollen! Was sollen die Leute denn jetzt denken? *Jade Darling erschläft sich Album bei Southern Hill Records?*"

Was? Das Date mit Bobby war doch ihre Idee gewesen! Ich hielt die Luft an, um ihr das nicht vorzuwerfen – oder in Tränen auszubrechen.

„Ich nehme kein gemeinsames Album mit Bobby auf", krächzte ich, wobei ich den Trotz nicht ganz aus meiner Stimme verbannen konnte.

„Darling." Sie klang wie eine Mutter, die ihr Kind beim Lügen erwischt hatte. „Ich wäre nicht so gut in dem, was ich tue, wenn ich nicht eins und eins zusammenzählen könnte, wenn mich einen Tag nach eurem Date ein angeblicher Manager anruft, dessen Namen ich noch nie gehört habe. Aber sei's drum, es ist wirklich eine gute Idee. Versau es nur nicht. Ich rufe Goldies Agenten an, um diesen Skandal aus der Welt zu schaffen. Bis dahin versuch bitte, nicht noch mehr negative Presse anzuhäufen, so kurz vor Release unserer ersten Maxi-CD, schaffst du das?"

Ich nickte, obwohl sie das nicht sehen konnte, und blinzelte die Tränen zurück. Wenn mein Ruf ruiniert war, wäre es egal, wie gut die Maxi-CD ankäme.

„Das ist wichtig, Darling! Keine Nacktbilder von Hotelbalkonen und kein Gefummel in Clubs, okay? Habe ich alles schon erlebt, und alles davon wäre Bobby zuzutrauen."

Ein Laut entrang sich meiner Kehle, den ich selbst nicht einordnen konnte. Ich wollte erwidern, dass der Bobby, den ich kennengelernt hatte, nicht so war. Dass ich nicht bei ihm war, sondern in Sweet Springs. Aber ich konnte nicht. Stattdessen versprach ich ihr, was sie hören wollte, und beendete den Anruf.

Gott, Ash hatte recht, ich war eine heuchlerische Lügnerin. Und Bobby hatte recht, diese Branche war abgefuckt.

Mit einem Stein im Magen stellte ich mich dem Video.

Es war nicht schwer zu finden, denn das Internet war bereits voll von #GoldieBennett #JadeDarling Trending Topics. Kurz streifte mich der Gedanke, wie schrecklich es sein musste, so berühmt zu sein, dass alles, was man tat, sofort irgendwo Schlagzeilen machte. Alles Gute, aber auch alles Schlechte. Ich war so sehr auf die Jagd nach Ruhm und Lobpreisungen fokussiert gewesen, dass ich völlig ausgeblendet hatte, dass eine ganze Branche von Klatschmagazinen nur davon lebte, Schmierpresse über Promis zu publizieren.

Dann sah ich das Video, und allein die grelle Schrift auf dem Vorschaubild ließ mir das Herz in die Magengrube sacken. Dieses Video war eine katastrophale Zurschaustellung meiner unterirdisch schlechten Manieren und absolut nicht vorhandenen Impulskontrolle. Würde es irgendjemanden interessieren, dass ich nur ein paar Stunden zuvor vom Tod meines Onkels erfahren hatte und möglicherweise emotional instabil gewesen war? Vermutlich nicht.

Ich machte mir nicht einmal die Mühe, meine sozialen Medien oder Nachrichten zu checken, sondern starrte geschlagene zehn Minuten lang ins Leere, während auf der staubigen Straße vereinzelte Autos vorbeiholperten. Schließlich startete ich den Motor und fuhr zum einzigen Ort, an dem ich mich halbwegs geborgen fühlte.

Kapitel 15

Ein Loch in die Wand …

JADE

„Was zur verfluchten Hölle?“ Mit offenem Mund starrte ich auf den geschäftigen Ameisenbau, der vor wenigen Stunden noch mein Zuhause gewesen war.

Ein Bauzaun trennte das Grundstück vom Gehweg, ganze Paletten von Baumaterialien lagerten auf dem verdorrten Gras im Vorgarten. Holzbalken verschiedener Längen und Größen, Dämmstoff, Drahtgeflecht, bis hin zu seltsamen weißen Quadersteinen. Ein Gerüst stand vor der Hausfront, auf dem zwei Gestalten herumturnten, ein Schuttcontainer am Straßenrand, den zwei weitere routiniert mit Schubkarren beluden.

„Was ist denn hier passiert?“

Der junge Afroamerikaner, der gerade polternd eine Schubkarrenladung Was-auch-immer in dem Container versenkt hatte, sah mich schockiert an. Er konnte höchstens Anfang zwanzig sein.

„Holy Cow, du bist Jade Darling!“

„Ich bin vor allem die Besitzerin dieses Hauses. Wer seid ihr, und wer hat hier das Sagen?“

Da musste er sich ein Grinsen verkneifen, das seine weißen Zähne aufblitzen ließ. „Ich bin Anthony, für dich Tony. Wie Tony Montana, nur in Schwarz.“ Hinter ihm polterte es erneut, als der zweite Schubkarren-Typ einen weiteren Teil meines Hauses im Container versenkte. „Der Grumpyschlumpf hier ist Mike. Der, der drinnen so einen Lärm veranstaltet, ist entweder Owen oder Sparks, und einer von den halb nackten Hampelmännern auf'm Dach ist Calvin.“

Er zog einen Arbeitshandschuh mit den Zähnen ab und pfiff so laut in seine Finger, dass ich mir die Ohren zuhalten musste. Die beiden Gestalten auf dem Dach blickten auf, kurz darauf schwang sich der Größere flink unter dem Geländer hindurch wie ein Parcoursläufer.

Erst, als seine Arbeitsstiefel auf dem Boden aufkamen, erkannte ich das fette Grinsen auf seinem Gesicht.

Scheiße.

Das war Ash, und ich starrte ihn gerade an wie eine Löwin ein saftiges Steak. Zu meiner Verteidigung: Er trug nicht besonders viel, genau genommen gar nichts außer der groben Arbeitshose und der dunkelblauen Cap, deren Schirm seine Gesichtszüge abschattete. Seine schlanken Muskeln glänzten in der Sonne.

„Sieh mal an, wer es keine sechzig Minuten ohne mich ausgehalten hat. Man könnte meinen, du stalkst deinen Ex, Darling.“

„Sieh mal an, wer schon wieder kein Shirt anhat, man könnte meinen, du seist wirklich ein armer Schlucker“, konterte ich. „Vielleicht sollte ich rüber zu Walmart fahren und dir einen Stapel T-Shirts besorgen."

Ich sah in seinem Blick, dass er eine schmutzige Antwort parat hatte, doch statt sie auszusprechen, wandte er sich dem Jungen zu, der uns begeistert zusah. „Weitergehen, hier gibt es nichts zu sehen, Tony. Der Container füllt sich nicht von selbst." Das riss Anthony aus seiner Starre. Eifrig zog er sich den Handschuh wieder an und schob sich an uns vorbei. Ash hielt ihn zurück. „Anthony!" Er zog sich die dunkelblaue Baseball-Cap vom Kopf und stülpte sie dem Jungen über. „Kopfschutz! Du befindest dich hier auf einer Baustelle, und du hast nur ein Leben." Wie zur Bestätigung klopfte er gegen das Kopfteil der Cap. Es klang seltsam metallisch für eine Baseball-Cap.

„Das ist aber viel zu heiß, Mann!", beschwerte sich Anthony.

„Erzähl das deiner Momma, wenn sie dich im Krankenhaus besuchen muss. Wir hatten eine Abmachung, und ich würde sagen, du schuldest mir ungefähr die nächsten zwölf bis zweihundert Monate deines Lebens."

Ich wartete interessiert auf Anthonys Erwiderung. Machte der Junge eine Lehre bei ihm? Tony jedoch verdrehte nur die Augen und trottete mit der Schubkarre zurück zum Haus. Ash wandte sich wieder mir zu.

„Ich wusste gar nicht, dass es Sicherheitshelme in Cap-Form gibt", sagte ich, um ihn nicht weiterhin anzustarren.

Er fuhr sich durch die Haare, die jetzt platt von der Kopfbedeckung waren. „Zum Glück gibt's jede Menge coolen Scheiß, sonst könnte ich diese Jungs nicht mal mit der Hilfe von zehn Pferden in Schutzkleidung stecken. Also, was führt dich her? Hast du mich vermisst, Babycake? Ich kann die Jungs jederzeit in die Mittagspause schicken."

Er kam einen Schritt näher, und ich streckte schnell die Hand aus, um ihn zu stoppen. Schlechte Idee, denn jetzt lag meine Hand auf seiner nackten Brust. Eine Sekunde lang strich ich verstohlen über die harte Wölbung seiner Muskeln, da durchschnitt eine rostige Frauenstimme die Nachmittagshitze: „Ja, fasse ich es denn? Ist das meine kleine Maddie da Rosa? Ich hab deinen Song im Radio gehört, Liebes. Hab's ja immer gesagt, aus dir wird was Großes."

Wir drehten uns gleichzeitig zu der weißhaarigen Frau, die sich aus dem Fenster des benachbarten Gemeindehauses lehnte. Peinlich berührt hob ich eine Hand.

„Hi, Mrs Morrison! Danke."

Sie richtete ihre Brille. „Und den Crawford-Jungen hast du auch mitgebracht. Schön zu sehen, dass sich manche Dinge nicht ändern, egal, wie erfolgreich man wird. Wie geht's deiner Mom?"

Diese Frage war an Ash gerichtet. Ich sah seinen Blick kurz flackern, bevor er das Grinsen auf sein Gesicht kleisterte, das Mrs Morrison und die Welt von ihm kannte. „Gut", antwortete er knapp. Zu knapp. „Und wie geht's Ihnen, Mrs Morrison?"

Sie winkte ab. „Ach, wie immer. Das Wetter, die Knochen, die Behörden – und ihr Jungs mit eurem Lärm! Wie lange soll das da noch dauern?"

Ash fuhr sich nachdenklich durch die Haare, und ich ertappte mich dabei, wie ich einen verstohlenen Blick auf das Spiel seiner Schulter- und Brustmuskeln warf. Kein Wunder, dass er so gut aussah, wenn er den ganzen Tag lang auf Gerüsten herumturnte und schwere Holzlatten durch die Gegend trug.

„Die Renovierung wird wohl ein paar Monate dauern. Aber der Abbruch nur ein paar Tage, weil die Substanz sehr gut ist."

„Ich weiß." Mrs Morrison klang zufrieden. „Mein Mann hat das Haus gebaut."

Da war es wieder, das Crawford-Casanova-Grinsen. „Ihr Mann wusste, was er tat, Ma'am."

„Oh ja, das wusste er. Nicht nur beim Hausbau. Er ist früher auch immer so rumgelaufen wie du. Mit all diesen Muskeln und Sehnen …" Sie kicherte.

Okay, wie peinlich konnte es werden, wenn eine Siebzigjährige einen halb nackten Mann Anfang dreißig anschmachtete? Und wieso grinste Ash dabei so dämlich?

Ich stieß ihm unauffällig in die Seite. Er hielt meine Hand auf und verschränkte seine Finger mit meinen, ohne den Blick von Mrs Morrison zu nehmen – oder diese unerhört heißen Grübchen aus seinem Gesicht.

„Aye, Ma'am!"

Mrs Morrison kicherte wieder. „Pass auf meine Maddie auf, hörst du? Und macht heute Nacht die Fenster zu, Kinder."

Mein Blick glitt zum azurblauen Himmel hoch. Die vereinzelten, flauschig weißen Quellwolken waren so perfekt, wie nur der Himmel über Kentucky sein konnte.

„Soll es heute regnen?", fragte ich Ash leise.

Sein Lachen ließ mein Innerstes vibrieren. „Ich glaube eher, sie erinnert sich daran, dass du ziemlich laut bist, wenn du kommst. Ihr Schlafzimmer liegt genau gegenüber deinem, schon vergessen?"

Mir klappte der Mund auf. Fassungslos sah ich von Ash zu Mrs Morrison, die kichernd vertrocknete Geranienstängel vor ihrem Fensterbrett herauszupfte. „Ich war auch mal jung, und damals waren es die wilden Siebziger, Schätzchen."

Ich korrigierte mich: Noch peinlicher als eine Siebzigjährige, die deinen halb nackten Ex-Freund anstarrt, ist nur, sich diese Siebzigjährige beim Sex vorzustellen.

„Ich werde diese Vorstellung nie wieder aus meinem Kopf kriegen", wisperte ich Ash zu, während Mrs Morrison immer noch kichernd ihr Fenster schloss.

„Oh, ich bin sicher, ich kann alles aus deinem Kopf rauskriegen."

Ich ignorierte seine Worte und die Reaktion meines Körpers darauf und schob mich an ihm vorbei ins Haus. Ash schloss schnell zu mir auf, angelte im Vorbeigehen zwei Caps von einem Holzstapel und platzierte eine davon auf meinem Kopf, bevor wir das Haus über die Holzplanke betraten, die für die Schubkarren über die Türschwelle gelegt worden war.

„Baustelle, Baby."

Ich befahl mir, nicht dahinzuschmelzen, als er behutsam meine Locken hinter mein Ohr strich und sicherstellte, dass die Cap fest saß. Dabei versagte ich leider völlig, denn als er zwinkernd gegen den stahlverstärkten Schirm schnipste, war ich nur noch ein liebeskranker Wackelpudding auf zwei Beinen. Wie konnte jemand so versaut und doch so fürsorglich sein, so moralisch grau und doch so rechtschaffen?

Im Inneren des Hauses blieb ich wie angewurzelt stehen. Die Wand rechts von mir war … weg! Stattdessen hatte ich einen frei geschlagenen Blick ins Wohnzimmer. Die Einbruch-Zerstörung von gestern war verschwunden, ebenso die Möbel und vertrockneten Pflanzen. Dafür lag überall Bauschutt, etwas Watteartiges und Pappe in unförmigen

Stücken herum, die Anthony und Mike mit Besen, Schaufel und Händen zusammenklaubten und in die Schubkarren luden. Irgendwo im Haus ratterte ein Presslufthammer. Ein Baustromverteiler stand mitten im Flur.

Ashs Finger glitten meinen Arm hinauf und massierten beruhigend meinen Nacken. „Keine Sorge, deine Kartons sind sicher im Keller. Ich habe den Jungs gesagt, ich will das Erdgeschoss so früh wie möglich sauber haben, deswegen sieht es gerade etwas wüst aus."

Ich schluckte, während ich mich umsah. Ganz schön groß hier, wenn die Wand fehlte, richtig einladend. „Was hast du hier vor?"

Da ließ er seine Finger in meine gleiten und führte mich über die Schuttstücke in die Küche. Ich musste mich überwinden, ihn wieder loszulassen, als wir den Schuttparcours im Flur überwunden hatten.

Auch die Küche war abgebaut, bis auf das einzelne Modul mit dem Spülbecken. Der Tisch hingegen war noch da. Darauf standen vereinzelte Kaffeebecher und Wasserflaschen, die Ash zischend zur Seite räumte, um den großen Papierplan darunter freizulegen.

„Die drei Schlafzimmer kriegen bloß neue Fenster und Balkontüren. Das Wohnzimmer wird um den ehemaligen Flur vergrößert, und die Wand zwischen Küche und Bad kommt zwei Meter weiter nach hier, weil heutige Badezimmer größer sind als früher. Ach, und die Zwischendecke kommt an den meisten Stellen raus, weil …" Er streckte den Arm nach oben, und ich sah, was er meinte: Wenn er sich auf die Zehenspitzen stellte, streiften seine Finger die Decke. „Der Dachstuhl ist solide, einen Teil davon bauen wir vielleicht zu einem Atelier aus, wenn das Material und die Zeit noch reichen. Zum Glück sind die Wände in gutem Zustand, sonst hätte ich mich mit den zehn Wochen verschätzt."

Wie zur Bestätigung zog er einen Schraubenzieher aus einer der vielen Taschen seiner Arbeitshose und kratzte damit auf Hüfthöhe über die Wand, bis er eine Stelle fand, die er für passend hielt. Wie hypnotisiert sah ich dabei zu, wie er den Schraubenzieher mehrfach in die Wand stieß und hin und her bewegte, um das Loch zu vergrößern.

„Ich sehe gerade nicht ernsthaft dabei zu, wie du eine Wand vögelst."

Der Blick, den er mir jetzt zuwarf, schickte einen Hitzestoß durch meinen Körper. „So eine schmutzige Fantasie. Du solltest wirklich Unterricht bei Evelyn nehmen."

„Ich?" Schockiert fasste ich mir gegen die Brust. „Du bist hier derjenige, der ..."

Vergessen wir das.

Glücklicherweise steckte er den Schraubenzieher wieder weg und wechselte nahtlos in einen ernsten Geschäftston, den ich nur selten bei ihm gehört hatte. In seiner Handfläche lagen helle, trockene Krümel.

„Hier, siehst du die Füllung? Keine Feuchtigkeit, kein Schimmel, kein Nagerfraß. Mr Morrison hat wirklich ein gutes Haus gebaut. Wir kriegen auf jeden Fall hundertfünfzigtausend dafür, Jadie."

Wir.

Irgendetwas an der Art, wie er dieses Wort aussprach, ließ meine Augen brennen. Vielleicht war es auch einfach der Staub in der Luft.

Ganz bestimmt der Staub.

Immer noch verdattert, hob ich den Blick und starrte in Ashs azurblaue Augen, dann auf den neuen Durchbruch zum Wohnzimmer, zur Decke, zu dem Plan auf dem Tisch. „Und das alles … hast *du* dir überlegt?"

Jetzt zuckte der Junge, mit dem ich aufgewachsen war, der Mann, in den ich mich verliebt hatte, beinahe verlegen mit den Schultern und wischte sich die Krümel von den Handflächen. „Ist nichts Besonderes."

„Es ist absolut besonders! Du hast Talent dafür, Ash."

Er hatte so verdammt viele Talente, dass es mir körperlich wehtat, dass er nie die Chance bekommen hatte, sie einzusetzen.

„Tja, ich sollte das wohl beruflich machen." Es sollte ein Witz sein, aber seine Stimme klang nicht danach, und seine Augen sahen auch nicht danach aus.

Im Affekt streckte ich die Hand aus. Seine Aufmerksamkeit verlagerte sich auf einen Typen in Arbeitskleidung und Schutzbrille, der zielstrebig an uns vorbei auf das Spülbecken zustapfte und den Wasserhahn aufriss. Erst, als er sich dabei wartend umsah, wurde er auf uns aufmerksam und nahm einen Ohrstöpsel aus dem Ohr.

„Hi, ich bin Owen."

„Jade", antwortete ich.

Owens Augen wurden groß. „Jade fucking Darling?"

Ich holte tief Luft, um dieses unsägliche Video zu verdrängen.

„Bisschen mehr Respekt, Owen!", blaffte Ash und verschränkte die Arme. „Du befindest dich gerade in ihrem verdammten Haus, klar?"

Owen sah nicht aus, als würde er Ash glauben, woraufhin ich ihm beipflichtete und ebenfalls die Arme verschränkte.

„Ganz richtig. Und du verschwendest ihr verdammtes Wasser, Owen."

Jetzt breitete sich ein Grinsen auf Owens Gesicht aus, während er zwischen Ash und mir hin- und hersah. „Scheiße. Sie ist echt dein Mädchen, oder?"

„Nein", stellte ich klar, während neben mir ein „Ja" ertönte.

Hatte ich mich gerade verhört? Ich sah ihn finster von der Seite an.

„Nein!", beharrte ich.

Seine Mundwinkel zuckten, er hielt mir die locker geballte Faust hin. *„Schere, Stein, Papier?"*

„Um unseren Beziehungsstatus? Auf keinen Fall!"

„Weil du ein Herz aus Stein hast."

„Besser als so viel Grips wie ein Blatt Papier!", schoss ich zurück.

Ash verzog das Gesicht. „Scharf wie eine Schere."

„Fick dich, Ash."

„Jetzt gleich?" Er grinste so frech, dass ich ihn zu gleichen Teilen erwürgen und gegen die Wand drücken wollte. Könnte ich beides gleichzeitig schaffen?

In einiger Entfernung hörte ich Owen glucksen, weswegen ich den Frust meiner widersprüchlichen Gefühle auf ihn richtete: „Und machst du jetzt endlich mal den beschissenen Wasserhahn zu?"

„Scheiße, Jade Darling flucht wirklich."

„Owen!", knurrte Ash, doch der hob beschwichtigend die Hände und angelte die Flasche vom Tisch, auf der ein mit Edding gemaltes O prangte, das wohl für Owen stand.

„Sorry, Gesundheitsmaßnahme." Er hielt sie unter den Wasserhahn. „Wenn ein Haus längere Zeit leer stand und das Wasser abgedreht war, sollte man immer ordentlich durchspülen, bevor man aus der Leitung trinkt. Ich bin Sanitärfachmann, du kannst mir vertrauen, Darling."

„Wenn du sie noch einmal so nennst, ernährst du dich die nächsten sechs Monate nur noch aus 'ner Flasche", warnte Ash, während ich schockiert feststellte, dass ich heute Morgen aus dem Wasserhahn im Bad getrunken hatte. Aber warte mal …

„Das Wasser war gar nicht abgestellt. Wieso war das Wasser nicht abgestellt?"

Als Owens Brauen überrascht in die Höhe schossen, richtete ich meinen Blick auf Ash. Der sah auf die Uhr, als hätte er gar nicht zugehört.

„Wolltest du dich nicht mit Evelyn treffen?"

„Weichst du meiner Frage aus?"

Ich versuchte vergeblich, ein verräterisches Zucken in seinem Gesicht zu erkennen, doch sein Blick war vollkommen neutral. „Wieso fragst du mich das? Ich bin nicht in einer Nacht-und-Nebel-Aktion hier eingestiegen. – Hey, O!", hielt er Owen auf, als sich dieser davonstehlen wollte, „Sagst du den Jungs Bescheid wegen Graham? Er dürfte innerhalb der nächsten zwanzig Minuten hier auftauchen, und dann läuft hier niemand ohne Schutzausrüstung herum, klar?"

„Klar, Boss."

Als Owen weg war und wir wieder allein mit der halb freigelegten Küchenwand, verengte ich die Augen. „Ich weiß, dass du die Rechtslage gern so frei interpretierst wie Picasso Körperformen, aber Fakt bleibt: Du bist gestern Nacht in ein Haus eingestiegen, das dir nicht gehört."

„Die Tür stand offen. Und technisch gesehen gehörte es zu dem Zeitpunkt mir."

Ich holte tief Luft, um sein Grinsen aus seinem Gesicht zu wischen. „Kannst du einmal aufhören, Widerworte zu geben, und einfach kooperieren, wenn ich Antworten von dir brauche?"

„Oh, ich kann ziemlich gut kooperieren, wenn du etwas von mir brauchst. Und ich halte für gewöhnlich die Klappe, wenn mein Mund anderweitig beschäftigt ist."

Ohne dass ich es wollte, fiel mein Blick auf seine Lippen. Glühende Hitze schoss durch meine Glieder, als sein Blick ebenfalls tiefer glitt. Schlagartig veränderte sich die Atmosphäre, als wären wir auf einen anderen Planeten gesaugt worden, in dem es keinen Sauerstoff mehr gab, sondern nur noch flirrende Hitze in der Luft.

„Wenn du heute noch irgendwo hinwillst, dann gehst du besser jetzt", raunte Ash. „Soll ich Evelyn anrufen?"

Ich schüttelte den Kopf. „Ich muss erst duschen." Sein kehliges Stöhnen zog mein Innerstes vor Lust zusammen, doch ich blieb standhaft. „Mach dir keine Hoffnungen, nicht mit dir! Und ich muss Tess anrufen, um mir etwas von ihr auszuleihen."

„Etwas von Tess ausleihen? Etwa Sextoys? Baby, die wirst du nicht …"

Ich hielt ihm einfach den Mund zu, bevor ich mein Gesicht noch näher an seines brachte, bis die Schirme unserer Caps kollidierten. „*Kleidung*. Etwas, von dem du zu wenig besitzt. Dir ist aufgefallen, dass ich noch dieselben Klamotten von gestern trage?"

Er löste meine Hand von seinem Mund. „Glaub mir, Baby, ich versuche seit Stunden, mich auf alles andere zu konzentrieren, denn ja, das *ist* mir aufgefallen. Und der Gedanke daran, wie sich diese Hose durchnässt angefühlt hat, macht mich augenblicklich hart."

Ohne sein Gesicht aus den Augen zu lassen, ließ ich die andere Hand tiefer gleiten, um seine Behauptung zu überprüfen.

Heilige Scheiße, er log nicht.

Ashs Augen verdunkelten sich, während sein Schwanz unter meiner Berührung zuckte. „Wenn du nicht vorhast, jetzt gleich vor mir auf die Knie zu gehen, nimmst du besser deine Hand von meiner Hose. Ich habe nämlich nicht genügend Zeit für alles, was ich gerade mit dir vorhabe."

Eine süße Sekunde lang spielte ich mit dem Gedanken, tatsächlich auf die Knie zu gehen. Stattdessen legte ich den Kopf schief.

„Hast du deswegen ein Loch in die Wand gebohrt?"

In einer einzelnen Bewegung umfasste er mein Kinn und schob die Hüfte vor, bis sich seine dicke Länge gegen meine Handfläche drückte. „Du brauchst wirklich einen Benimmkurs, Baby. Deine Gedanken sind noch schmutziger als meine."

Diese Aussage sollte mich beunruhigen, doch im Augenblick konnte ich an nichts anderes denken als seinen Schwanz in meiner Hand und seinen Mund so dicht vor meinem.

Da überwand er die letzten Zentimeter zwischen uns und küsste mich so stürmisch, dass mein Rücken gegen die Wand stieß. Binnen Sekunden waren wir ein Knäuel aus Gliedmaßen, Zähnen und Zungen, und mein Körper war auf ganzer Länge gegen seinen gepresst. Mir entwich ein Stöhnen, weil er sich so gut anfühlte. Er umfasste meinen Hintern, woraufhin ich ein Bein hob, um mich enger gegen seinen Schritt zu pressen. Ich liebte es, wie er an meinem Bauch zuckte.

Ich liebte auch das Knurren, das sich Ashs Kehle entrang und in meinem Mund verklang. Und ich liebte es besonders, wie mein Körper auf ihn reagierte, als er meinen Kopf umfasste und meinen Oberkörper nach hinten bog, um den Kuss zu vertiefen. Seine Zunge drang fordernd in meinen Mund, nahm sich alles, was ich zu geben hatte, und füllte jede Zelle meines Körpers mit brennendem Verlangen.

An der Art, wie sich seine Finger von meiner Haut lösten und nervös spreizten, wusste ich, dass er sich zurückziehen und das hier unterbrechen wollte. Aber das würde ich nicht zulassen.

Kapitel 16
Gute Manieren, schlechter Einfluss

ASH

Ich zitterte vor Anspannung, als ihre Hand abermals zu meiner Hose glitt. In zehn Minuten würde der größte Arsch der Bauaufsicht hier aufschlagen, und ich konnte an nichts anderes denken als an sie.

„Fuck, Baby, du wirst mich ruinieren …"

Das verwunschene Grün ihrer Augen loderte auf, und um ein Haar wäre ich allein durch diesen Blick und ihre Berührung in meine Jeans gekommen.

„Gut, denn du hast mich längst ruiniert", antwortete sie so dicht vor meinen Lippen, dass ihr Atem meine Haut prickeln ließ.

Mit einem Ruck hob ich sie hoch und drückte sie gegen die Wand, an der ich ihr vorhin die gute Substanz des Fundaments demonstriert hatte. Die Erinnerung an ihre schmutzige

Fantasie ließ meinen Schwanz in schmerzhafter Verzweiflung gegen ihre Mitte drängen. Jade stöhnte bei der Berührung und schob ihrerseits das Becken vor, während sie die Beine fest um meine Hüften schlang.

„Oh Baby, du hast keine Ahnung, wie wenig ich dich bisher ruiniert habe", prophezeite ich.

Ihre Stimme war rau vor Verlangen. „Dann zeig es mir."

Ich schüttelte den Kopf. Halb, weil ich es nicht glauben konnte, wieder in dieses Gesicht sehen zu können. Halb, weil ich entgegen meiner Behauptung niemals etwas tun würde, das sie ruinieren könnte.

„Das Haus ist voller Jungs, hier kann uns jeder sehen", raunte ich.

Sie warf einen vielsagenden Blick auf die Stelle, an der unsere Körper augenblicklich verschmelzen würden, wenn wir nicht dauernd lästige Kleidung anhätten. „Ich glaube nicht, dass du es bis ins Schlafzimmer schaffst."

„Ich schaffe es nicht?", wiederholte ich amüsiert und drängte sie härter gegen die Wand, um die Hand von ihrem Hintern zu lösen und ihre Brust zu umfassen. Stöhnend drückte Jade den Rücken durch. Ihre Brust füllte meine Hand perfekt aus, ihre Brustwarze drängte sich meinen Fingern entgegen, als ich sie durch den Stoff hindurch liebkoste.

„Das Bad klingt wie ein guter Kompromiss", japste sie. Ich liebte es, wie ihre raue Stimme brach, wenn sie erregt war.

Schon hob ich sie hoch und trug sie durch den schuttübersäten Flur ins Badezimmer – einer der wenigen Räume im Haus, der noch nicht aussah, als wäre eine Weltkriegsbombe explodiert. Hinter uns drehte ich den Schlüssel im Schloss und setzte sie auf das Waschbecken. Augenblicklich fiel sie über meinen Mund her. Ich zog sie mit einem Ruck an mich, bis sie auf der Kante des Waschbeckens saß und ich hinter ihr den Wasserhahn öffnen konnte – um ihr Stöhnen zu übertönen, und um mir zumindest die Hände zu waschen.

„Du hast mir immer noch nicht gesagt, warum das Wasser angestellt war“, raunte sie dicht vor meinen Lippen.

Ich eroberte ihren Mund mit einem hungrigen Kuss, um nicht darauf antworten zu müssen. Dabei fühlte ich mich mies, aber dieses Thema jetzt zu erörtern, würde mehr Zeit in Anspruch nehmen, als wir hatten, bis Graham Turner hier auftauchen und irgendjemanden zusammenfalten würde. Ich bevorzugte es, wenn dieser Jemand ich war und keiner meiner Jungs.

Glücklicherweise ließ sich Jade von meiner Zunge ablenken. Sie schnappte nach Luft, als meine nassen Hände ihre Seite hinaufwanderten, und als ich meine Finger unter ihre Bluse schob, stöhnte sie in meinen Mund. Gott, wie ich dieses Stöhnen liebte.

Gott, wie ich diese Bluse hasste! Sie war zu eng, um unter dem Stoff an ihre Brüste zu kommen, und zu steif, um sie ihr über den Kopf zu ziehen, ohne ihr wehzutun. Mit einem unzufriedenen Knurren, das ihre Zunge zu Höchstleistungen anspornte, gab ich es auf und umfasste ihre Brüste über dem Stoff. Jetzt stöhnten wir beide. Meine Hände hinterließen nasse Abdrücke, die das zarte Muster ihres BHs und die scharfen Konturen ihrer Brustwarzen durchscheinen ließen.

Der Anblick war so hypnotisch, dass ich mich mit aller Kraft daran hindern musste, nicht nach der Duschbrause zu greifen und Jade komplett zu durchnässen.

Ich drehte den Schirm meiner Cap nach hinten und ließ von ihren Lippen ab, um mir einen Weg über ihrem Hals zu ihren Brüsten zu bahnen und ihren Ausschnitt herunterzuziehen. Der verdammte Stoff bewegte sich keinen Zentimeter.

„Ich hasse diese Bluse."

Ihr Lachen war Musik in meinen Ohren und Feuer in meinen Lenden. Angespornt ließ ich meine Hände tiefer wandern, um es mit einem Kleidungsstück aufzunehmen, gegen das ich gewinnen konnte.

Zwei Sekunden später lagen ihre Shorts auf dem Fußboden, und ich ging vor dem Waschbecken auf die Knie, um mein Gesicht gegen die Innenseite von Jades Oberschenkel zu schmiegen. Der Duft ihrer Haut war immer noch derselbe, auch wenn das Duschgel ein anderes war. Wie von selbst wanderten meine Finger über die vertrauten Linien des kleinen Tattoos, von dem ich mir einredete, dass es außer der Tätowiererin und mir immer noch niemand gesehen hatte. Mein Puls beschleunigte sich, als ich zum zweiten Mal an diesem Tag den Saum ihres Höschens streifte. Nur Jade brachte es fertig, so frivole Spitze unter einem so züchtigen Outfit zu tragen.

„Die inneren Werte zählen, was?", bemühte ich meinen früheren Witz darüber, dass Unterwäsche wichtiger sei als die Kleidung darüber. Ich lächelte zufrieden, als sie sich auf die Unterlippe biss, denn scheiß auf die äußeren Werte. Was darunter liegt, zeigt, wie wir wirklich sind. Und Jade war unter der „Everybody's Darling"-Fassade immer noch mein freches Countrygirl ohne Manieren. Ich hielt ihren Blick fest, während ich das Höschen zur Seite schob und mit sanftem Druck kleine Kreise über ihre Öffnung zog. Sie war so feucht, dass meine Fingerspitzen binnen Sekunden nass waren. Ohne den Blick von ihrem perfekten Gesichtsausdruck zu nehmen, schob ich einen Finger in sie. Jade stöhnte so laut auf, dass ich ihr den Mund zuhalten wollte. Stattdessen nahm ich einen zweiten Finger hinzu und genoss den Moment, sie vollständig auszufüllen.

„Ash …" Ihre Stimme bebte ebenso sehr wie ihre inneren Muskeln. „Dafür haben wir keine Zeit."

Ich hob grimmig ihr Bein über meine Schulter. „Ich entscheide, wofür wir Zeit haben."

JADE

Ein Stromschlag fuhr durch meinen gesamten Körper, als Ashs Zunge über meine empfindsamste Stelle strich. Ich stöhnte auf, und er knurrte gegen meine Klitoris, was das Prickeln nur noch verstärkte.

„Du musst leise sein, Baby."

„Ich kann nicht." O Gott, ich klang wie ein Mädchen am schwindelerregenden Abgrund. Scheiße, ich *war* ein Mädchen am Abgrund, auf den mich seine geschickten Finger und noch geschicktere Zunge unaufhörlich zuschoben.

„Ash, bitte …" Ich wollte nicht kommen, nicht so. „Ich brauche dich."

„Du hast mich, Baby."

„Ich brauche dich in mir!", präzisierte ich, weil dieser Idiot einfach nichts ernst nahm.

Zur Antwort stießen seine Finger tiefer in mich, während er den Mund wieder auf mich presste und seinen verheerenden Rhythmus erhöhte. Innerhalb der nächsten zwei Sekunden würde ich abstürzen. Ohne ihn.

„Warte … Ash, ich …“ Ich kam mit einer solchen Heftigkeit, dass die Welt in tausend Sternchen explodierte. Mein Körper spannte sich an, und meine inneren Muskeln zogen sich so eng zusammen, dass es fast wehtat. Befriedigt, aber gleichzeitig frustriert stieß ich ihm mit Armen wie Gummi gegen die Brust, als er wieder auf die Beine kam.

„Das war nicht fair!“

Er hatte das selbstgefälligste Grinsen der Welt aufgesetzt, seine Lippen glänzten feucht. „Wer hat gesagt, dass das Leben fair ist? Willkommen zu Hause, Babycake.“

Ich setzte zu einer Schimpftirade an, als draußen ein hoher, lang gezogener Pfiff ertönte. Adrenalin mischte sich mit dem Rest meiner Lusthormone, als mir klar wurde, dass Anthony nach Ash pfiff, so wie vorhin bei meiner Ankunft. Offensichtlich war dieser Graham eingetroffen.

„Und jetzt?“ Wieso klang ich immer noch atemlos?

„Jetzt schuldest du mir was.“ Ash bückte sich grinsend nach meinen Shorts und hob mich von dem Waschbecken herunter. Kam es mir nur so vor, oder gab die Verankerung dabei ein paar Zentimeter nach?

„Ich werde mich garantiert nicht mit einem Orgasmus bei dir verschulden“, protestierte ich, während ich auf immer noch wackligen Knien in die Hosenbeine stieg. Ash stützte mich.

„Wer spricht denn von einem Orgasmus?“

Er zwinkerte mir zu und richtete die Cap auf meinem Kopf, dann schloss er die Tür auf. Augenblicklich war die Luft wieder erfüllt von Staub und Baustellenlärm. Jedenfalls musste ich mir keine Gedanken machen, dass man uns gehört haben könnte. *Mich*, korrigierte ich zerknirscht.

Owen kam an uns vorbei und warf uns einen irritierten Blick zu, der zu sagen schien: *Wo zur Hölle kommt ihr beiden her?*

„Das Waschbecken muss raus", erklärte Ash so nüchtern, als hätte er gerade seine Steuererklärung abgegeben und nicht sein Gesicht zwischen meinen Beinen vergraben. „Ist Graham schon da?"

„Grad angekommen, Sparks hält ihn draußen hin. Willst du dir vielleicht noch was anziehen?"

Ash beschloss, dass das keine schlechte Idee war, nickte und bog nach rechts ab, um eine weitere Tür zu öffnen. Die Tür zu meinem alten Zimmer!

Entgeistert stellte ich fest, dass es sich in eine Rumpelkammer verwandelt hatte. Überall lagen Umzugsdecken herum, gerahmte Bilder und bemalte Leinwände lehnten an der Wand, eine Matratze lehnte hochkant an einem alten Eichenschrank.

Über der Kante eines Bildes erkannte ich die Jeans und das fleckige T-Shirt, die Ash heute Morgen getragen hatte. Er nahm es gerade in die Hand, da fiel ihm ein, dass es aussah, als hätte er damit den Fußboden gewischt, und er griff stattdessen nach einem dunkelblauen T-Shirt in derselben Farbe der Caps, das auf einem Stapel neben der Tür lag.

„Ash, warum genau sieht mein Zimmer aus, als würde hier jemand …?"

Er schob mich zur Seite, als zwei Typen ein hüfthohes, trittleiterförmiges Holzteil an dem Zimmer vorbeitrugen. „Das bleibt hier."

Die zwei Typen glotzten Ash an. „Das ist Sperrmüll."

Als ich das Möbelstück erkannte, wurde mir schlagartig so heiß, dass ich inständig hoffte, nicht bis zu den Haarwurzeln rot anzulaufen.

Ashs Blick wanderte zu mir, seine Mundwinkel zuckten. „Es ist eine Blumenbank, und sie bleibt hier. Die kann man noch gebrauchen."

Wie hoch war die Wahrscheinlichkeit, dass ein menschlicher Körper spontan in Flammen aufgehen konnte und ich mich mitten im Flur in ein Häuflein Asche verwandelte?

Ich räusperte mich. „Nein, die kann ruhig weg. Ich, äh, bin mal drüben bei Tess."

„CRAWFORD!", donnerte irgendjemand durchs Haus. Ash setzte sich in Bewegung.

„Stellt sie zurück", befahl er noch, bevor sich sein Blick ein letztes Mal auf mich heftete. Er zwinkerte. „Wir sehen uns später, Jadie."

Die Jungs brummten etwas Unverständliches und machten kehrt. Und ich erkannte, dass ich mehr als nur ein bisschen im Arsch war, weil ich dabei war, mich zum zweiten Mal Hals über Kopf in meinen Ex zu verknallen.

Fuck.

„Regel Nummer eins: Nicht fluchen."

Vier Stunden später wollte ich mich in Tess' Pub in Alkohol ertränken, aber Stevens selbstgebrannter Moonshine war einfach zu ekelhaft. Zugegeben, meine Art, das zu beschreiben, würde mir sicherlich keinen Miss-Universe-Titel einbringen.

„Ich weiß, dass es schwer ist, und ich verstehe durchaus den Zweck von Flüchen als emotionales Ventil. Seit ich hier wohne, bin ich beeindruckt, wie viele unterschiedliche Gemütszustände man allein mit dem Wort ‚Fuck' beschreiben kann." Evelyn grinste, als Tess losprustete, während ich automatisch im Kopf nachzählte. Wut, Frust, Anerkennung, Schmerz, Lust, Langeweile, Resignation …

„Trotzdem: Weniger ist mehr. Und man läuft nicht Gefahr, seinen Gesprächspartner gegen sich aufzubringen. Passend zu Regel Nummer zwei: Beginne einen Satz nie mit ‚Aber', weil das sofort eine Abwehrhaltung erzeugt. Versuch stattdessen, ‚Ja' oder ‚Und' zu sagen."

„Und …", probierte Tess es sofort aus, „wie genau soll das funktionieren?"

Evelyn nickte ihrer zukünftigen Schwägerin stolz zu, während ich die beiden bloß anstarrte. Egal, wie sehr ich es auch versuchte: Der Gedanke, dass eine Lady wie sie und ein Cowboy wie Clay so absurd perfekt miteinander harmonierten, wollte nicht in meinen Schädel rein.

„Aber was ist, wenn man wirklich wütend ist?", fragte ich – und erkannte sofort meinen Fehler. Tess quietschte kichernd, Steven schenkte mir Tequila nach. „*Und* was ist, wenn man wirklich wütend ist?"

Verdammt, das funktionierte ja tatsächlich …

Evelyn lächelte vielsagend. „Glaub mir, Jade: Vor allem, wenn du wütend bist, hilft Höflichkeit mehr als alles andere, weil es deinem Gegner den Wind aus den Segeln nimmt. Ich versuche immer, einer kleinen Formel zu folgen: Dankbarkeit, Anerkennung, Verständnis, Entschuldigung, Gegenargument, Frage."

Ich wechselte einen Blick mit Tess, die genauso irritiert war wie ich.

„Das nennst du eine *kleine Formel*?“

Jetzt grinste Evelyn diebisch, was ihre dunklen Augen blitzen ließ. Offensichtlich war da doch mehr Feuer unter ihrer edlen Oberfläche.

„Also schön, praktisches Beispiel: *Danke* für den Einwand, Jade. Das ist ein *guter Hinweis. Ich verstehe*, dass das erst mal schwierig zu verstehen ist, und *es tut mir leid*, dass ich dich verwirrt habe. *Aber* mit etwas Übung ist es wirklich sehr einfach.“

Sie machte eine Kunstpause, in der mein Hirn die Teile ihrer kleinen Formel einsortieren musste. Dann ergänzte sie fröhlich:

„*Findest du nicht auch*, dass das viel höflicher klang als: ‚Fuck you‘?“

Da brach ich in so schallendes Gelächter aus, dass meine Augen tränten. „Scheiße, ist das cool!“

„Jade!“, rief Evelyn sofort, obwohl auch sie lachen musste. Erst jetzt fiel mir auf, dass ich schon wieder geflucht hatte. Mist, ich musste wirklich daran arbeiten.

„Sorry.“

„Es heißt *Entschuldigung*. Oder *Verzeihung*. Denn ‚Sorry‘ ist auch nur die kleine Schwester von ‚Leck mich‘.“

Tess, Steven und mir klappten gleichzeitig die Münder auf. Evelyn hob eine dunkle Augenbraue wie die Reinkarnation einer römischen Göttin, ein leises Lächeln zupfte an ihren geschwungenen Lippen.

„Ich nehme alles zurück, was ich jemals über deine vermeintliche Unschuld gedacht habe“, bekannte ich mit erhobener Hand. „Du hast es faustdick hinter den Ohren, Lady!“

Jetzt griff sie strahlend nach ihrem Glas. „Regel Nummer drei: Eine Lady genießt und schweigt."

Ich war sprachlos. Gegen Evelyn waren die Etikettenkurse von Cassandra der reinste Witz gewesen. Wen interessierte, auf welcher Seite welches Besteck lag und in welche Richtung man sein Bein überschlagen durfte, wenn ein einziger Satz meine Herkunft verraten konnte?

„Was machst du noch mal beruflich?"

Sie wechselte einen kurzen Blick mit Tess und Steve. „Ich bin Bildhauerin. Ich modelliere lebensechte Statuen aus … nun ja. Ton."

Ich blinzelte. Tess prustete. Evelyn grinste.

„Du … modellierst Ton", wiederholte ich, nur um sicherzugehen, dass ich mich nicht verhört hatte. Sie nickte. „Mit deinen Händen. Ton wie …"

„Clay, ja." Sie nickte wieder.

Und plötzlich ergaben die Bruchstücke von Evelyns Persönlichkeit ein ganzes Puzzleteil, das so perfekt zu den ungeschliffenen Kanten von Ashs bestem Freund passte, dass mich gar nichts mehr wunderte.

„Fuck, das ist heiß." Geflasht lehnte ich mich auf dem Barhocker zurück, vergaß, dass er keine Lehne hatte, und verlor fast das Gleichgewicht. Tess und ich lachten wieder.

Evelyn musterte mich nachdenklich. „Wusstest du, dass Ash exakt dieselben Worte benutzt hat, als ich ihm zum ersten Mal erzählt habe, was ich mache."

Und einfach so verlagerte sich die Neugierde aller Beteiligten von Evelyns nicht jugendfreier Beziehung zu meiner.

„Womit hast du ihn ruiniert?", fragte Evelyn unverblümt.

Ich ertränkte eine Antwort in Tequila. „Ruiniert? Wer sagt das?"

„Er."

Plötzlich brannte die Schuld stärker als der Tequila. „Fuck …"

Noch eine Emotion für dieses Wort: Trauer.

Vielleicht hatte ich Ash doch ruiniert.

Kapitel 17

Ein Lied von Asche und Ruin

JADE

„Scheiße, Lynnie, ich liebe dich. Ehrlich."

Lebensweisheiten eines Countrygirls: Mehr Tequila hilft immer.

Evelyn kicherte, als ich ihr um den Hals fiel und uns beide im Takt der Musik vor- und zurückwiegte. Wir hatten uns an einen ruhigeren Tisch gesellt, als sich Tess' Pub zusehends gefüllt hatte.

„Ich werde dir einfach durchgehen lassen, dass du geflucht hast, weil du betrunken bist. Und, weil ich dich auch echt gernhabe, Jadie."

„Jadie." Ich lächelte selig. „Wusstest du, dass mich sonst nur Ash so nennt? Das muss ein Zeichen sein! Wenn das mit Clay nichts wird …"

„Dann bin erst mal ich dran, stell dich hinten an, Maddie!", ging Tess dazwischen.

Ich streckte Tess die Zunge heraus, woraufhin *sie mir* die Zunge herausstreckte, woraufhin wir beide lachen mussten und ich mich prompt rächte: „Evelyn, findest du nicht auch, dass mir dieses Top viel besser steht als Tess?"

Ich drückte den Rücken durch und die Brust raus, um mich zu präsentieren. Nach der wohltuenden Dusche bei Tess hatte ich mich in ihrem Kleiderschrank für ein schlichtes grünes Top mit offener Knopfleiste entschieden, dazu abgeschnittene Shorts. Mir Unterwäsche von Tess auszuleihen, ging dann doch zu weit, daher trug ich gar keine. Morgen früh würde ich im Secondhandladen Klamotten kaufen gehen.

„Geht so. Ich kann von hier aus deinen Bauchnabel sehen", kommentierte Tess, woraufhin ich die Arme zusammendrückte und mich provokativ vorlehnte.

„Besser so? Jetzt siehst du meinen Bauchnabel nicht mehr."

„Ja. Aber jetzt will ich mir die Augen mit Bleiche auswaschen."

Ich stieß sie lachend an. „Ich hasse dich."

„Ich dich auch, Babe. Aber ich würde dich trotzdem nicht von der Bettkante – warte, ist das ein neues Tattoo?"

Sie starrte mit neuem Interesse in meinen Ausschnitt. Ich nahm schnell die Arme vom Tisch und richtete mich wieder auf.

„Nein?", behauptete ich.

„Hat Ash das schon gesehen?"

„Nein."

Tess kniff die Augen zusammen. „Du lügst."

„Nein!"

„Ihr hattet noch keinen Sex?", hakte sie nach.

„Nein." Ach, Mist … Ich verzog das Gesicht, was Tess natürlich nicht entging.

„Ich wusste es!", jubelte sie. „Also ziehst du dich jetzt aus, oder was?"

„Nein?!"

„Sag mal, Evelyn, irre ich mich, oder hat sie 'nen Sprung in der Schallplatte? Apropos Schallplatte!", unterbrach sich Tess begeistert. „Singst du was? Bitte, bitte!"

„Mädchen, von deinen Themenwechseln bekomme ich ein Schleudertrauma." Stöhnend massierte ich mir die Schläfen. „Und nein, ich werde nicht singen. Dafür bin ich zu betrunken. Und zu nüchtern. Ich weiß, dass das keinen Sinn ergibt, aber … Ach Shit, ich rede zu viel. Sorry, ich hatte einfach nicht mehr so viel Spaß, seit …"

Ich hier weggegangen bin, dachte ich. Doch das konnte ich nicht aussprechen.

Tess überging den unausgesprochenen Satz wie die gute Freundin, die sie eben war. „Ich weiß ja nicht, wie es dir geht, Evelyn, aber ich höre die ganze Zeit nur ‚Nein'. Was hat Clay noch mal mit dir gemacht, als du diese Phase hattest?"

Ein hinreißender Rosaton legte sich auf Evelyns Wangen. „Darüber sprechen wir jetzt nicht."

Natürlich waren Tess und ich sofort aus dem Häuschen. „Erzähl uns alles!"

„Zeigst du uns im Gegenzug dein Tattoo?", verhandelte Evelyn.

Ich stöhnte. „Okay, fein."

Eilig sah ich mich um, ob jemand zu uns herübersah. Tess hatte etwas Zauberhaftes aus der Ranch gemacht, und der Pub war erstaunlich gut besucht. Eine Gruppe Männer spielte Darts, eine größere Gesellschaft feierte einen Geburtstag, ein paar Männer und Frauen saßen an der Bar und unterhielten sich. Es gab sogar Leute, die auf der freien Fläche zur Musik tanzten. Classic Rock und Slow Country. Der Sound meiner Jugend.

Dann zwängte ich den linken Arm durch den Shirtträger und zog den Ausschnitt so weit zur Seite, dass meine äußere Brustseite entblößt war. Tess sog begeistert die Luft ein, Evelyn legte interessiert den Kopf schief, um die Notenlinien zu studieren, die detaillierte Körnung des halb verwehten Bilds und die scharf gestochenen Worte darüber.

„Hast du das getextet?“, fragte sie mit sanftem Lächeln.

Ich nickte, zuckte mit den Achseln, schob den Träger wieder über die Schulter. „Es ist nichts Besonderes.“

„Du lügst ja schon wieder, Maddie!“ Tess’ Augen blitzten. „Nichts Besonderes? Da steht buchstäblich –“

„Ich weiß, was da steht“, unterbrach ich sie, weil ich nicht wollte, dass es jemand hörte.

„Warum ist es so versteckt?“, fragte Evelyn wieder.

„Weil meine Managerin mich umbringt, wenn sie das herausfindet.“

„Maddie da Rosa, du böses, böses Mädchen!“

„Oh, das kann ich bestätigen.“

Mein gesamter Körper geriet in Aufruhr. Wie sehr konnten einen fünf Worte aus dem Konzept bringen? Und wie schön konnte eine Stimme sein? Sinnlich würzige Zitrusnoten stiegen mir in die Nase, noch bevor ich den Kopf drehte und Ashs schmutziges Grinsen auch den Rest meiner Körperfunktionen außer Kraft setzte.

„Ich sagte doch bereits, scheiß auf deine Managerin. Niemand sagt meinem Mädchen, was es zu tun hat.“ Seine Stimme war eine raue Liebkosung, die einen wohligen

Schauer über meine Haut jagte. „Was genau soll sie nicht herausfinden?"

Hitze schoss in meine Glieder, und sie kam nicht nur von seiner Nähe. Mein Blick flog zwischen ihm und den Frauen hin und her, während er neben Tess auf die Bank rutschte. Seine Beine waren so lang, dass sich unsere Knie unter dem Tisch berührten. Vorsorglich schob ich den Stuhl, auf dem ich saß, ein wenig zurück. Die Holzbeine schabten hörbar über Steinfliesen.

Ashs Blick verhakte sich mit meinem. Zwei Sekunden später schabten die Holzbeine erneut über Steinfliesen, als er meinen Stuhl mit dem Fuß wieder näher zog. Sein Knie kam zwischen meinen Beinen zum Ruhen, übte gerade genug Druck auf die Innenseiten meiner Schenkel aus, um meinen Körper in Brand zu stecken.

Clay machte gar nicht erst den Umweg über die Bank. Er hob Evelyn von ihrem Stuhl auf, setzte sich und platzierte sie auf seinem Schoß, wo die beiden erneut einen Kuss tauschten, der die Luft versengen konnte, bloß um in einem innigen Lächeln zu enden, das jeden Zuschauer dahinschmelzen ließ.

„Tja, tut mir leid, Ash, ihr kommt leider zu spät. Maddie hat gerade noch ihr Top ausgezogen."

Ashs Augen flogen zu meinen Brüsten, und der Ausdruck darin sollte mich nicht so sehr erregen, wie er es tat. Stumm beschwor ich Tess, nicht weiterzusprechen, doch natürlich übersah sie mein lautloses Drängen.

„Sie hat ein neues Tattoo."

Jetzt wurde das Blau von Ashs Augen eine Spur dunkler, als er mein Oberteil mit neuer Intensität musterte, als könne er den Stoff durch reine Willenskraft auflösen.

„Ich glaube, wir müssen mal kurz aufs Klo", beschloss er.

Ich bändigte die Begeisterung meines Körpers, indem ich die Arme verschränkte. „Meinst du nicht, dass zwei Waschbecken-Quickies pro Tag genug wären?"

Noch bevor ich den Satz beendet hatte, wusste ich, dass ich in der Klemme steckte. Alle starrten mich an. Tess klappte der Mund auf, Evelyn versteckte ihre Überraschung in einem großen Schluck aus ihrem Glas. Clay hob amüsiert eine Augenbraue. Und Ash lehnte sich mit dem fettesten Grinsen zurück, seit Alice die Katze im Wunderland getroffen hatte. Er setzte sogar noch einen drauf: „Vergiss nicht, dass eins davon kaputtgegangen ist."

„Ihr seid wirklich die pure Zerstörung", erkannte Evelyn.

Tess' Augen leuchteten auf. „Etwa … ein Lied von Asche und Ruin?", fragte sie begeistert, und – Freundinnenliebe hin oder her – ich würde sie umbringen.

„Ohhh!" Jetzt begriff auch Evelyn vollends die Bedeutung meines versteckten Tattoos. Clay schüttelte lediglich amüsiert über das Wortspiel den Kopf.

„Asche und Ruin, hm?" Ashs Blick huschte zu mir, doch bevor er auf falsche Ideen – beziehungsweise, sehr richtige Ideen – kommen konnte oder Tess sich doch noch verplapperte, stand ich auf und zog ihn mit zur Bar.

ASH

„Singt ihr zwei heute?", fragte Steven, während er einen Drink mixte, den Jade bestellt hatte und den ich ihr irgendwie ausreden musste. Sie sah nicht aus, als bräuchte sie heute noch mehr Alkohol.

„Hey, das ist wirklich eine …" Aus dem Augenwinkel sah ich, wie sich Jade versteifte, und änderte nahtlos meine Wortwahl: „… furchtbare, schreckliche, unglaublich blöde Idee."

Diese Worte erreichten das einzige Ziel, das ich jemals gehabt hatte: Maddie Jade da Rosa lächeln zu sehen. Sie riss den Mund auf, dann kippte sie vornüber und lachte, bis ihr die Tränen kamen. Und ich … starrte sie einfach nur an. Vielleicht war ich ein Masochist und stand auf Schmerzen, aber ich würde Jade ein Leben lang beim Lachen zusehen.

Spielerisch stemmte sie eine Hand in die Hüfte, während sie noch saß. „Willst du mir irgendwas sagen, Ash Crawford?"

„Tanz mit mir." Die Worte waren heraus, bevor ich mich daran hindern konnte, aber ich bereute sie nicht. Gerade lief ein langsamer Blues, der die Paare auf der Tanzfläche hin und her wogen ließ.

„Auf keinen Fall."

„Tanz mit ihm!", bekräftigte Steven.

„Nein. Es wissen sowieso schon zu viele Menschen, dass ich gerade hier bin. Wenn mich jemand erkennt und filmt, gibt das nur wieder ein peinliches Video auf Social Media – und behaupte ja nicht, dass du das nicht gut fändest, Mister Crawford."

Beim letzten Satz hob sie einen wackeligen Zeigefinger in meine Richtung. Sagte ich schon, wie sehr ich darauf stand, wenn sie mich mit meinem Nachnamen anredete? Spontan stand ich auf und zog sie auf die Beine, bevor sie protestieren konnte.

Sie quietschte, wollte sich aus meinem Griff winden – und wäre um ein Haar der Länge nach hingefallen. Ich hielt sie fest, bewegte uns behutsam vorwärts und beobachtete versonnen das Lächeln, das sich auf ihre Lippen stahl.

„Hör auf, mich so anzusehen, als hätte sich nichts zwischen uns geändert."

Ich führte ihre Hände um meinen Hals. „Hat es das denn?"

Die gute Nachricht: Sie antwortete nicht gleich.

Die schlechte Nachricht: Sie antwortete nicht gleich.

Ich beugte mich vor, bis meine Nase über ihre strich. Vorsichtig. Fragend. Ein Lächeln huschte über ihre Lippen, dann erwiderte sie die Geste, ebenso unschuldig wie sinnlich. Endlich öffnete sie die Lippen, um zu sagen, worauf ich so lange gewartet hatte.

In dieser Sekunde erstarrten wir beide, weil eine sonnige Abfolge von Gitarrennoten durch den Raum schallte, die wir beide nur allzu gut kannten. Augenblicklich versteifte sie sich in meinen Armen.

Ich hasste diesen Song.

Ich hasste, wie er diesen Moment zerstört hatte. Ich hasste es, wie es meine Finger danach drängte, die freche Notenfolge auf Jades Rippenbogen zu spielen, bis sie sich kichernd winden würde. Ich hasste es, wie sie meinem Blick auswich, während ihre Lippen aus demselben Impuls heraus lautlos die Worte formten, die wir in einer betrunkenen Nacht auf der Rückbank meines Mustangs geschrieben hatten.

She's out by the river, just beyond the pine trees,
gazing at the stars, while everything that he sees
is her …

„Hör auf, mich so anzusehen", wiederholte sie.

„Hör auf, die einzige Frau zu sein, die ich so ansehen will", antwortete ich und zog sie enger, denn ich würde sie nicht loslassen. Nie wieder.

Zwischen all diesen Leuten brachte ich meine Lippen nah an ihr Ohr, bevor ich die nächsten Zeilen raunte, in der Form, wie sie eigentlich geschrieben worden waren: für *sie*.

„dark hair in the breeze,
bare feet on the grass
green eyes in the soft moon…light."

Es funktionierte. Ihre Augen strahlten, während sie nicht anders konnte, als zu ergänzen: *„Of a perfect night.*"

„Lass uns eine perfekte Nacht draus machen, Jadie." Ich nahm ihre Hand in meine, tippte im Takt der Musik mit den Fingerspitzen gegen ihre. Sie sah auf unsere Hände, dann in mein Gesicht, und ich schwöre, als sie lächelte, blieb die Welt kurz stehen, um ein Foto für die Engel zu machen. Jade nickte.

Dann schwoll die Musik zum Refrain an, und Gänsehaut überzog meinen Körper. Diesmal kam sie nicht allein von Jades markanter Stimme im Radio oder von ihrem Körper in meinen Armen.

Sie kam von einem Dutzend Stimmen um uns herum, die aus voller Kehle, schief und krumm, laut und falsch mitsangen:

„She spun around, oh what a view!
And kissed his lips, to him she flew
And she said ‚Oh, I'm not drunk! …'"

Ein Gefühl, das ich nicht in Worte fassen konnte, pflügte mit der Kraft eines Bulldozers durch mein Herz, fraß sich durch meine Lunge und höhlte meine Brust aus. Unsere Blicke trafen sich. Und ich sah dasselbe Gefühl in Jades

Augen: Glück. Brennende, unsichtbare, lautlose Tränen. Tränen des Glücks, der Freude, der Überwältigung.

I'm drunk on you.

Mit einem schluchzenden Lachen verbarg Jade das Gesicht an meiner Brust, weil sie es genauso wenig fassen konnte wie ich.

Es war eine Sache, einen Karaoke-Klassiker in einem überfüllten Pub zu covern und zu hören, wie fremde Menschen mit dir gemeinsam die bekannten Zeilen eines anderen mitsangen. Es war etwas völlig anderes, seine eigenen Zeilen aus ihren Mündern zu hören. Zu hören, wie jemand die Worte wiederholte, die man selbst geschrieben hatte. Zu erleben, was die Gefühle, die man sich aus der eigenen Seele gezogen hatte, in ihnen auslösten.

Und was die Begeisterung der Leute in mir auslöste.

Zum tausendsten Mal fragte ich mich, ob nicht doch alles gut gegangen wäre, wenn ich mit ihr gegangen wäre. Ob es den Leuten egal gewesen wäre, wo ich herkam. Und zum tausendundersten Mal erkannte ich, dass ich damit dieselbe Lüge leben würde wie Jade.

„Jade Darling, meine Damen und Herren!", jubelte in dem Augenblick eine Stimme, die sich verdächtig nach Tess anhörte. „Ein Smalltown-Girl aus Sweet Springs, Kentucky. Ihr könnt euch glücklich schätzen, Gäste von Tess' Pub zu sein, denn heute habt ihr dadurch eine einmalige Gelegenheit!"

Ich drehte den Kopf – stand sie ernsthaft auf dem Tisch? Ich meine, es war ihr Tisch, sie konnte tun, was sie wollte. Nur vielleicht nicht gerade, wenn es gegen die Frau gerichtet war, die ich um jeden Preis der Welt glücklich sehen wollte. Und deren Augen gerade so groß wie Untertassen waren, als sie sich aus meinem Griff wand.

„Scheiße, Ash, ich muss –"

„Jade Darling flucht nicht", erinnerte ich sie.

„Scheiße!", fluchte sie gleich noch mal. „Meine Managerin denkt, ich wäre bei Bobby. Wenn hier irgendjemand ein Video von mir macht und ins Netz stellt, bringt Cassandra mich um!"

Sagte ich schon mal, dass ich ihre Managerin hasste?

Ohne nachzudenken, gab ich ihr einen sanften Stoß in Richtung der Schwingtür hinter dem Tresen, bevor ich in die Finger pfiff, um die Aufmerksamkeit aller Anwesenden auf mich zu ziehen.

„Jade Darling … Habe ich euch eigentlich schon mal erzählt, was die letzten Worte waren, die sie zu mir gesagt hat?"

Aus dem Augenwinkel sah ich, wie Tess immer noch auf dem Tisch stehend die Augen verdrehte – und, wie Jades verwunschen grüne Augen mich noch einen Herzschlag lang festhielten, bevor sie in den privaten Räumlichkeiten hinter dem Tresen verschwand.

Irgendjemand lachte. „Ernsthaft, Crawford? Das ist fünf Jahre her, komm über sie hinweg und hör auf, ihr nachzulaufen."

Es war *dreieinhalb* Jahre her. Ich richtete meinen Blick auf Theo, der das gesagt hatte. „Ich bitte dich. Es gibt vier Milliarden Frauen auf dieser Welt. Glaubst du wirklich, ich laufe immer noch der einen hinterher?"

Ich grinste. Verdammt richtig. Genau das tat ich.

Kapitel 18

Ein fesselnder Anblick

JADE

In Nashville konnte man keine Sterne sehen.

Zumindest nicht annähernd so viele wie jetzt gerade in Sweet Springs. Als ich auf Tess' Balkon im ersten Stock den Kopf in den Nacken legte und die idyllische Nacht in mich aufnahm, war der Himmel übersät von Abermillionen winziger Lichtpunkte. Die Luft war schwül und fast zu warm für Kentucky im August, aber ein nächtlicher Windhauch kühlte meine erhitzte Haut. Zikaden sangen mit der gedämpften Musik aus dem Barraum im Kanon, während ich mich auf das hölzerne Balkongeländer stützte und … Sterne zählte.

Man kann Sterne nicht zählen.

Hinter mir hörte ich die Tür aufgehen. Sofort beschleunigte sich mein Herzschlag, doch ich drehte mich nicht um, denn anders als mein Herz war ich mir nicht sicher, ob es eine gute Idee war, da weiterzumachen, wo wir unten auf der Tanzfläche aufgehört hatten.

Ash nahm mir beide Entscheidungen ab, indem er dicht hinter mich trat, bis ich die Wärme seines Körpers im Rücken spürte und sein Kinn auf meinem Scheitel. Seine Arme stützten sich links und rechts von mir auf das Geländer, nahmen mich in einer unentrinnbaren Liebkosung gefangen.

„Zählst du Sterne?"

Kopfschüttelnd kämpfte ich gegen ein Lächeln an. Ash war unverbesserlich. „Du weißt, dass es sinnlos ist, Sterne zählen zu wollen."

Da legte er die Hände auf meine Taille und drehte mich in seinen Armen, bis das Geländer in meinem Rücken war und wir uns direkt in die Augen sahen. Sein Anblick raubte mir den Atem.

„Es ist auch sinnlos, Sommersprossen zu zählen. Trotzdem weiß ich, dass du vierundzwanzig auf der Nase hast."

Jemand schluchzte. Ich.

„Warum bist du nicht mit nach Nashville gekommen?"

Ich spürte, wie seine Finger an meiner Taille leicht zuckten, wie er den Kopf senkte und die Stirn gegen meine legte. Doch er blieb stumm, beantwortete nicht die Frage, die mich seit dreieinhalb Jahren nachts wach hielt.

Mitfühlend führte ich meine Arme um seinen Hals, streichelte seine seidigen Haarspitzen und wartete, hoffte, betete, dass er weitersprechen würde.

„Was ist passiert?"

Keine Antwort.

„Deine Mom?"

Keine Reaktion.

„Knox?"

Nichts. Meine Brust zog sich zusammen. Schließlich … ein Schmunzeln. „Kennst du diese Momente, in denen das, was du tun *willst*, und das, was du tun *solltest*, nicht dasselbe sind? Wenn du etwas für eine gute Idee hältst und am nächsten Morgen feststellst, dass es eine ganz miserable Idee war?"

„Wie sich mit Junkfood vollzustopfen oder zu viel Alkohol zu trinken?", scherzte ich im Versuch, den Druck von meiner Brust zu nehmen. Es half tatsächlich. Kein Wunder, dass Ash so viel Blödsinn erzählte, wenn man sich danach derartig besser fühlte.

Er lachte leise, führte seine Erklärung jedoch nicht aus. Der Druck wuchs wieder.

„Warum hast du es Tess und den anderen vorhin nicht gesagt?"

„Dass du die Songs mitgenommen hast?" Als ich nickte, zog er mich an seine Brust. „Hör auf, darüber nachzudenken. Es ging nie um die Songs."

Das Herz sprang mir in den Hals und drückte meine Kehle zu, bis ich kaum noch Luft bekam. „Worum ging es dann?"

Da kehrte sein Blick vom Nachthimmel zu mir zurück, und der weiche Ausdruck darin schmolz meine Brust zu einem unförmigen Klumpen zusammen. Tränen brannten in meinen Augen, Liebe brannte in meiner Brust.

„Babycake, es ging immer nur um dich."

ASH

Ein Schluchzen brach aus ihrem Mund, das meine Eingeweide verkrampfte. Sofort schnellte meine Hand zu ihrem Gesicht, wischte die Tränen weg, die aus ihren Augen quollen.

„Jade …“, raunte ich hilflos, merkte, dass Trost nichts bewirken würde, und versuchte es mit Humor: „Hätte ich gewusst, dass du weinen würdest, hätte ich dir nicht mein Herz zu Füßen gelegt.“

Sie lachte. Aber sie weinte auch. Ihr Gesicht war eine Grimasse von Schmerz, Schuld und Selbsthass.

„Außer natürlich, du stehst auf die Vorstellung, dass du mich ruiniert hast. In dem Fall: Ja, Madeleine Jade da Rosa. Tausendfach ja.“ Ich benutzte ihren vollen Namen, damit sie merkte, wie ernst es mir war.

Da schluchzte sie noch mehr und drückte energisch die Handflächen gegen meine Brust. Ich taumelte, wich jedoch keinen Zentimeter zurück und ließ ihre Taille nicht los.

„Lass mich bitte kurz los …“

„Niemals.“

Frustriert legte sie ihre Hände auf meine und schob sie ein paar Zentimeter tiefer auf die Rundung ihrer Hüften.

„Okay … Was wird das?“, fragte ich amüsiert, während meine Hände wie von selbst unter den Bund ihrer Jeansshorts schlüpfen wollten.

„Halt den Mund und dreh dich um.“

Ich hob verwirrt eine Braue – die noch höher wanderte, als ich sah, wie ihre Hände zum Saum ihres kakigrünen Tanktops wanderten.

„Na los!“

„Du ziehst dich aus. Auf keinen Fall drehe ich mich jetzt um.“

„Wenn du es nicht tust, ziehe ich mich nicht aus“, drohte sie.

„Ich könnte dir dabei helfen.“

„Ich helfe *dir* gleich, und zwar auf die Intensivstation, Ash!“

Ich lachte, löste widerstrebend eine Hand von ihrer Hüfte und hielt sie mir vor die Augen. Die andere Hand ließ ich, wo sie war. Irgendwo musste ich mich ja festhalten, um nicht umzufallen. „Das hier ist mein letztes Angebot, Baby."

Es schien ihr zu genügen. Stoff raschelte, ein Hauch ihres Dufts wehte in meine Nase. Verdammt, sie zog sich wirklich aus!

Meine Fingerspitzen kribbelten vor Verlangen, an ihrer Seite hinaufzustreichen und endlich die Rundung ihrer Brust zu erkunden. Ich wusste, dass sie keinen BH trug, denn ich hatte vorhin im Barraum kaum etwas anderes ansehen können als ihr volles Dekolleté in diesem Top.

„Mach die Augen auf."

Das ließ ich mir nicht zweimal sagen. Ich registrierte das leichte Zittern in ihrer Stimme, während ich die Hand von den Augen nahm. Sie hielt sich das zerknüllte Shirt so vor die Brust, dass man immerhin das, was ich sah, im amerikanischen Fernsehen ausstrahlen konnte.

Ich öffnete den Mund, um einen Spruch darüber zu machen. Dann drehte sie den Oberkörper leicht ein, bis mein Blick auf das Tattoo fiel, das unterhalb ihrer linken Brust bis zum Rippenbogen reichte.

Und jedes Wort blieb mir in der staubtrockenen Kehle stecken.

JADE

Ich hörte, wie Ash scharf Luft holte.

Und dann …

Nichts. Bloß Grillenzirpen und gedämpfte Musik.

Obwohl einer von uns mit Sicherheit gleich ohnmächtig werden würde, weil wir beide die Luft anhielten, regte sich keiner von uns. Er nicht, weil er zu beschäftigt war, die gestochenen Linien und Schraffierungen auf meiner Haut zu betrachten. Und ich nicht, weil ich Angst hatte, seine Reaktion zu verpassen.

„Kannst du bitte etwas sagen?“, flüsterte ich, als ich es nicht mehr aushielt.

Er löste den Blick nicht eine Sekunde lang von dem Bild. Dann murmelte er: „Fuck, Jadie …“ Und ich erkannte eine neue Bedeutung für dieses Wort: Bewunderung.

Vorsichtig löste er seine Hand von meiner Hüfte und legte die Fingerspitzen auf den Notenschlüssel an meinem Rippenbogen. Seine Finger fuhren die geschwungenen Linien nach, die sich auf halbem Weg in winzige Partikel auflösten und wie Asche im Wind davongetragen wurden, während die restlichen Noten verloren ins Nichts entstiegen. Dort, wo der Rippenbogen in die Rundung meiner Brust überging, sammelten sich alle Partikel in einem kleinen Häufchen, aus dem vereinzelte Noten herausragten wie gebröckelte Säulen eines eingestürzten Mausoleums.

Ein Lied von Ash und Ruin.

„Es ging immer nur um dich“, hauchte ich in der Hoffnung, dass er das Echo auf seine eigenen Worte vorhin erkennen würde.

Er tat es.

Denn jetzt hob er den Blick und sah mir in die Augen, ertränkte mich in den azurblauen Fluten eines endlosen Meeres. Einen Herzschlag lang versanken wir im Blick des anderen. Dann griff er in meine Haare und zog meinen Kopf zu sich, bis unsere Körper kollidierten.

Seine Lippen liebkosten mich, beanspruchten mich, verschlangen mich. Und seine Hände strichen in festen Kreisen über meine Haut, hinterließen eine feurig kribbelnde Spur des Verlangens.

Ich drängte mich gegen ihn, und er hob mich hoch, setzte mich auf das Geländer und schob sich zwischen meine Schenkel, verstärkte seinen Griff um meine Taille, um mir sicheren Halt auf dem schmalen Holzbalken zu geben. Dabei unterbrach er unseren Kuss nicht eine einzige Sekunde lang. Ich schlang die Beine um seine Hüften und stöhnte in unseren Kuss hinein, als ich seine Härte an meiner Mitte spürte.

Seine Antwort war ein ebenso unterdrücktes Stöhnen. „Sag mir, dass du das hier nicht vermisst hast."

Er ließ von meinen Lippen ab, um sich einen Weg zu meinem Hals zu bahnen, strich so begehrlich über meinen Hals, dass ich köstlich erschauerte. Meine Finger krallten sich in den Stoff seines Shirts, schoben es hoch. Er folgte dem unmissverständlichen Befehl und zog es sich über den Kopf. Tess' Shirt landete ebenfalls auf den Holzdielen des Balkons, dann war nichts mehr zwischen uns. Sein harter Körper an meinem weichen. Ich bog den Rücken durch, als sein rauer Daumen meine Brustwarze umspielte, dann stöhnte ich auf, als er sie in den Mund nahm.

„Wir sollten reingehen, hier kann uns jeder hören", keuchte ich.

Ashs Knurren vibrierte bis in mein Innerstes. „Lass sie zuhören."

Damit drückte er meinen Oberkörper gegen den senkrechten Stützbalken und strich fest über meine Brustwarze, während er die andere mit der Zunge verwöhnte, bis ich vor Verlangen bebte. Ich versenkte die Hand in seinen Haaren, berauschte mich an den Strähnen zwischen meinen Fingern, und zog sein Gesicht wieder zu meinem hoch, besann mich im letzten Moment eines Besseren.

Seine Mundwinkel hoben sich zu einem verschlagenen Lächeln, das mich sofort durchschaute. „Du wolltest etwas sagen?"

Ich schluckte. Stockte. Schüttelte ab, was ich eigentlich sagen wollte.

„Schlaf mit mir." Das war nicht, was er hören wollte. Aber eine Einladung, die er unmöglich ablehnen konnte.

Ash konterte mit einem Grinsen, das auf absurde Weise verschmitzt und gleichzeitig teuflisch war. „Nein, nicht so."

Ich hob eine Braue. „Sag bloß, du hast kein zweites Kondom dabei." Schon glitten meine Hände in seine Jeanstaschen. Begeisterung durchzuckte mich, als ich knisternde Folie ertastete. „Lügner", raunte ich triumphierend, während ich das Plastik aus seiner Tasche zog.

Es war …

„Marihuana?" Verdutzt starrte ich auf den sehr eindeutigen Inhalt des kleinen Tütchens, dann in Ashs Gesicht.

Er nahm es mir ab und zog mich wieder gegen sich, um die Zentimeter zwischen uns zu schließen. Seine Stimme war betörend rau, als er dicht vor meinem Gesicht raunte: „Ich habe viele Laster, aber Lügen gehört in der Regel nicht dazu. Das ist nicht meins."

Ich hatte nur noch Augen für seine Lippen so dicht vor meinen. „Warum trägst du es dann mit dir herum?"

Und wieso klang ich so atemlos?

Um über mein Herzklopfen hinwegzutäuschen, griff ich nach dem Tütchen. Als hätte er meine Gedanken gelesen, stopfte er es zurück in seine Tasche. „Denk nicht mal dran, Jadie. Du weißt nicht, was da drin ist."

„Lügner", wiederholte ich dicht vor seinen Lippen, einfach, weil ich es mochte, wie sich sein Blick verdunkelte, wenn ich das tat.

„Ich lüge nicht."

„Du sagst also die Wahrheit, wenn du behauptest, du willst nicht mit mir schlafen?"

Zur Antwort zog er mich ruckartig gegen sich. Hitze explodierte in meinem Unterleib, ließ meinen Körper nach allem betteln, was die harte Schwellung in seiner Jeans versprach.

„Das habe ich nie gesagt."

Und wie um seine Worte zu bestätigen, hob er mich hoch und trug mich durch die offen stehende Balkontür in Tess' Gästezimmer. Ich landete weich auf der ordentlichen Tagesdecke, die schwach nach Ash duftete und mir sagte, dass auch er manchmal hier schlief. Nur eine Sekunde später zog er mit einem Ruck an meinen Beinen, bis meine Hüfte über der Bettkante hing. Ich keuchte auf.

„Beweg dich nicht."

Vorfreude explodierte in meinen Gliedern. „Sonst was?"

Statt einer Antwort strich seine Zunge an der Innenseite meines Oberschenkels entlang, und plötzlich war die Frage gar nicht mehr so wichtig. Ich bog den Rücken durch, während seine geschickten Finger nicht einmal zwei Sekunden brauchten, um meine Shorts abzustreifen.

„Oh, Baby …" Ich hörte ihn unterdrückt stöhnen, als er begriff, dass ich keine Unterwäsche trug. Und ja, jetzt fiel es mir auch wieder ein.

„Ich habe keine Wechselwäsche hier", verteidigte ich mich.

Er strich in trägen, festen Kreisen über meine Oberschenkel. „Das müssen wir ändern."

„Erst müssen wir etwas anderes ändern." Ungeduldig hob ich ihm das Becken entgegen. „Fuck, seit wann hast du so viel Geduld?"

Sein Lachen klang heiser, während seine Finger nicht aufhörten, diese verflucht sinnlichen Kreise auf den Innenseiten meiner Oberschenkel zu ziehen, ohne jemals die Stelle zu berühren, an der ich sie wirklich brauchte. „Du sollst nicht fluchen, Jade Darling."

Ich setzte zu einer ziemlich fluchlastigen Erwiderung an, da schob er endlich einen Finger in mich, und ich brauchte die Luft in meiner Lunge für etwas anderes. Stöhnend hob ich das Becken an, doch er drückte mich abermals zurück aufs Bett, um einen intensiveren Winkel zu erreichen. Dann schob er einen zweiten Finger in mich, dehnte mich köstlich, bevor er begann, sie langsam zu bewegen. Ich warf den Kopf zurück.

„Oh, fuck, Ash …"

Die Antwort war ein noch tieferes Stoßen seiner Finger. „Nicht. Fluchen. Darling!"

Von wegen Geduld, seine Stimme bebte genauso wie mein Körper, als sein Daumen meine Klitoris umkreiste. Meine Hände glitten über die Matratze, zerknüllten das Kopfkissen, krallten sich in den Schlitz zwischen Bett und Matratze – und ertasteten … Metall?

Ungläubig zog ich etwas hervor, das aussah wie:

„Handschellen?" Und zwar nicht die Variante aus Leder und Schnallen, die man für Bondage-Spielchen benutzte. Sondern die, die die Polizei benutzte. „Wieso zum Teufel hast du …?"

Sein Lachen unterbrach mich. „Ach, hier sind sie. Hab ich vor 'ner Weile mitgehen lassen, um einem guten Bekannten eins auszuwischen. Die Dinger sind teurer, als man glaubt, und er hatte eine Menge Papierkram, ihr Verschwinden zu erklären."

Vorsichtig zog er die Finger aus mir heraus und streckte sich über mich, um sie mir abzunehmen. Ich dachte nicht mal daran. „Du spielst also Fesselspielchen. In diesem Bett. Mit anderen Frauen."

Sein Körper lag jetzt ausgestreckt neben meinem, und sein Blick war so intensiv, dass ich grinste. „Ich habe keine Frauen in diesem Bett, und ich fessle sie ganz sicher nicht."

Ich sah in seiner ernsten Miene, dass es stimmte. Trotzdem konnte ich nicht anders, als die Lippen zu kräuseln. „Lügner."

Damit ließ ich die Handschelle um mein Handgelenk schnappen und drückte zu, bis der Mechanismus einrastete. Das kalte Metall raubte mir den Atem, aber der Reiz des Verbotenen ließ meine Haut prickeln und die ungestillte Lust entflammen. Dasselbe wiederholte ich mit der anderen Hand, dann schwang ich mich rittlings auf Ash.

Jetzt war es sein Blick, der voller Verlangen war. „Schmutziges Mädchen …"

Grinsend wollte ich mich an seiner Hose zu schaffen machen, da fiel mir auf, dass das mit Handschellen gar nicht so leicht war. Genauso wie das Gleichgewicht zu halten, wenn man nicht alle vier Gliedmaßen hatte, um sich abzustützen.

„Vielleicht war das eine dumme Idee."

Ash lachte leise. „Das war sogar eine sehr dumme Idee." Dann wuchtete er uns herum, bis ich wieder auf dem Rücken lag und er über mir war. „Aber ich stehe auf dumme Ideen. Fast genauso sehr, wie ich auf dich stehe."

Als würden seine Worte noch irgendeinen Nachdruck benötigen, presste er die Hüften so fordernd gegen mich, dass ich die Jeans verfluchte, die er noch trug, während ich längst völlig nackt war. Ungeduldig hob ich meine gefesselten Arme über den Kopf und eroberte seinen Mund mit einem leidenschaftlichen Kuss, der ihn tief in der Kehle stöhnen und mich begeistert keuchen ließ. Er umfasste meine Brust, die sich ihm in dieser Position nur allzu aufreizend entgegenreckte, und strich fest über die Brustwarze, bis ich vor Lust wimmerte.

Ash riss die Lippen von meinen los. „Scheiß auf Geduld."

Jäh packte er mich um die Hüften und zog mich nach unten, bis ich wieder flach auf dem Rücken lag. Hitze schoss wie ein Jubelschrei durch meine Glieder. Mit der Rechten hielt er meine beiden Handgelenke fest, während er sich mit nur einer Hand seiner Jeans entledigte und eine Kondompackung mit den Zähnen aufriss.

Mein Blick fiel auf seinen zuckenden Schwanz, als er das Kondom darüber rollte. Wieder wallte Hitze durch meinen Körper.

„Bereit?", fragte er.

Nein, war ich nicht.

„Ja."

Es war nur ein Hauchen, doch mehr brauchte Ash nicht, um in mich einzudringen. Er sah mir tief in die Augen, während er sich so quälend langsam in mich schob, dass ich fast den Verstand verlor. Zentimeter um Zentimeter füllte er mich aus, schickte süßen Schmerz und feuriges Verlangen durch mein Innerstes.

Sein Blick flackerte. Mein Herz raste. Und die Zeit dehnte sich endlos, bis sie fast stehen blieb. Nein, begriff ich: *Er* dehnte die Zeit, kostete diesen besonderen Moment aus, solange er konnte. Denn das war er: besonders. Das hier war so intim, so intensiv, so viel mehr als Sex. Und so viel Ash. Er wollte, dass ich das wusste. Also tat er, was er immer getan hatte: Er strapazierte sein Glück bis zum Äußersten, testete die Grenzen aus, bis einer von uns daran zerbrechen würde.

„Bitte ..." Mein Puls hämmerte, obwohl ich mich nicht bewegte.

Ash schüttelte den Kopf, scheiterte an einem Grinsen. Eine letzte atemlose, quälend süße Sekunde. Dann umfasste er meinen Oberschenkel und winkelte mein Bein an, bevor er mich mit einem letzten Stoß ganz ausfüllte.

Ich stöhnte begeistert auf, woraufhin er meinen Mund fest mit seinem verschloss. Dann erhöhte er den Winkel und steigerte seinen Rhythmus, bis ich mich von seinen Lippen lösen musste, um frei atmen zu können.

„Fuck, Jadie ..." Er ballte die Hand in meine Locken, sichtlich um Beherrschung bemüht. Und ja ... *Fuck*. In jeder einzelnen wunderbaren, schmutzigen, rohen Bedeutung des Wortes.

Wie hatte ich vergessen können, wie gut es sich anfühlte. Wie gut *wir* uns anfühlten. Sein Körper, sein Duft, sein Klang. Die Ekstase seiner Bewegungen und die Symphonie seiner

Berührungen entfesselten einen Sturm in mir, den ich nicht kontrollieren konnte. Ich vergrub das Gesicht an seiner Halsbeuge, biss in seine Schulter, damit mein Stöhnen nicht von den Wänden widerhallte.

Er musste mir trotzdem den Mund zuhalten, als mich die Welle der Lust mit der Kraft eines Tsunamis überrollte, bis ich nur noch eine japsende Ertrinkende war, die sich mit letzter Kraft an ihn klammerte wie an ein Stück Treibholz in azurblauen Fluten, bevor wir beide eng umschlungen über die Klippe stürzten.

Sein atemloses Keuchen war berauschender als jeder Song, mein Herzschlag war ein wilder Takt, der allmählich in einen gleichmäßigen Slowbeat überging. Wir hatten das hier mit einer gestohlenen Ewigkeit begonnen, und jetzt schufen wir eine zweite Ewigkeit als träges Körperknäuel, eng umschlungen, ohne Anfang und Ende. Eine Ewigkeit, in der ich nur darauf lauschte, wie sich sein Herzschlag beruhigte, während er unablässig Kreise auf meine Schulter zeichnete. Er hatte uns auf die Seite gedreht, sodass ich frei atmen konnte, ohne unsere Verbindung zu lösen.

„So ungern ich das auch sage: Du musst mich loslassen, Babycake." Seine Stimme klang rau und warm, genau wie morgens, wenn er noch verschlafen war. Das war meine Lieblingsstimme von Ash. Genau genommen war alles hieran mein Lieblings-Etwas. Lieblingskörper. Lieblingsherzschlag. Lieblingstattoos. Lieblingslippen.

Mit einem unwilligen Laut kuschelte ich das Gesicht enger gegen seine Brust.

Er lachte leise. „Ich muss wirklich dieses Kondom loswerden. Aber ich verspreche dir, das war das Letzte, das ich in der Hosentasche hatte. Das nächste Mal kannst du dein Kuschelbedürfnis so lange ausleben, wie du möchtest."

Das ließ mich den Kopf heben. „Wer sagt, dass es ein nächstes Mal gibt?"

Obwohl sich mein Körper immer noch weigerte, ihn loszulassen, richtete ich mich auf. Dabei schnitten die Handschellen unangenehm in meine Handgelenke. Ich wollte mir gar nicht ausmalen, wie es sich anfühlen musste, sie nicht bloß zum Spaß zu tragen, sondern buchstäblich darin gefangen zu sein. Eingeschränkt. Entwürdigt.

Ashs Grinsen erstickte jeden dunklen Gedanken im Keim, bevor er sich aus dem Bett rollte. „Sagen wir einfach: für dumme Ideen, schmutzigen Sex und Jade Darling habe ich einen sechsten Sinn."

Ich beschloss, diese Debatte auf später zu verschieben. „Na schön. Befreist du mich jetzt aus diesen Dingern? Wo ist der Schlüssel?"

Ash drehte sich zu mir um. Und der alarmierte Ausdruck in seinen Augen, gefolgt von diesem dümmlichen Zucken seiner Mundwinkel ließ mir alle Farbe aus dem Gesicht weichen.

Kapitel 19

Männer werden sieben, danach wachsen sie nur noch

ASH

„Dein Ernst? Du hast keinen beschissenen Schlüssel? Willst du mich …“ Jade verschluckte sich an ihrem eigenen Entsetzen, hustete, lachte, fluchte noch mehr.

Ich grinste. „Das kommt davon, wenn man flucht.“

„Was zur Hölle, Ash!“ Ihre Augen schossen grünes Feuer. Aber, *Himmel*, ihre Lippen kräuselten sich, und ihre Nasenflügel zuckten so niedlich, dass ich sie auf der Stelle erneut geküsst hätte – wenn es eine Garantie dafür gäbe, dass sie mir nicht doch den Kopf abriss. Andererseits … das wäre wohl schwierig in den Handschellen.

„Rühr dich nicht vom Fleck“, trug ich ihr auf, während ich in meine Jeans stieg und die Tür aufschloss, um in den Flur zu spähen. Er war leer. Natürlich, Tess' Ranch war schließlich keine Herberge, und für gewöhnlich war ich der einzige traurige Tropf, der hier schlief – abgesehen von ihr selbst und ein paar ihrer Liebschaften.

„Ich bin nackt und trage verdammte Handschellen, was glaubst du, wo ich hingehe?"

Guter Punkt. Ich warf ihr noch ein verschmitztes Zwinkern zu – und *fuck*, an den Anblick von ihr nackt auf einem Bett könnte ich mich gewöhnen. Dann huschte ich barfuß ins Nebengebäude, um Tess' Badezimmer und Nähkästchen zu durchstöbern. Buchstäblich, nicht metaphorisch, auf der Suche nach einer Häkel- oder Haarnadel.

„Wurde auch Zeit, die Dinger sind scheiß unbequem! Hast du den Schlüssel in Timbuktu geh… Warte mal", begrüßte mich Jade drei Minuten später. Sie kniff die Augen zusammen. „Das ist gar kein Schlüssel."

„Nope. Und ich möchte dich daran erinnern, dass *du* sie dir angelegt hast, nicht ich", antwortete ich, während ich mich zu ihr aufs Bett setzte.

Zugegeben, ihr Anblick führte mich fast in Versuchung, sie nicht aus diesen Dingern zu befreien. Sie trug wieder die abgeschnittenen Shorts, aber ihr Oberkörper war immer noch nackt, weil man sich – wer hätte es gedacht? – mit Handschellen nicht in ein T-Shirt zwängen kann. Oder aus einem heraus, was ich selbst schon versucht hatte.

Ich war nicht wirklich traurig, dass ich ihre herrlichen Brüste noch ein wenig länger betrachten durfte. Und dieses Tattoo … Verdammt, dieses Tattoo, das von nun an jedes einzelne ihrer ablehnenden Worte Lügen strafen würde.

„Ich konnte nicht wissen, dass du keinen Schlüssel dafür hast", murrte sie jetzt und streckte mir ihre Hände hin, wobei sie freiwillig halb auf meinen Schoß kletterte. Ich liebte es, ihr so nah zu sein.

„Konntest du auch nicht“, räumte ich ein, während ich ihre Hände sanft auf mein angewinkeltes Knie legte, um das Schloss zu inspizieren. „Aber sag nur ein Wort, und ich besorge sofort einen Schlüssel, damit wir das wiederholen können.“

Über die Handschellen hinweg traf ihr Blick meinen, und das kaum verglühte grüne Feuer darin loderte wieder hoch, als sie lächelte. Gott, ich liebte dieses Lächeln. Rasch lehnte ich mich vor, um ihr einen Kuss zu stehlen, bevor sie protestieren konnte.

Sie tat es nicht, im Gegenteil: Ihre vollen Lippen wurden weich, schmolzen mir mitsamt ihrem Körper entgegen. Ich wollte sie zurück auf die Kissen betten und noch einmal dort anfangen, wo wir vor zehn Minuten aufgehört hatten. Aber da war noch dieses chromglänzende Problem um ihre Handgelenke, und ich wollte nicht, dass das Metall ihre Haut aufrieb. Glücklicherweise hatte sie den Mechanismus nicht so eng geschlossen, wie Zane Hopkins das gerne tat.

„Bist du sicher, dass du weißt, was du da tust?“, fragte sie, als die Haarnadel zum dritten Mal aus dem Schlossschlitz abrutschte.

„Baby, ich bin Profi“, versicherte ich, während ich konzentriert nach dem richtigen Winkel stocherte.

„Können wir nicht einen … profihafteren Profi holen?“

Ich sah von der Handschelle hoch in ihr Gesicht und dann vielsagend auf ihre nackten Brüste, deren dunkle Brustwarzen sich mir immer noch aufreizend entgegenreckten. „Nur über meine Leiche.“

„Tja, das könnte durchaus passieren."

Ich ertastete den Öffnungswinkel, rutschte aber wieder ab, weil ich schmunzeln musste. Dann kichern. Und dann brach ich erneut in Prusten aus, bei dem Jade mich so entgeistert ansah, als wollte sie ihre Drohung meines vorzeitigen Todes eher früher als später wahr machen.

„Komm schon, das ist witzig. Und du weißt doch, wie man sagt: Männer werden sieben, danach wachsen sie nur noch."

„Nein, du nicht." Ich hob eine Braue, erwog ernsthaft, ob ich ihr noch mal demonstrieren sollte, *wie viel* ich seit dem siebten Lebensjahr gewachsen war. Da ergänzte sie: „Ich bin mir ziemlich sicher, dass du nicht mal den Kindergarten abgeschlossen hast."

Und fuck. Einfach fuck. Ich liebte diese Frau und ihr loses Mundwerk.

In diesem Moment gab der Mechanismus nach.

„Tja, zum Glück für uns beide braucht man keinen Abschluss, um den Kindergarten zu beenden." Mit einem breiten Grinsen ließ ich die Handschellen von meinem Zeigefinger baumeln.

„Mag sein, dass du ganz passable Fingerfertigkeiten hast. Ich hasse dich trotzdem", behauptete sie, angelte das kakigrüne Top vom Boden und zog es über.

Oh nein, das tust du ganz und gar nicht, Babycake.

Sie trug jetzt vielleicht wieder ein Top, aber ich würde nicht vergessen, was darunter war. Sie hatte ein Tattoo, und das Motiv war nur eine Stufe davon entfernt, mein verdammter Name in Neon-Großbuchstaben zu sein. Eine Songzeile, die zu Asche wurde? Nein, aus der Nummer würde sie nicht mehr rauskommen. Sie liebte mich. Jetzt musste ich ihr nur noch klarmachen, dass sie einen nutzlosen Kleinstadtjungen lieben und trotzdem ein Country-Star sein konnte.

Ich wusste nicht, ob es dafür die beste oder schlechteste Idee war, die zweite Nacht in Folge neben ihr einzuschlafen, noch dazu in diesem Bett, das kaum breit genug für einen war.

Aber *Teufel*, sah ich aus wie ein Typ, der einen Plan hatte?

Jade beschwerte sich nicht, als sie zurück aus dem Bad kam und buchstäblich der Länge nach auf die Matratze fiel.

„Gute Nacht, Baby."

„Gute Nacht, Babycake."

Es dauerte nicht mal fünf Sekunden, bis sie sich an mich schmiegte und einen Kuss auf meine Schulter drückte, bevor sie den Kopf darauf kuschelte wie ein Vögelchen im Nest.

Ich weiß. Ich liebe dich auch.

Neben der richtigen Frau aufzuwachen, macht selbst den beschissensten Tag besser. Trotzdem hasste ich es, dass ich mich schließlich aus ihrem duftend warmen Klammergriff schälen musste, nachdem ich fast zwei Stunden lang an die holzvertäfelte Decke gestarrt und dem enthusiastischen Vogelkonzert der Morgendämmerung gelauscht hatte.

Es gab keinen Zettel in Tess' Gästezimmer, also hinterließ ich Jade eine Nachricht auf ihrem Handy. Dann fuhr ich nach Hause, um unfassbar viel Zeit mit Duschen zu verplempern, ein paar Besorgungen zu erledigen, Anthony und ein paar anderen Jungs Anweisungen für das Wochenende zu schicken, und letztlich doch vor dem Haus zu landen, das für immer die widersprüchlichsten Gefühle zwischen Heimatliebe und Welthass in mir auslösen würde.

The Bills can't pay their bills, hatten die Leute früher über meine Eltern – Bill und Wilhelmijna „Billie" – gelästert, obwohl wir unsere Rechnungen sehr wohl bezahlt hatten. Die meisten jedenfalls.

Mein Elternhaus lag am Stadtrand, direkt am Davis-Wald in der ehemaligen Arbeitersiedlung von Sweet Springs, war einfach, aber solide gebaut und, wie ich anmerken möchte, das hübscheste Haus dieser schäbigen Straße. Mein Vater verstand etwas vom Handwerk, auch wenn er es nicht von Grund auf gelernt hatte wie ich. Für ihn war es ein Ausgleich zu seinem eintönigen Job in der Produktionsanlage einen Ort weiter. Für mich war es das, was von seinem Traum für mein Leben als Architekt übrig geblieben war. Schulabschluss und Jugendknast vertrugen sich nicht so gut. Aber ich bezweifelte, dass ich ein Studium durchgezogen hätte, also wäre es vermutlich ohnehin aufs selbe herausgekommen.

Die Haustür stand offen, wie immer. Und wie immer blieb ich dennoch auf der Türschwelle stehen und lauschte, bevor ich klingelte. Bei meinen Eltern konnte man nie wissen, ob sie sich gerade die Köpfe einschlugen, nackt durchs Haus tanzten oder mitten im Wohnzimmer Sex hatten.

„Ash!" Meine Mom kam den Flur entlang. Angezogen. Lächelnd. Und völlig aufrecht. Ich kniff die Augen zusammen, denn sie war mindestens genauso gut darin wie ich selbst, anderen etwas vorzumachen. Offenbar hatte sie wirklich keine Schmerzen. Dankbarkeit schnürte mir die Kehle zu. „Du bist früh dran!"

Mein Lächeln verrutschte leicht. Das Zeitfenster war nun mal das Zeitfenster, und ich würde ihr nicht antun, auch nur eine dieser sechzig Minuten pro Woche zu verschwenden.

„Hey Mom." Ich inhalierte ihren Blumenduft, als sie sich auf die nackten Zehenspitzen stellte, um mich zu umarmen. „Wie geht's dir? Du siehst toll aus."

Das tat sie wirklich. Sie trug hochgekrempelte Jeans und ein weites Jerseyhemd, das nur halb im Saum steckte, als hätte sie es gerade erst übergezogen. Genauso unordentlich war ihr Haar hochgesteckt, in dessen Naturblond die fünfzig Schattierungen von Grau kaum auffielen. Sie sah gut aus für Ende fünfzig, drahtig für eine Frau, die vier Kinder geboren hatte.

Und zu gesund für eine Parkinson-Patientin.

„Mir geht's gut. Die neuen Medikamente sind fantastisch!", rief sie, während sie mich am Arm in die Küche führte. „Schau mich nicht so an, ich meine das ernst."

Ich musterte aufmerksam ihr Gesicht, ihre Mundwinkel, ihre schlanken Finger. Kein verräterisches Zucken, keine Lähmung.

„Nebenwirkungen?", fragte ich vorsichtig. Das klang fast zu gut, um wahr zu sein.

„Sexsucht", meinte mein Vater trocken, der in diesem Moment dazukam.

Ich verzog das Gesicht. „Keine weiteren Fragen, Euer Ehren."

Diese Antwort gab er jedes Mal, und niemals verfehlte sie ihre Wirkung. Ich wusste, dass viele Parkinson-Medikamente mit einem Dopaminersatzstoff arbeiteten, der dafür bekannt war, die sexuelle Lust zu steigern. Aber es war eine Sache, theoretisch zu wissen, dass die eigenen Eltern Sex hatten – schließlich war man selbst ja irgendwo hergekommen. Es war eine ganz andere, es bei jeder Gelegenheit auf die Nase gebunden zu bekommen.

Mom zuckte bloß mit den Schultern. „Günstiger als Viagra."

„Nicht wirklich", meinte Dad. Ich wünschte mir wirklich, anderswo zu sein. Aber Mom strahlte so glücklich, dass ich einfach mitspielte:

„Und wie lange genau haben wir, bis das wieder losgeht?"

Mom knuffte mich gegen den Oberarm. „Ihr seid schlimm, alle beide!"

Grinsend umschloss ich ihre Faust, die nicht zitterte, und zog ihren Körper an mich, der nicht schwankte. Heute war ein guter Tag.

Mein Vater begann, Alufolie um ein Backblech zu wickeln. „Du weißt doch, wie das ist, Billie. Männer werden sieben. Danach wachsen sie nur noch. – Deine Mom hat Kekse gebacken", erklärte er auf meinen fragenden Blick auf das Blech hin.

Ich hob eine Braue. „Mit oder ohne Extra? Apropos …"

Das erinnerte mich an das Fläschchen Cannabisextrakt, das ich heute bei Mitch geholt hatte. Nicht die Verabreichungsform, die Mom bevorzugte, aber in der Not nimmt der Teufel Tropfen, oder so ähnlich.

„Äh, oh …"

Ich erstarrte. Die Frage war als Witz gemeint gewesen – meine Mutter hatte seit Jahren keine Hasch-Kekse mehr gebacken –, aber der ernsthaft verwirrte Gesichtsausdruck, mit dem sie meinen Vater jetzt ratsuchend ansah, trieb mir alles Blut aus dem Gesicht.

„Nein, ich glaube, ohne."

„Du *glaubst*", wiederholte ich ohnmächtig, „wir sind auf dem Weg in ein staatliches Gefängnis, und du *glaubst*, du hast keine Drogenkekse gebacken?" Prompt griff ich unter dem Spalt Alufolie hindurch nach einem Keks, roch daran und biss ein kleines Stück ab.

Kein Gras.

„Hm, wenn du es so sagst, klingt es ziemlich dumm …“ Mom zog die Nase kraus, und ich musste sie einfach noch mal in die Arme nehmen.

Mit einem amüsierten Kopfschütteln stellte ich ihr das Fläschchen auf die Anrichte. „Für *später* – wenn wir *zurück* sind!“

Meine Warnung war unnötig, denn jetzt war sie die Alarmierte von uns beiden. „Woher hast du das?“

„Von Mitch, keine Sorge.“

„Du sollst mir keine Drogen kaufen“, wisperte sie, doch ihr Grinsen strafte ihren Tadel Lügen.

„Medizinisches Cannabis ist legal, und ich habe es nicht gekauft – und auch nicht geklaut!“, fügte ich schnell hinzu, als mein Vater zu einem geknurrten „Sohn!“ ansetzen wollte, das ich schon hundertmal zu oft gehört hatte. Ich hatte es getauscht – gegen das Zeug, das ich Frankie vorgestern bei der Verkehrskontrolle abgenommen hatte. Das Zeug, das Jade gestern Abend gefunden hatte. Meine Gedanken schweiften kurz zu nackten Brüsten und Handschellen ab, bis mein Vater brummte.

„Können wir dann los?“

„Bist du mit Betty da?“, fragte Mom.

Grinsend hielt ich ihr die Haustür auf. „Würde ich dich mit einer anderen Lady zwei Stunden lang auf die Interstate lassen?“

Kapitel 20
Jailhouse F*ck

ASH

Ich hasste Gefängnisse.

Wenn das Gefühl, das ich beim Aussteigen auf dem Parkplatz hatte, dasselbe war, das Gewaltopfer als Trigger bezeichneten, dann scheiß auf das System. Bei Gott, niemand verdiente dieses Engegefühl in der Brust, diesen irrationalen Fluchtinstinkt. Herzrasen, Schockstarre, Brechreiz. Aber Gewaltopfer konnten sich wenigstens beim Arzt eine posttraumatische Belastungsstörung diagnostizieren lassen. Ich konnte froh sein, wenn mich ein Arzt beim Blick auf meine Akte nicht wieder vor die Tür setzte aus Angst, ich könnte ihn ermorden, seine Praxis plündern und seine Familie vergewaltigen.

Nicht, dass alle Straftäter zu Unrecht hinter Gittern saßen, nicht mal annähernd. Laut offiziellen Statistiken waren nur fünf Prozent aller Inhaftierten wirklich unschuldig. Aber es war nun mal nicht dasselbe, ob man ein paar Mal zu oft in die falsche Tasche gelangt hatte, oder ob man anderen Menschen vorsätzlich brutale Gewalt antat.

Die Richterin hatte gesagt, vor Gott und dem Staat wären wir alle gleich. Doch während Ersterer uns in der Regel unsere Sünden vergab, presste uns der Staat in dieses drei mal drei Meter große Einheits-Korsett und zwang uns, darin die Luft anzuhalten. Zwei Jahre hatten mir gereicht.

Mom drückte meine Hand, als wir uns in die Reihe der Besucher einreihten. Ihre Finger zitterten so unkontrolliert, dass ich sie fest mit meinen umschloss. Es half nichts.

Tolle Medikamente waren das, die nicht einmal zwei Stunden Autofahrt anhielten. Als sie vorhin die CD von Elvis auf AC/DC wechseln wollte, hatte sie nicht mal die verdammte Hülle aufbekommen. Das Schlimmste war nicht, dass meine Mutter, die früher mit der Präzision eines Goldschmieds detaillierte Acryllandschaften auf Leinwände gemalt hatte, plötzlich keine Kontrolle mehr über ihre Gliedmaßen hatte. Das Schlimmste war der Ausdruck in ihren Augen, wenn es wieder passierte.

Hilflosigkeit, Frust, Scham.

Ich hasste die Welt.

„Hey, Billie! Geht's gut?" Die dunkelhäutige Dame hinter dem Besucherschalter lächelte fröhlich, als mein Vater unsere Ausweise über den Tresen schob, zusammen mit unseren Handys und Geldbeuteln, die wir nicht mit reinnehmen durften. Rasch zog Mom die bebende Hand zurück und knüllte den Stoff ihrer Hemdbluse.

„Hi, Clarice. Danke, und Ihnen? Mir geht's super!"

Lüge.

Die Frau namens Clarice musterte schmunzelnd unsere Pässe und händigte uns Besucherausweise aus. Ihr Lächeln blieb auf mir hängen. „Erster Besuch nach der Bewährung, hm? Willkommen auf der guten Seite! Keine Angst."

Mein Lächeln war so falsch, dass es wehtat, als ich das Plastikschild entgegennahm, als wäre ich auf dem Weg zu einem beschissenen Treffen der Anonymen Alkoholiker. *Hi, ich bin Ash, und ich war auch mal im Knast.*

„Hab ich nicht, keine Sorge."

Lüge.

Mom schmuggelte Clarice noch einen Cookie über den Tresen, dann reihten wir uns vor dem Metalldetektor ein. Uniformierte überall. Grimmige Gesichter, Waffen im Anschlag, kampfbereite Schlagstöcke und gefühlt alle Augen auf mir. Meine Aufmerksamkeit blieb auf einer Wärterin mit strengem Zopf hängen, die unablässig Kaugummiblasen platzen ließ. Langeweile oder Stress?

Ihr Blick fiel auf mich. Schnell sah ich weg, doch zu spät. Angriffslustig hob sie das Kinn. „Hast du'n Problem? Noch nie 'ne Frau gesehen?"

Ich zwang mich, meine Augen gesenkt zu halten und mindestens zwanzig Erwiderungen herunterzuschlucken, die mich in Teufels Küche bringen könnten. Nie würde ich vergessen, wie Phoenix einmal nach zwei Stunden Autofahrt abgewiesen worden war, weil er sich mit einem Wärter angelegt hatte. Wenn Miss Bubblegum einen schlechten Tag hatte, hatte das nichts mit mir zu tun und war nicht mein Problem. Aber sie würde es zu meinem machen, wenn ich ihr auch nur den kleinsten Grund dafür lieferte. Weil sie die Marke trug und Marken in dieser Gesellschaft Macht bedeuteten.

Sauron hatte einen Ring gehabt, Gesetzeshüter hatten Marken. Leider war in Amerika noch kein Hobbit vorbeigekommen, um diese bigotte Weltordnung ins Feuer zu werfen.

Bubblegum ließ nicht locker, musterte mich von oben bis unten, und mein paranoides Hirn zählte die Sekunden, bis sie erkennen würde, dass auch ich einmal zu den Typen auf der anderen Seite dieser Gitterstäbe gehört hatte. Als würden Menschen, die mich nicht von klein auf kannten wie die Leute in Sweet Springs, nur den schmutzigen Straftäter sehen und nicht die Kindheitsträume, Potenziale und Ziele des Mannes dahinter. Als wären Straftäter keine Menschen.

Mehr Uniformierte wurden auf uns aufmerksam. Gerade, als ich glaubte, mich in eine der grauen Plastikboxen übergeben zu müssen, rief jemand den Namen meiner Mutter.

„Billie!"

Ein anderer nickte meinem Vater zu, noch jemand winkte ganz offen. Die gesamte Autofahrt über hatte ich mich gefragt, ob es die besten oder die schlimmsten Voraussetzungen waren, dass meine Eltern in den letzten vierzehn Jahren jede Woche hier gewesen waren. Offenbar waren es die besten. Jeder der sechs Uniformierten schien sie zu kennen und zu mögen, einschließlich Bubblegum. Moms Cookies taten ihr Übriges.

Gott, sie war zu gut für diese Welt. Zu gut für ihre Krankheit. Die Welt war nicht fair.

Ich war an der Reihe. Mit einer Lässigkeit, die ich nicht empfand, zog ich Gürtel, Armbanduhr und Schuhe aus.

„Da hat jemand Routine", kommentierte der Wärter, der uns am nächsten stand und dessen Namensschild ihn als Jim auswies. Er futterte bereits einen von Moms Keksen.

Ich breitete mit einem dümmlichen Grinsen die Arme aus, von dem ich wusste, dass es mich harmlos wirken ließ. Bingo: Er lachte und winkte mich durch. Ich verkniff mir einen überheblichen Blick zu Bubblegum und trat vor.

Und das Scheißding von Detektor piepte los.

Ich sah mich schon mit dem Gesicht auf den Boden gedrückt in Handschellen, aber Jim klemmte sich bloß mit einem Blick auf den Monitor den halben Keks zwischen die Zähne und griff ungeniert – jepp, Persönlichkeitsrechte gab man hier an der Garderobe ab – in meine Hosentasche.

Fuck.

„Waf Speziellef vor heute?", mampfte er, während er mir die beschissene Haarnadel vor die Nase hielt, mit der ich vor nicht einmal zwölf Stunden beschissene Handschellen geknackt hatte!

Sofort schaltete mein Gaunerinstinkt in den Überlebensmodus und ließ mich entwaffnend lächeln. „Okay, Folgendes: Du wirst es nicht glauben, Jim – darf ich dich Jim nennen? – Meine Freundin hat sich heute Nacht …"

„Ah, das ist meine!", ging meine Mutter dazwischen, die den Detektor bereits passiert hatte.

„… diese Haarnadel von meiner Mom geborgt", schwenkte ich nahtlos um, während ich meiner Mutter einen irritierten Blick zuwarf.

Jim achtete gar nicht mehr auf mich, sondern drehte sich mit dem Ausbruchswerkzeug in der Hand zu ihr um. „Brauchst du die noch? Soll ich sie für später verwahren?"

„Nein, wirf sie ruhig weg."

Und damit landete meine Chance auf Wiederholung von Handschellen-Sex mit Jade in der Tonne, in der ich diverse Nagelfeilen, Nähsets, Wasserflaschen, einzelne Zigaretten, Gläser mit Babynahrung und – Gleitgel? – erspähte.

Es war offiziell: Meine Mutter hatte mir nicht nur das Leben geschenkt, sondern auch das Leben gerettet. Und möglicherweise gab es nicht nur Arschlöcher unter Saurons Markenträgern der Macht.

„Also dann, wir sehen uns in einer Stunde. Viel Spaß!" Jim wischte sich die Kekskrümel von den Handflächen, tippte sich zum Gruß gegen die Stirn und wandte sich den nächsten Besuchern zu.

Ich wünschte, das wäre der schlimmste Teil meines Tages gewesen.

Es war tausendfach schlimmer, meinen ältesten Bruder wiederzusehen. Zum ersten Mal, seit ich vor zehn Jahren aus dem Gefängnis entlassen worden war. In das er mich gebracht hatte.

In den ersten Jahren danach hatte ich mich schlicht geweigert. Dann war vor sechs Jahren dieses Versicherungsding schiefgegangen und hatte mir die zweite Verurteilung auf Bewährung eingebracht. Wie sich herausgestellt hatte, durften Verurteilte auf Bewährung keine Insassen besuchen. Vielleicht hatte ich deshalb bei dieser Sache mit Anthony letztes Jahr so gehandelt, wie ich es getan hatte …

Tja, auch diese Bewährung war seit einem Monat und elf Tagen vorbei und mit ihr meine letzte Ausrede. Und, na ja, auch mein Bruder hatte nur einmal im Jahr Geburtstag.

Ich erwartete einen Spruch, ein spöttisches Lächeln, ein amüsiertes Kopfschütteln. Stattdessen wurde sein Blick von einer Fülle an Emotionen überflutet, bei der wir beide schwer schlucken mussten. Nach Mom und Dad schloss er auch mich in die Arme, dann hielten wir uns auf Armeslänge fest und musterten uns.

Knox sah … alt aus. Fältchen spreizten sich um seine grauen Augen, die Haut war ledriger, die rasierten Bartstoppeln weiß statt blond. Ein neues Tattoo verunzierte die Stelle unter seinem Ohr, die dicken, bläulich schwarzen Linien wiesen das Kreuz unwiderruflich als Gefängnis-Tattoo aus. Hier drinnen überlebensnotwendig, da draußen für immer ein Brandmal.

„Fuck …", war der überwältigende Wortreichtum, den ich hervorbrachte.

Das ließ ihn in typischer Knox-Manier grinsen. „Ich freue mich auch, dich zu sehen, kleiner Bruder."

„Große Töne für jemanden, der nur drei Jahre älter ist und heißt wie ein Goldreserven-Fort", fand ich nahtlos in unsere alte Debattierkunst, während wir uns auf die unbequemen Hocker setzten, die wie Tentakel eines Höllenkarussells direkt an den Tischen verankert waren. Phoenix war ganze fünf Jahre jünger als er und Boone sogar elf.

Und nein, die Namensverwandtschaft war leider kein Witz, denn Mom behauptete hartnäckig, unsere Namen verkörperten unseren Zeugungsort. Knox, das Fort im Westen, und Boone, der Nationalpark südlich von hier, leuchteten ein. Bei Phoenix war sich Dad bis heute nicht sicher, ob damit die Hauptstadt von Arizona gemeint war oder das Fabelwesen, weil er nach mir geboren worden war. Und die Story mit der Asche unseres Grandpas verdrängte ich lieber ganz.

Immer noch grinsend, lehnte sich Knox auf seinem Stuhlersatz vor. Es hätte lässig ausgesehen, wenn seine Linke nicht rastlos Kreise auf die Tischplatte malen würde. „Und das widerspricht jetzt welchem Teil meiner Aussage – *Kleiner*?“

Ich verdrehte die Augen.

Und schon waren wir wieder Brüder, die füreinander durch dick und dünn – und Gitterstäbe – gehen würden. So schnell ging das.

Ebenfalls viel zu schnell vergingen die sechzig Minuten, die er pro Woche jemanden sehen durfte. Vorausgesetzt, dieser Jemand qualifizierte sich als Besucher.

Wie viel Zeit ich zwischen Sturheit, Angst und Dummheit verloren hatte, obwohl Knox mein halbes Leben lang der wichtigste Mensch für mich gewesen war …

Wir redeten über Gott und die Welt – wobei hauptsächlich Mom, Dad und ich redeten, weil Knox' Welt derzeit eher begrenzt und Gott nicht sehr gesprächig war. Und nach fünfzig Minuten hatte ich das Gefühl, der drohende Abschied würde mir das Herz herausreißen.

Familie streift man nicht einfach ab wie ein altes T-Shirt, egal wie viele Löcher und Flecken es hat. Kurz glitten meine Gedanken zu Jade ab, die sogar ihre Karriere pausiert hatte, um Erinnerungen an ihre Mutter aus einem todgeweihten Haus zu holen. Und dann glitten meine Gedanken noch weiter ab.

„Denkst du gerade an eine Frau oder einen Jackpot?“, fragte Knox, dem noch immer nichts auf der Welt entging. „Du grinst wie ein beschissenes Honigkuchenpferd.“

„Phoenix ist der mit den Jackpots. Und ich grinse immer.“

„Nicht so." Seine sturmgrauen Augen huschten zur Uhr an der Wand, dann zu unseren Eltern. „Gebt ihr uns zehn Minuten?"

Ehe ich protestieren konnte, hatten sich meine Eltern verabschiedet, nicht ohne ihm vorher noch vier Schokoriegel aus dem Automaten zu ziehen. Sofort öffnete Knox einen davon, biss ab und legte genüsslich den Kopf in den Nacken, bis seine Tattoos unter dem Overall-Kragen hervorlugten.

„Ich hab gehört, du hattest vor zwei Monaten 'ne Anhörung."

Augenblicklich versteifte sich mein Körper, doch ich verzog keine Miene. Wenn meine Brüder und ich eines perfektioniert hatten, dann ein beschissenes Pokerface. Ja, vor etwas mehr als zwei Monaten hatte ich unten im Canyon den selbst für meine Verhältnisse dämlichen Einfall gehabt, einen Polizisten k. o. zu schlagen. Sinnlos zu fragen, woher Knox das wusste. Ebenso sinnlos, es zu leugnen. Selbst, wenn es dank der besten Freunde der Welt – Jax und Clay – nicht zu einer vierten Anklage gekommen war.

Knox schnippte träge gegen das Schokoriegelpapier auf dem Tisch. „Willst du mir sagen, warum du dich dauernd mit diesem Flachwichser anlegst?"

Ich tat, als müsste ich mich am Kinn kratzen, um einen flüchtigen Blick auf die zwei Uniformierten zu werfen, die die im Raum verstreuten Tischgespräche beobachteten. Klug von Knox, Zane Hopkins' Namen nicht laut auszusprechen. Man konnte nie wissen.

Dann lehnte ich mich über den Tisch. „Er hat ein beschissenes Gewehr auf Kinder gerichtet, okay?"

Knox knüllte verächtlich die Schokoriegelverpackung in der Faust. „Zu sehen, wie Typen wie er mit jedem Scheiß durchkommen, macht es einem schwer, an Karma zu glauben, was?“

Er sah sich in dem schmucklosen Raum um, und ich wusste, was er dachte: Er saß hier drin, weil er einen schmierigen Hehlerladen um ein paar ohnehin zwielichtige Einnahmen erleichtert hatte und nach einem Handgemenge durch einen dummen Zufall eine nicht registrierte Schusswaffe abgefeuert hatte.

Während sadistische Drecksäcke wie Zane Hopkins frei herumliefen, ohne jemals dafür belangt zu werden, Schusswaffen auf Unschuldige zu richten. Wann hatten sich die Begriffe Recht und Gerechtigkeit so weit voneinander entfernt?

Knox lehnte sich ebenfalls über den Tisch, bis ich die groben Stoppel auf seinen rasierten Wangen erkennen konnte. „Bau keinen Scheiß, Ash. In ein paar Monaten bin ich raus und kann dich hier drin nicht mehr beschützen, falls der Typ endlich ’nen Grund findet, dich wieder einzubuchten.“

Als ob du derjenige gewesen wärst, der mich damals beschützt hat.

Ohne meine stumme Anschuldigung zu registrieren, richtete sich Knox wieder auf und griff nach dem nächsten Schokoriegel. „Was macht das Baugeschäft?“

„Läuft.“

Seine Braue hob sich. „’ne halbe Million-mäßig gut?“ Das wusste er also auch? „Woher hast du so viel Geld?“

Ich stand auf. „Geht dich einen Scheiß an.“

„Setz dich, Ash.“

„Fuck you.“

Einer der Wärter wurde auf uns aufmerksam. Knox knipste ein breites Lächeln an, das ich nur zu gut aus dem Spiegel kannte, und hob unverfänglich eine Hand zum Gruß. Ich wandte mich zum Gehen.

„Wenn ich du wäre, würde ich Maddie von dem Haus fernhalten."

Ich erstarrte mitten in der Bewegung. Und für einen Sekundenbruchteil spielte ich im Kopf die Chancen durch, diesen Raum lebend zu verlassen, nachdem ich meinen Bruder erwürgt hätte.

Nein, entschied ich. Das war es mir nicht wert.

„Noch irgendeinen Pseudo-Rat?"

Er sah mir ernst in die Augen. „Ja. Hör endlich auf, den falschen Leuten zu vertrauen."

Ich schob den Unterkiefer vor und musste ein halbes Dutzend Erwiderungen herunterschlucken, die ich ihm nicht an den Kopf knallen wollte. Er hatte schon genug Scheiße am Hals.

„Happy Birthday, Knox."

Kapitel 21
Baustelle: Eltern haften für ihre Kinder

JADE

„Du gehst mir aus dem Weg."

Die Nachmittagssonne brannte heiß auf den Asphalt, als ich Ash am Montag vor meinem Haus abfing.

Es war eine Sache, nach dem besten Sex der letzten dreieinhalb Jahre in einem leeren Bett aufzuwachen. Es war eine völlig andere, den ganzen Tag neben dem eigenen Handy zu sitzen wie ein liebeskranker Teenager, der von seinem heißen One-Night-Stand geghostet wurde.

Ash war kein One-Night-Stand.

Ich war kein One-Night-Stand.

„Warum?", zog ich seine Aufmerksamkeit wieder auf mich, als sein Blick zu dem Haus ging, in dem ich aufgewachsen war.

Dort herrschte trotz der späten Nachmittagsstunde noch mehr Betrieb als letzte Woche. Das Dach war mit dicken, knallblau ummantelten Platten bedeckt, die wie fluffige

Matratzen aussahen, aber vermutlich Dämmung waren. Senkrechte Stäbe aus Stahl stützten den Dachstuhl und die Veranda. Die Tür war ein hässliches Stück Metall wie aus einer Industriehalle.

„Tue ich nicht." Sein Blick kehrte zu mir zurück und hielt mich in ernstem Azurblau gefangen. „Ich hatte bloß ein paar Dinge zu tun, die leichter zu erledigen sind, wenn nicht ständig neun von zehn Gehirnzellen damit beschäftigt sind, dich anzuschmachten oder in Gedanken auszuziehen."

Ich biss mir auf die Wangeninnenseite, um nicht zu lächeln, und reckte das Kinn. „Lügner. Du hättest auf meine Nachrichten antworten können."

Ash trat seinerseits einen Schritt vor, bis ich die feinen Lachfältchen um seine Augen sehen konnte. „Ich lüge nicht, das tut mein Kopf wirklich den ganzen Tag. Gerade sind es sogar zehn von zehn Gehirnzellen."

„Hör auf, so entwaffnend süß zu sein, wenn ich dich zur Rede stellen will. Du weißt, dass ich nicht diesen Teil deines Satzes meinte."

Er hielt meinem Blick stand, doch seine Körperspannung veränderte sich. Und da wusste ich, dass ich recht hatte.

Entgegen meinen neckischen Behauptungen gehörte Unehrlichkeit wirklich nicht zu Ash Crawfords Schwächen. Wenn er log, dann aus Loyalität. Wem gegenüber?

„Geht es um Knox?"

Keine Reaktion.

Zum Teufel mit seinem Pokerface. Ich griff nach seiner Hand. „Rede mit mir, Ash."

Jetzt verzogen sich seine Lippen zu so etwas wie einem Lächeln. „Nicht, wenn das Risiko besteht, dass du wieder gehst."

„Nachdem du mich buchstäblich mit deinem Clint-Eastwood-Telefonat gegenüber Cassandra gezwungen hast, hierzubleiben? Ich denke, du hast mich wohl eine Weile an der Backe. Ganz zu schweigen von dem Goldie-Bennett-Video –"

Ich unterbrach mich, als ein Wagen mit knirschenden Reifen neben uns auf den Bordstein holperte – und Ashs gesamte Körpersprache in den Alarmstufe-Rot-Modus wechselte.

Ich brauchte einen Moment, um den untersetzten Mann einzuordnen, der sich schwerfällig aus dem Wagen hievte.

„Hopkins." Ashs Stimme klang wie ein Knurren. „Hast du dich auf dem Weg zum nächsten Donut-Shop verfahren?"

„Für dich immer noch *Deputy* Hopkins. Und spar dir die dummen Sprüche für den Knast auf, wo die Leute denselben IQ haben wie du und darüber lachen können." Zane Hopkins trat auf uns zu und reckte das Kinn in die Höhe, woraufhin erst der absurde Größenunterschied zwischen ihm und Ash deutlich wurde. Mich ignorierte er völlig, während er das Haus inspizierte. „Ich schulde Devin was, deswegen hast du zehn Sekunden, dich strafmindernd schuldig zu bekennen, bevor ich dich wegen illegalen Waffenbesitzes, Schmuggel und Hausbesetzung festnehme."

Jemand stieß einen entsetzten Laut aus. Ich!

„Bitte, was? Spinnst d–?"

„Und welche Beweise hast du dafür?", unterbrach mich Ashs Stimme und warnende Berührung am Handgelenk. „Denn auch wenn ich deinen Erfindergeist loben muss, ist das die dümmste Anschuldigung, die ich je von dir gehört habe."

Wieder nickte Zane Hopkins zum Haus. „Alle Beweise, die ich brauche, sind da drin, und ich habe das hier."

Er zog ein Handy aus der Brusttasche, aktivierte die Kamerafunktion und machte Anstalten, sich an uns vorbeizudrängen. Ash trat ihm erneut in den Weg.

„Und hast du zufällig auch einen Durchsuchungsbefehl in deiner Zaubertasche?“ Ash deutete hinter sich auf das Warnschild am Zaun: „Für alle, die nicht lesen können: Das hier ist Privatbesitz, und Unbefugten ist das Betreten der Baustelle verboten. Außer natürlich, du hast einen Erziehungsberechtigten, der für dich haftet.“

„Ash!“, zischte ich. War er lebensmüde?

Glücklicherweise ging Zane nicht auf die Beleidigung ein. „Netter Versuch, Crawford. Aber das ist nicht dein Haus.“

Ich öffnete den Mund, um zu widersprechen, doch Ashs mahnende Berührung ließ mich innehalten. „Was, wenn ich's gekauft hab?“

„Was, wenn du'n Haufen Scheiße erzählst?“, konterte Hopkins. „Ich hab im Grundbuch nachgesehen. Das Haus gehört Maddie. Und sie wäre unten in Nashville sicherlich nicht begeistert davon, dass du das Haus ihrer Momma als Schmugglerlager verwendest, nur weil du sie mal gefickt hast. Wie wär's also, wenn –“

„Was zur verfickten Hölle, Hopkins?“ Ich konnte nicht anders, jetzt explodierte ich doch, und gestikulierte dabei so heftig, dass ich Ashs Hand wegschlug. „*Sie* steht direkt neben dir, und ihre Momma würde dir den Mund mit Seife auswaschen, wenn sie gehört hätte, was du gerade gesagt hast. Und zu deiner Information: Ich war erst vorgestern in dem Haus. Darin befindet sich bloß ein Haufen Gerümpel und ganz sicher kein Schmugglerlager. Und das sage ich nicht, weil *ich* Ash gefickt habe. Zuletzt heute Morgen – nicht, dass dich das etwas angehen würde. Aber danke für deine Fürsorge, du kannst jetzt wieder die echten Verbrecher dieser Stadt jagen."

Zwei Männer starrten mich geschlagene zehn Sekunden lang an. Ich ignorierte die Hitze, die mir ins Gesicht stieg, als ich Ashs unterdrücktes Grinsen aus dem Augenwinkel sah, und fokussierte mich vollkommen auf Zane Hopkins. Der untersetzte Deputy glotzte wie ein kaputtes Auto, musterte mich vom Scheitel bis zu den staubigen Boots und wieder zurück.

„Maddie?"

„Na, sicher nicht die First Lady."

Ash hüstelte. „Stimmt, die würde nicht so fluchen."

Mein Blick könnte meinen Ex glatt lebendig rösten. Er hob mit diesem verflucht hinreißenden Lächeln kapitulierend die Hände.

Zane indes blinzelte mehrfach. „Hätte dich glatt nicht erkannt. Auf den Fotos siehst du ganz anders aus."

Ugh. Ich wollte mir nicht vorstellen, wie Zane Hopkins Fotos von mir ansah. Ash schien es genauso zu gehen, denn jetzt schob er mich in Richtung Baustelle.

„Tja, war nett, mit dir zu plaudern, Hopkins. Aber die Besitzer dieser völlig legitimen Baustelle müssen jetzt leider weiterarbeiten."

ASH

„Wir müssen reden, Ash!"

„Oh ja, das müssen wir." Ich vergewisserte mich mit einem Blick über die Schulter, dass Zane „Arschgesicht" Hopkins wieder weggefahren war, dann grinste ich Jade an. „Wir hatten heute Morgen Sex? Wo, wie oft, und wieso weiß ich nichts davon?“

Sie stieß mir unwirsch gegen die Brust. Natürlich war mir klar, dass sie das bloß gesagt hatte, um ihre kleine Ansprache ein wenig dramatischer auszugestalten. Sie war eben eine Storytellerin, und sie war verdammt gut darin. Sie verdiente allen Erfolg dieser Welt.

Knox’ Warnung kreiste wie ein Schwarm Aasgeier über meinen Gedanken. Vielleicht sollte ich zur Abwechslung wieder auf meinen älteren Bruder hören und Jade von dem Haus fernhalten.

„Schmugglerlager?!“

Das Grinsen fiel aus meinem Gesicht, weil ich plötzlich Galle schmeckte. Ich verfluchte Hopkins in Gedanken, aber das würde seine Worte auch nicht ungeschehen machen. Natürlich hatte er nichts in der Hand, aber Gerüchte, kombiniert mit Vorurteilen, waren schlimmer als jede Wahrheit. Einmal Straftäter, immer Straftäter.

„Jade …“ Ich zog sie zur Seite, damit Sparks an uns vorbei das Haus betreten konnte. Er nickte mir knapp zu.

Jade machte sich unwirsch los, ihre Augen sprühten grünes Feuer. „Hast du hier ein Schmugglerlager, ja oder nein?“

Ich starrte in ihre aufgerissenen Augen, sah die Wut darin, die Angst, die Enttäuschung. Und etwas in mir zerbrach.

Es war eine Sache, wegen diesem Gerücht von meinem großen Bruder verdächtigt zu werden, der die letzten vierzehn Jahre unter Lügnern und Betrügern verbracht hatte. Oder von Zane Hopkins, dessen Doppelmoral selbst pädophile Priester in den Schatten stellte.

Aber der Gedanke, dass Jade mir nicht glauben könnte, schnürte mir die Brust zu, bis ich nicht mehr atmen konnte.

„War deswegen das Wasser angestellt? Schläfst du deswegen auf der Matratze in meinem Zimmer?", bohrte sie weiter. Diese Frau war so verflucht clever. „Wolltest du deswegen das Haus ersteigern, wo du doch die ganze Zeit wusstest, dass es leer stand und wo der Schlüssel war?"

„Jade", unterbrach ich sie, bevor sie sich in ihre eigene Fantasie hineinsteigern konnte, und sah ihr drängend in die Augen. „Ich schwöre dir, ich schmuggle nichts. Das Illegalste, was in diesem Haus vorgeht, sind die Überstunden, die die Jungs schieben, um schneller fertig zu werden. Ich schwöre es!"

Nein, ich schwor es nicht, ich bettelte. Bei Gott, ich war nur einen Wimpernschlag davon entfernt, auf die Knie zu fallen wie ein Sünder vor dem Herrn.

Jades Lippen schürzten sich unzufrieden – aber verdammt sexy –, während sie mein Gesicht musterte. Das Warten auf ihren Urteilsspruch war schlimmer als jede Gerichtsverhandlung.

„Wenn du mich verarschst, mache ich dir die Hölle heiß."

Ich schluckte. Erleichterung fühlte sich anders an, aber ich würde mit dem arbeiten, was ich bekam.

„Also schläfst du bloß hier, weil du kein Zuhause hast?", spann sie ihre Beobachtungen weiter.

„Achtung, Lieferung. Heiß und fettig! Nicht im Weg herumlungern, das hier ist eine Baustelle. Frauen und Kinder aus dem Weg. Und ja, damit seid ihr zwei Herzchen gemeint."

Ich schickte ein Dankgebet zum Himmel für Mason Hawthorne, der nicht zum ersten Mal zur richtigen Zeit am richtigen Ort war. Jade machte dem bärtigen Brummbären Platz, dank dem ich das Gefängnis überlebt hatte. Mason grinste schief und zwinkerte mir zu.

„Alles fit, Grünschnabel?"

JADE

Ich blinzelte auf die breite Brust des Mannes, der sich mit der Flinkheit einer Katze zwischen uns geschoben hatte. Beachtliche Leistung angesichts der Tatsache, dass er ein halbes Dutzend Takeaway-Tüten in den tätowierten Armen hielt. Irgendwie schaffte er es, eine Pranke zu befreien und mir hinzuhalten. „Freut mich, dich endlich kennenzulernen, Darling. Mason ist der Name. Hier, Kumpel, bring die mal rein."

Er wuchtete die Tüten in Ashs Arme, der überraschend widerspruchslos im Haus verschwand, nicht ohne mir zuzuraunen: „Du kannst ihm vertrauen, Jadie."

Also musterte ich Mason. Er mochte Anfang vierzig sein, war nur einen Kopf größer als ich und mindestens doppelt so breit, obwohl ich nicht abschätzen konnte, ob seine Körperfülle aus Fett oder Muskeln bestand. Ich schätzte auf eine Mischung aus beidem. Der Ansatz von Tattoos lugte unter seinem Kragen und Ärmeln hervor, unsauber gestochen und in dieser typisch bläulichen Farbgebung, die man sich freiwillig nur an einem Ort der Welt stechen ließ. Er war also ebenfalls im Gefängnis gewesen. Fragte sich nur, wann und mit wem?

„Und bist du ein Freund von Ash oder von Knox?"

Überraschung flackerte über sein Gesicht, dann ein träges Grinsen. „Sehe ich aus, als ob ich auf jemanden schießen würde?"

Jetzt verschränkte ich die Arme vor der Brust. Knox war kein Kavalier, aber er war kein Schwerverbrecher. „Du gehörst also auch zu den Mitläufern, die alles glauben, was man ihnen sagt? Zufällig kannte ich Knox mal ziemlich gut, und ich glaube nicht, dass er das getan hat."

Jetzt schüttelte Mason amüsiert den Kopf. „Kein Wunder, dass Ash dich mag. Dasselbe vorlaute Mundwerk, dieselben Gutmensch-Träume." Bevor ich nachfragen konnte, was genau er meinte, drückte er die Stahltür ins Innere auf. „Darling, ich geb dir denselben Rat wie ihm vor eineinhalb Jahrzehnten: *Du* darfst nicht alles glauben, was man dir sagt. Egal, wie gut du jemanden zu kennen glaubst, du kannst allen Menschen nur bis zur Stirn gucken. Die Leute sagen das eine und tun das andere. Die Kunst ist, rauszufinden, ob die Wahrheit das ist, was sie *sagen*, oder das, was sie *tun*."

Diese Lebensweisheit traf mich wie ein Tritt in den Magen. Nur kurz grübelte ich, ob das nur auf Knox zutraf, oder auch auf Ash. Denn dann fiel mir auf, dass es vor allem auf mich zutraf.

Ich präsentierte mich als Darling, während ich in Wahrheit ein einfaches Mädchen vom Land war. Ich gab wohlartikulierte Floskeln von mir, wo eigentlich derber Humor und schmutzige Wahrheiten lebten. Das Einzige, das nicht gelogen war, war meine Liebe zur Countrymusik und mein Wille, die besten Songs zu schreiben.

„Heute noch, Darling?"

Masons Papabär-Grinsen riss mich aus meiner Starre. Hinter ihm balancierte ich über die Planke, die immer noch über der Türschwelle lag, obwohl der Container bereits verschwunden war. Augenblicklich empfing uns das zweite Riff von AC/DCs „*Back in Black*" in voller Lautstärke. Wow, ein Honky Tonk war nichts gegen die dröhnenden Basswellen in meinem alten Haus ... das völlig verändert aussah.

Verblüfft sah ich mich um.

Überall standen senkrechte Metallstreben, um die Decke zu stützen, die nicht mehr eineinhalb Meter über meinem Kopf schwebte, sondern in Form freigelegter Dachbalken in knapp vier Metern Höhe. Ein Gerüst an der gegenüberliegenden Wand zeugte noch von den Abbrucharbeiten, die erst heute abgeschlossen worden sein mussten. Das Wohnzimmer war offen einsehbar, die Wand zwischen Küche und Bad war nicht mehr an der Stelle, wo sie vorher gewesen war. Und überall liefen Leute herum, mehr als letzte Woche, mindestens ein Dutzend. Bloß ein Blick zur Kellertreppe verriet, dass davor immer noch heilloses Durcheinander herrschte. Holzplatten und Mörtelsäcke stapelten sich vor der Kellertür. Auf meine Kisten mit Moms Sachen musste ich wohl noch eine Weile verzichten.

Mason ging geradewegs zur Stereoanlage und pausierte die Musik. Die plötzliche Stille war verstörend, als hätte jemand die Luft aus dem Raum gesaugt. Musik war Leben.

Bis Mason laut rief: „Essen fassen und dann ab nach Hause!"

Kreissägen verstummten, Hammerschläge verklangen. Jeder unterbrach, was er gerade tat, und scharte sich um den Küchentisch, auf dem Mason den Inhalt der Tüten ausbreitete. Ich sah Owen, diesen dünnen Typen, den alle Sparks nannten, und Anthony, der mir begeistert zuwinkte. Doch ich sah nicht Ash. War er gegangen?

„Echt cool, was wir schon geschafft haben, was?" Anthony gesellte sich zu mir, einen Burger in der Linken, und deutete auf die nackten Wände und den ruinierten Boden. „Als Nächstes werden die Fenster montiert und die Wände verputzt, der Boden kommt als Letztes dran."

Mich beeindruckte, mit welcher stolzen Selbstverständlichkeit er das sagte, obwohl er kaum älter als achtzehn sein konnte.

„Machst du das schon lange?", fragte ich, während ich mit der Stiefelspitze einen besonders tiefen Kratzer im Holz nachfuhr.

„Häuser renovieren?" Ich nickte, und er kippte lachend vornüber. „Nee, ganz sicher nicht! Erst seit Ash."

„Du machst eine Ausbildung bei ihm, oder?"

Kopfschüttelnd stopfte er sich den letzten Rest Burger in den Mund, woraufhin dieser zu voll zum Antworten war. In dem Moment kam Mason dazu, drückte mir einen Burger in die Hand und packte Anthony am Nacken wie ein Kater sein Junges. „Annie-Boy, geh der Lady nicht auf die Nerven und sieh zu, dass du nach Hause kommst. Du bist heute sicher schon mehr als zehn Stunden hier, oder nicht?"

Anthony wand sich aus Masons Griff, richtete seine stahlverstärkte Cap und stibitzte noch einen Burger vom Tisch, bevor er mit einem Abschiedsgruß die provisorische Stahltür aufriss.

Mason nickte zu dem Burger in meiner Hand. „Der ist für dich."

„Ich bin nicht hungrig", log ich, obwohl der Duft überwältigend war. „Ich denke, ich werde den hier zu Ash bringen."

Mit einem abermals flinken Satz stand Mason plötzlich neben mir. „Darling. Wieso isst du nicht den Burger und dann bringe ich dich nach Hause?"

Ich verengte die Augen. *Worte und Taten, ja?*

Seine überfürsorglichen Worte passten jedenfalls nicht zu seiner angespannten Körpersprache. Prompt verlagerte ich meinen Blick auf einen Punkt hinter ihm und riss überrascht die Augen auf.

„Wer ist der Typ, der da gerade nackt auf dem Tisch tanzt?"

Mason wirbelte herum – und ich marschierte los.

Kapitel 22
Worte und Taten

JADE

Ash war nicht in meinem alten Zimmer, das immer noch einer Abstellkammer mit Schlafmatratze glich, sondern im früheren Schlafzimmer meiner Mutter am Ende des Flurs. Bereits beim Eintreten wusste ich nicht, was spektakulärer war: der neue bodentiefe Durchbruch für eine Terrassentür auf der Rückseite des Hauses. Oder der Mann, der auf einer Leiter balancierte und mit konzentrierten Bewegungen Deckenleisten maß, wobei er in regelmäßigen Abständen Striche mit einem Bleistift setzte, den er sich zwischen die Zähne schob, wenn er seine Position ändern musste.

Sein Hintern sah in dieser Arbeitshose verboten sexy aus. Ganz zu schweigen davon, dass sie tief genug saß, um einen Streifen gebräunter Haut und jede Menge Fantasien freizulegen.

Ein paar Sekunden lang stand ich nutzlos da und schmachtete meinen Ex an, der mir immer noch eine Antwort schuldete.

Dann platzte Mason hinter mir herein, und Ash drehte sich um. Ich stellte mich auf Unwillen oder Resignation ein, vielleicht auch sein Markenzeichengrinsen, mit dem er stets seine Gefühle versteckte.

Ich war nicht vorbereitet auf dieses völlig ausdruckslose Pokerface, als er lässig von der Leiter sprang und das Kinn in Masons Richtung hob. „Ist okay, Bro."

Mason zog die Tür zu, eine Sekunde später waren Ash und ich allein. Wir beide und die angespannte Stille, die mir die Luft zum Atmen nahm. Ich wollte mich nicht streiten, nicht mit Ash.

„Wirst du es mir erzählen?"

Ash schnaubte bloß, nahm die Cappy ab, fuhr sich durch die Haare und setzte sie falsch herum wieder auf, wodurch er aussah wie der sechzehnjährige Draufgänger, an den ich damals mein Herz verloren hatte. Doch der Schalk in seinen Augen war jetzt von Schmerz überlagert, das Feuer war Frust gewichen, und über der damaligen Abenteuerlust lag … Angst?

Sein Anblick schnitt mir so tief ins Herz, dass ich unwillkürlich einen Schritt nach vorn machte. Er ließ zu, dass ich eine Hand auf seine Brust legte, dann an seine Wange. Seine Haut war weich, seine rasierten Stoppel kaum fühlbar.

„Geht es dir gut?"

Ich spürte das Gewicht seiner Seele in meiner Handfläche, als er für einen Moment den Kopf senkte und die Augen schloss. Er schien mit sich zu ringen, und ich ahnte, wie schwer es ihm fiel. Ash hatte schon immer alles Schlechte mit sich selbst ausgemacht und nur dann geredet, wenn es andere entweder zum Lachen oder zur Weißglut brachte. Niemals, wenn es andere traurig machen könnte.

Ich hoffte, nein, ich *wollte*, dass er mir genug vertraute, um alles mit mir zu teilen. Das Gute und das Schlechte.

Dann jedoch straffte er sich, drehte die Cappy wieder richtig herum und setzte ein so schelmisches Grinsen auf, dass mein Herz schwer wurde. „*Gut* ist ein ziemlich dehnbarer Begriff. Ein Freund zum Beispiel würde einen Anwalt anrufen, wenn du im Knast landest. Ein *guter* Freund würde in der Zelle nebenan sitzen und sich mit dir zusammen kaputtlachen."

Gegen meinen Willen musste ich lachen, und spürte gleichzeitig mein Herz brechen. „Hör auf damit! Sei ehrlich zu mir."

Er schüttelte den Kopf. Und dann brach sich eine regelrechte Lawine viel zu lang angestauter Gefühle Bahn: „*Ich* bin unehrlich und soll aufhören? Ich bin nicht hier aufgekreuzt, obwohl ich gerade in Nashville in den Country-Himmel aufsteigen sollte. Wo wir gerade dabei sind: Ich bin auch nicht bei der erstbesten Gelegenheit aus meiner Heimatstadt abgehauen und scheiß auf die Gefühle anderer. Ich sage nicht Dinge, die ich nicht so meine, bloß um Leuten zu gefallen, die ich nicht kenne. Und vor allem verlange ich nicht von anderen, woran ich mich selbst nicht halten kann. Wenn du mir etwas sagst, dann glaube ich dir das. Es wäre schön, wenn du mir auch glauben würdest."

Die Präzision seiner Worte durchbohrte mich wie grausame Messerstiche. Er hatte recht. Wie konnte ich von ihm erwarten, ehrlich zu sein, wenn ich es selbst nicht war? Weder zu ihm noch zu mir selbst – und erst recht nicht gegenüber der Welt.

„Ich bin immer noch dieselbe, Ash." Seine Augenbraue wanderte in die Höhe. Gut, das war eine dieser leeren Bullshit-Floskeln, die Cassandra mir eingetrichtert hatte. Also änderte ich meine Taktik und sagte etwas zutiefst Ehrliches: „Hör zu, ich wünschte, ich könnte etwas Selbstloses, Mutiges oder Kluges sagen. Dass ich all das für uns getan hätte, dass ich dich nicht jeden Tag vermissen würde, dass du recht hast und ich besser aufhören sollte –"

„Ich habe nie gesagt, dass du aufhören sollst", ging er dazwischen.

„Lass mich ausreden, Ash! Dass ich aufhören sollte, mich zu verstellen für einen Traum, den nur eine Lügenversion von mir lebt. Aber das kann ich nicht. Ich bin nicht selbstlos, ich bin nicht mutig. Wäre ich mutig, würde ich den Leuten nicht vorspielen, jemand zu sein, der ich nicht bin. Wäre ich selbstlos, hätte ich dich nicht verlassen. Und wäre ich … *Fuck …*" Meine Stimme versagte, meine Sicht verschwamm. „Was kann ich sagen, damit du mir glaubst?"

Ashs Hände tasteten nach meinen Hüften, und als wäre ich ein Magnet, sank ich gegen seinen Körper. „Du könntest zugeben, dass du mich immer noch liebst, und beschließen, für immer hierzubleiben", schlug er grinsend vor. „Aber für den Anfang reicht auch eine Entschuldigung."

Unfähig, mit der Gefühlsflut umzugehen, die seine Worte auslösten, floh ich erneut in den Angriff. „Ich … Du … Du kannst froh sein, dass ich dir nicht den Kopf dafür abreiße, dass du hinter meinem Rücken das Haus meiner Mutter kaufen wolltest oder unter falschem Namen meine Managerin angerufen hast. Oder, dass du ständig zu glauben scheinst, dass es mich besänftigt, wenn du dich vor mir ausziehst oder mich mit deinem blöden Grinsen einlullst. Ich finde, du … was tust du da?“

„Deine Behauptung überprüfen.“ In einer fließenden Bewegung streifte er die Cap ab und das Shirt über seinen Kopf. Und natürlich grinste er dabei dieses unverschämt breite Grinsen, wodurch ich genau zwei Optionen hatte: Meine Behauptung bestätigen, indem ich mich von seinen Grübchen einlullen ließ – oder meine Behauptung bestätigen, indem ich seine nackten Bauchmuskeln anschmachtete. Ich hasste ihn.

Ash schob einen Finger unter mein Kinn. Seine Augen blitzten, seine Mundwinkel zuckten amüsiert. „Kommt da noch was, oder war das die Entschuldigung? Wenn ja, ist es die lausigste, die ich jemals von jemandem gehört habe, der mit Worten sein Geld verdient.“

Ich wollte lachen, wollte weinen, wollte widersprechen.

„Du bist furchtbar!“, quengelte ich.

„Nein, *du* bist furchtbar“, raunte er und senkte den Kopf, um mir tiefer in die Augen zu sehen. „Furchtbar egoistisch. Furchtbar schlecht mit der Wahrheit und Manieren. Und furchtbar in mich verliebt.“

Mein Lachen klang wie ein Schluchzen, während ich schuldbewusst nickte.

Sein Griff um mein Kinn wurde fester.

„Sag es.“

Meine Unterlippe zitterte. Seine Nase strich über meine.

„Sag es, Babycake.“

„Ich … *Fuck* …“

„Das andere.“ Schalk blitzte in seinen azurblauen Augen und … verdammt, wem machte ich hier eigentlich etwas vor?

„Ich liebe dich, du eingebildeter Idiot.“

Ash grinste breit. „Ich weiß."

„*Das* ist deine Antwort? Du bist unm…!" Er erstickte meine Empörung an seinen grinsenden Lippen, verschluckte sie mit seinem lachenden Kuss, verschlang sie mit seiner zärtlichen Zunge. Hob mich hoch und setzte mich auf die abgeklebte Fensterbank, schlang sich meine Beine um die Hüften und küsste mich, küsste mich, küsste mich.

Als uns beiden die Luft ausging, wanderten seine Lippen tiefer über mein Kinn, meinen Hals, streiften meinen Shirtträger ab und küssten meine Schulter.

„Was tust du da?", hauchte ich atemlos, während meine Hände wie von selbst über seine Schultermuskeln glitten.

„Dir zeigen, woher ich das weiß. Dein Mund hat vielleicht diese lästige Angewohnheit zu lügen, aber dein Körper lügt nicht."

Schon schoben seine Hände mein Shirt nach oben, strichen über die Außenseite meiner Rippen. Und ich begriff: Mein Tattoo. Natürlich.

„Weißt du, ich habe mich geirrt: Ich hasse dich doch."

Er grinste. „Tust du nicht."

„Vielleicht habe ich ja vorhin auch gelogen?"

„Halt den Mund und genieß die Show, Jadie." Damit hob er meine Hüften an und zog die Leiter heran, um mein linkes Bein darauf abzustellen. Zwischen Lust und Entsetzen sah ich zu, wie er meine Shorts aufknöpfte und über meinen Hintern streifte, bevor er sich mein rechtes Bein über die Schulter legte.

„Hier?", keuchte ich, denn mir war allzu deutlich bewusst, wie voll das Haus war. „Jetzt?"

„Hast du andere Pläne?"

Jeder Plan, den ich gehabt hätte, löste sich in Luft auf, als Ash zwischen meinen Beinen auf die Knie ging.

„Du könntest dir wenigstens vorher die Hände waschen", hauchte ich in dem schwachen Versuch, die eindeutige Reaktion meines Körpers zu überspielen. Mason hatte recht, Worte und Taten waren zwei völlig unterschiedliche Dinge.

Ash sah zu mir auf. „Baby, ich brauche keine Hände."

Prompt demonstrierte er mir, wie gut es sich anfühlte, wenn unsere Worte und Taten übereinstimmten, indem er eine Spur aus heißen Küssen auf der Innenseite meiner Schenkel platzierte. Atemlos vor Entzückung rutschte ich weiter nach vorn und gab mich dem Verlangen hin.

Da klingelte mein Handy. Ash knurrte an meiner Haut, als ich es aus der lose an meinem Knöchel baumelnden Jeans zog.

„Mist, warte kurz, das ist Cassandra."

„Vergiss es."

„Ash!"

„Tick-Tack, Darling. Wie gut kannst du dich wirklich verstellen?" Seine Lippen näherten sich meinem Zentrum. Das Handy klingelte weiter. Verdammt!

Hastig ging ich ran. „Ja?"

Scheiße, klang ich atemlos.

„Ich bin's", sagte Cassandra nüchtern. „Störe ich?"

„Nein?"

Himmel, war das etwa eine Frage?

Egal, was es war, Ashs Zunge gab mir die Antwort darauf. Ich sog scharf die Luft ein. Meine Finger verkrallten sich in seinen Haaren, zogen daran, obwohl ich ihn enger gegen mich pressen wollte.

„Nein, du störst nicht!", japste ich. „Was gibt's?"

„Ich habe zwei gute und eine schlechte Nachricht. Welche willst du zuerst?“

„Die guten!“, keuchte ich in der Hoffnung, dass die Laute, die sich in mir aufbauten, dazu eher passen würden.

„Ich konnte das Problem mit Goldies Agenten klären, sie werden das Video offline nehmen und eine Presseerklärung rausgeben.“

Ich schnappte nach Luft, als Ashs Zunge meine Klitoris umspielte. „Heilige Scheiße!“

„So kann man es auch sagen. Die zweite gute Nachricht: Jimmy Theroux hat mich gestern angerufen. Der Name sagt dir etwas?“

Ich hatte keine Ahnung, wer Jimmy Theroux war, aber ich war mir absolut sicher, dass ich das hier keine zehn Sekunden mehr überstehen würde. „Bitte …“, flehte ich gleichermaßen Ash an, seine bittersüße Folter zu beenden, als auch Cassandra, mich aufzuklären. „Ich brauche mehr … *Details*“, ergänzte ich und drehte das Handy nach oben, damit Cassandra hoffentlich nicht mein lustvolles Wimmern hören konnte.

„Jimmy Theroux ist der New Talent Acquisitions Manager von Southern Hill Records. Bobby hat ihnen etwas von dir zugespielt. Offenbar funktioniert, was auch immer du gerade mit ihm tust. Sie prüfen die Option, ein Album von dir zu veröffentlichen.“

Mir entwich ein Schrei, der sich fast wie atemloser Jubel anhörte. Ashs Zunge zuckte jetzt in kurzen, harten Stößen. „Das … ist … göttlich!“

„Sicher, dass es dir gut geht, Jade? Was treibst du da?“

Was treibt *dieser Mann* mit meinem Verstand?

„Sport!“, keuchte ich. Ashs stummes Lachen vibrierte bis tief in mein Innerstes und schickte mich fast über den Abgrund. Ich würde alles dafür tun, ihn jetzt in mir zu spüren.

„Oh, sehr gut. Immer schön auf die Taille achten.“ Cassandra schien besänftigt. Ich krallte die Finger in Ashs Haare, er erhöhte sein Tempo. „Zurück zum Vertrag. Sie wollen mindestens zwölf Songs und haben auch schon eine konkrete Vorstellung. Ich habe ihnen zwei Songtexte geschickt, die gerade bei dir rumflogen, und –“

Ich bäumte mich stöhnend auf. „Was? Aber ...“ Mein Orgasmus war zum Greifen nah, ich konnte nicht mehr klar denken. „Ich brauche ... mehr Zeit.“

Wie aufs Stichwort verlangsamte Ash seine Bewegungen und ließ mich kurz vor der Erlösung zappeln wie einen übermütigen Welpen am ausgestreckten Arm. Wenn ich das hier überlebte, würde ich ihn umbringen.

„Papperlapapp. Kennst du den Unterschied zwischen Amateuren und Profis? Profis liefern unter Druck ab. Außerdem hast du ja einen gewissen erfahrenen Country-Star an deiner Seite, nicht wahr? Du hast offiziell meine Erlaubnis, dich mit Bobby in der Öffentlichkeit zu zeigen. Wie wär's mit der Premiere deiner Maxi-CD?“

„Ich ... Oh mein Gott ... ich ... was?“

Ich wünschte, ich hätte mehr mitbekommen, aber ihre berauschenden Worte waren nichts im Vergleich zu dem, was Ashs Zunge gerade veranstaltete. Ich schob das Becken vor und bewegte mich schamlos auf seinem Gesicht.

„Die schicken uns morgen sechs Instrumentals als Basis zu, auf die du texten sollst. Schaffst du das in vier Wochen?

Lieber drei, dann können wir das Album eintüten und als Promo nutzen, bevor deine Maxi-CD erscheint."

„Ich … o Gott, ja. JA!"

„Ein Träumchen!" Cassandras Tonlage wechselte von Geschäftsfrau zu Kanarienvogel, während ich in meinen Unterarm biss, um meinen Orgasmus nicht meiner Managerin ins Ohr zu schreien.

„So, jetzt zu den schlechten Nachrichten: Was zur Hölle, Jade? Du hast ein Haus gekauft?"

Noch nie hatte sich die explodierende Ekstase in meinem Unterleib so schnell in Asche verwandelt. „Was?" Erschüttert richtete ich mich auf – und verlor fast das Gleichgewicht. Sternchen tanzten vor meinen Augen. Ash, dessen Blick schlagartig ernst wurde, stützte mich, während er sich aufrichtete. Ich konnte den Anblick seiner glänzenden Lippen nicht so genießen, wie ich gerne gewollt hätte.

„Nine Chapel Lane, Sweet Springs, Kentucky", zitierte Cassandra die Adresse, an der ich mich in diesem Augenblick befand.

Scheiße …

Ash musste meine Anspannung spüren, denn er schob mit untypischem Ernst die Shorts meine Beine hinauf und knöpfte sie zu.

„Was zum Teufel hast du dir dabei gedacht?", zerriss die Stimme meiner Managerin den innigen Moment. „Ich wäre fast aus allen Wolken gefallen, als ich heute das Schuldschreiben aus deinem Briefkasten geholt habe. Wie kommst du dazu? Ich hatte diese Angelegenheit extra für dich geklärt und in deinem Namen auf das Erbe verzichtet!"

Und in diesem Moment wurde mir mit voller Wucht bewusst, dass diese Frau seit zwei Jahren über mein Leben bestimmte. Heiße Wut erfasste mich, doch ich schluckte sie hinunter und besann mich auf Evelyns Höflichkeitsformel.

„Ich verstehe, dass du aufgewühlt bist, Cassandra, und es tut mir leid, dass ich dich nicht informiert habe. Aber du hättest mich ebenso informieren müssen, du kannst nicht einfach –“ Ich hielt die Luft an, bevor ich doch noch explodieren konnte. Ashs Hände strichen beruhigend über meine Haut, wie um mir stumm zu versichern, dass er da war. Wenn ich ihn noch nicht geliebt hätte, wäre ich ihm spätestens jetzt verfallen. „Das ist das Haus meiner Mutter, und es enthält die letzten Erinnerungen, die ich noch an sie habe. Ich versichere dir, ich werde die Schulden begleichen.“

Ash nickte grimmig. Sein Rückhalt bedeutete mir in diesem Moment die Welt.

Noch eine kurze Stille, dann: „Das will ich hoffen, Jade.“ Erleichtert ließ ich mich gegen Ashs Brust sinken, sodass er die nächsten Worte überdeutlich hören konnte: „Solange deine Finanzen nämlich über meinen Tisch gehen, schulde ich dem Staat Kentucky achtzigtausend Dollar, und es wäre schön, wenn das bis zur nächsten Quartalsabrechnung geregelt wäre, weil ich ansonsten Eigenbedarf für Cliffords Garagenwohnung anmelden muss. Und das wollen wir beide vermeiden, richtig?“

Kapitel 23
Wer Star sein will, muss leiden

ASH

Eigenbedarf für eine Garagenwohnung? Fremdverwaltete Finanzen? Was zum Teufel?

„Jade …“, meine Stimme klang grollender als beabsichtigt. „Was meint sie damit?“

Jade blähte die Nasenflügel, wie immer, wenn sie trotzig, beschämt oder verzweifelt war. Wie vorhin. Leider hatte ich alle Kunststücke, die mir für diesen Fall zur Verfügung standen, schon vorgeführt, also musste ich es auf die Art versuchen, mit der normale Leute so etwas klärten: mit Geduld und einem klärenden Gespräch. Dinge, in denen wir beide nicht sonderlich gut waren.

Anstatt mir zu antworten, drehte Jade den Kopf zur Seite und sah aus dem abgedichteten Fenster. Es dämmerte bereits, sodass sich unser verzerrtes Spiegelbild in der provisorischen Plexiglasscheibe spiegelte. Ein unförmiger Umriss ohne Anfang und Ende, genauso, wie es sein sollte.

„Jadie …" Ich hob ihr Kinn an, damit sie mir nicht weiter ausweichen konnte.

Sie schob die Unterlippe vor. Dann fand ihr Blick meinen, und der Ausdruck darin verkohlte mein Herz, noch bevor die Worte aus ihr herausbrachen wie glühende Aschegeschosse aus einem Vulkan.

„Du willst die beschissene Wahrheit? Schön! Du hattest recht, okay? Ich bin nicht erfolgreich. Ich bin nicht reich. Ich bin kein verficktes Country-Sternchen. Ich wohne nicht in einem Penthouse mit XXL-Badewanne, ich …" Trotz ihrer Wut füllten sich ihre Augen mit Tränen. „Ich habe genau zweiundachtzig Dollar auf meinem Konto, wohne zur Untermiete beim Bruder meiner Managerin, und wenn ich nicht bald ein beschissenes Album in einem großen Plattenlabel herausbringe, ist meine Karriere zu Ende, bevor sie überhaupt begonnen hat."

Tausend Gedanken rasten durch meinen Kopf. Schöner Schein und fahles Sein. Deftige Flüche und falsche Interviews. Wannenfüllstände, Kontostände. Angstzustände.

Dreieinhalb Jahre lang hatte ich sie entbehrt. Für nichts.

Moment mal … *nichts*?

Ich war vielleicht nicht die hellste Kerze auf dem Kuchen, aber selbst ich konnte mir ausrechnen, dass ein Song, den ein ganzer Pub betrunken mitsingen konnte, oft genug gespielt werden musste, um Gewinne abzuwerfen.

„Wohin geht das ganze Geld? Der verdammte Song läuft rauf und runter."

„Im Streaming!", fuhr sie auf. „Für null Komma drei Cents pro Stream! Deswegen brauche ich ja so sehr ein echtes Album. Deswegen brauche ich die Maxi-CD, die in zwei Monaten rauskommt! Deswegen brauche ich einen Vertrag mit einem großen Plattenlabel, das mir pro Album einen Vorschuss zahlt, damit ich zumindest wieder auf eigenen Beinen stehen kann."

Ich strich mir widerwillig über das Gesicht. „Ein Label wie Southern Hill Records", erkannte ich. Sie nickte. Ich nickte auch. „Was meinte sie mit den Songs vorhin?"

„Ich soll sechs neue Songs schreiben – in drei Wochen."

Was zur Hölle? Glaubten die, dass man sich Kunst wie Fließbandware aus den Rippen schnitt?

„Drei Wochen sind utopisch."

„Nicht, wenn du mir hilfst! Drei Wochen mit dir in einem Zimmer eingeschlossen sind eine Menge Zeit. Weißt du, eigentlich hast du keine Wahl, ich habe nämlich schon zugesagt. Was streng genommen deine Schuld war, weil ich … *abgelenkt* war. Aber hey, ich habe zufällig ein Zimmer gleich nebenan, weißt du?"

Sosehr ich das Feuer der Begeisterung in ihrem Blick liebte, so stark wuchs bei ihren letzten Worten die Panik in mir. Bis wir die Probleme hier nicht gelöst hatten, würde ich tun, was Knox mir geraten hatte, und Jade von dem Haus fernhalten. Widerstrebend löste ich die Rechte von ihr, um mein Handy aus der Tasche zu ziehen. „Ich muss telefonieren."

Ich schickte eine kurze Nachricht an Mason, dann wählte ich alibimäßig die Nummer, die ich ohnehin später angerufen hätte.

Der Anruf landete auf Jax' Mailbox. Ich stöhnte. Es gab nur zwei Situationen, bei denen Jax Rayne sein Handy ausschaltete: Er steckte in einem Rennwagen – oder in einer Frau. Beides hatte Potenzial, ihn umzubringen.

„Okay, Vorschlag", änderte ich meinen Plan und zog Jade aus dem Zimmer, um wenigstens das Licht auszuschalten, damit man von außen nicht sehen konnte, dass jemand hier war. Wir wussten immer noch nicht, wer neulich hier eingebrochen war, oder wer seit ein paar Tagen Material verschwinden ließ. „Du fährst zurück zu Tess, ich kümmere mich um ein paar Dinge. Und morgen sprechen wir über deine Songs, okay?"

Ich schob sie durch den staubigen Flur und öffnete die Tür zu ihrem alten Zimmer, um mir ein sauberes T-Shirt anzuziehen. Ihr Blick fiel auf die Matratze, die verstreuten Klamotten, das Buch neben dem Kissen. O Mann …

„Harry Potter?", fragte sie belustigt. „Du hattest wohl recht damit, dass Männer nur sieben werden."

Ich grinste bloß, um nicht darauf antworten zu müssen, während ich abermals mein Handy aus der Tasche zog.

Ich: Einer von uns beiden ist morgen 'nen Kopf kürzer, und ich bin's ni–

„Du schläfst also wirklich hier?"

Ich schickte die Nachricht ab und schlenderte zur Tür. „Baby, hier lagert Material im Wert von zwanzig Riesen. Das kann nicht unbeaufsichtigt bleiben", antwortete ich, ohne wirklich zu antworten.

Meine hinreißend störrische Freundin-Ex-Freundin – nach ihrer Liebeserklärung mussten wir dringend über unseren Beziehungsstatus sprechen – bewies abermals ihren hinreißenden Dickkopf, indem sie mir nicht folgte, sondern sich mit einem verboten gehörenden Grinsen auf die Matratze plumpsen ließ. „Dann leiste ich dir eben Gesellschaft."

„Nein!"

Das war vielleicht etwas zu schnell. Jade hob eine Braue zu einem Blick, bei dem ich am liebsten die Matratze umgeklappt und sie darüber gebeugt hätte. „Das hier ist mein Haus, schon vergessen? Oder versteckst du hier etwa auch irgendwo Handschellen?"

Schon glitten ihre Hände über die Matratze, unter das Kopfkissen, in den Schlitz – und förderten einen mattschwarzen Gegenstand zutage, der mein Herz erstarren ließ.

„Heilige Scheiße, Ash!"

Jade ließ die SIG Sauer P365 fallen, als hätte sie ihr einen elektrischen Schlag verpasst. Ich fing die Subkompaktpistole auf, bevor sie auf dem Boden aufschlagen konnte, überprüfte den Sicherungshebel und holte die einzelne Kugel aus dem Lauf.

„Du hast eine beschissene Waffe unter dem Kopfkissen? In *meinem* Zimmer? Spinnst du?" Jades Stimme überschlug sich vor Angst und Zorn, und ich konnte es ihr nicht einmal verdenken. Wutentbrannt kämpfte sie sich von der Matratze hoch und bohrte mir den Zeigefinger in die Brust. Ich hielt sie nicht auf, während ich die SIG Sauer hinten in meinen Hosenbund schob und die einzelne Kugel in meine Jeanstasche stopfte. Ich musste mir wirklich abgewöhnen, aus Gewohnheit Dinge in die Hosentaschen zu stecken, die mich in Erklärungsnot bringen konnten – siehe Haarnadel im Gefängnis. Aber hier konnte ich sie schlecht herumliegen lassen. Was, wenn einer der Jungs sie gefunden hätte? Was, wenn *Anthony* sie gefunden hätte?

„Das reicht“, beschloss Jade. „Du erzählst mir jetzt, was du mir verheimlichst, sonst werde ich auf der Stelle in Tess' Pick-up steigen, nach Nashville fahren und nie mehr zurückkommen. Hast du mich verstanden?“

Ich brauchte jedes bisschen Willenskraft, um meine Gesichtszüge daran zu hindern, die Zerstörung widerzuspiegeln, die diese Drohung in meiner Brust anrichtete. Ich nutzte jede brutale Lektion, die ich hinter Gittern gelernt hatte, um ein Lächeln auf meine Lippen zu zwingen. Und ich schaffte es, ausdruckslos zu nicken.

„Ist vermutlich besser so, Darling.“

Ich besaß vielleicht das beste Pokerface der Stadt. Aber Maddie da Rosa besaß den Röntgenblick in meine Seele. Sie trat dicht an mich heran, bis ich die Sommersprossen auf ihrer Nase zählen konnte. Ihr lodernder Blick versprach entweder den Himmel oder die Hölle. „Lügner.“

Ich öffnete den Mund, um zu widersprechen, da strichen ihre Hände über meine. Jade öffnete meine unwillkürlich geballten Fäuste, verflocht ihre Finger mit meinen und zog leicht daran, um gegen meine Brust zu sinken. Es fühlte sich unendlich gut an.

„Worte und Taten, Ash … Dein Mund und dein Gesicht mögen behaupten, was du willst, aber dein Körper sagt die Wahrheit. Und die Wahrheit ist: Du bist nicht okay. Du willst mit mir reden. Und du willst nicht, dass ich gehe. Weil du mich liebst.“

Ich schluckte in der Hoffnung, dadurch wieder atmen zu können. Jade stellte sich auf die Zehenspitzen, um meinen Lippen näher zu sein, ihr Augenaufschlag war ebenso sinnlich wie unerbittlich. Und dann drehte sie den Spieß einfach um.

„Sag es, Ash."

„Ich liebe dich", sagte ich, ohne zu zögern.

Sie lächelte. „Ich weiß", zahlte sie mir meinen Schabernack von vorhin zurück. „Ich meine das andere."

Ohne unsere verschränkten Finger zu lösen, legte ich die Hände an ihre Taille und zog sie näher. „Ich will nicht, dass du gehst. Ich bin nicht okay. Und ich … will alles mit dir teilen. Ich *werde*. Nur nicht gerade jetzt, okay? Nicht hier."

Das verwunschene Jadegrün ihrer Augen blieb noch einen Sekundenbruchteil unerbittlich. Dann nickte sie und stellte sich noch weiter auf die Zehenspitzen, um ihre Lippen sanft auf meine zu legen.

Ich zögerte nicht eine Sekunde lang, nahm alles, was sie mir anbot, und noch mehr. Hielt es fest, gab es nicht mehr her, egal ob ich es verdiente oder nicht. Entschlossen versenkte ich eine Hand in ihren Locken und vertiefte den Kuss, bis die Anspannung von mir abfiel. Bis es nur noch ihren Duft gab, ihren Geschmack, sie.

Uns.

Bis eine Holzdiele im Flur knarzte.

In einer einzelnen Bewegung schob ich Jade hinter mich und entsicherte die SIG Sauer.

Kapitel 24
Die inneren Werte zählen

ASH

„Fuck, Alter! Ich bin's."

Mason riss die Hände hoch. Ich hätte ihm am liebsten einen Schlag mit dem Magazinlauf verpasst.

Stattdessen sicherte ich die Waffe und hielt sie ihm hin, ohne meinen Griff um Jades Taille auch nur einen Millimeter zu lockern.

„Wenn du das Ding noch mal irgendwo liegen lässt, wo meine Frau es finden kann, scheiß ich drauf, was du für mich getan hast, und geh freiwillig zurück in den Knast, weil ich dich doch noch ermordet habe, verstanden? Mach sie sauber, und zwar gründlich, denn jetzt sind Jades Fingerabdrücke drauf, und du willst nicht wissen, was ich mit dir anstelle, wenn sie jemand darauf findet, weil Zane fucking Hopkins spontan wieder Lust bekommt, herumzuschnüffeln. Und jetzt entschuldige dich bei der Lady."

Masons Teddygrinsen schmolz zu einer Grimasse des schlechten Gewissens. „Sorry, Darling. War keine Absicht, kommt nicht wieder vor."

Mein Zorn verpuffte. Ich konnte ihm einfach nicht böse sein. Er war derjenige gewesen, der mich im Gefängnis über Wasser gehalten hatte. Seit er vor ein paar Jahren rausgekommen war, erwiderte ich ihm den Gefallen, weil es selbst nach nur zwei Jahren verdammt schwer gewesen war, zurück in ein *normales* Leben zu finden. Ich wollte mir nicht einmal vorstellen, wie es Mason gegangen war – oder Knox in ein paar Monaten gehen würde. Eineinhalb verdammte Jahrzehnte …

Deswegen ließ ich Mason in diesem Haus wohnen, seit er vorletzten Monat erneut bei seiner Freundin, der Mutter seiner kleinen Tochter Beanie, rausgeflogen war. Was ich Jade natürlich schlecht sagen konnte. *„Hey, Babe, da schläft dieser ehemalige Straftäter in deinem alten Zimmer. Ist okay, oder?"* Vergiss es.

Tja, das Problem war: Lügen waren ein Boomerang. Doch das war mein Problem, nicht Masons, daher winkte ich ab.

Jade hingegen hob das Kinn und baute sich neben mir auf – soweit das für ein Ein-Meter-sechzig-Persönchen überhaupt möglich war. „Wenn das deine Entschuldigung war, Mason, dann war sie lausig. Aber ich akzeptiere sie – weil du Ash wichtig bist. Lass mich eins klarstellen: Wenn Ash seine Drohung deiner Ermordung nicht wahr machen sollte, tue ich es. Und im Gegensatz zu ihm würde ich dafür sorgen, dass man deine Leiche nicht mehr findet und niemand ins Gefängnis muss. Ach, und: Es heißt *Entschuldigung*, wenn du es ernst meinst. *Sorry* ist auch nur der kleine Bruder von ‚*Leck mich*'."

Heiße Begeisterung und kaltes Entsetzen schossen durch meine Blutbahnen. Ich sah Jade sprachlos an und war mir ziemlich sicher, dass es Mason genauso ging. Selbst das abgefuckteste Gefängnis konnte einen Mann nicht darauf vorbereiten, die volle Breitseite des Temperaments einer selbstbewussten Frau abzubekommen. Ich wusste nicht, ob ich grinsen oder fluchen sollte.

Masons Adamsapfel hüpfte, als er erneut nickte. „Sorry. Ich meine, Entschuldigung, Maddie."

„Für dich Jade. Ohne Darling. Du darfst weiterhin hier schlafen – um auf das Material aufzupassen. Aber wenn ich irgendwann Flecken auf meinem Zimmerboden finde – egal ob weiß oder rot –, nutze ich deinen Bart als Wischmopp für die Bleiche. Klar?"

„Aye, Ma'am." Ein anerkennendes Grinsen schlich sich auf Masons Gesicht, das mich vor Stolz bis unter die Deckenbalken wachsen ließ. Das war Madeleine Jade da Rosa, wie sie leibte und lebte. *Meine* Madeleine. Mit losem Mundwerk, schmutzigen Gedanken und Feuer im Blut.

„Glaub ja nicht, dass ich anfange, dich Maddie zu nennen, bloß weil du beschließt, dass das jetzt ein Privileg ist", raunte ich ihr zu, während wir uns durch den mittlerweile schummerigen Flur schoben.

„Also hast du vor, aufzuhören, mich deine Frau zu nennen? Glaub nicht, dass mir das entgangen ist."

Sie hätte mich nicht glücklicher machen können, wenn sie gerade meinen Heiratsantrag angenommen hätte. „Oh, Babycake, du hast keine Ahnung, was du dir gerade eingebrockt hast."

Wir fuhren Tess' Truck, mit dem sie hergekommen war, zurück zur Ranch und verbrachten den Abend dort. Dann stieg Jade mit einer kleinen Tasche voller Klamotten, die sie neu besorgt haben musste, zu mir in Betty und zwang mich dazu, sie in mein Haus zu bringen.

„Du bist vorbeigefahren", teilte sie mir mit, als wir an der Ferndale Road vorbeifuhren.

Ich grinste. Offenbar erinnerte sie sich sehr genau an meine winzige Dachgeschosswohnung. „Ich wohne nicht mehr über Mollys Café."

Die Wehmut in ihrem Blick schnitt mir ins Herz. „Wieso nicht? Hat sie dich etwa rausgeworfen?"

Ich langte über die Mittelkonsole hinweg und rieb beruhigend über ihr Bein. „Nein, ich bin freiwillig ausgezogen."

„Freiwillig? Die Wohnung war ein Traum!"

„Sie hatte siebenundzwanzig Quadratmeter, weil ich mir damals nicht mehr leisten konnte", widersprach ich, während ich in die geschotterte Einfahrt meines jetzigen Hauses einbog. Ich war noch nicht dazu gekommen, sie zu pflastern.

„Aber jeden Morgen von frischem Kaffeeduft und Kuchen geweckt zu werden, war der Himmel auf Erden. Das ist es? Kein guter Tausch, oder?" Sie spähte durch die Windschutzscheibe auf das dunkle Haus vor uns, aber ich hatte nur Augen für sie.

„Babycake, für dich stehe ich freiwillig nachts um vier auf, um dich mit Kaffee und Kuchen am Bett zu versorgen."

Ihr Lachen ließ meine Seele erklingen. „Was wirst du dabei tragen?"

Jetzt grinste ich, während ich den Motor abstellte. Zurück blieben das Knistern unter der Motorhaube und die Naturgeräusche bei Nacht. „Kommt darauf an, was *du* tragen wirst. Schlafen im Basketball-Trikot kannst du dir wieder abgewöhnen."

„Abwarten, Crawford." Damit stieg sie aus und ließ mich sitzen.

Der Bewegungsmelder sprang an und beleuchtete ihre Schritte die drei Stufen hinauf bis zur Haustür. Sie drehte am Türknauf, als würde ihr das Haus bereits gehören, musste mich jedoch vorbeilassen, um aufzuschließen.

„Paranoid geworden? Nichts für ungut, aber das Haus sieht nicht so aus, als gäbe es hier was zu holen. Ich dachte, du verstehst was von deinem Handwerk."

Ich grinste, als ihr Blick auf die abblätternde weiße Farbe der Holzwände neben uns fiel, dann schnalzte ich tadelnd mit der Zunge.

„Du weißt doch: Die inneren Werte zählen."

„Innere Werte wie Unterwäsche?"

Ich lachte, begeistert darüber, dass sie sich an diesen alten Witz erinnerte, mit dem ich sie immer aufgezogen hatte, wenn sie mich nach meiner Meinung zu einem Kleidungsstück gefragt hatte, das mir nicht gefiel. „Ich mag deine Art zu denken, Jadie. Aber ausnahmsweise meine ich es im wahrsten Sinne des Wortes."

Dieses Haus war eines der ersten fünf gewesen, die ich vor drei Jahren aus der Zwangsversteigerung gekauft hatte, um sie zu renovieren und mit Gewinn weiterzuverkaufen. Alle fanden sofort neue Käufer – bis auf dieses hier. Zu nah am Wald, zu nah an der Stadt, zu klein. Nachdem klar gewesen war, dass es nicht verkauft werden konnte – was ein fettes Loch in meine Kalkulation gerissen hatte –, hatte ich beschlossen, selbst hier einzuziehen, um wenigstens meine eigene Miete zu sparen. Und weil ich tatsächlich paranoid war, hatte ich die Außenfassade wieder abgeschliffen und heruntergerockt, um den Anschein zu erwecken, dass es hier nichts zu holen gab.

Ausnahmsweise ärgerte ich mich nicht über das Schubladendenken der Gesellschaft, sondern nutzte es zu meinem Vorteil: Jeder kaufte einem Ex-Sträfling ab, in einer heruntergekommenen Bruchbude am Waldrand zu leben. Niemand ging davon aus, dass er zwanzigtausend Dollar unter den Dielen bunkerte und die größte Schallplattensammlung der Stadt besaß.

Nur wenige Leute wussten, dass ich hier wohnte – meine Post kam immer noch zum Haus meiner Eltern –, und ich legte großen Wert darauf, dass es so blieb. Dennoch half ich Jade mit der Verbeugung eines Edelportiers über die Schwelle und schaltete das Licht ein. Ich liebte den warmen Holzduft, der mich augenblicklich umfing.

„Okay, die Paranoia ist echt", erkannte sie, als ich die Tür hinter uns prompt wieder abschloss. „Gibt es hier auch eine versteckte Waffe, auf der meine Fingerabdrücke landen könnten?"

Eine? Lachend deutete ich auf den Baseballschläger hinter der Tür und wollte einen ausweichenden Scherz machen, als ich sah, dass Jade mit offenem Mund mitten im Raum stehen geblieben war.

Ich folgte ihrem Blick zur hölzernen Decke vier Meter über unseren Köpfen, über die umlaufende Galerie im ersten Stock bis zu dem breiten Durchbruch im Mauerwerk, durch den man die Fensterfront zum Wald sehen konnte.

„Das hast *du* gebaut."

Es war keine Frage, denn der Stil ähnelte dem, der gerade in ihrem Haus Formen annahm, und ich bewunderte ihren klugen Verstand.

„*Um*gebaut, ja.“ Hinter ihr betrat ich den offenen Wohnbereich, blieb im Durchbruch stehen und lehnte mich gegen die freigelegten Bruchsteine. Ich könnte ihr stundenlang zusehen, wie sie sich staunend in ihrer eigenen Gedankenwelt verlor. Ihr Blick fiel auf die Plattensammlung, und ihr Körper zuckte nach vorn, aber sie hielt sich zurück. Stattdessen erkundete sie die Küche, das Badezimmer, schließlich das obere Stockwerk, in dem nur noch ein Zimmer übrig war, weil der Rest des Bodens zu morsch gewesen war und das für die Restaurierung notwendige Baumaterial zu teuer für meine damaligen Verhältnisse. Jetzt war das obere Stockwerk eben eine Galerie.

„Es ist kleiner, als man denkt, oder?“

„Zweiundneunzig Quadratmeter“, bestätigte ich und löste mich endlich vom Mauerwerk. „Immerhin größer als die Wohnung über dem Café.“

Sie kam grinsend zu mir. „Aber ohne Kaffee am Morgen.“

Ich streckte ebenso grinsend die Hand nach ihrer aus, um sie an mich zu ziehen. „Abwarten, Babycake. Man soll den Abend nicht vor dem Morgen danach loben.“

Ein Lächeln umspielte ihre Lippen, während wir uns langsam im Kreis bewegten, zu einer Musik, die nur wir hören konnten.

„Du hattest übrigens recht“, raunte sie gegen meine Halsbeuge. „Die inneren Werte zählen.“

Ich verkniff mir die Nachfrage nach ihrer Unterwäsche. Jetzt war nicht die Zeit für anzügliche Witze. Stattdessen legte ich andächtig das Kinn auf ihren Scheitel. „Denkst du, du kannst es hier ein paar Wochen aushalten?"

„Ein paar Wochen? Ich glaube, hier könnte ich es für immer aushalten."

Ich erlaubte meinem Herz nicht, zu jubilieren, denn ich wusste, dass sie wieder gehen würde. Sie musste gehen, denn sie verdiente es, ein verdammter Countrystar zu werden. Was mich daran erinnerte, dass ich noch eine Matheaufgabe offen hatte, die ich nicht lösen konnte.

Ich zeigte Jade die Handtücher im Bad, dann schlenderte ich nach draußen auf die Veranda und rief erneut Jax an.

Jetzt ging er beim ersten Klingeln dran.

„Wie viel Kaution brauchst du diesmal?"

Ich maß in Gedanken den rechteckigen Lichtschein, den das Badfenster auf das Gras warf, und verzog das Gesicht. „Immer diese Vorurteile. Wieso gehst du davon aus, dass ich in der Klemme stecke, bloß weil ich dich anrufe?"

„Das ist das zweite Mal heute Nacht."

Ich richtete meinen Blick nach vorn auf die Silhouette des nachtschwarzen Waldes. „Sieh an, du hast also meinen Anruf vorhin gesehen, es aber nicht für nötig befunden, zurückzurufen. Mein Herz blutet."

„Du wirst es überleben. Kommt da noch was, oder wolltest du bloß unser beider Zeit verschwenden? Zu deiner Information: Es ist kurz vor eins."

Überrascht sah ich auf die Uhr. Tatsächlich! Ich überspielte das schlechte Gewissen mit Humor und lehnte mich gegen das hüfthohe Verandageländer. Auf dieser Seite blätterte keine Farbe ab. „Dann habe ich ja Glück, dass du ein nachtaktives Raubtier bist."

Er legte auf.

Ich lachte lautlos und rief wieder an. „Du musst mir einen Gefallen tun, Jax."

„Mhm." Ein Fenster wurde geöffnet, das Grillenzirpen im Telefon wurde genauso laut wie in meiner Umgebung. Offenbar war er auf den Balkon getreten. Verzeihung, *Dachterrasse*. Ich wusste, wovon ich sprach, ich hatte die gesamten einhundert Quadratmeter gefliest, die einmal um das oberste Stockwerk des ehemaligen Industriegebäudes am anderen Ende der Stadt herumliefen. Jax atmete beherrscht ein und lange wieder aus, was dem schicksalsergebenen Seufzen normaler Menschen am nächsten kam. „Was würdest du ohne Freunde tun, die dich regelmäßig aus der Scheiße ziehen?"

„Mir neue Freunde suchen", mutmaßte ich, weil die Alternative zu deprimierend war.

Ein belustigtes Schnauben. Immerhin. „Was brauchst du?"

Ich erzählte ihm, was ich wollte, und spürte geradezu durchs Telefon, wie sich seine Miene verfinsterte. „Das ist illegal, Ash."

„Wirklich? Erzähl mir mehr über das Gesetz."

Jax ging nicht auf die Ironie ein. „Wie kommst du darauf, ich könnte mich in solche Datenbanken einklinken? Ich bin kein Hacker."

„Du bist praktisch mit deinem Laptop verwachsen, das ist dasselbe."

„Erklärt, warum du ein Holzkopf bist", schoss er zurück, „du bist praktisch mit Dachbalken verwachsen."

Amüsiert schüttelte ich den Kopf. Wer solche Freunde hatte, brauchte keine Feinde.

„Was anderes: Du weißt nicht zufällig, wie viel es mir einbringt, Jades Managerin auf Urheberrecht zu verklagen?"

„Sehe ich aus wie ein Anwalt? Frag Gabe McKenzie."

„Fuck, nein."

„Dein Problem. Dir ist aber klar, dass du nur den Rechteinhaber verklagen kannst? Was vermutlich Jade wäre."

Ich dehnte frustriert den Nacken und unterdrückte einen weiteren Fluch. Nein, das war mir nicht klar gewesen.

Smartass Jax gluckste. „Dachte ich mir."

Drei Meter neben mir hörte ich, wie im Bad das Wasser abgestellt wurde. Jade war fertig mit Duschen. Also verkniff ich mir einen Kommentar und änderte schnell meinen Angriffswinkel: „Wegen der Datenbanken-Sache: Sag doch einfach, dass es etwas gibt, das der allwissende Jax Rayne nicht kann. Ist okay, ich finde schon wen."

Stille. Na also!

Das Badfenster wurde geöffnet, kurz darauf ging das Licht im Raum neben mir aus.

Jax knurrte. „Du hast das zweifelhafte Talent, Leuten so richtig ans Bein zu pissen, weißt du das?"

Jepp, das war meine geheime Superheldenfähigkeit. „Was soll ich machen? Ich bin einfach verdammt gut darin, die richtigen Knöpfe zu drücken."

„Ich werde dieses Bild aus meinem Kopf löschen."

„Du kannst es in deine BDSM-Routine einbinden", erwiderte ich und stieß mich vom Geländer der Veranda ab.

Er hatte schon aufgelegt.

Nicht einmal zwanzig Minuten später bekam ich eine E-Mail mit einer kompliziert aussehenden Tabelle im Anhang.

Kapitel 25

Die zwei kleinen Maddies und die böse Kommerz-K1

JADE

„Siebenundzwanzigtausend Dollar?“

Ich war noch nicht wach genug, um die Nullen richtig zu erkennen. Obwohl Ash sein Versprechen wahr gemacht und mich mit himmlisch duftendem Kaffee und selbst gebackenen Waffeln geweckt hatte.

Nicht, dass er noch irgendwelche Überredungskunst für sein neues Zuhause gebraucht hätte. Dieses Haus war das schönste Fleckchen Erde auf der ganzen Welt, und das lag nicht allein daran, dass hier alles nach ihm roch. Oder dass er es mit seinen eigenen Händen gebaut hatte. Oder dass es die größte Plattensammlung beherbergte, die ich jemals gesehen hatte. Oder dass die Sonne genau im richtigen Winkel über dem Wald aufging und jeden Morgen ein spektakuläres Farbenspiel auf die Wiese hinter dem Haus malte, bei dem man dank der großen Panoramafenster in der ersten Reihe saß.

„Und das sind nur die Zahlen der letzten drei Monate.“ Ash ließ sich neben mir auf das abgewetzte Ledersofa fallen. Streng genommen war es eher eine Kreuzung aus Sofa und Sitzkissen, denn es hatte zwar eine stabile Rückenlehne, aber keine Füße unter der dick gepolsterten Sitzfläche, und so lümmelte man in einer saubequemen Haltung auf dem gemütlichsten Bodenkissen, das die Welt je gesehen hatte.

Gemeinsam starrten wir auf das ausgedruckte Blatt Papier, auf dem Hunderte, Tausende von Zahlen in Spalten und Zahlen sortiert waren. Alle zusammen ergaben 6,88 Millionen Streams innerhalb der letzten 90 Tage, generiert auf neun Plattformen – Spotify und Apple Music mit immensem Abstand vor den anderen – von vier Songs, die auf meinen Namen liefen. Am schlechtesten lief „Firefly Glow“ und am besten, mit allein über vier Millionen Streams, „Drunk on You“.

„Abzüglich den fünfzehn Prozent deiner Managerin.“

„Zwanzig“, gestand ich. „Aber Cassandra ist ein Urgestein, also … Egal. Wie viel sind zwanzig Prozent davon?“

Er rechnete im Kopf nach, scheiterte mit einem hinreißenden Lächeln, für das ich ihm einen Kuss auf die Wange drückte, und angelte sein Handy aus seiner Hosentasche.

„Fuck.“

„Was?“

Zur Antwort öffnete er seine Faust und offenbarte: die Kugel, die er gestern aus dem Lauf von Masons Pistole gezogen hatte! Zwischen Faszination und Respekt wollte ich nach der goldenen Zäpfchenform greifen, doch er schloss die Hand wieder und verstaute sie abermals in seiner Hosentasche.

„Du solltest dir abgewöhnen, Dinge mit nach Hause zu nehmen, die dich ernsthaft in Schwierigkeiten bringen können."

„So wie dich?" Sein Mund verzog sich zu diesem breiten Grinsen, das mein Herz flattern und meine Lippen lächeln ließ. „Das gewöhne ich mir niemals ab. Es sind knapp dreiundzwanzigtausend."

„Hä?"

„Dein Verdienst abzüglich der Provision deiner Managerin. Sie verarscht dich."

„Das würde sie niemals tun!" Cassandra mochte vielleicht unerbittlich und zuweilen diktatorisch sein und mischte sich ungefragt in meine persönlichen Angelegenheiten ein, aber ich war mir zu einhundert Prozent sicher, dass sie sich bis über beide Ellenbogen in die Mammutaufgabe reinkniete, einer unbedeutenden Kleinstadtsängerin wie mir eine Karriere aufzubauen. Und wenn ich einmal aufhörte, nur zu sehen, was ich noch *nicht* erreicht hatte, und mich stattdessen auf das fokussierte, was ich schon erreicht hatte – vier Singles mit über sechs Millionen Streams, einen Namen, den Menschen kannten, eine Maxi-CD in den Startlöchern und die Aussicht auf ein Album bei Southern Hill Records –, dann war das ziemlich beeindruckend für die Tochter einer Schwarzen Putzfrau aus der Provinz.

„Findest du nicht?", schloss ich, nachdem ich Ash das erörtert hatte.

Widerwillig musste er nicken. „Wie viel zahlst du für die Miete?"

Ich versteifte mich, was Ash nicht verborgen blieb. „Ich habe *mich* immer für einen gutgläubigen Träumer gehalten, aber das hier …" Er deutete auf die schwindelerregenden

Zahlen auf dem Papier, „ich glaube, wir zwei müssen uns ernsthaft unterhalten."

Drei Stunden später hatten wir mir einen Laptop besorgt, meine E-Mails und Verträge durchforstet und festgestellt, dass die durchschnittliche Monatsmiete für Ein-Zimmer-Apartments in Cliffords Stadtteil bei zweitausend Dollar lag. Selbst, wenn sie mir einen Rabatt einräumten, waren das auf die letzten elf Monate gerechnet zwanzigtausend Dollar, die ich Cassandra schuldete. Und da war noch nicht eingerechnet, dass sie meine Gesangsstunden übernahm, meine grundlegenden Lebenskosten und Dinge wie die Übernachtung im *Hermitage* letzte Woche, die allein sicherlich tausend Dollar gekostet hatte.

„Siehst du? Sie verarscht mich nicht."

Ash starrte noch einen Moment lang ein Loch in die dunkel geölten Holzdielen unter unseren nackten Füßen, die Hand in seinem Haar vergraben. Ich liebte es, wenn er das tat und ihm einzelne Strähnen ins Gesicht fielen, um das Blau seiner Augen zu verstärken.

Schließlich schlug er sich auf die Oberschenkel. „Tja, dann musst du eben noch mehr Geld verdienen. Was war mit diesen Songs, die sie dir geschickt hat?"

Ich zog den Laptop wieder auf meinen Schoß und öffnete den Link, den Cassandra mir heute Morgen geschickt hatte – um kurz vor fünf. Nein, diese Workaholic-Frau bereicherte sich definitiv nicht auf meine Kosten. Darin waren sechs mp3-Files, von denen ich die erste öffnete.

Ash verzog das Gesicht. Mir wurde heiß und kalt.

Ja, das war Country. Akustik-Gitarre, Klavier, Percussion. Alles da. Die Melodie war auch irgendwie eingängig. Aber sie war seelenlos. Austauschbar. Tot.

„Hat das eine KI generiert oder was?“

Hoffnungsvoll klickte ich auf die zweite Datei. Der Beat war ein wenig gemächlicher, mit „Klopf im Takt aufs Lenkrad“-Potenzial – und ohne Herz.

Der dritte Song war weich, warm und hauchzart. Die Melodie genauso eingängig, das Gefühl genauso tot.

Der vierte war laut, rockig und – wenn man in KI-Sprache blieb – wohl das, was eine Künstliche Intelligenz ausspuckte, wenn man eintippte, „Schreib mir eine Songmelodie im Stil von Queens' ‚We Will Rock You‘ mit upbeat Country Rock“.

Ich bekam am ganzen Körper Gänsehaut.

Das Problem war nicht, dass die Songs schlecht waren, sie waren sogar sehr gut. Ich konnte mir lebhaft vorstellen, wie sie die Charts stürmten und sogar den Transit zum Mainstream-Pop schafften. Das, was Country-Welthits von Taylor Swift, Shania Twain und Carrie Underwood von normalen Country-Songs unterschied, die trotz allem nie aus ihrer Redneck-Radio-Bubble rauskamen.

Was das Problem war, war, dass diese Melodien hier kein Herz hatten. Keine Seele. Und was war Musik, wenn sie weder Herz noch Seele besaß?

Dasselbe wie ein Mensch, dem beides fehlte: eine leere Hülle.

Als wir alle sechs Songs durchgehört hatten, saß Ash nach vorne gebeugt im Schneidersitz, die Ellenbogen auf die Knie gestützt, die Handflächen vor den Lippen wie zum Gebet aneinandergelegt, und starrte durchs Fenster auf den Waldrand. Ein Reh wagte sich auf die Lichtung, aber keiner von uns beiden konnte den kostbaren Moment gebührend würdigen.

„Kein Wunder, dass sie die sechs Songs in drei Wochen haben wollen. Ich wette, die Melodien sind in weniger als zwanzig Minuten entstanden."

Ich dachte diesen grauenvollen Gedanken einige Minuten lang durch, dann warf ich frustriert die Arme in die Luft. „Warum lassen sie dann nicht auch gleich den Text und die Stimme künstlich generieren?"

Ash warf mir einen so finsteren Blick zu, als hätte ich seine Mutter beleidigt. Doch der Blick galt nicht mir, sondern der Musikindustrie. „Ich wette, das würden sie, wenn die Leute das anhören würden. Aber zum Glück für dich und mich und die Ohren von jedem, der gute Musik mag, leben wir noch in einer Welt, in der Menschen lieber von Menschen kaufen als von Maschinen. Sie wollen das Poster von Jade Darling an ihre Wand hängen, die DVD von Whitney Houston anschauen und auf das Konzert von Eric Church gehen. Nicht von irgendwelchen Einsen und Nullen, die Noten und Stimmen generieren. Musik ist das Gesamtpaket."

Meine Kehle schnürte sich zu, und meine Augen wurden feucht, weil das gleichzeitig eine unsagbare Erleichterung war und eine erschreckend große Verantwortung. Wenn ich nicht gut genug war, einzigartig genug, vermarktbar genug, würde man mich ersetzen. Zum ersten Mal verstand ich Goldies Angst, den Zenit ihrer Karriere längst überschritten haben zu können, und Bobbys Unmut über die gesamte Branche.

Meine Unterlippe begann zu zittern, meine Schultern, mein gesamter Körper. Ash zog mich auf seinen Schoß und hielt mich fest, während ich meinen Tränen freien Lauf ließ.

Irgendwann lachte er leise. Das warme Vibrieren in seiner Brust ließ mich blinzeln. Sein Kinn bewegte sich auf meinem Scheitel.

„Weißt du noch, wie wir früher immer von Parallelwelt-Jade und Ash geträumt haben?"

Schniefend wischte ich mir über die Wangen. „Ja."

Früher hatten wir uns vorgestellt, wer wir wären und wie unsere Leben aussehen würden, wenn wir nicht hier am Arsch der Welt geboren worden wären, als Kinder von armen Menschen.

Wenn meine Mutter in Brasilien geblieben wäre, ich die Tochter eines Drogenbarons und Ash ein Schmuggler, und wir zusammen mit einer Flugzeugladung Kokain durchbrennen würden.

Wenn er der Sohn eines Öl-Tycoons wäre und ich ihm den Kopf verdreht hätte, wir seine Eltern verärgern wollten und aus Trotz ein Dutzend Kinder bekommen hätten.

Wenn wir beide in Los Angeles aufgewachsen wären, als eingebildete Kinder von Schauspielern, mit toxischer On-off-Beziehung und vor lauter Reichtum nicht gewusst hätten, wohin mit unserem Geld – und vermutlich mit fünfundzwanzig an einer Überdosis gestorben wären.

Millionen Möglichkeiten, Abermillionen Entscheidungswege und Abzweigungen. Großstadtträume von Kleinstadtkindern.

Die einzige Konstante waren wir beide gewesen. Unsere Beziehung. Nicht ein einziges Mal hätten wir nicht zusammengefunden.

„Ich habe zwei neue. Und ich hasse beide davon", sagte er mit seinem leisen, rauen Timbre, das ich so liebte. „Es besteht die realistische Chance, dass du irgendwelche Songs auf diese Melodien schreibst und der größte Countrystar der Geschichte wirst. *Jade Darling*", malte er mit ehrfürchtigen Worten in sein einfaches Wohnzimmer. Ich lächelte wehmütig. „Du kaufst dir 'ne Villa. Oder zehn. Und wir jetten zwischen Nashville und der ganzen Welt umher, weil es überall ausverkaufte Tourneen gibt. Wir werden uns mit keinem einzigen Hotelbett mehr zufriedengeben, das nicht mindestens genauso breit wie lang ist", er unterbrach sich, als ich kichern musste, „und irgendwann wirst du deinen Enkeln erzählen", hier veränderte er seine Stimme zu einem großmütterlichen Krächzen, „‚*Damals, Kinder, hatte ich die Wahl, erfolgreich zu sein oder glücklich.*'" Eine helle, junge Stimmlage: „‚*Und wofür hast du dich entschieden, Granny Maddie?*'"

Ein Schluchzen brach aus mir heraus, das eigentlich ein Lachen sein sollte. Wieso weinte ich?

Ash lächelte traurig. Nickte. Und beendete die Geschichte nicht. Weil sie verdammt noch mal zu traurig war.

„Und was ist die andere Parallel-Maddie?"

Er schwieg noch einen Moment. Dann hob er einen Mundwinkel und wechselte in eine sonore Bariton-Erzählstimme. „Die andere Maddie, mein Kind, war ein störrischer Wildfang aus dem Süden. Sie hatte die schönste Stimme von allen. Aber dann kam die böse Kommerz-KI und wollte ihr Karmakorsett mit ihrer Konsumkultur korrumpieren." Ich schlug ihm spielerisch gegen die Brust, woraufhin er mit den Alliterationen aufhörte. „Aber die störrische Maddie hat dem KI-Kommerz den Mittelfinger gezeigt und ihre eigenen Songs geschrieben. Jeder, der sie hörte, hat vor Glück geweint und vor Schmerz gelacht. Doch es war kein KI-Kommerz, deswegen hat die störrische Maddie nie einen Plattenvertrag bekommen.“ Er schmiegte die Wange gegen meine und wiegte mich sanft auf dem Bodensofa. „Und sie schoss auch ihre Managerin in den Wind und verkaufte ihre Songs für null Komma null drei Cents im Internet, und wohnte in einem winzigen Haus auf dem Land, bis es zu klein wurde für die vielen, vielen Kinder, die sie bekam, weil sie einen unfassbar gut aussehenden Taugenichts von Landstreicher aufgegabelt hatte und sich unsterblich in ihn verliebte.“ Mittlerweile wedelte ich kichernd mit beiden Händen in der Luft, um ihm den Mund zuzuhalten. Er hielt meine Hände mühelos im Zaum. „Und wenn sie nicht gestorben ist, dann singt sie noch heute. Und wenn man sich nachts bei Vollmond in die falschen Ecken der richtigen Musikportale verirrt, dann kann man ihre Songs noch immer leise unter all dem KI-Kommerz weinen hören.“

Kapitel 26

Selbst ist die Frau

JADE

Die nächsten zwei Wochen verbrachten wir in einem seltsamen Schwebezustand zwischen Tatendrang und Hinauszögern.

Wir schrieben Songs. *Auch* für die KI-Melodien, aber hauptsächlich für uns selbst. Ich wusste noch nicht, ob ich diesen Weg einschlagen wollte, aber ich wusste, dass ich es wenigstens versuchen musste.

Denn was Ash in seiner zweiten Geschichte nicht ausgesprochen hatte, war das Gespräch dieser erfolglosen Maddie mit ihren Enkeln.

„Was bereust du im Leben am meisten, Granny Maddie?"

„Dass ich einst die Chance hatte, meinen Traum zu erfüllen, und sie nicht ergriffen habe, weil ich mich dafür zu sehr hätte verbiegen müssen."

„Aber es ist doch gut, wenn du dich nicht verbiegen musstest, oder?"

„Nun, weißt du, Kindchen, was ich mir damals nicht eingestehen wollte, war, dass ich mich längst verbogen hatte."

Deswegen hatte ich beschlossen, in den sauren Apfel dieser sechs Songs zu beißen. Wenn ich damit Erfolg hatte, konnte ich für mein nächstes Album vielleicht immer noch einen anderen Deal herausschlagen. Und wenn ich keinen Erfolg hatte, hatte ich es zumindest versucht.

Dann konnten Granny Maddy und der sexy Landstreicher immer noch zwei Dutzend Kinder in dem winzigen Haus am Waldrand bekommen, dem ich schon nach zwei Tagen Hals über Kopf verfallen war. Ich liebte es, morgens mit einer Tasse Kaffee auf den Horizont zu blicken, mittags in dem sonnendurchfluteten Wohnbereich Musik zu hören oder zu schreiben, und abends mit Ash in der offenen Küche zu tanzen, zu kochen oder … andere Dinge zu tun.

Gerade saß ich barfuß, ungekämmt und nur mit einem von Ashs T-Shirts bekleidet auf der Veranda und googelte zweisilbige Verben mit B, als mein Handy klingelte.

Ein Videoanruf.

Heilige Scheiße, das Bild zeigte Goldie Bennett! Woher hatte sie meine Nummer? Egal. Kurz prüfte ich mein Aussehen in der Spiegelung des Displays, ordnete meine krausen Locken, so gut es ging, dann ging ich ran.

„Heyyy!", strahlte eine perfekt gestylte Blondine. „Darling, wie geht's dir? Du hast dich ja ewig nicht blicken lassen, ich dachte schon, du hättest einen Burnout!"

Ich lachte leise. „Hey Goldie. Nein, tatsächlich schreibe ich in diesem Augenblick an einem neuen Song. Du hast nicht zufällig ein cooles zweisilbiges Wort auf B?"

„*Betrug*?"

Ich blinzelte. War das ein Vorschlag oder ein Vorwurf?

„Hm, dann vielleicht – Oh!“ Goldie riss die metallicblau geschminkten Augen auf. „*Bobby*?“

Ich verzog das Gesicht. Ihm machte es zwar nichts aus, vorübergehend von der Bildfläche zu verschwinden, weil er dadurch ungestört an seinem Start-up arbeiten konnte, aber ich hatte trotzdem ein schlechtes Gewissen, weil ich ihn unfreiwillig mit reingezogen hatte.

„Komm schon, erzähl uns ein bisschen, Darling! Ist er da? Trägst du gerade ein T-Shirt von ihm? Wo bist du da überhaupt? Montana?“

Ich konnte mir gerade noch auf die Zunge beißen, um nicht „Kentucky“ zu antworten, denn dann wäre es nicht schwer, eins und eins zusammenzuzählen und meine Geburtsstadt ausfindig zu machen. Ich wollte niemanden hier einer Pressebelagerung aussetzen, am allerwenigsten Ash. Denn egal, welche der beiden Parallelwelt-Jades Einzug in die echte Welt halten würde, sie würde Ashs Seite nie verlassen.

Also lächelte ich bloß unschuldig ins Handy. „Das muss leider ein Geheimnis bleiben, sagt meine Managerin.“ Das war eine Lüge, aber was war schon eine Lüge mehr? „Wie geht es dir denn?“

Goldie wechselte zu einem professionellen Star-Lächeln im Blitzlichtgewitter. „Mir geht's fantastisch, Darling. Meine Fans sind ein Traum, die USA-Tour ist fast ausverkauft, und ich kann's kaum erwarten, wieder auf die Straße zu kommen. Nicht, dass Nashville nicht auch fantastisch wäre, aber du weißt ja, wie das ist: Interviews, Kostüm-Fittings und Termine morgens, mittags, abends – wer braucht schon Schlaf?“

Sie lachte, und ich lachte mit, während der Gedanke an Ashs Jetset-Geschichte einen faden Geschmack in meinem Mund hinterließ. War Goldie wirklich glücklich darüber, oder tat sie nur so?

„Klingt stressig."

„Ach, du machst dir ja gar keine Vorstellung. Sei froh, dass es bei dir noch nicht so weit ist. Was steht bei dir als Nächstes an? Kommt bald etwas Richtiges von dir?"

Mein Lächeln verrutschte leicht. Unwillkürlich musste ich an Mason denken: *Glaub nicht alles, was du hörst. Die Leute sagen das eine und tun das andere.*

Goldies Worte strahlten überschwängliche Begeisterung aus, aber ihre Stimmlage rutschte manchmal ab, ihr Gesicht erstarrte immer wieder, als müsste sie sich daran erinnern, zu lächeln. Das wiederum erinnerte mich daran, dass Goldie im Grunde auch nur ein Kleinstadtmädchen namens Nancy war, das in eine Rolle gepresst wurde. Und das ließ mich meine Bedenken und Masons Gefängnisweisheiten über Bord werfen.

„Ja, wir haben tatsächlich etwas in Aussicht. Ich schreibe auch schon ganz fleißig an neuen Songs für …" Mitten im Satz fiel mir auf, dass es vielleicht keine gute Idee war, über ungelegte Eier und unsignierte Verträge zu gackern.

Goldie schien das anders zu sehen, denn sie überschlug sich förmlich vor Begeisterung: „Ohhh! Etwa bei Southern Hill Records?"

Schnell biss ich mir auf die Unterlippe, um mein Grinsen zu verbergen. Das hatte zur Folge, dass ich aussah wie ein ertapptes Kind, das den Weihnachtsmann entdeckt hatte. Den Preis für das beste Pokerface gewann ich schon mal nicht …

„Oh mein Gott, Darling!", kreischte Goldie. „Keine Sorge, dein Geheimnis ist bei mir sicher! Aber dann hast du ja sogar schon ein Thema. Ich habe nämlich neulich mit einer Freundin über dich gesprochen, Charlene Lourde, du kennst sie vielleicht, sie …"

„Charlene Lourde von *Charlie's Chats*?", entfuhr es mir. Gerade noch konnte ich mir einen begeisterten Fluch verkneifen. Natürlich hatte ich von ihr gehört. Sie führte einen der meistgehörten Country-Podcasts, die auf ein weibliches Publikum ausgerichtet waren. Unter anderem deswegen, weil sie kein Blatt vor den Mund nahm und all ihre Talks als Videocall streamte, wodurch ihre Zuschauerinnen einen Eindruck vom Leben und Einrichtungsstil der Interviewpartnerinnen bekamen. Denn was passte besser zusammen als Country und Homestyling? Richtig, nichts.

„Sie fänd's echt spannend, dich zu interviewen. Diesen Mittwoch? Oder Donnerstag? Meinst du, du kriegst Bobby auch dazu?"

„Heilige –" Erneut konnte ich mich daran hindern, vor Überraschung zu fluchen, was mich ein bisschen stolz machte. „Ich, äh … mit Bobby wird vermutlich schwer. Aber Mittwoch könnte ich einrichten. Danke!"

Dazu musste ich nur Evelyns Einladung absagen.

„Hervorragend! Ihr werdet eine Menge Spaß haben! Schickst du mir deine private E-Mail-Adresse? Dann müssen wir nicht den Umweg über unsere Manager und so weiter nehmen, du weißt ja, wie das ist." Ich nickte, immer noch zu überrumpelt, um zu antworten. „Prima! Ich muss jetzt leider aufhören, der Terminkalender ruft. War toll, mit dir zu quatschen. Bis bald! Bussi!"

Der Handybildschirm wurde schwarz, und zurück blieb mein perplexes Spiegelbild. Einfach so hatte ich die Handynummer von Goldie Bennett und ein Interview mit Charlene von *Charlie's Chats*. Zum zweiten Mal innerhalb von ein paar Wochen hatte ich das Bedürfnis, mich zu kneifen. Das hier war echt.

Sofort rief ich Ash an. Mailbox. Amüsiert verdrehte ich die Augen, weil es quasi unmöglich war, diesen Mann tagsüber zu erreichen. Entweder balancierte er auf einem Gerüst und hatte keine Hand frei, oder er stand neben einer Kreissäge und hörte das Klingeln nicht.

Also rief ich Tess an. Sie drückte mich weg. Danke, beste Freundin!

Da wohnte man schon in einer Kleinstadt und war genauso einsam wie in der anonymen Großstadt. Eine Weile starrte ich auf meine Kontaktliste. Dann folgte ich einem Impuls und wählte Evelyns Nummer.

„Jade! Was für eine Überraschung." Die Freude in ihrer Stimme ließ mich lächeln. „Was kann ich für dich … tun?" Sie ächzte, als würde sie sich gegen etwas Schweres stemmen.

„Ähm, stör ich? Oh, modellierst du etwa gerade etwas? Zeig her!"

Schon aktivierte ich die Video-Übertragung. Cremig verschmierte Finger erschienen auf dem Bild – und eine holzgetäfelte Zimmerdecke über einer chromglänzenden Dunstabzugshaube. Evelyns dunkler Schopf schob sich in die Kamera des Handys, das wohl auf der Arbeitsplatte in Clays Küche lag. Ihre dunklen Haare waren genauso unordentlich hochgesteckt wie meine, ihre Wangen leicht gerötet. Und klebte da etwa Teig an ihrer Wange?

„Nein, ich modelliere nichts. Zumindest keinen Ton." Sie schob eine verirrte Strähne aus ihrer Stirn. „Ich versuche mich an einem Hefekuchenrezept von Clays Großmutter. Die Betonung liegt leider auf *versuchen*, denn irgendwas mache ich falsch."

Sie drehte das Handy, damit ich das bröckelige Massaker in der Teigschüssel betrachten konnte. Ich musste mir eine Hand vor den Mund halten, um nicht laut aufzulachen. Evelyn drehte die Kamera wieder auf sich selbst und kniff spielerisch die Augen zusammen, was ebenso niedlich wie feurig aussah, bevor sie nahtlos in den Perfekte-Sekretärin-Modus wechselte: „Aber egal, deswegen hast du sicher nicht angerufen. Was kann ich für dich tun?"

Ich grübelte noch über den Teig nach. „Hast du Trockenhefe drin? Ich glaube, Dorothy hat immer Hefewürfel benutzt, und die mussten auf jeden Fall Zimmertemperatur haben, genau wie die Milch."

Evelyn zog die Nase kraus. Wie niedlich war das, bitte?

„Ich glaube, ich muss kurz einkaufen gehen. Wobei … *kurz*."

Ihr fiel dasselbe auf wie mir: Sie wohnte nicht mehr in der Großstadt, wo der nächste Laden die Straße runter lag. Sondern am Arsch der Welt, in ihrem Fall im Davis-Anwesen sogar noch weiter ab vom Schuss als ich hier zwischen Wald und Stadtrand. Schon war ich aufgestanden und ging von der Terrasse ins Haus, um in die Einfahrt zu spähen. Betty stand da, denn meistens ließ sich Ash von Mason oder Sparks mitnehmen.

„Ich kann dich abholen, wenn du willst. Ich muss heute sowieso einkaufen. Dann erzähle ich dir unterwegs, warum ich angerufen habe. Spoilerwarnung: Es wird dir die Schuhe ausziehen!"

Spoilerwarnung: Eine Stunde später zog es mir selbst die Schuhe aus, was ich vor der Tür meines früheren Hauses sah, als wir den Jungs Überraschungs-Brownies vorbeibringen wollten.

„Wer zur Hölle ist die Tussi?"

Evelyn schüttelte den Kopf zum Zeichen, dass sie sie auch nicht kannte. Wie Undercover Detectives in einem Agentenfilm beobachteten wir durch die Windschutzscheibe, wie diese ultraheiße Blondine in diesem ultraheißen Businesskostüm schamlos mit meinem Mann flirtete und dabei auch noch so tat, als wäre ihr nicht vollkommen bewusst, dass gerade ein Dutzend schweißüberströmter Männer damit beschäftigt war, sie anzugaffen, anstatt zu arbeiten.

„Ich hasse sie", stellte ich fest.

„Du kennst sie nicht", versuchte Evelyn zu schlichten, obwohl Zweifel in ihrer Stimme mitschwangen. „Jedenfalls solltest du keine voreiligen Schlüsse ziehen. Ich wäre einmal vor Eifersucht fast auf Piper losgegangen, weil ich die Intimität zwischen ihr und Clay falsch interpretiert habe."

Ich musste prusten. „Auf Piper Davis?"

„Ja. Wäre ziemlich peinlich geworden." Evelyn nickte zu der Sexbombe. „Vielleicht ist sie auch seine Cousine? Oder eine Stadtangestellte?"

„Ashs Cousinen sind alle entweder seit Jahren verheiratet oder noch minderjährig", knirschte ich. „Und nichts für ungut, in Chicago ist das sicherlich anders, aber hier laufen die Stadtangestellten normalerweise nicht in Minirock und Stilettos herum, sondern in Jeans und Boots."

Besagte Minirock-Trägerin warf jetzt die Locken zurück und lachte über etwas, das Ash gesagt hatte.

„Ich habe Mordgedanken", teilte ich Evelyn mit. Sie tätschelte meine Hand.

„Du könntest – Entschuldige mal, Fräulein?", unterbrach sie sich selbst, als die Frau eine Hand auf Ashs Bizeps positionierte.

„Das bilde ich mir nicht nur ein, oder?", versicherte ich mich.

„Nein", bestätigte Evelyn.

„Sie baggert ihn an?"

„Ziemlich sicher."

Zur Hölle mit guten Manieren und Höflichkeit! Ich zog am Türgriff. „Die ist so was von fällig."

Ash wurde als Erster auf mich aufmerksam, und die Art, wie seine Augen aufleuchteten, besänftigte die Raubkatze in meiner Brust. Gut für ihn.

„Du hast es ja schon wieder nicht ohne mich ausgehalten", begrüßte er mich mit einem Grinsen, das Gletscher schmelzen konnte, und schlang einen Arm um meine Taille, kaum, dass ich bei den beiden angekommen war. Ich erwiderte seinen Kuss eine Spur intensiver, als notwendig gewesen wäre, indem ich in seine weichen Haare griff, die unter der Sicherheits-Cap hervorlugten, und seinen Kopf zu mir herunterzog.

Die Frau besaß tatsächlich die Dreistigkeit, sich zu räuspern.

Ash löste sich von mir. „Sorry. Nina, das hier ist die Country-Legende Jade Darling höchstpersönlich. Jade, Nina Bowmaker, sie ist Immobilienmaklerin und –"

„Exklusive Geschäftspartnerin", fiel sie ihm mit einem Lächeln ins Wort, das Werbung für Zahnkorrekturen machen könnte. Ich hatte mich noch nie so klein gefühlt – buchstäblich, denn die Frau war selbst ohne ihre Mörderabsätze locker einen Kopf größer als ich und fast auf Augenhöhe mit Ash. „Ich will euch auch nicht weiter stören, wir sind so weit durch. Ich melde mich mit den Exposés. Stell nichts Dummes an, bis die Verträge unter Dach und Fach sind, Crawford!" Schon wieder legte sie ihre manikürte Hand auf Ashs Arm.

Scheiß auf Höflichkeit. „Finger weg von meinem Mann."

Sie blinzelte mich an, als wäre ihr gerade wieder eingefallen, dass ich hier stand. Dann sah sie zu Ash, wie um meine Worte bestätigen zu müssen. Und Ash antwortete auf die bestmögliche Weise: Er legte seinen Arm um meine Schulter und grinste. „Du hast meine Frau gehört."

Nina Bowmaker fing sich erstaunlich schnell für jemanden, der gerade eine öffentliche Pleite kassiert hatte. Dann nickte sie bloß, stieg in den SUV, hinter dem ich geparkt hatte, und fuhr davon.

Ashs Brust bebte, so sehr bemühte er sich, ein Lachen zu unterdrücken. Ich rammte ihm den Ellenbogen in die Seite.

„Lach mich nicht aus! Wer war sie?"

„Ich würde dich niemals auslachen, Babycake. Sie ist wirklich Immobilienmaklerin und hilft mir, die Häuser zu verkaufen. Die meisten haben sogar schon Vorverträge. Wir kommen kaum mit der Arbeit nach."

Unzufrieden kniff ich die Augen zusammen. „Ich mag sie nicht."

„Das war nicht zu übersehen. Aber weißt du was? Ich mag die bissige Jade, die ihre ungefilterte Meinung sagt und einen Scheiß darauf gibt, was andere von ihr denken könnten." Er brachte seine Lippen nah an mein Ohr, bis mich sein Atem wohlig erschauern ließ. „Ich mag es, wenn du eifersüchtig bist."

„Ich bin nicht eifersüchtig", widersprach ich, doch Ash redete bereits weiter:

„Die eifersüchtige Jade ist die echte Jade. Nicht der Everybody's Darling, der niemandem auf die Füße treten will." Er schraubte seine Stimme zwei Oktaven nach oben, um eine Frauenstimme – meine Stimme! – zu imitieren: *„Oh, wow, danke schön, das ist die größte Ehre. Ich kann es immer noch nicht glauben, wenn jemand* mich *mit Goldie Bennett vergleicht. Sie ist eine Göttin!"* Vor Empörung klappte mir der Mund auf, während meine Wangen heiß wurden. Das waren *meine* Worte! Aus dem Interview, das ich am Tag meiner Abreise im Hotelzimmer des *Hermitage* gegeben hatte. Erneut wollte ich ihm den Ellenbogen in die Seite rammen, doch er hielt lachend meinen Arm auf, während er weitermachte: *„Rivalität? Überhaupt nicht, im Gegenteil! Jede erfolgreiche Frau ist ein Sieg für uns alle, und wir müssen noch viel mehr zusammenhalten* – Was für ein scheinheiliger Scheiß, Jadie!", unterbrach er sich. Ich wusste nicht, was mich sprachloser machte: dass er mich so schamlos imitierte oder dass er buchstäblich jedes Wort meines Interviews auswendig kannte. „Ich wette, Goldie fucking Bennett würde dich absägen, sobald sie die Chance dazu bekommt. Nicht, weil sie eine Frau ist, sondern weil Menschen nun mal so sind. Jeder ist sich selbst der Nächste. Das ist im Knast genauso wie im Showbusiness: Du kommst nicht an die Spitze, indem du nett bist."

Wieder eine dieser Gefängnisweisheiten, die mich vor Überraschung taumeln ließen, weil sie einerseits so logisch klangen, aber ich sie einfach nicht wahrhaben wollte.

„Das stimmt nicht", zwang ich mich zu sagen. „Goldie hat mir heute erst ein Interview mit Charlene Lourde vermittelt."

Ich erwartete, dass Ash zum Protest anhob, stattdessen schien er nun selbst überrumpelt. „Hm", räumte er ein. „Wenn das stimmt, kommt Goldie auf Bewährung frei. Wann und wo kann ich es hören?"

Ich kicherte glücklich.

„Gibt es auch nur ein Interview von mir, das du nicht gehört hast?"

„Natürlich nicht." Er grinste, als ich mit gespieltem Tadel, aber endloser Glückseligkeit gegen seine Seite schmolz. Wir balancierten über die Planke ins Innere.

Mitten im ehemaligen Flur blieb ich stehen, abermals überwältigt von dem Fortschritt. Jetzt war das Haus, in dem ich meine Kindheit verbracht hatte, endgültig nicht mehr wiederzuerkennen. Stattdessen befand ich mich in einem großzügig geschnittenen Landhaus, das denselben behaglichen Charme versprühte wie das, in dem ich seit zwei Wochen mit Ash wohnte. Die großen neuen Fenster waren mittlerweile eingesetzt, aber noch mit milchiger Schutzfolie versehen. Der Boden war zur Hälfte gefliest, kleine Abstandshalter steckten in den Fugen. Die Decke war ein atemberaubender Anblick von freigelegten Holzbalken, und die Hälfte des Dachbodens war zu einem zusätzlichen Zimmer ausgebaut worden. Die Luft war erfüllt von Mörtelstaub, Holzduft und Oldies Rock, was mich prompt in meine Jugend zurückversetzte. Wieder konnte ich mindestens ein halbes Dutzend Männer im Haus werkeln hören.

„Teufel, ich wünschte, du würdest mich öfter so ansehen", raunte Ashs Stimme gegen meinen Hals.

Ein Lächeln zupfte an meinen Lippen. „Ich sehe dich ständig so an, und das weißt du auch."

Seine Augen machten seinem Grinsen Konkurrenz, als er mich mit sanftem Druck zu sich herumdrehte. „Als könntest du es nicht erwarten, mich für 'ne Viertelmillion zu verkaufen? Nina hat nämlich ein Angebot, das ..."

Ich hielt ihm den Mund zu. „Hör auf, ihren Namen zu sagen. Küss mich lieber."

Das ließ er sich nicht zweimal sagen. Schnell nahm ich die Hand von seinem Mund und ersetzte sie durch meine Lippen. Es dauerte nicht lange, bis unser Kuss inniger wurde, bis seine Hände tiefer glitten. Ich stöhnte leise, als mich ein Lustschauer durchlief. „Steht die Blumenbank noch hier?"

Sein Lachen klang heiser. „Jetzt?"

„Ja, jetzt." Ich drehte das Gesicht, bis sich unsere Lippen wieder fanden. Er hob mich hoch und trug mich den ehemaligen Flur entlang. Wir stießen gegen etwas Klobiges, das mitten im Raum stand.

„Vorsicht, Alter!" Das war Sparks' Stimme. „Sicherheitsabstand, klar? Das ist ein Baustromverteiler mit Starkstrom, keine Spanking Bank."

Augenblicklich ließ Ash mich wieder herunter und hielt mich fest. „Wenn das Ding so empfindlich ist, sollte es vielleicht nicht ungesichert hier herumstehen. Nicht, dass du noch mal deinem Namen alle Ehre machst, weil du die falschen Stromkreise anschließt, Funken erzeugst und das halbe Haus in Brand steckst."

Ich keuchte, doch Sparks tätschelte den massiven Baustromverteiler. „Keine Sorge, solange der Kasten weder Feuer noch Funken abbekommt und du nicht vorhast, ihn als Schießübungsziel zu verwenden, ist alles gut."

„Und wenn doch?"

Sparks kratzte sich am stoppeligen Hals. „Dann bist du besser nicht in der Nähe, denn dann fliegt uns das Ding mit 'nem lauten Knall um die Ohren."

Sehr beruhigend … Ich drückte mich enger an Ash.

„Hallooo, entschuldigen Sie mal! Das hier ist eine Baustelle. Weniger im Weg rumstehen, mehr arbeiten!", lachte Anthony, der gerade einen Sack Mörtel durch den Flur hievte, der fast so groß war wie er selbst. Heller Staub bedeckte seine dunkle Haut wie Mehl einen Laib Brot.

Ash bedachte seinen Schützling mit dem zweifelnden Blick eines Vaters, der sich nicht entscheiden konnte, ob er stolz oder genervt sein sollte. „Kennst du die Geschichte vom Kuchen und den Krümeln, Tony?"

Anthony entblößte strahlend weiße Zähne. „Begnüg dich nicht mit den Krümeln, wenn du den ganzen Kuchen haben kannst?"

Da musste Ash lachen.

„Nein, Annie-Boy", mischte sich eine Brummbär-Stimme ein, die ich nicht so grimmig in Erinnerung hatte. „Er meint: *Wenn der Kuchen redet, haben die Krümel nichts zu melden.* Also verkrümel dich und mach deine Arbeit."

Mason machte Anstalten, Anthony den schweren Sack abzunehmen.

Der weigerte sich, woraufhin eine kurze Rangelei entstand. „Bitte! Ich wollte nur helfen." Mason ließ los.

Der Sack plumpste zu Boden und wirbelte eine Staubwolke auf. Mason setzte zu einem Fluch an, doch Ash kam ihm zuvor: „Lass ihn in Ruhe, Mason. Und Tony, ein bisschen mehr Respekt vor Mason."

„*Whatever*, Mann." Anthony stapfte davon.

„Der Junge wird dich in Teufels Küche bringen", prophezeite Mason, während Ash seine Cap abnahm, um sich durch die Haare zu fahren.

„Nicht mehr als jeder andere hier. Und du könntest aufhören, ihn dauernd zu triezen. Was soll zum Beispiel dieser dumme Spitzname?"

„Annie-Boy? Da muss er durch. Spitznamen härten ab. Hat dir auch nicht geschadet, Grünschnabel", widersprach Mason augenzwinkernd. Ash verzog keine Miene, obwohl mich brennend interessierte, woher der Name kam. „Ich traue ihm einfach nicht. Dein Samariter-Syndrom in allen Ehren, aber hast du mal drüber nachgedacht, dass *er* hier das Material verschwinden lässt? Er hat immerhin 'ne Historie mit Diebstahl."

Ash verzog das Gesicht und setzte die Cap wieder auf. „An wen soll denn ein Siebzehnjähriger Baumaterial verticken? Sicher nicht. Außerdem haben wir alle eine Historie, und gerade du und ich sind die Letzten, die andere dafür verurteilen dürfen."

Mason warf Ash einen Blick zu, den ich nicht deuten konnte. Ash starrte zurück, und eine kleine Weile schienen die beiden eine stumme Unterhaltung zu führen, an deren Ende Mason abwinkte und aus dem Haus marschierte. Mir wurde bewusst, wie lange und wie gut die beiden einander kennen mussten, um so kommunizieren zu können.

„Welches Material verschwindet?", fragte ich vorsichtig über das Kreischen von Kreissägen hinweg.

Ash schüttelte resigniert den Kopf. „Praktisch alles, was nicht niet- und nagelfest ist. Holzbalken, Schrauben, Fenster. Neulich war sogar der Kompaktbagger weg." Als er mein schockiertes Gesicht sah, kniff er mir lächelnd in die Wange. „Mach dir keine Sorgen, das passiert auf Baustellen ständig. Und nachts ist zumindest Mason da."

Das stimmte, und plötzlich war ich dankbar dafür, dass er Mason in meinem alten Haus wohnen ließ. Ash hatte mir von dessen kaputter Beziehung und kleinen Tochter erzählt, und ich empfand Mitleid für den Brummbären. Trotzdem nahm ich mir vor, zu googeln, wie viel so ein Bagger kostete. War Ash für so etwas versichert?

Ich hatte davon gehört, dass Baustellen beliebte Ziele für Diebe waren, aber über mehrere Wochen hinweg grenzte das an Sabotage. Fast so, als wollte jemand verhindern, dass die Baustelle fertiggestellt wurde. Unwillkürlich musste ich an den Eindringling denken, der in meiner ersten Nacht hier mit einer Taschenlampe auf dem Grundstück herumgeschlichen war.

„Passiert das auf den anderen Baustellen auch?"

Statt einer Antwort schlang Ash einen Arm um meine Schulter und drehte uns auf dem Absatz herum. „Was hältst du davon, wenn ich mir um die Baustelle den Kopf zerbreche und du deinen Mädelstrip mit deiner neuen besten Freundin fortsetzt?"

Entsetzt sah ich zu Evelyn, die ich völlig vergessen hatte. Sie lehnte an Ashs schwarzem Mustang und wirkte so geduldig, dass sich mein schlechtes Gewissen verhundertfachte.

„Na schön. Aber wenn du nach Hause kommst, wirst du mir alles erzählen."

„Schere, Stein, Papier?“

Ashs *Papier* besiegte meinen *Stein.* Gutmütig umschloss er meine Faust mit seiner flachen Hand. „Ich werde dir *fast* alles erzählen“, versprach er.

Kapitel 27

Von einem, der (sich) auszog

ASH

Wie hatte ich auch nur einen einzigen Tag ohne den Genuss von Jades Anblick auf meinem Sofa überleben können?

Eigentlich hatte ich wie jeden Abend die Haustür mit einem beiläufigen Stoß zugeschoben und mir noch im Gehen das T-Shirt über den Kopf gezogen, um es auf dem Weg zur Dusche in den Wäschekorb zu werfen. Doch wie so oft in den letzten Tagen blieb ich stattdessen nutzlos und halb in schmutzigem Stoff steckend im dunklen Flur stehen und versuchte, mir jedes Detail dieses Anblicks einzuprägen. Selbst ein ganzes Leben wäre nicht genug, um diese Perfektion in Worte zu fassen.

Wie sich das weiche Licht des Deckenstrahlers auf ihrer seidigen Haut spiegelte. Wie sie auf dem Bleistift herumkaute, während sie über eine Songzeile nachsann, und sich ihre dunklen Brauen zusammenzogen, wenn sie mit einem Reim unzufrieden war.

„Sunshine. Sun…shine … feel fine …"

„*Be mine?*", schlug ich vor und warf das T-Shirt in Richtung Badezimmer.

Der überraschte Blick, mit dem Jade den Kopf hob, war ein Bild für die Götter. „Du bist schon da!"

„Schon." Bedauernd betrat ich das Wohnzimmer und warf einen Blick auf die Wanduhr. Kurz vor zehn. Das Haus auf der Lexington Road hatte mich aufgehalten, dort würde morgen bereits die Endabnahme stattfinden. Mit jedem Haus, das fertig wurde, wurde mir schmerzhaft bewusst, wie schnell mir die Zeit mit Jade zwischen den Fingern verrann.

Ich vergrub ebendiese Finger in ihren herrlichen Locken und massierte ihren Nacken, während ich einen Blick auf ihr Blatt warf. Songzeilen, Reimpaare und einzelne Worte waren kreuz und quer darauf verteilt, die meisten durchgestrichen oder doch wieder umkringelt. Ich musste lächeln.

„Brauchst du Hilfe?"

„Wobei genau?" Sie bemerkte, dass ich kein T-Shirt trug, stemmte sich auf die Knie hoch und sah über die Sofalehne hinweg mit einem Blick zu mir auf, der zensiert gehörte.

„Lass mich kurz duschen."

Ihr raues Lachen ließ meinen Schwanz zucken. „Wehe, du hast mehr an, wenn du zurückkommst!"

„Wehe, *du* hast mehr an", konterte ich mit einem eindeutigen Blick auf ihre nackten Beine. Sie kicherte.

Ich hielt mein Versprechen und kam zehn Minuten später bloß in Jeans zurück. Jade nicht: Als ich mich neben ihr auf die Couch fallen ließ, trug sie einen überlangen Cardigan, dessen grobe Häkelmaschen nicht wirklich gegen die angenehm kühle Nachtluft helfen konnten. Fenster schließen wäre hilfreicher gewesen. Aber das hätte den Zikadenchor ausgesperrt, und in diesem Haus galt: Im Zweifel für die Musik. Apropos Musik!

„Warum *Sunshine*?", fragte ich, weil ich unter der Dusche Dutzende Songzeilen im Kopf hin- und hergeschoben hatte. „Warum nicht *Moonshine*?"

Augenblicklich legte sie beide Beine über meinen Schoß – und verdammt, warum konnte ich nicht einfach eine Zeitblase um ihr Haus erschaffen, damit es niemals fertig werden und sie niemals gehen würde? „Wie Mondlicht oder wie selbstgebrannter Schnaps?"

Ich grinste. „Spannende Frage, nicht wahr?" Ohne die Position ihrer Beine auf meinem Schoß zu verändern, lehnte ich mich vor und griff nach der Gitarre, auf der Jade offenbar einige Noten ausprobiert hatte. „Ich habe da ein paar Songzeilen im Kopf, aber", ich ließ den Blick über ihren viel zu bekleideten Körper wandern, „du müsstest mir helfen, mich daran zu erinnern."

Jades kehliges Lachen war das schönste Geräusch auf der Welt. „Du willst, dass ich mich ausziehe?"

Ich schlug einen trägen Akkord auf der Gitarre an. „Für jede Songzeile, die ich schreibe, ziehst du ein Kleidungsstück aus. Und für jede, die du schreibst, ziehe ich ein Kleidungsstück aus. Deal?"

„Strip-Songwriting?" Sie lachte beim Blick auf meine zugegeben überschaubare Anzahl ausziehbarer Klamotten. „Du versteckst darunter besser mehr, als es den Anschein hat, sonst wird das ein kurzes Vergnügen."

Ich grinste. „Das ist genau die Art von schmutziger Zweideutigkeit, die ich im Sinn habe, Babycake." Dann sang ich leise: *„Just you and me and the moon…shine."*

Mit dem glücklichsten Kichern, seit wir damals den alten Truck von Mad Dog Brown geklaut hatten, schrieb sie die Songzeile auf und ergänzte: *„giving a good … time."*

Ich nahm ihr den Stift aus der Hand, strich *„giving"* durch und ersetzte es durch *„having"*, dann fügte ich vorne hinzu: *„The feeling of friends"*, damit das Versmaß zu der vorherigen Zeile passte:

The feeling of friends having a good time

„Du schuldest mir ein Kleidungsstück, Jadie."

„Du mir auch." Ihre Augen blitzten begeistert, während sie sich ungeduldig der Strickjacke entledigte.

Ich schüttelte den Kopf. „Von deiner angeblichen Songzeile sind genau drei Worte übrig, der Rest ist von mir. Schätze, auch die geht an mich – und Socken zählen nicht als Kleidungsstück", warnte ich, als sie schicksalsergeben die Zeigefinger in ihre Socken hakte.

„Vielleicht stellst du gerade einfach fest, dass du nicht ausreichend bestückt bist, um dieses Spielchen lange durchzuhalten?"

Sie warf einen vielsagenden Blick auf meinen Schritt. Natürlich meinte sie die Jeans, nicht das, was sich darunter befand. Trotzdem umfasste ich ihr Kinn und zog ihr Gesicht zu mir, bis ich ihren heißen Atem auf der Haut spürte.

„Du solltest den Mund besser nicht so voll nehmen mit Dingen, die zu groß für dich sein könnten."

Zur Antwort zog sie diese herrliche Unterlippe zwischen die Zähne. „War das eine Herausforderung?" Sie streifte auch noch ihr Top ab – und *Shit*, sie trug keinen BH.

Plottwist.

Paralysiert von dem überraschenden Anblick, hatte ich noch nicht entschieden, ob ich im Himmel oder in der Hölle gelandet war, als sie von dem Couchkissen rutschte und sich am Knopf meiner Jeans zu schaffen machte.

Und einfach so verabschiedeten sich meine Gehirnzellen. Wer auch immer sich die Blutzirkulation im männlichen Körper ausgedacht hatte, er war kein Genie gewesen.

Oder eine Frau.

Jades Finger fanden mit Leichtigkeit die rasch größer werdende Schwellung in meiner Jeans, strichen begehrlich über meine gesamte Länge, bis ich fast den Verstand verlor.

„Aber ich vergaß …“ Sie schnalzte schmollend mit der Zunge, woraufhin mein Schwanz ungeduldig gegen den Jeansstoff unter ihrer Hand drängte, „du hast ja jetzt viel mehr Selbstbeherrschung als früher.“

Sie öffnete den Reißverschluss, gerade weit genug, um ihre Hand unter den Bund schieben zu können.

Ich schob das Becken nach vorn. „Baby, wenn ich Selbstbeherrschung hätte, wäre ich nicht dreimal vom Staat Kentucky verurteilt worden.“

Idiot.

Idiot, Idiot, Idiot, schrie jede Zelle meines Körpers, am lautesten mein Schwanz, als Jade ihre Hand zurückzog.

Und mein Herz, als ihre Stimme erstickt echote: „… Drei?“

Jade sah mich an. Und *fuck*, ich wünschte, ihre jadegrünen Augen würden wütende Blitze schießen oder sich mit Tränen der Verzweiflung füllen. Vorwurf, Trauer, Wut. Alles war besser als dieser leere Ausdruck.

Von den ersten beiden Malen wusste sie. Beim zweiten Mal hatte ich alles darangesetzt, dass es bei einer Bewährungsstrafe blieb, damit ich sie nicht noch einmal zurücklassen musste.

Tja, und dann hatte ich zugelassen, dass *sie mich* zurückließ. Weil ich verflucht noch mal nicht die Eier gehabt hatte, nach Tennessee zu gehen.

„Wann war das dritte Mal?" Jades Stimme klang hart. Ich zwang mich dazu, ihren Blick zu erwidern.

„Vor etwas mehr als einem Jahr."

„Und was?"

Jetzt senkte ich doch den Blick. „Es ist kompliziert."

„Komplizierter, als aus Versehen einen Laden von Schmugglern zu bestehlen und deiner Freundin auf der Polizeiwache durch ein beschissenes Gitter erklären zu müssen, dass du und dein Bruder möglicherweise für zwanzig Jahre weggesperrt werdet?"

Ich verzog das Gesicht angesichts der unangenehmen Erinnerung an meine erste Festnahme. Und ich verzichtete darauf, ihr zu sagen, dass der Schmuggler-Laden nicht ganz das Versehen gewesen war, als das wir es damals hingestellt hatten, denn wir hatten stets nur die Leute beklaut, die es verdienten. In unserer Stadt Drogen und Waffen an Halbstarke zu verkaufen, gehörte definitiv zu der Sorte, der niemand eine Träne nachweinte.

Das änderte jedoch nichts daran, dass alles, was Jade sagte, stimmte. Raub fiel in Kentucky unter Verbrechen der Klasse B und war mit mindestens zehn bis zu zwanzig Jahren strafbar – nicht eingerechnet die zusätzliche Strafe für die abgefeuerte Schusswaffe in Knox' Fall.

Verstörender Fakt gefällig? Je nach Fall war das nur geringfügig weniger als Vergewaltigung Minderjähriger: Verbrechen der Klasse A, in die übrigens auch Brandstiftung fiel, und die ab zwanzig Jahren aufwärts einbrachte. Willkommen im Rechtssystem der Vereinigten Staaten! Zünde ein Haus an oder zerstöre ein unschuldiges Leben für immer, wo ist der Unterschied?

Es war allein der Paragrafenschläue von Gabe McKenzie zu verdanken, dass unser Fall damals nicht als Raub, sondern als räuberische Erpressung und damit Verbrechen der Klasse C behandelt worden war, mit einem Strafmaß von nur fünf bis zehn Jahren – abzüglich mildernder Umstände der Minderjährigkeit bei mir und zuzüglich geringerwertiger Vergehen der Klassen A und B bei Knox, für die jeweils maximal zwölf Monate angesetzt werden konnten: *Besitz von Einbruchswerkzeugen, Körperverletzung, Gewaltsames Eindringen.* Machte am Ende vierzehn Jahre für ihn und zwei Jahre für mich. Zwei Jahre, in denen Jade auf mich gewartet hatte.

Weiterer verstörender Fakt: Am Tag unserer Verhandlung war ein anderer Typ ebenfalls für ein Klasse-C-Verbrechen zu acht Jahren verurteilt worden – nachdem er seinen Onkel erwürgt hatte. Logisch, oder? Brandstiftung oder schwerer Raub: Zwanzig Jahre, ab zu den Kinderschändern! Töte einen Verwandten mit deinen eigenen Händen: Halb so wild, acht Jahre, Schwamm drüber.

Ich musste dringend aufhören, über dieses beschissene Rechtssystem nachzudenken, bevor ich wieder den Glauben an die Menschheit verlor.

„Ash." Jades Stimme holte mich in die Gegenwart zurück und, Scheiße, ich wollte sie einfach nur an mich ziehen, das Gesicht in ihren Locken vergraben und alles andere ausblenden. Sie setzte sich wieder neben mich, ihre Stimme klang behutsamer. „Was war es diesmal?"

Diesmal.

Wieder.

Einmal Straftäter, immer Straftäter. Adieu, guter Ruf, willkommen im Leben mit Vorurteilen. Keine Chance auf Rehabilitation.

„Vergehen der Klasse A", murmelte ich.

Jade hielt meinen Blick fest, ohne zu blinzeln. „*Körperverletzung* oder *Besitz von Einbruchswerkzeug?*"

Es schmerzte, wie gut sie mich kannte. Es tat weh, wie sehr ihr die Kategorisierungen vertraut waren. Und es zerfetzte meine Brust, wie traurig sie dabei aussah. So sehr, dass ich ein Lächeln auf mein Gesicht zwingen musste.

„Ach, Babycake. Ganz klar *Besitz von Marihuanapflanzen.*"

Ihr trauriges Lächeln brach mir das Herz. Meine Hände wollten sich aus Reflex um ihre Taille legen, aber mein Kopf war nicht sicher, ob ich das gerade durfte. Ich zog den Cardigan über ihre Schultern, um ihre Brüste zu bedecken.

„Einbruchswerkzeug", gestand ich dann. „Aber es war nicht meins."

Sie zögerte kurz. Dann zog meine kluge, kluge Freundin die richtigen Schlüsse:

„Anthony? Das meintest du neulich damit, dass er dir zwölf bis zweihundert Monate schuldet, oder?"

Gott, ich liebte diese Frau. „Ja", gestand ich, wobei die zweihundert eher psychologischer Natur gewesen waren. Mehr als zwölf hätte er nicht bekommen. Aber Vorstrafen waren wie Scheiße unter'm Schuh. Egal, wie sauber man sich danach wusch, sie blieben kleben und hinterließen überall, wo man hinging, einen üblen Beigeschmack. Ich zuckte mit den Achseln, während ich sanft eine Locke von Jades Schulter schob. „Ist keine große Sache, was ist schon ein Jahr mehr oder weniger? Zwölf Monate Bewährung und eine Geldstrafe, die ich in Sozialstunden abgearbeitet habe. Leichter für mich als für ihn. Er hat es schon schwer genug."

Ich ersparte ihr die Schilderung, was Zane Hopkins und einige seiner Kollegen mit Tony gemacht hatten, bevor ich die Schuld auf mich genommen hatte.

„Weil er Schwarz ist", erkannte Jade mit belegter Stimme.

Ich scheiterte an einem Lächeln. Mein Blick tanzte über ihr Gesicht, trotz des gemäßigten Teints ihres dänischen Vaters ebenfalls mit eindeutig Schwarzen Merkmalen wie der rundlichen Stupsnase, den ausdrucksstarken Wangenknochen und der geschwungenen Kieferpartie. Unwillkürlich zeichnete ich die Kontur mit dem Daumen nach. Ich liebte es, wie weich ihre Haut war, wie ihr Puls unter meiner Berührung erwachte und wie sich ihre Lippen teilten, um meine Fingerspitzen zu küssen.

„Ich hoffe, du denkst jetzt nicht noch schlechter von m–"

Sie fiel mir ins Wort und um den Hals, drückte ihre vollen Brüste gegen mich und ihre weichen Lippen auf meine. Und sie küsste mich, küsste mich, küsste mich. Ich hielt ihren Kopf fest, vergrub die Finger in ihren herrlichen Locken, nur um sicherzugehen, dass sie echt war. Dass dieser Moment echt war. Jade kletterte auf meinen Schoß.

„Wie könnte ich schlecht von dir denken, wenn du der beste Mann bist, dem ich jemals begegnet bin?"

Ich schluckte hart gegen den Druck in meiner Kehle, wollte den Kopf schütteln, doch sie hinderte mich daran, indem sie mich erneut küsste.

„Du *bist* ein guter Mann, Ash. Du hast vielleicht deine Schwierigkeiten damit, geltendes Recht zu befolgen, aber du weißt, was *gerecht* ist. Und wenn du mich fragst, ist das tausendfach mehr wert!" Sie sah mir ernst in die Augen. „Du. Bist. Anständig. Und du lässt dir von niemandem etwas anderes einreden, hörst du? Nicht von Knox, nicht von diesem Scheißkerl Zane und auch sonst von niemandem. Scheiß auf die und scheiß auf jeden, der nicht sieht, wer du da drin bist. Klar?"

Sie bohrte ihren Finger beinahe wütend in meine Brust. Und ich fühlte mehr widersprüchliches, wunderbares, wohlig warmes Zeug als jemals zuvor – Scheiße, ich hatte einen Kloß von der Größe Kentuckys in meiner Kehle und einen Dornenball hinter meinen Augen. Der Ring, den ich zu ihrem einundzwanzigsten Geburtstag für sie gekauft hatte, brannte schier ein Loch in das Schubladenfach, in dem er fünf Meter entfernt lag, und ich verfluchte die Welt dafür, dass es Teleportationszauber nur in Fantasybüchern gab.

Also konnte ich bloß sagen: „Fuck, ich liebe dich."

Und sie konnte nicht mit zwei Buchstaben antworten, sondern bloß mit einem lachenden Kopfschütteln. „Und du hast verdammt Glück, dass ich dich auch liebe, du Idiot."

Sie stieß mich amüsiert an, sodass wir beide mit dem Bodensofa nach hinten umfielen. Lachend zog ich sie an mich, umfasste ihr Gesicht und küsste sie mit allem, was ich war, und allem, was ich zu geben hatte. Egal, wie wenig das auch sein mochte.

Maddie Jade da Rosa schmolz mir entgegen, als wäre sie für meinen Körper gemacht. Sie öffnete die Lippen, als wäre ihr Mund für mich gemacht. Und sie vergrub die Finger in meinem Haar, als wüsste sie das ganz genau.

Es dauerte nicht lange, bis ihre Küsse fordernder wurden, bis meine Hände tiefer glitten. Sie stöhnte leise, als meine Zunge über ihren Hals glitt. „Hast du eigentlich jemals die Blumenbank hergeholt?“

Heiße Erregung ließ meinen Schwanz zucken. Mein Lachen klang heiser, als ich die Höhe der Sitzlänge mit ein paar Handspannen maß. „Ich habe eine bessere Idee.“

Damit hob ich sie über die umgekippte Sitzfläche und zog ihre Shorts samt Unterwäsche aus. Ihr entzücktes Keuchen war göttliche Folter, genau wie der Anblick ihres entblößten Hinterns. Gott, ich liebte diesen Hintern. Genussvoll knetete ich ihre Pobacken, während ich mich von hinten über sie beugte, um ihren Hals zu küssen. Ihr Puls hämmerte gegen meine Lippen, ihr Hintern drängte gegen meine Erektion.

„Findest du das immer noch anständig, Darling?“

Sie stöhnte tief in der Kehle, als ich einen Finger in sie schob. Ihre feuchte Enge trieb mich fast in den Wahnsinn, als sie meine Hand umfasste und das Tempo selbst bestimmte. „Wenn du mich zuerst kommen lässt, schon.“

Leise lachend strich ich mit der freien Hand über ihr Rückgrat, bis sie lustvoll erschauderte, dann öffnete ich meine Jeans. Kondome brauchten wir nicht mehr, seit wir uns bei Dr. Palmer getestet und den Sitz ihrer Spirale überprüft hatten.

„Und wenn nicht?“

„Dann sind wir wohl beide unanständig“, keuchte sie und erhöhte das Tempo meiner Hand, doch ich hielt sie auf, zog meine Finger aus ihr heraus und füllte sie stattdessen mit meinem Schwanz aus. Wir stöhnten beide auf.

„Fuck, Ash …“

Ich liebte es, wenn sie fluchte. Ihr Körper bäumte sich auf, und ich hielt sie fest, zog sie eng an meine Brust, bevor ich uns wieder nach vorn beugte, um tiefer in sie einzudringen.

Ich wollte mir Zeit lassen, wollte diesen perfekten Anblick länger auskosten. Doch Jade ließ mir keine Wahl. Sie schob lustvoll das Becken zurück, glitt mit einem auffordernden Stoß gegen mich, der uns beide keuchen ließ. Dann noch mal. Und noch mal, bis ich ihre Hüften packte und das Geräusch von aufeinanderprallenden Körpern unser Stöhnen überlagerte.

„Ash …“, sie streckte Halt suchend die Hand aus. „Oh fuck, ich komme …“

Ich ergriff ihre Hand und hielt sie fest, ließ sie nicht los, als sich ihre inneren Muskeln um mich herum zusammenzogen und um ein Haar auch mich über den Abgrund geschickt hätten.

„Komm, sooft du willst, Babycake. Solange du nur für immer bleibst.“

Kapitel 28
Kleinstadtkinder und Großstadtträume

JADE

„Wenn du mir das vor vier Jahren gesagt hättest, hätte ich herzhaft gelacht und gefragt, was du diesmal geraucht hast, Hopper!“, lachte ich zwei Tage später, als Matt mir zum bestimmt zehnten Mal seine kleine Tochter abnahm, weil sie beim Aufwachen immer ein wenig quengelte, bis er sie dreimal – oder dreißig Mal – im Wiegeschritt um den Tisch herumgetragen hatte.

Wir saßen bei Clay und Evelyn im Garten. Elle und Matt waren gerade zu Besuch, wodurch ich endlich eine meiner ältesten Freundinnen wiedersah und sogar ihre bildschöne Tochter Katie kennenlernte.

„Jepp, Menschen ändern sich, Maddie!“, schoss Matt amüsiert zurück. „Manche werden bloß Eltern und ändern ihren Lebensstil, andere werden Rockstars und ändern ihren Namen und ihre komplette Lebensgeschichte.“

Er meinte es im Scherz, aber ich spürte, wie sich Ashs Körper anspannte. Eigentlich saß er auf dem Gartenstuhl neben mir, aber wir hatten die Armlehnen umgeklappt und die Sitzflächen zusammengeschoben, sodass ich halb auf seinem Schoß, halb gegen seine Brust gelehnt lag, die nackten Füße auf der Armlehne von Elles Stuhl. Ein perfekter Sommerabend im perfekten Kreis von Freunden. Wer brauchte schon überfüllte Honky Tonks und ein rauschendes Nachtleben, wenn träge Kleinstadtmomente wie dieser alles waren, was man sich nur wünschen konnte. Dieser Garten, in dem sich die Musik aus der alten Stereoanlage mit dem idyllischen Abendkonzert von Zikaden und wogenden Wiesen mischte, und der Duft von süßem Heu mit rauchigem Grillfleisch und Evelyns selbst gemachter Bowle.

Eine verträumte Ballade von Carrie Underwood ließ meine nackten Füße im Takt wippen, während meine Lippen lautlos den Text mitsangen.

In einer fließenden Bewegung stand Ash auf und zog mich mit auf die Füße, legte eine Hand um meine Taille und ergriff mit der anderen meine Rechte.

„Lass uns tanzen."

Wie von selbst schmiegte ich mich gegen seinen Körper, stieg auf seine Füße wie ein Pinguinbaby und ließ mich von ihm im Takt der Musik wiegen. Ich liebte es, wie unsere Körper in Momenten wie diesen eins wurden. Eine Weile gab es nur uns zwei, seinen Herzschlag an meinem Ohr und die Wärme in meiner Brust.

Mein Körper vibrierte sanft, als er zu summen begann. Eine Melodie, die wir erst letzte Woche geschrieben und an Cassandra geschickt hatten.

... when all you need is the Sun and the Stars and the Moon... shine

The touch of your hand when you hold ... mine

The feeling of friends having a good ... time

With some moon...shine.

Ich hob das Gesicht und grinste ihn an. Er hatte recht gehabt mit der versteckten Botschaft: Nach außen hin erzählte der Text die harmlose Geschichte von Sternen und Mondlicht, ganz ähnlich wie dieser Moment gerade. Doch wenn man genau hinhörte und ein bisschen schmutzigere Gedanken hatte, erkannte man die darunterliegende Beschreibung von seliger Trunkenheit an selbstgebranntem Schnaps.

Unsere Art, rebellisch zu sein in einer Welt des glattgebügelten KI-Kommerz.

Die Tatsache, dass Cassandra restlos begeistert gewesen war und den Song sofort weitergeben wollte, zeigte uns, dass wir damit durchgekommen waren.

Unser schmutziges kleines Geheimnis.

„Kriegst du eigentlich Tantiemen von Goldies Video?", fragte Matt jetzt.

„Scheiß auf das Video", murrte Ash.

„Goldie fucking Bennett?", imitierte Elle mich kichernd, während sie Katie in ein Jäckchen einpackte. Mir wurde der schwache Abendwind bewusst. Obwohl die Sonne längst untergegangen war, war es immer noch herrlich warm. Gebannt sah ich dabei zu, wie Elle Katies krähenden Protest ignorierte und beharrlich ihre Ärmchen durch die Jackenärmel schob. „Das war doch total lustig."

„Ja, ungefähr so lustig wie Herpes", kommentierte Ash.

Elle sah auf. „Du magst sie nicht besonders, was?"

Seine azurblauen Augen funkelten amüsiert, als er einen raschen Kuss von meinen Lippen stahl. „Ich mag niemanden, der mein Baby schlecht aussehen lässt. Oder in eine Rolle presst, in die sie weder passt noch reingehört." Er führte mich in eine ausgelassene Drehung. „Denn die Frau, die ich liebe, ist nicht nett, nicht angepasst und nicht Everybody's fucking Darling. Die Frau, die ich liebe, stürmt auf Grundstücke und faltet Immobilienmaklerinnen zusammen, lacht ein bisschen zu laut und flucht ein bisschen zu derb. Sie ist verdammt echt, verdammt stur … und verdammt sexy."

Er fing mich wieder auf und küsste mich. Evelyn machte ein rührseliges Geräusch, und Matt verlangte lautstark, jedes Detail des Immobilienmaklerin-Zusammenfaltens zu erfahren. Doch ich hatte nur Augen für Ash.

„Ich liebe dich auch", wisperte ich dicht vor seinem Gesicht.

Seine herrlichen Lippen teilten sich zu einem Lächeln, seine Finger strichen über meine Schulter, um zu sagen, was Worte nicht konnten.

Dann setzten wir uns wieder, und Ash fasste zur allgemeinen Erheiterung meine Begegnung mit Nina Bowmaker zusammen. Wir kamen auf Zielstrebigkeit, Ruhm und meine Karriere, und ich gestand meine Sorgen, anderen auf die Füße zu treten, wenn ich mich nicht anpasste und so gab, wie meine Managerin mir empfahl.

Matt zuckte mit den Schultern und sammelte Katie von Elles Schoß. „Deine Managerin wird bestimmt wissen, was sie tut, oder nicht?"

Bedächtiges Nicken von allen. Außer von Clay: „Bullshit."

Ich musste schmunzeln, weil Ashs bester Freund wie das ungleiche Gegenstück von Ash war. Wortkarg, aber aus demselben Holz geschnitzt: ehrlich, loyal, verantwortungsvoll. Und gnadenlos direkt.

Clay sah mich ernst an. „Menschen werden dich immer kritisieren, egal was du tust. Bist du glücklich mit tausend Dollar Verdienst, nennen sie dich einen Versager, aber scheffelst du ein Vermögen, nennen sie dich Snob. Trägst du einfache Kleidung, behaupten sie, du hättest keinen Stil; aber trägst du Designerklamotten, behaupten sie, du willst nur angeben. Sagst du deine Meinung, halten sie dich für arrogant; und bist du höflich, halten sie dich für dumm." Seine dunklen Augen wurden ernst. „Du kannst es ihnen nie recht machen, Maddie. Also kannst du auch gleich auf ihre Meinung scheißen und so leben, wie *du* es willst." Er lehnte sich zurück und legte den Arm um die Lehne von Evelyns Stuhl, während mein Herz ein kleines bisschen für ihn schmolz. Und für Evelyn, die die Wange mit einem so glücklichen Lächeln gegen seine Handfläche schmiegte, dass ich glatt neidisch werden könnte – wenn ich nicht selbst an die Brust des besten Mannes der Welt geschmiegt läge. Clay sah mich an. „Die einzige Frage ist also: Was willst du, Maddie?"

Ich nahm bewusst die laue Abendluft wahr und den süßlichen Heuduft, die Wärme von Ashs starkem Körper und das zufriedene Glück über den Kreis meiner Freunde.

… Und die alles verzehrende Sehnsucht danach, eine erfolgreiche Sängerin zu sein. Für ausverkaufte Stadien voller jubelndem Publikum zu singen, Stapel von CDs zu signieren, reihenweise in Fotoapparate zu lächeln, wenn ich aus einem angesagten Club kam.

Mein Herz sank wie ein Stein, und als wäre daran eine unsichtbare Kette befestigt, zog sich meine Kehle zusammen, bis ich nicht mehr atmen konnte. Ich scheiterte an einem Lächeln und wich Clays Blick aus. Ich wollte das hier festhalten, wollte *Ash* festhalten. Ein Teil von mir liebte das gemächliche Kleinstadtleben in Sweet Springs, wo ich aufblühen und einfach ich selbst sein konnte.

Doch ein anderer Teil von mir würde verwelken und sterben, wenn ich jetzt aufgab, bevor ich es nicht zumindest versucht hatte.

ASH

Es gibt diese Momente, in denen man weiß, dass man geliefert ist.

Man muss nicht hören, wie der Einbruch-Alarm losschrillt oder das eigene Herz bricht. Man muss nicht sehen, wie ein halbes Dutzend Waffenläufe auf dich gerichtet werden oder die Frau, die du liebst, deinem Blick ausweicht. Man muss nicht spüren, wie sich am Boden zertretene Glassplitter in dein Gesicht bohren oder sich der Griff der Hand, die du festhältst, minimal lockert. Man weiß es einfach.

Das hier war so ein Moment.

Ich würde Jade verlieren.

Sie antwortete nicht auf Clays Frage, aber das musste sie auch nicht. Es gab Fragen, auf die Schweigen die deutlichste Antwort war.

Willst du mich heiraten?

Hat Ihr Bruder auf diesen Mann geschossen?

Würden Sie das unter Eid bezeugen?

Elle sagte etwas, das ich nicht hörte, und Jade sah neugierig zu mir hoch. Wenn ihre Augen nicht so verflucht schön wären. Ich wollte sie küssen, wollte vor ihr auf die Knie gehen, wollte den Gartentisch zerschlagen und sie an den Trümmern festketten. Stattdessen knipste ich ein sonniges Grinsen an, riss einen belanglosen Spruch, der Matt zum Lachen brachte, und ignorierte Clays Blick, der mich durchschaute.

Ich erinnerte mich genau daran, was er vor ein paar Monaten gesagt hatte, als Evelyn drauf und dran gewesen war, die Stadt zu verlassen:

Was du liebst, musst du freilassen. Kommt es zurück, gehört es dir.

Auf dem Papier klang das märchenhaft weise. An der Realität hingegen war nichts märchenhaft. Denn die Sache war die: Ich *hatte* Jade gehen lassen. Sie *war* zurückgekommen. Und sie gehörte trotzdem nicht mir. Kein Mensch gehört jemals jemand anderem, und ich war der Letzte, der irgendjemanden einsperren würde. Ob lebenslang in einer winzigen Zelle oder im Kleinstadtleben am Arsch der Welt, Gefängnis blieb Gefängnis.

Ich wusste nicht, ob ich es überleben würde, Jade noch einmal gehen zu lassen. Aber ich wusste, dass *sie* es vielleicht nicht überleben würde, wenn sie hierblieb.

Kapitel 29

Keine Arme, keine Kekse

JADE

„Rise Radio Station – euer entspannter Country-Sender, ich bin Polly Buckley, guten Morgen! Jetzt für euch: der Newcomer-Hit des Sommers, ‚Drunk On You' *von Jade Darling. Oh mein Gott, ich liebe diesen Song, und ganz ehrlich? Ich kann gar nicht sagen, wie oft ich schon das* Charlie's Chats *Video von letzter Woche gesehen habe. Wenn ihr es noch nicht kennt, schaut es euch auf jeden Fall an! Ich verspreche nicht zu viel, wenn ich sage, dass Jade ‚Everybody's Darling' darin ihr sehr schmutziges und sehr heißes Geheimnis enthüllt …"*

Verschlafen drückte ich das Gesicht in Ashs warm duftende Halsbeuge, als seine Finger die vertraute Melodie auf meiner nackten Schulter nachspielten.

„Hast du gehört? Ich bin ein schmutziges Geheimnis."

Ich streckte mich, dann kuschelte ich mich wieder an ihn. „Du bist höchstens schmutzig, aber offensichtlich kein Geheimnis mehr."

Ash lächelte sein atemberaubendes Grübchengrinsen und strich mir eine verirrte Strähne aus dem Gesicht. Die Morgensonne kitzelte in meiner Nase, wie sie in trägen Lichtstrahlen durch den Vorhangspalt in Ashs Schlafzimmer linste. *Unser* Schlafzimmer, das wir kaum verlassen hatten, seit *Charlie's Chats Folge 156: Everybody's Darling und ihr Dirty Secret* veröffentlicht worden war.

Der Audio-Podcast performte durchschnittlich, aber das Video-Interview war binnen achtundvierzig Stunden zum meistgeklickten Video auf ihrem Kanal avanciert. Und zwar nicht, weil mein Gesicht so exotisch war oder Ashs gemütliches Haus so ein Hingucker – obwohl es das definitiv war, denn ich hatte mich so im Wohnzimmer positioniert, dass hinter mir die offene Küche, die beeindruckende Plattensammlung und die zwei Gitarren an der Wand sichtbar waren. Leider war dadurch auch der Eingangsbereich des Hauses hinter dem Durchbruch zu sehen, in dem mitten in der Aufnahme Ash nach Hause gekommen war: staubig von der Arbeit und in einem zerschlissenen Shirt, das er sich wie immer noch im Gehen über den Kopf gezogen hatte wie der feuchte Traum jedes Südstaatenmädchens, um sich und seinen sonnengebräunten Muskelkörper für die ganze Country-Welt sichtbar hinter mir entlang in Richtung Badezimmer zu schieben. Fehlte nur noch die Zeitlupe und bunter Rauch im Hintergrund, um daraus einen heißen Videotrailer zu machen. Ich wusste bis heute nicht, ob Ash das absichtlich inszeniert hatte, denn bei diesem Mann wusste man so etwas nie. Sein überrumpelter Unschuldswelpenblick jedoch hatte seiner Show die oscarreife Krone aufgesetzt. Charlene war vor Begeisterung ausgeflippt und hatte mich alles über Ash ausgefragt: sein Leben, seinen Job, seine Hobbys und – oh! – seine Beziehung zu mir. Der Rest war Geschichte.

Drei Tage später hatte mir Cassandra am Telefon verkündet, dass Jeffrey Blake von Southern Hill Records mich kennenlernen wollte – und Ash am liebsten auch. Ob aus Trotz über seinen verschmähten Sohn (immerhin hatten bis zu dem Zeitpunkt alle gedacht, ich würde mit Bobby ausgehen) oder aus PR-Kalkül, weil Jade Darling jetzt gleich mit zwei Skandalthemen trendete (#GoldieFuckingBennett war immer noch ein Ding), wusste ich nicht. Möglicherweise lag es auch an den Songtexten, die Ash und ich auf ihre KI-Melodien geschrieben hatten, aber das wäre ja fast zu ehrlich in einer Welt voller Lügen.

Übermorgen würde ich mich mit ihm im Hauptsitz des Labels in Nashville treffen.

„Und diesmal kommst du wirklich mit?", fragte ich wieder, jetzt hellwach, weil mir die Nervosität fast die Luft abschnürte. Das Lampenfieber vor einem Auftritt in ausverkauften Honky Tonks war ein Dreck gegen das Lampenfieber vor einem Treffen mit Jeffrey Blake, obwohl Bobby mir versichert hatte, dass sein Vater ein entspannter Typ war.

Ashs Sommerhimmel-Augen tanzten über mein Gesicht, in seine Wangen gruben sich schelmische Grübchen, noch bevor er die Hand hob. *„Schere, Stein, Papier?"*

Ich seufzte. Ash sperrte sich zwar nicht so vehement wie beim letzten Mal gegen Nashville, dennoch hatte er sich auch diesmal stets um eine Antwort herumgemogelt. So wie jetzt gerade.

Zwischen Lachen und Frust schlug ich seine Hand weg. Die Decke verrutschte leicht, sein Blick fiel auf meine nackten

Brüste. Schnell zog ich sie wieder hoch. „Vergiss es, wir haben einen Termin."

„Der *Termin* ist bei meinen Eltern, und ich bin ziemlich sicher, dass sie warten können."

Damit nahm er mein Kinn zwischen Daumen und Zeigefinger und küsste mich. Seine Lippen waren weich und sündig, seine Zunge forsch und sein Kuss so intensiv, dass mein Körper instinktiv gegen seinen drängte. Da kam mir ein Gedanke.

Begeistert entzog ich mich ihm und schlüpfte aus dem Bett. „Kein Sex, solange du mir nicht endgültig versprichst, dass du mitkommst."

Ich nahm die Decke mit, woraufhin sie von seinem Körper rutschte. Er machte nicht einmal Anstalten, seine große Erektion zu bedecken. Und er sah ganz genau, wohin mein Blick – und meine Gedanken – wanderten. Grinsend stemmte er den Kopf in die Handfläche.

„Das hältst du keine vierundzwanzig Stunden durch, Babycake."

„Wollen wir wetten? Wenn ich gewinne, kommst du mit nach Nashville."

Er grinste immer noch. „Und wenn nicht, gehst du allein und wirst ein paar Monate lang eine skandalfreie Jade Darling sein, um den Leuten nicht noch mehr Anlass zu geben, nur über deinen Verbrecherfreund oder deine Manieren zu reden anstatt über dein Talent."

Wenn er es so sagte, klang seine Weigerung, mitzukommen, beinahe süß. Ich hinderte mich daran, ihm vor Dankbarkeit um den Hals zu fallen. „Mister Crawford, wir haben einen Deal."

Ich streckte ihm die Hand hin, die er augenblicklich ergriff, um mich zurück aufs Bett zu ziehen. Lachend schaffte ich es, mich aus seinem Griff zu winden und ins Bad zu flüchten.

Natürlich kamen wir zu spät zu Ashs Eltern. Wir gingen zu Fuß, denn über die Feldwege lag Ashs Elternhaus keine fünf Minuten von seinem eigenen Haus am Waldrand entfernt. Ob er deswegen ausgerechnet dieses Haus behalten hatte?

Ashs Vater öffnete die Tür mit dem verschmitzten Halblächeln, das mehr zu wissen schien, als sich jede Freundin des Sohnes jemals eingestehen wollte.

„Kommt rein, ihr zwei. Billie ist auf der Terrasse. Ich komme gleich nach."

Im Haus duftete es nach der vertrauten Mischung aus frisch gebackenen Keksen, ayurvedischem Kräutertee und Terpentin. Ashs Mutter war leidenschaftliche Hobbykünstlerin und obendrein ziemlich talentiert. Seit einigen Jahren verkaufte sie Bilder über einen kleinen Online-Shop, den Ashs jüngerer Bruder Phoenix ihr eingerichtet hatte. Leider nicht annähernd für das Geld, das sie wert wären oder mit dem sie ihre immer höher werdenden Arztrechnungen bezahlen könnte.

The Bills can't pay their bills, kam mir der abfällige Kommentar einiger Leute in den Sinn, der Ash und seine Brüder in ihrer Jugend verfolgt hatte. Ich schüttelte den Gedanken ab.

„Maddie!" Ashs Mutter saß im Schatten der Veranda, einen Strohhut auf dem Kopf, die von Silber durchsetzten blonden Haare trug sie in einem geflochtenen Zopf über der Schulter. „Wie schön, dass er dich endlich vorbeibringt. Darf ich dich jetzt Darling nennen?"

Ich lächelte. Wie oft ich diesen Spruch in den letzten Wochen gehört hatte. Doch ich beschwerte mich nicht, denn die Begeisterung und bedingungslose Unterstützung der Menschen aus meiner Heimatstadt bedeutete mir alles.

„Du darfst mir jeden Namen geben, den du willst, Billie. Happy Birthday!" Ich drückte sie fest an mich. Sie war dünner als in meiner Erinnerung, obwohl Ashs Mutter schon immer drahtig gewesen war.

Sie wollte aufstehen, wobei das Tablet mit dem Videocall auf ihrem Schoß beinahe zu Boden glitt. „Sekunde, Baby", sagte sie zum Display. Ihre Hand zitterte leicht, als sie es zurück in einen festen Stand zog. Ich erhaschte einen kurzen Blick auf den Screen: Ein Klon von Ash neben halb heruntergelassenen Jalousien wie in einem Film Noir.

„Bleib sitzen, Ma. Happy Birthday." Ash drückte ihr einen innigen Kuss auf die Stirn und hielt ihr das riesige Geschenk mit der gepunkteten Schleife hin.

„Was zum Teufel, Alter!", beschwerte sich der Klon im Tablet, dessen Sicht nun verdeckt war. Billie hörte ihn nicht, weil sie eifrig das Papier abriss.

„Oh Baby!", rief sie begeistert aus, als sie die gigantische Farbenkollektion ausgepackt hatte. „Ach, du spinnst doch! Das ist viel zu viel Geld."

Da hatte sie nicht unrecht. Ich hatte die Marke gegoogelt, diese Palette kostete fast vierhundert Dollar. Ash hingegen grinste bloß sein Straßenjungen-Grinsen, zog sich einen Holzstuhl heran und platzierte mich auf seinem linken Knie. „Für meine Mom ist nichts zu viel Geld. Außerdem braucht eine Profi-Künstlerin auch Profi-Material, richtig? Ich hab gehört, du hast schon wieder eins verkauft."

„Ja, für eintausendzweihundert Dollar! Ich weiß wirklich nicht, was mit den Leuten los ist."

Billie schüttelte überwältigt den Kopf. Der unbändige Stolz auf Ashs Gesicht ließ mich ihm noch ein bisschen mehr verfallen. Und der schelmische Blick, den er mit seinem Vater wechselte, der gerade mit einer Karaffe Eistee in der Fliegengittertür erschien, ließ mich … *Warte mal.*

Ich erinnerte mich an die Leinwände in meinem alten Zimmer. Kaufte etwa Ash diese Bilder? Um seine Mutter, die niemals Geld von ihm annehmen würde, heimlich finanziell zu unterstützen?

Konnte man sich noch mehr in einen Typen verknallen?

Ich beschloss, mitzuspielen, und drückte Billies Hand. Sie war eisig, obwohl es selbst hier im Schatten mindestens achtundzwanzig Grad waren. Insekten surrten über dem Tisch. „Das ist wirklich unglaublich, Billie!"

„Das ist es wirklich. Da vergisst man glatt, dass man eigentlich heute Morgen nicht mehr aufstehen wollte."

Sie ließ es wie einen Witz klingen, aber ich hörte die Resignation in ihrer Stimme. Ich hasste den plötzlichen Stich in meiner Brust. Ich hasste das Beben ihrer Finger, als sie die Faust ballte. Ich hasste den Schock, der Bills Körper versteifte. Und ich hasste den Schmerz, der über Ashs Gesicht glitt. Aber am meisten hasste ich, dass keiner von uns auch nur das Geringste tun konnte.

„Bullshit, Mom!", durchbrach die Stimme aus dem Tablet unsere Paralyse. „Du wirst vierundneunzig werden, und in dreißig Jahren machen wir das hier immer noch, klar?"

Ash legte den Kopf schief. „In dreißig Jahren ist sie erst neunundachtzig. Ich dachte, du kannst so gut zählen, Arschgesicht."

„Ist dein Gesicht, Arschgesicht." Der Typ auf dem Display schnitt dieselbe ironische Grimasse wie Ash, sodass ich mich kurz vergewissern musste, dass nicht doch die Selfie-Cam aktiviert war. Ich winkte Ashs jüngerem Bruder, der ihm von allen mit Abstand am ähnlichsten sah. Phoenix war als Erster aus Sweet Springs abgehauen und hatte das Kleinstadtleben hinter sich gelassen. Anders als bei Boone, dem jüngsten Bruder, der in Texas Ingenieurswesen studierte, wusste man bei Phoenix jedoch nie so genau, wo er sich aufhielt.

„Hi Phoenix! Wie geht's dir? Wo bist du? Ist das hinter dir der Eiffelturm?"

„Hey, Darling." Er überging meine anderen Fragen und drehte sich mitsamt Laptop um neunzig Grad, sodass wir anstatt aus dem Fenster auf eine am Boden liegende Matratze mit zerwühlter Bettdecke blickten, darüber drei bunte Gemälde an der unverputzten Wand. „Ash, sag deinem Hacker-Freund, wenn ich ihn in die Finger kriege, kann er was erleben. Ich schätze meine Privatsphäre, klar?"

Ash blieb unbeeindruckt. „Sag's ihm selbst, wenn du dich traust. Und wenn du meine Frau noch einmal Darling nennst, kannst *du* was erleben."

„Habt ihr endlich geheiratet? Glückwunsch, Darling."

Ich vermied es, Ash anzusehen – oder Billie –, während meine Wangen so heiß wie Herdplatten wurden und niemand widersprach.

„Ich dachte schon, du hättest das Ding längst –"

„Wenn ich du wäre", unterbrach Ash ihn, obwohl ich wirklich gerne mehr über dieses *Ding* erfahren hätte, „würde ich mich zur Abwechslung mal nicht um Kopf und Kragen reden."

Phoenix lachte. „Das sagt der Richtige. Und wenn ich du wäre, würde ich nicht jedes Mal an die Decke gehen, wenn jemand sie Darling nennt, sonst kriegst du noch 'nen Herzinfarkt. Apropos Herzinfarkt, kannst du Mom bitte davon abhalten, dauernd Haschkekse zu backen? Irgendwann kommt zufällig die Polizei vorbei, und dann steckt sie richtig in der Klemme."

Ash und ich drehten gleichzeitig den Kopf, um Billie anzusehen. „Ernsthaft, Mom?", ächzte Ash.

„Entspannt euch, es ist kaum was drin!", rechtfertigte sie sich. „Dieses Tropfenzeug verfliegt beim Backen stärker als der selbstgebrannte Rum deines Grandpas."

Phoenix grinste. „Da lernt sie mit neunundfünfzig Jahren noch was in Chemie."

„Aggregatszustände gehören zur Physik, Trottel", korrigierte Ash seinen Bruder. „Wo sollen diese Kekse sein, Mom?"

„Selber Trottel."

„Gebt Ruhe, ihr beiden!", ging Billie kichernd dazwischen, obwohl ihre blitzenden Augen verrieten, wie sehr sie es genoss, zwei ihrer zänkischen Jungs um sich zu haben wie in guten alten Zeiten. Und ich genoss es, wieder ein Teil dieser Familie zu sein.

„Sieh's positiv, Mutter", setzte Phoenix voller Pathos an, doch Ash unterbrach ihn ernst: „Du willst dich vielleicht anders hinsetzen, Nyx."

Der vertrauliche Spitzname ließ seinen Bruder blinzeln. Abermals drehte sich Phoenix mit dem Laptop im Schoß, bis wir nur noch ein Stück unverputzte Wand hinter ihm sahen.

„Wieso, was war da?", fragte Billie sofort.

„Nichts", antworteten ihre Söhne im Chor. Ich liebte die Dynamik dieser Familie.

Billie kniff fragend die Augen zusammen. Sie hatte es nicht gesehen, aber ich schon: die bunten Leinwände über der Matratze. Ash war offensichtlich nicht der einzige Sohn, der seine Mutter heimlich finanziell unterstützte.

„Bloß 'ne nackte Frau in seinem Bett", lenkte Ash alle ab.

Billies Augen blitzten vor Begeisterung. „Ist sie hübsch?"

Phoenix, unfreiwillig gefangen in dieser Farce, verdrehte die Augen und spielte mit. „Wäre sie sonst in meinem Bett?"

„Ist sie rothaarig und hat dich verarscht?", fragte Ash grinsend.

Da wurde Phoenix' Gesicht hart. „Fuck you."

„Eine rothaarige Schönheit?", hakte Billie nach. „Erzähl mir alles."

„Mach ich, wenn du dreiundneunzig bist, Deal?" Phoenix grinste das Crawford'sche Eine-Million-Dollar-Grinsen. „Spoilerwarnung: Hat kein Happy End. Ich bin nämlich kein niedlicher Retriever-Boy wie mein Bruder."

„Weil ich blond und zottelig bin?" Ash beäugte eine seiner langen Strähnen, während ich mir auf die Unterlippe biss, um nicht zu grinsen, weil es stimmte.

Phoenix stöhnte auf. „Du kannst den Begriff ja mal googeln." Dann drehte er abrupt den Kopf, als hätte jemand an seine Tür geklopft. „Ich muss Schluss machen. Pass auf dich auf, Mom. Ciao, Maddie. Ash."

Eine salutierende Abschiedsgeste. Und weg war er.

„Er steckt bestimmt in Schwierigkeiten." Sorgenfalten furchten Billies Stirn, als sich bloß noch unsere Gesichter im schwarzen Display spiegelten.

„Ach was, er hatte einfach keinen Bock mehr auf das Gesprächsthema. Wer gibt schon gern zu, von 'ner heißen

Braut verarscht worden zu sein? Also, außer mir natürlich." Ash grinste dasselbe Grinsen wie Phoenix noch vor fünf Sekunden. „Wie steht es nun mit diesen Cookies?"

Billie nickte zu dem Tisch vor uns, auf dem Bill vorhin den Eistee abgestellt hatte. „Bedien dich."

Stumm streckte Ash den Arm aus, um zu signalisieren, dass er den Teller mit mir auf seinem Schoß gerade nicht erreichen konnte.

„Tja, Sohn", grinste Billie. „Keine Arme, keine Kekse."

Sie zwinkerte mir zu, als ich in Kichern ausbrach. Dann streckte ich mich, weil ich immerhin dreißig Zentimeter mehr Reichweite hatte als Ash. Auch das war nicht genug.

Schmunzelnd langte Billie nach dem Teller und reichte ihn mir.

Auf halbem Wege begann ihre Hand zu zittern.

Entsetzt sah ich dabei zu, wie ihre sonst so ruhige Hand heftig geschüttelt wurde wie von einem zornigen Geist.

Der Teller bebte. Billie keuchte.

Und bevor irgendjemand reagieren konnte, zerschellte das Porzellan auf den Holzdielen. Cookies kullerten über die Terrasse, einer rollte die Stufen hinab bis in den Garten. Viele brachen entzwei.

Billies Gesicht verhärtete sich vor Scham, Wut und Hilflosigkeit. Ashs Griff um meine Taille verkrampfte sich. Und mein Herz zersprang in tausend Stücke.

Schon war ich auf den Beinen, sammelte die Kekstücke ein und klaubte mit spitzen Fingern die Bruchstücke des Tellers auf.

„Lass, Maddie." Billies Stimme war nur noch ein heiseres Flüstern. Die Müdigkeit einer desillusionierten Frau, deren Körper nicht mehr so mitspielte, wie ihr Geist es gerne wollte.

Hilfe suchend sah ich zu Ash, dessen Augen eine Sekunde lang vor Schmerz und Wut schrien, bevor er ein selbstironisches Lächeln auf sein Gesicht zwang.

„Tja, Mutter", wiederholte er Billies Worte mit einem Grinsen, das selbst ich ihm glatt abgekauft hätte. „Keine Arme, keine Kekse."

Wie es sich anfühlte, gleichzeitig zu weinen und doch lachen zu müssen?

Genau so.

Ein Glucksen brach durch Billies Tränen, sie zog die Nase hoch und warf ihrem Sohn einen Blick zu, der tadelnd sein wollte, aber bloß voller Liebe und Dankbarkeit war.

„Ich bin sehr froh, dass du nicht gegangen bist wie deine Brüder."

Ash wich meinem Blick aus, doch ich griff nach seiner Hand und drückte sie, um ihm zu zeigen, dass ich ihn verstand. Mehr noch, dass ich auch froh war, dass er geblieben war.

Denn das machte ihn zu dem Mann, den ich liebte.

„Ist Phoenix wirklich in Frankreich?", fragte ich Ash, als wir das Haus seiner Eltern ein paar Stunden später verließen, die Taschen voller zerbrochener Cookies – die entgegen Billies Behauptung mehr als genug Marihuana enthielten, um sie in ernsthafte Schwierigkeiten zu bringen. Ein Risiko, das wir nicht eingehen wollten.

„Nein." Ash schob die Hände in die Taschen der ausgetragenen Jeans, den Blick zu Boden gerichtet, wo er ein Steinchen mit dem Fuß vor sich herkickte. „Nevada."

Ich riss die Augen auf. „Las Vegas?"

„Vermutlich."

Ashs knappe Antworten sagten mir mehr über seinen Gemütszustand, als er zugeben wollte. Ich hakte mich bei ihm unter. „Vermisst du ihn?"

Jetzt musste er lachen. „Selten."

Immer noch nur ein Wort. Also lag es nicht an Phoenix. „Was sagen die Ärzte deiner Mom?"

Daraufhin schwieg er, und mein Herz zog sich schmerzhaft zusammen. Es war schwierig gewesen, meine eigene Mutter mit Anfang zwanzig zu verlieren. Ihr letzter Krankenhausaufenthalt war lang genug gewesen, um mich auf ihren Tod vorzubereiten, und kurz genug, damit ich nicht von dem ewigen Kreislauf aus Hoffnung, Hilflosigkeit, Dankbarkeit und Verzweiflung zermürbt wurde. Ashs Familie war dieser kurze, leichte Abschied nicht vergönnt. Sie waren dazu verdammt, hilflos zuzusehen, wie die lebensfrohe Frau, die sie kannten und liebten, ihnen zunehmend entglitt. Schlimmer als dieser wütende Schmerz der Außenstehenden war nur, zu sehen, wie Billie selbst darunter litt. Es war schwierig, einen anderen Menschen zu pflegen. Es musste unendlich viel schwieriger sein, auf Pflege angewiesen zu sein, obwohl man sich die meiste Zeit über völlig gesund fühlte.

Betrübt schmiegte ich im Gehen den Kopf gegen Ashs Schulter zum Zeichen, dass ich da war.

„Ich bin auch froh, dass du hiergeblieben bist", sprach ich die Gedanken aus, die ich vorhin für mich behalten hatte. „Und ich kann dich verstehen. Ich wäre wohl auch geblieben."

„Würde mich zu einem perfekten Traumtypen machen, wenn ich wegen der Krankheit meiner Mutter nicht mit dir nach Nashville gegangen wäre, oder?“ Sein trauriges Lächeln strafte seinen heiteren Tonfall Lügen.

„Na, zumindest irgendwo zwischen Traummann und Muttersöhnchen“, relativierte ich in der Hoffnung, dass mein Scherz ein echtes Lächeln Grübchen in seine Wangen grub.

Ashs Wangen furchten sich tatsächlich kurz, dann schüttelte er den Kopf und sah zum Himmel auf. Es dämmerte bereits, die ersten Sterne funkelten auf dem orange-violetten Himmelszelt.

„*Think of me when you're counting stars*“, sang ich leise.

Ein Lächeln zupfte an seinen Lippen.

„*Think of me when you heal your scars*“, antwortete er automatisiert und begriff meine Bitte, ihn seine Wunden heilen zu lassen. Dann seufzte er. „Ich bin nicht wegen ihr geblieben. Nicht nur.“

Ich gab ihm die Zeit, die er brauchte, um die richtigen Worte zu finden. Dabei betrachtete ich sein Profil, seine geschwungenen Lippen, seine eigensinnigen Haarspitzen. Dieser Mann war perfekt.

„Die Wahrheit ist …“ Ash sah mich an. „Ich hatte Angst, okay? Angst, dass genau das passieren würde, was passiert ist: Wir werden erfolgreich, irgendjemand gräbt zu tief in unserer Vergangenheit – in *meiner* Vergangenheit –, und plötzlich bin ich nur noch der Straftäter. Leute bilden sich ein, sie hätten ein Recht, über mich zu urteilen, weil schon mal ein Richter über mich geurteilt hat.“ Er schob die Hände tiefer in die Hosentaschen, zuckte mit den Schultern. „Das wollte ich nicht. Nicht für dich … und nicht für mich.“

Ich starrte ihn an, während mein Herz blutete. Das hatte ich nicht gewusst. Er hatte seinem Traum nie eine Chance gegeben, weil er Angst hatte, nicht akzeptiert zu werden für das, was er war. „Unsinn, du bist so viel mehr!“, rief ich. „Niemand sieht dich nur als Straftäter.“

„Stimmt. Hier in Sweet Springs nicht“, bestätigte Ash.

Ich weigerte mich, das zu glauben. „Komm übermorgen mit!“

„Nein.“

Frustriert blies ich die Wangen auf. „Wir werden keine Fernbeziehung führen, das ist dir klar, oder?“

Da grinste er wieder. „Und wenn wir täglich Telefonsex haben?“

Zwischen Kichern und Kapitulation stieß ich ihn an. Ich wollte seine Laune nicht noch weiter runterziehen, obwohl ich mir fest vornahm, diesmal nicht lockerzulassen. Er zog die Hand aus der Hosentasche und legte den Arm um mich, zog mich zum Kuss an sich. Ich war nicht so akrobatisch wie er, daher geriet ich ins Straucheln, und wir mussten stehen bleiben, damit ich uns nicht beide umriss bei meinem Versuch, das Gleichgewicht wiederzufinden.

Das brachte das Schmunzeln zurück auf Ashs Gesicht.

„Bist du bereit für deine große Abschiedsparty, Babycake?“

Kapitel 30
Stars and Moonshine

JADE

Es war nicht wirklich eine Abschiedsparty in Pipers *Honey Inn*. Es war bloß der alljährliche Startschuss für das privat organisierte NASCAR-Racing Event, das seit jeher auf der Rennstrecke keine zwanzig Meilen vor der Stadt stattfand, und das sich zu einem der beliebtesten Rennen mit wahrem Festival-Charakter ausgeweitet hatte, seit ein gewisser psychopathischer Rekordfahrer beschlossen hatte, Sweet Springs zu seinem neuen Heimathafen zu machen.

Jax Rayne hatte erst die Rennstrecke gekauft und modernisiert, dann den Highway-Ausbau beschleunigt, die Ladenzeilen in Downtown wiederbelebt und damit quasi im Alleingang Sweet Springs vor dem Untergang bewahrt.

Na gut, er – und Clay, wenn ich den Horrorgeschichten über die letzten Monate hörte, die Elle und Evelyn erzählten. Das war auch der Grund, aus dem das diesjährige Racing-Event verschoben worden war und erst jetzt, Ende September, stattfand.

Das Wetter in Kentucky schlug zu dieser Jahreszeit zwar gerne schon in die regenreiche Nässe um, der wir unsere saftigen Bluegrass-Wiesen und kräftigen Pferdezuchten verdankten, aber ein nasses NASCAR-Event war besser als gar kein NASCAR-Event. Noch zumindest hielt sich das gute Wetter.

„Da ist ja der Mann der Stunde!" Matt hob sein Glas, doch Jax beachtete ihn gar nicht. Wenn er auf etwas fokussiert war, blendete er alles andere aus. Und in diesem Augenblick war er auf meinen Mann fokussiert.

„Entschuldige, Maddie." Er nahm Ash beiseite, doch ich hörte ihn trotzdem: „Für gewöhnlich ist mir völlig egal, welche Frau du anpisst, aber weil ein nicht unbeträchtlicher Teil deiner Bankbürgschaft aus meiner Tasche stammt, möchte ich dich darüber informieren, dass du es offenbar geschafft hast, Nina Bowmaker so richtig wütend zu machen. Sie hat nicht vor, das Haus in der Chapel Lane zu verkaufen."

Ich keuchte auf. In der Chapel Lane war *mein* Haus!

Mir klappte der Mund auf, doch Ashs betroffener Gesichtsausdruck hielt mich davon ab, die Verwünschung auszustoßen, die mit „Ich wusste es!" anfing und auf „Diese Schlange ist eine Lügnerin!" endete. Ich sah, wie sich seine langen Finger zur Faust ballten und langstreckten, wie immer, wenn er starke Emotionen kontrollieren wollte. Sein Blick zuckte zu mir, durchbohrte dann wieder Pipers Tischplatte. Schuld? Angst? Kurzerhand umfasste ich Ashs Hand und sah Jax ins Gesicht. „Woher weißt du das?"

Er lehnte sich gegen unseren Stehtisch, als würde ihm der Laden gehören, und ließ den Blick scheinbar desinteressiert durch den Raum schweifen. „Das sind eben meine Talente. Ich fahre, ich vögle, und ich weiß Dinge."

Rosie prustete. Evelyn verschluckte sich an ihrem Drink. Tess lehnte sich begeistert über den Tisch. „Der Spruch ist von Tyrion Lannister."

Jax' Falkenblick schoss zu ihr, sein anerkennendes Halblächeln war so hypnotisch, dass ich woanders hinsehen musste. „Und rate mal, wer am Ende der Geschichte noch lebt."

Dann zog etwas im Raum – oder jemand – Jax' Aufmerksamkeit auf sich und ließ ihn aus dem Gespräch aussteigen, noch bevor Tess antworten konnte. Ich verrenkte mir den Hals, um seiner Blickrichtung zu folgen. Keine Chance, ich sah nur tanzende Körper und lachende Gesichter. Andererseits hatte ich auch nicht Jax Raynes Röntgenblick.

Pipers gesamtes Erdgeschoss war rappelvoll, und ich gönnte Clays Cousine den Umsatz von Herzen. Ihr *Honey Inn* und Tess' Ranch teilten sich die Abendveranstaltungen auf, weil man in der Kleinstadt eben zusammenhielt. Miteinander statt gegeneinander. Außerdem konnte Tess sich so zumindest an ein paar Tagen ohne schlechtes Gewissen betrinken.

Blitzte da etwa eine blonde Haarmähne am anderen Ende des Raumes auf?

„Seht ihr, was ich sehe?", fragte auch Tess, nachdem sich die Masse der Tanzenden genug verschoben hatte, um neben der blonden Mähne ein geschmackvolles Kleid zu enthüllen, darunter geschnürte High Heels, mit denen man jemanden ermorden konnte. „Wer ist sie?"

„Ärger", brummte Clay.

Jax reagierte auf keines der beiden Davis-Geschwister, die es dabei bewenden ließen. Ash hingegen war wie immer … Ash. „Scheiße, ist das Renée Duvrai?"

Jetzt hob sich immerhin eine Augenbraue in Jax' kantigem Gesicht: ein winziges Zeichen seiner seltenen Anerkennung. „Ja."

„Kein Scheiß?", hakte Ash nach. „Die Tochter von Bernie?"

„Ja."

Tess lehnte sich weiter über den Tisch. „Bernie Duvrai, der NASCAR-Boss?"

Betont langsam dehnte Jax den Hals, als überlege er, ob er Buntstifte herausholen und damit ein Schaubild malen sollte. „Brauchst du's schriftlich?"

Ash tätschelte seinem Freund die Schulter. „Tja, echt schade für dich, aber so wie's aussieht, ist sie verlobt."

„Nein, ist sie n–"

„Ja, und nach allem, was man hört, mit Colt Ryder", fiel ihm Piper ins Wort, die gerade eine neue Runde Getränke auf unserem Tisch abstellte.

„Colt Ryder, der diese Saison den Rekord eingefahren hat?", fragte Rosie und griff sofort nach einem der Gläser.

Bei der Erwähnung des Namens zuckte ein Muskel an Jax' Kiefer. Sein Blick streifte uns wie eine eiskalte Stahlklinge. Dann wiederholte er, nachdrücklicher diesmal: „Nein. Ist sie nicht."

Alle kapitulierten. Außer Ash. „Junge, ich bin ziemlich sicher, dass der Klunker an ihrem Finger eine andere Sprache spricht."

Jax betrachtete ihn bloß mit diesem Rasiermesserblick, der in einer Frau gleichzeitig Faszination und den prähistorischen Fluchtinstinkt weckte. So musste es den Höhlenmenschen bei der Entdeckung des Feuers gegangen sein. Wie viele sich wohl verbrannt hatten, bis sie gelernt hatten, ihre Neugierde zu zügeln und ihre Finger bei sich zu behalten? Ich war froh, dass ich es nicht herausfinden musste.

„Woher … Ach, ich frage erst gar nicht.“ Ash winkte ab.

„Kluge Entscheidung. Wie gesagt. Jeder hat seine Talente.“

Damit stieß sich Jax von unserem Tisch ab und ging zu der Blondine mit den Zwölf-Zentimeter-Absätzen und dem Zwölf-Karat-Diamanten am Finger.

„Ist das so ein Rache-Ding gegen Ryder?“, wisperte Evelyn, als könnte Jax sie selbst auf die Entfernung und über die Musik hinweg noch hören. Ausgeschlossen war das nicht.

Als sich nicht einmal Clay dazu äußerte, zuckten wir anderen bloß mit den Achseln. „Wird auf jeden Fall spannend“, prophezeite Tess. „Ich hoffe nur, die Stadt geht nicht deswegen drauf.“

„Schlimmer als Kids mit Sprengsätzen?“, scherzte Ash.

„Nicht witzig“, rügte Clay.

Tess kicherte. „Doch, irgendwie schon.“

Ich war längst nicht mehr bei ihnen. Meine Aufmerksamkeit hatte sich auf eine Teenagerin in der Menge gerichtet, die sich beim Tanzen die Seele aus dem Leib sang bei den letzten Zeilen von Whitney Houstons *„I Wanna Dance With Somebody*“. Ich lächelte. Sie erinnerte mich an mich selbst.

Unsere Blicke kreuzten sich, und ich nickte ihr aufmunternd zu:

Go, Girl! Egal, was du im Leben erreichen willst, du kannst es schaffen.

Sie grinste, nickte ebenfalls, tanzte weiter mit ihren Freundinnen. Sie hatte mich nicht erkannt. Ich fragte mich, wie lange es wohl dauern würde, bis die Leute auf der Straße nicht nur meine Songs erkannten, sondern auch mein Gesicht. Und ob ich das überhaupt wollte. Man hörte ja allerlei Horrorgeschichten über aufdringliche Paparazzi, fehlende Privatsphäre und Depressionen von Promis.

Aber tief in mir drin kannte ich die Antwort: *Ja. Das will ich.*

Mein Blick wanderte zu Ash. Er ließ die leere Bierflasche in einer perfekten Drehung auf dem Tisch kreiseln, war mit den Gedanken ganz woanders – vermutlich bei Nina Bowmakers Verrat. Dann schien er meinen Blick zu spüren, seine sturmwolkenblauen Augen zuckten zu mir, seine Finger schlossen sich um den kreiselnden Hals der Flasche. Ich streckte aufmunternd die andere Hand aus, und unsere Finger verschränkten sich. Seine Mundwinkel zuckten im Anflug eines Lächelns. Die Bierflasche kreiselte wieder.

Dann setzte ein neuer Song ein. Und wir erstarrten beide.

Ich erkannte die sanft freche, generische AI-Musik sofort. Schließlich hatten wir sie drei Tage lang rauf und runter gehört, während wir unsere Strip-Songwriting-Rebellenzeilen dazu geschrieben hatten.

Wie war das möglich? Ich hatte den Song noch nicht final im Studio aufgenommen. Bloß die temporäre Handyaufnahme meiner Stimme hatte über der Melodie gelegen, als ich sie Cassandra vor drei Wochen geschickt hatte.

Die sinnlich weiche Stimme, die jetzt aus den Lautsprechern drang, war nicht meine.

Es war Goldie fucking Bennett.

Nein!

Ohnmächtig schüttelte ich den Kopf. Das konnte nicht sein. Wie konnte das sein? Die Noten waren nicht so gedehnt wie in unserer Version und die Betonung nicht so zweideutig. Aber es waren unverkennbar unsere Zeilen. Ashs Grinsen.

Meine begeisterte Handschrift, als ich Worte durchstrich und ersetzte. Ich sah all das so deutlich vor mir, während ich fassungslos den Zeilen lauschte, unfähig, mich zu rühren, unfähig, auch nur zu atmen.

… when all you need is the Sun and the Stars and the Moon… shine

The touch of your hand when you hold … mine

The feeling of friends having a good … time

In the moon…shine.

Mordlust verdunkelte Ashs Augen, Weltschmerz brannte hinter meinen eigenen. Die heißen Spitzen von tausend Nadeln stachen in meine Brust, durchbohrten mein Fleisch und rissen glühende Löcher in meine Seele.

Nie hatte ich mich so hilflos gefühlt. Schutzlos. Perspektivlos.

Goldie Bennett hatte meinen Song geklaut.

ASH

Bis zu diesem Moment hätte ich die Hand dafür ins Feuer gelegt, dass Knox nicht absichtlich abgedrückt hatte. Dass mein Bruder nicht fähig war, jemanden ernsthaft zu verletzen.

Jetzt war ich mir nicht mehr so sicher.

Wenn Goldie Bennett jetzt in diesem Raum stünde und ich eine Neunmillimeter in der Hand hielte, ich wüsste nicht, was ich tun würde.

Vielleicht würde ich nicht auf sie schießen. Vielleicht schon.

Auf jeden Fall würde ich den Ausdruck auf Jades Gesicht niemals vergessen. Egal, wie oft sie noch lachen, lächeln und grinsen würde, es würde niemals die Trauer, Wut, Enttäuschung und Hilflosigkeit wettmachen, die jetzt gerade über ihr Gesicht schwappten wie ein nicht enden wollender Strudel in einem verwunschenen See, aus dem es kein Entkommen vor dem Ertrinken gab.

Die Leute um uns herum lernten schnell den eingängigen Refrain, konnten ihn schon beim zweiten Mal bruchstückhaft mitsingen und mutmaßten in der dritten Strophe bereits, dass es ein neuer Song von Goldie Bennett sein musste.

Ich stellte die Flasche flach auf den Tisch und stieß mich ab. „Pipe, Babe! Schalt mal das Radio leiser."

Die Musik wurde leiser und das Gemurmel lauter. Vielleicht war das, was ich nun tat, eine dumme Idee.

Scheiß drauf. „Dumme Idee" war mein zweiter Vorname.

Ich richtete mich auf und sagte laut und deutlich: „Das ist nicht Goldie Bennetts Song."

Meine Stimme hatte genug Kraft, um die letzten Noten des Songs zu übertönen. Scheiße, meine Finger konnten die Notenfolge blind auf imaginären Gitarrensaiten nachspielen.

„Ach ja?" Irgendein Kerl, den ich nicht kannte, löste sich ebenfalls von seiner Gruppe. Er musste von außerhalb sein und nur wegen des Events der kommenden Tage hier. „Hat sich für mich aber ziemlich nach Goldie angehört."

Ich maß ihn abschätzig. Seine Wampe hing ebenso schlaff über seinen Gürtel wie seine Hutkrempe über seinen Augen, als er herausfordernd das Kinn hob. Südstaaten-Cowboy. Der schüchterte mich nicht ein.

„Ja, Smartass, das war ihre Stimme. Aber das war nicht Goldie fucking Bennetts Song."

„Hör auf, sie so zu nennen“, maulte der Kerl, während ich Clay hinter mir warnend meinen Namen grollen hörte. Ich ignorierte beide.

Ein zweiter Kerl löste sich aus seiner Gruppe. „Ach ja? Sondern?“

„Ash“, bat jetzt auch Jade.

„Sorry, Babycake. Aber wenn man etwas wirklich will, muss man es sich manchmal einfach nehmen. Man kommt nicht an die Spitze, indem man nett ist.“

Ich wollte nie, dass sie das auf dieselbe harte Tour lernen musste wie ich vor all den Jahren. Doch Fakt blieb: Es gibt eine Zeit, den Kopf einzuziehen und die Füße stillzuhalten. Und es gibt eine Zeit, seinen verfickten Mann zu stehen und dem ganzen Scheiß die Stirn zu bieten.

Und manchmal brauchte man dafür jemanden, der den Kopf für einen hinhielt, bis man wieder auf seinen eigenen Beinen stehen konnte. Also tat ich dasselbe, was Mason für mich getan hatte.

Ich planierte den verdammten Boden vor Jades Füßen.

„Der Song ist von Jade Darling.“

„Jade Darling?“, fragte jemand anders. „Die Sängerin von ‚*Drunk on You*‘?“

„Oh mein Gott, ich *liebe* ‚*Drunk on You*‘!“, jubelte eine junge Frau, woraufhin einige ihrer Freundinnen mit einfielen.

„Ach ja?“, übernahm das Südstaaten-Wampenwalross wieder das Wort. „Und woher willst du das wissen? Hast du sie etwa gefragt?“ Er stieß lachend seine Kumpels an. Ich zuckte bloß mit den Schultern.

„Du kannst sie selbst fragen, Flachpfeife. Sie ist hier.“

„Jade Darling?“, kreischte die junge Fangirl-Frau und begann auf der Stelle zu hüpfen, während Jade mir einen Blick zwischen Mordlust und Lampenfieber zuwarf, um den ich mich später kümmern würde. Fürs Erste musste es reichen, dass ich einen Schritt zur Seite trat und sie auf das Podest hob, auf das sie verdammt noch mal gehörte.

Endlich hob sie mit dem hinreißendsten Lächeln zwischen peinlich berührt und stolz eine Hand.

„Hi, ich, äh … ja. Ich bin Jade Darling. Und äh … Ja. Den Song habe ich geschrieben. Zusammen – mit Ash.“

Jades Lächeln erweiterte sich zu einem schelmischen Grinsen, als sie die Aufmerksamkeit mit einer begeisterten Geste auf mich zurückspielte. Augen wurden groß, Gemurmel wurde laut.

Ich kniff die Augen zusammen, während ich für die Menge ein Grinsen aufsetzte, und lehnte mich zu ihr.

„So war das nicht geplant.“

„Tja, sorry. Man kommt eben nicht an die Spitze, indem man nett ist.“

Fuck. Ich wollte sie küssen, jetzt gleich. Mein Blick fiel auf ihre Lippen, die sich leicht öffneten wie eine verlockende Einladung.

„Oh mein Gott, du bist Ash!“, rief die junge Fangirl-Frau wieder. „Aus dem Video von *Charlie's Chats*!“

Shit … So war das nicht geplant gewesen.

„Ja“, gab ich zu, „aber hier geht's nicht um mich. Hier geht es um …“

„Jade Darling, das Country-Sternchen“, rekapitulierte Wampen-Willy entgeistert, „ist eine verdammte Schwarze?“

Kapitel 31

Fifty Shades of Fuck You

JADE

Ich hielt die Luft an. Oder die Welt war plötzlich luftleer. Oder beides.

Das lag weniger an dem Schmerz über diesen abfälligen Kommentar, denn davon kriegt man als nicht gesellschaftskonformer Mensch bereits genug für ein ganzes Leben ab, indem man nur die Highschool abschließt. Es wird nie okay sein, wenn jemand dich für etwas verurteilt, für das du nicht das Geringste kannst: deine Hautfarbe, Sexualität, Religion, Körperform. Es wird immer wehtun, wenn dich jemand ausschließt, weil du anders bist, obwohl wir doch alle anders sind. Es trifft dich immer. Aber man stumpft irgendwie ab.

Nein, meine Atemlosigkeit lag daran, dass Ash, der vor einer Sekunde noch neben mir gestanden hatte, jetzt plötzlich am anderen Ende des Raums war und den Mann so kräftig am Kragen schüttelte, dass dem Cowboy der Hut vom Kopf rutschte.

„Ash!“ Meine Stimme klang hohl in dem luftleeren Raum, der mein Kopf war.

Ich wollte schreien, fluchen, betteln.

Ich konnte bloß erstarrt zusehen, hörte wie durch Watte Ashs wütenden Wortschwall über Weiß und Schwarz und fünfzig Schattierungen von Scheiße.

Der Südstaaten-Cowboy machte sich los, verfehlte Ashs Kopf mit einem Schwinger, schrie zurück. Die Menge bildete einen Kreis um die zwei, Piper trat als Hausherrin dazwischen, wurde zurückgerissen. Volltätowierte Arme zogen Ash zurück, eine weiche Hand legte sich auf meine. Ich nahm Evelyns schwachen Duft wahr, aber ich konnte den Blick nicht von Ash lösen.

Beherzte Männer auf beiden Seiten hielten die Situation unter Kontrolle, allen voran Clay und ein paar Kumpels des Cowboys. Verhöhnungen flogen durch die Luft, die Ash belächelte. Doch ich sah das gefährliche Glitzern in seinen Augen.

Ash Crawford war einer der langmütigsten Menschen, die ich kannte, der stets einen blöden Spruch einem Faustkampf vorzog, egal, mit wie viel Scheiße ihn das Leben bewarf. Aber nach den Ereignissen dieses Tages – der Hilflosigkeit über den Gesundheitszustand seiner Mutter, der Enthüllung von Ninas Verrat beim Hausverkauf, dem Schock über Goldies dreisten Diebstahl und jetzt auch noch das hier … Jeder hatte einen Breaking Point. Und Ash war nur ein falsches Wort davon entfernt, die Beherrschung zu verlieren.

„Tja, schätze, es hat wohl ’nen Grund, dass der Song jetzt von der einzig wahren Queen gesungen wird anstatt von deiner kleinen Schlampe. Abschaum bleibt eben Abschaum.“

Ashs Körper ruckte vor. Fäuste flogen, Haut platzte auf.

Ich schrie seinen Namen, doch meine Stimmbänder gehorchten nicht. Ich stürzte vor, aber meine Füße trugen mich nicht.

Trotzdem wurde Ash zurückgerissen.

„Reiß dich zusammen!" Jax war schneller als ich, packte Ash am Kragen und stieß ihm gegen die Brust, sodass Ash zurücktaumelte, weg von dem Südstaaten-Cowboy.

ASH

„Tu nur ein einziges Mal so, als wärst du kein Idiot! Du weißt doch selbst am besten, dass Beleidigungen nur provozieren wollen."

Ich blendete Jax' Stimme völlig aus, genau wie seinen Stahlklingenblick, der mich schier gegen den Balken in meinem Rücken nageln wollte, während ich den Wampenwichser nicht eine Sekunde aus den Augen ließ. Seine blutende Schläfe sah deutlich schlimmer aus, als sich mein Wangenknochen anfühlte.

Ein Ruck ließ meinen Kopf gegen den Balken krachen. Mein Blick richtete sich auf Jax' Gesicht, meine Finger schlossen sich um seine Fäuste an meinem Kragen. „Ich schwöre dir, wenn du mich nicht sofort loslässt … Ist das ein Knutschfleck?"

Ich drehte sein Kinn zur Seite. Wann war das denn passiert?

Jax ignorierte die Frage. „Fokus aufs Wesentliche, Crawford."

Meine Faszination wich Mordlust, als ein untersetzter Kerl mit schmierigem Haarschnitt und widerlichem Grinsen in den Kreis stolzierte, den die Schaulustigen um die Wampenwurst und mich gebildet hatten.

„Gibt es hier ein Problem?"

Zane Hopkins stand mitten im Raum, die Daumen in die Gürtelschlaufen gehakt, als wäre er ein beschissener Sheriff im Wilden Westen. Für diesen Wichser hatte ich jetzt wirklich keine Zeit. Er tat, als sähe er mich jetzt erst. „Na, na! Das hier ist kein Gefängnishof, sondern eine ehrbare Pension. Auch wenn ich weiß, dass du mit Ersterem mehr Erfahrung hast, Crawford."

Die Wampenfraktion lachte, was Zane höhnisch grinsen ließ. Er genoss die Show sichtlich. Ich ballte die Hände zu Fäusten, um ihm nicht auch noch ins Gesicht zu schlagen.

Jax nahm die Hände von meinem Shirtkragen, betont langsam als stumme Warnung, dass er mich notfalls eigenhändig umnieten würde, wenn ich weiterhin vorhatte, Ärger zu machen.

Keine Sorge, Superhirn. Ich hab nicht vor, in Handschellen hier rauszulaufen.

„Was willst du hier, Hopkins?", fragte Jax.

„Für Recht und Ordnung sorgen, was sonst?"

Klar. Komm zurück, wenn Recht und Gerechtigkeit für dich dasselbe sind.

Ich verlagerte meinen Blick von Jax auf den Deputy, wobei ich jedes Fünkchen Selbstbeherrschung aufbringen musste, um meine Stimme nicht vor Abscheu beben zu lassen. „Das ist eine ganz normale Auseinandersetzung zwischen Männern, Hopkins. Was du wüsstest, wenn du einer wärs–"

Jax' Präzisionsschlag gegen meinen Solarplexus hinderte mich daran, die Beleidigung zu beenden. Ich kippte vornüber und verfluchte meinen Freund stumm.

Zane Hopkins hatte meinen unvollendeten Seitenhieb entweder nicht verstanden oder sich ebenfalls ein Pokerface zugelegt. Wichtigtuerisch plusterte er die Hühnerbrust auf. „Wer hat zuerst zugeschlagen?“

Als zwei Dutzend Südstaaten-Finger in meine Richtung zeigten, verdrehte Jax die Augen. „Willkommen in Amerika. Männer prügeln sich, passiert in jeder Bar jeden Tag. Große Sache. Willst du den ganzen Staat verhaften?“

Wie er es so in dieser abgeklärten Tonlage formulierte, fühlte ich mich wie der unwürdigste Deppenwurm im Staub zu seinen Füßen.

Hopkins' Gesicht lief so rot an, dass sich jemand vorsorglich auf Herzinfarkt-Wiederbelebungsmaßnahmen einstellen sollte. „Ich hab nicht nach deiner beschissenen Meinung gefragt, Rayne. Aber zu deiner Frage: Wenn's sein muss, ja! Ich bin hier schließlich das Gesetz.“

Da platzte mir der Kragen. „Einen Scheiß bist du, Hopkins! 'ne beschissene Marke macht dich nicht zum Gesetz. Nicht, wenn du links wegschaust und rechts zutrittst, wenn du die beschützt, die dich schmieren, und die verstößt, die deine Hilfe wirklich brauchen.“

„Leute wie wer? Dein krimineller Bruder?“

Ich ballte die Fäuste so fest, dass sie zitterten.

Hau ihm keine rein.

Hau ihm keine rein.

Hau ihm. Keine. Rein!

Ich bezwang den überwältigenden Drang und setzte ein Grinsen auf, das sich wie ein Zähnefletschen anfühlte. „Reichen Stichpunkte, oder willst du die ganze Liste? Spoilerwarnung: Könnte lang werden.“

Er schien nicht im Mindesten beeindruckt. „Ungefähr so lang wie dein Vorstrafenregister? Und wer soll dir diese angebliche Liste abkaufen?“ Er breitete die Arme aus, als die Wampenfraktion erneut höhnte. „Aber wir können diese *Auseinandersetzung* natürlich gern wie *Männer* klären. Jetzt gleich, draußen vor der Tür?“

„Du willst dich nicht mit mir anlegen“, knurrte ich, obwohl ich nichts lieber wollte als mich genau jetzt mit ihm prügeln. „Du weißt, was beim letzten Mal passiert ist.“

Ich belächelte das höhnische Grinsen auf Hopkins’ Gesicht. Doch ich erstarrte bei Jax’ Unheil bringendem „Du bist so ein Idiot“-Blick.

Fuck.

Ich wusste, dass ich am Arsch war, noch bevor Hopkins mit dieser verfluchten selbstgefälligen Visage den Kopf schief legte: „Oh, *das letzte Mal*? Klär uns auf, Crawford. Meinst du etwa dieses ominöse Mal unten an der Schlucht, als ich offiziell gestolpert und hingefallen bin? Körperverletzung an Polizisten ist ein Verbrechen.“

Jemand schnappte nach Luft, der sich schmerzhaft nach Jade anhörte. Ich wollte den Kopf drehen, konnte ihr aber nicht in die Augen sehen. Am Rande meines Sichtfelds sah ich, wie Evelyn, Tess und zwei weitere eindringlich auf sie einredeten. Ich wollte nicht, dass sie das hier mit ansah. Ich hätte es nie so weit kommen lassen dürfen.

Also biss ich die Zähne zusammen, damit nicht noch mehr verhängnisvolles Zeug aus meinem Mund kam, wich Jax’ und Clays Blick aus und starrte Zane nieder, ohne mich zu rechtfertigen oder seine Anschuldigungen abzuweisen.

Schweigen war auch eine Antwort.

Zufrieden grinsend löste er seine Handschellen vom Gürtel. Mein Fluchtinstinkt wurde übermächtig, aber jetzt abzuhauen, würde alles noch viel, viel schlimmer machen.

„Ausgeknockt von ’nem Sturz, pah! Wusstest du, was ich mir deswegen die letzten Monate anhören musste?“

Ich schluckte mindestens zehn demütigende Vorschläge herunter. Übrig blieb: „Willst du jetzt ’ne Tapferkeitsmedaille?“

Jax’ Blick war mörderisch. Hopkins’ Grinsen war ekelhaft, während er auf mich zuschlenderte, als hätte er alle Zeit der Welt. Irgendwo fiel die Tür ins Schloss, und ich hoffte inständig, dass die Frauen Jade nach draußen gebracht hatten. Sicher sein konnte ich natürlich nicht, denn meine Aufmerksamkeit war gerade auf den Brennpunkt dieser kreisrunden Schlinge fokussiert, die sich erbarmungslos um meine Kehle zuzog.

„Weißt du, Crawford“, fuhr Hopkins fort, der seine Machtposition auf dieser Bühne sichtbar auskostete, „ich wusste, dass deine große Klappe dich irgendwann ruinieren würde. Ich hätte nicht gedacht, dass du so dumm bist, das vor der gesamten Stadt zu tun. Ash Crawford, im Namen des Staates Kentucky nehme ich dich vorläufig fest wegen Körp–“

„Ach ja? Wofür?“, ging ich dazwischen, bevor er mein Handgelenk packen konnte, in der Hoffnung, dass es nicht wahr wurde, wenn er die Anschuldigung nicht beendete. „Beleidigung ist kein Strafbestand, Arschloch.“

Es war ein Reflex, ein verzweifelter letzter Glückswurf, um mich aus dieser beschissenen Situation zu retten, in die mich meine eigenen Taten gebracht hatten, damals wie heute. Das Leben ist die Summe der Entscheidungen und

Abzweigungen, die wir nehmen. Ich war ein paar Mal zu oft falsch abgebogen. Jetzt stand ich vor einer Sackgasse. Game Over. Er konnte mir genauso einen Strick aus meinem Schlag gegen die Wampenwurst drehen wie aus dem gegen ihn selbst damals in der Schlucht. Das Ergebnis blieb dasselbe: Körperverletzung. Vergehen der Klasse B. Zwölf Monate, mindestens.

Hopkins packte mich an der Schulter und drückte mich gegen den Holzbalken. Sein Atem stank nach kaltem Kaffee. „Reichen Stichpunkte, oder willst du die ganze Liste? Spoilerwarnung: Könnte 'ne lange Liste werden, ich hab über die Jahre so einiges behalten."

Kalter Stahl schnappte um mein linkes Handgelenk. Mein Magen drehte sich um. Ich hoffte inständig, dass Jade nicht mehr im Raum war.

„Du hast das Recht zu schweigen", belehrte er mich dann über meine Rechte, „alles, was du sagst, kann und wird vor Gericht gegen dich verwendet werden. Du hast das Recht auf einen –"

„Zane!", ging Clay dazwischen. „Lass mal die Kirche im Dorf, warum reden wir nicht –"

„Du hältst ganz schnell die Füße still, Davis!", fauchte Hopkins, während er mich schroff am Ellenbogen packte. „Und du auch, Rayne", fügte er hinzu, als auch Jax vor ihn trat. „Ihr aufgeblasenen Scheißer könnt froh sein, wenn ich euch nicht dieses ganze Event dichtmache und euren Laden hochnehme."

„Ha, da hat jemand mal überhaupt keinen verletzten Gottkomplex-Stolz", hörte ich – *fuck!* – mich selbst sagen. Was stimmte eigentlich nicht mit mir?

„Ash“, knirschte Clay, während Jax seine Finger schmerzhaft in meine Schulter grub. Scheiße, der Typ hatte mehr Kraft in den Händen, als man ihm zutraute.

„Stell einfach zwei Stunden lang nichts Dummes an. Sie haben nichts gegen dich in der Hand. Wir sehen uns auf dem Revier“, versprach Jax ruhig.

„Spar dir den Weg, Rayne, heute kommt der nicht mehr raus.“ Ich bezwang die Übelkeit bei der Aussicht auf klaustrophobische Gitterstäbe, während Hopkins gluckste. „Du kannst ihn morgen abholen … Wenn er Glück hat.“

„Wie er in der dritten Person von mir spricht, als stünde ich nicht direkt neben ihm“, höhnte ich, woraufhin sich drei wutblitzende Augenpaare auf mich richteten.

„Verurteilte Straftäter verlieren ihr Recht auf Menschlichkeit“, sagte Hopkins, als wäre er Gott persönlich.

Ich spielte im Kopf durch, wie ich ihm gleich hier eine Kopfnuss versetzte, die ihm mit etwas Glück die Nase brach. Fühlte sich verdammt befriedigend an. Erhöhte nur leider nicht meine Chancen, morgen wieder rauszukommen. Oder übermorgen. Oder jemals.

Also ließ ich es bleiben und lächelte Hopkins bloß mit dem größten „Fick-dich“-Lächeln an, das ich draufhatte, während ich mich widerstandslos von ihm abführen ließ.

Kapitel 32
Einmal Verbrecher, immer Verbrecher

JADE

Ich zuckte zusammen, als neben uns die Tür aufgestoßen wurde und – „Ash! Heilige Scheiße, was zum …? Zane, was soll das?“

Wie ein kopfloses Huhn stürzte ich auf den untersetzten Deputy zu, der Ash am Ellenbogen zog. Ash in verfluchten Handschellen! Die Scheinwerfer des Polizeiwagens erwachten zum Leben, als Zane ihn per Fernbedienung entriegelte.

„Bleib zurück, Darling.“ Hopkins' Stimme troff vor Genugtuung, und meine blankliegenden Nerven brannten durch.

„Ich bin nicht dein beschissener Darling, sondern verdammt noch mal Maddie da Rosa! Meine Mutter hat deiner Mutter im Pflegeheim hinterhergeputzt, also was zum Teufel! Wer glaubst du eigentlich, wer du bist? Lass Ash los und kümmer dich um die wirklichen Verbrecher in dieser Stadt!

Zum Beispiel die, die ständig die Baustelle auf der Chapel Lane bestehlen, oder die Bande, die neulich Mrs Pearsons Laden überfallen hat!"

„Jade", warnte Ash, doch Evelyns Stimme überlagerte seine.

„Besser, du machst ihn nicht noch wütender. Ich bin sicher, dass Jax sich etwas einfallen lässt. Tu so lange bitte einfach, was der Deputy sagt."

Nein! Das war genau das Problem: Die letzten dreieinhalb Jahre hatte ich bloß mitgespielt, hatte das nette Mädchen gemimt und brav alles getan, was andere mir gesagt hatten. Ich hatte mein Markenzeichen-Timbre gegen synthetischen Pitch eingetauscht und die Melodien meiner Seele gegen Kommerz-KI.

Ich war es leid, Everybody's fucking Darling zu sein!

„Zane, wenn du das jetzt tust, schwöre ich dir, du wirst es bereuen."

Der Deputy, den ich schon mein halbes Leben lang kannte, belächelte mich bloß. „War das eine Drohung, Darling?"

„Ich bin *nicht* dein verfluchter –!"

Tess, Evelyn und Rosie hielten mich gleichzeitig zurück, als ich auf ihn losgehen wollte. Ich wusste nicht einmal selbst, mit welchem Ziel.

„Dein Temperament in allen Ehren, Maddie, aber einer von euch beiden reicht für einen Abend", raunte Tess, nicht ohne Zane einen vernichtenden Blick zuzuwerfen.

Mir blieb nichts anderes übrig, als dabei zuzusehen, wie Zane Ash auf den Wagen zuschob. Mein Blick verhakte sich mit dem meines Mannes, als könnte ich ihn dadurch festhalten.

Er zwinkerte mir zu, wie er es immer tat. „Mach dir keine Sorgen, Babycake. Du kennst mich, ich komm klar."

Sein Grinsen war unbekümmert, doch ich sah die Anspannung seines Körpers. Mein Blick fiel auf seine gefesselten Hände über seinen ausgebeulten Jeanstaschen.

Da kam mir eine Idee.

„Baby?" Ash und Hopkins sahen mich an. Ich setzte mein verführerischstes, unschuldigstes Lächeln auf. „Wenigstens hast du die Kekse, die ich dir gebacken habe. Lass sie dir nicht wegnehmen, sie sind zu gut für Zane."

Zugegeben, das war ein wenig melodramatisch. Aber es funktionierte: Augenblicklich tastete Zane Ashs Hosentaschen ab. Ashs Augen flackerten erst vor Begeisterung, dann vor Liebe, und ohne dass er die Lippen bewegen musste, spürte ich seine Worte auf der Haut: *Ich liebe dich.*

„Grapsch noch ein bisschen tiefer, und ich könnte dich wegen sexueller Nötigung anzeigen, Zaneyboy", feixte Ash, als Hopkins endlich die Papiertüte mit Billies Drogen-Cookies aus seiner Tasche zog.

Zur Antwort stieß er Ash gegen den Wagen, woraufhin der, unfähig, seine Hände zu benutzen, fast frontal mit der Karosserie kollidierte.

„Maul halten, einsteigen. Danke für die Kekse, Darling!"

Ich blähte die Nasenflügel, was mir nicht einmal besonders schwerfiel angesichts der unnötig brutalen Art, wie er Ash herumschubste. „Die sind nicht für dich, Arschloch! Gib sie ihm zurück."

Zur Antwort – ich musste mir auf die Wangeninnenseite beißen, um nicht zu grinsen – langte er in die Tüte und schob sich einen Cookie vollständig in den Mund. Der Anblick war ekelerregend.

„Mmmh. Mit Liebe gebacken, merk ich sofort." Grinsend drehte er sich zu Ash. „Willst du auch einen? Ah, besser nicht", er schnitt eine Grimasse. „So gewöhnst du dich schneller wieder an den faden Gefängnisfraß."

Damit drückte er Ash in den Wagen und schlug die Tür zu, während er sich bereits den zweiten Cookie zwischen die Backen schob.

„Ich glaube, ich muss würgen", verkündete Tess, kaum dass der Wagen verschwunden war.

Evelyn rieb mir tröstend über den Rücken. „Es tut mir so leid für deine Kekse, Jade."

Endlich erlaubte ich mir ein Grinsen. „Mir nicht. Das waren Haschkekse von Ashs Mom. Mit doppeltem Wirkstoff, weil ihr die Cannabis-Tropfen allein zu schwach waren." Und während meine Freundinnen begeistert die Hände vors Gesicht schlugen, zog ich mein Handy hervor. „Jemand sollte Devin anrufen und ihm nahelegen, einen Drogentest bei Zane Hopkins zu machen."

„Maddie da Rosa, du böses, böses Mädchen!", lachte Tess.

„Immerhin hat sie ihn vorher gewarnt, dass er es bereuen würde", räumte Rosie ein. „Legt euch nicht mit wütenden Frauen an."

Meine Brust platzte fast vor Stolz. „Du sagst es."

Dann blickte ich wieder die verlassene Straße entlang, dachte an Ash und ließ die Schultern sinken.

„Ich komm klar", hatte er gesagt. Seine Miene war gelassen gewesen wie immer, doch seine verkrampften Hände hatten mir die Wahrheit gesagt. Er kam nicht klar.

Und ich kam auch nicht ohne ihn klar.

Das wusste ich, sobald ich zehn Minuten später einen Fuß in sein Haus – *unser* Haus – setzte und den vertrauten Duft einatmete, von warmem Holz, nächtlichem Wald und … Ash.

„Kann ich noch irgendwas für dich tun?", fragte Evelyn, die mich nach Hause gefahren hatte. Sie war auch nicht mehr ganz nüchtern, aber hey, wir waren hier auf dem Land und die Polizei offensichtlich anderweitig beschäftigt.

Kraftlos schüttelte ich den Kopf. Ich wollte nur allein sein.

Evelyn drückte mich. „Ruf mich an, wenn du mich brauchst, ja? Und mach dir keine Sorgen. Du kennst Ash."

Ich nickte hölzern, blieb nutzlos im Eingangsbereich stehen, während die Scheinwerfer von Clays Camaro beim Ausparken einen hellen Lichtschweif über die Einrichtung zogen und nichts als Schwärze zurückließen.

Eine Minute. Zwei Minuten. Fünf.

Nach zehn hielt ich es nicht mehr aus. Ich griff nach dem Schlüsselbund auf dem Sideboard, stieg in Betty und drehte die Musik so laut, wie ich es gerade noch aushielt.

Elvis' Greatest Hits: *„Jailhouse Rock"*.

Das Schicksal hatte einen beschissenen Sinn für Humor.

Wütend skippte ich den Song und legte den Rückwärtsgang ein, schoss aus der geschotterten Einfahrt und fuhr los. Ohne Ziel. Ohne Sinn. Einfach drauflos.

Good Old Country Style.

Könnte ein neuer Songtitel sein. Unwillkürlich dachte ich an *„Sun, Stars and Moonshine"* und Goldie fucking Bennett. Wie war sie an den Song gekommen?

Ohne darüber nachzudenken, wählte ich ihre Nummer, die sie mir praktischerweise bei ihrem Videocall übermittelt hatte.

„Jade, Darling!", trällerte sie ins Telefon, trotz der späten Stunde hellwach und scheinbar begeistert über meinen Anruf.

„Spar dir den Bullshit, Goldie. Was zum verfickten Teufel?"

Sie lachte gekünstelt. „Darling, hast du getrunken? Kriegst du Tourette, wenn du trinkst?"

„Ich kriege Tourette, wenn jemand meine Songs klaut! ‚*Sun, Stars and Moonshine*'? Du hast nicht mal die zweideutige Botschaft verstanden!"

„Ich habe nicht mal *wie bitte*? Geht's noch?" Stille, weil ich nicht antwortete. „Du willst Klartext reden? Schön!" Wie auf Knopfdruck wechselte Goldie vom Rampenlichtsternchen zur Geschäfts-Bitch. „Deine zweideutige Botschaft war Bullshit. Ein PR-Killer, aus dem du nie wieder rausgekommen wärst. Andererseits hast du ja ein Händchen für PR-Fettnäpfchen, nicht wahr? Ernsthaft, Darling? Ein Ex-Knacki?"

Was hatten die Leute eigentlich für Probleme mit Vorurteilen? Ich musste stark an mich halten, um das Handy nicht bei voller Fahrt aus dem Fenster zu schmeißen. Unwillkürlich drückte ich das Gaspedal stärker durch. Das Scheinwerferlicht fraß Meter um Meter Landstraße. Kein Auto weit und breit.

„Erstens, Nancy Bennett aus Utah: Ich bin nicht dein Darling. Zweitens: Mein Privatleben geht dich 'nen Scheiß an. Also: Wie bist du an den beschissenen Song gekommen?"

„Oh, Süße, du hast dein Privatleben an der Garderobe abgegeben, als du dich für ein Leben im Rampenlicht entschieden hast. Was glaubst du, warum wir Topstars mit PR-Managern, Videoteams und persönlichen Make-up-Artists rumrennen? Sicher nicht, weil diese Leute so eine inspirierende Gesellschaft abgeben!"

Mir entging nicht, wie sie das „wir“ betonte, als würde ich nicht dazugehören. Krasser Gegensatz zu ihrem begeisterten Ausruf von neulich, ich sei das nächste Sternchen am Country-Himmel.

Ich erinnerte mich an Bobbys Meinung über die Oberflächlichkeit der Branche, und an Cassandras Ermahnungen, in der Öffentlichkeit immer nur in den höchsten Tönen von anderen zu sprechen.

„Du bist ekelhaft, Nancy.“ Ich benutzte bewusst ihren echten Namen, um ihr zu zeigen, dass sie keinen Deut besser war als ich.

Ein abfälliger Laut. „Wenigstens täusche ich nicht gute Manieren und eine Beziehung mit Bobby Blake vor, um mir einen Album-Deal zu erschleichen, an den ich sonst nicht in hundert Jahren gekommen wäre. Eigentlich solltest du mir dankbar sein, dass deine Managerin meinem Agenten die Songs zugespielt hat im Austausch dafür, dass ich mein erfolgreichstes Video lösche und ein beschissenes Pro-Darling-Pressestatement gebe.“ Mir klappte der Mund auf. Das war also Cassandras angebliche Lösung für dieses Problem gewesen? Das durfte doch nicht wahr sein! Vor lauter Entsetzen nahm ich Goldies Stimme erst wieder wahr, als sie sich in Hysterie hochgeschraubt hatte: „Du hättest es hier an der Spitze nicht überlebt. Wenn du es überhaupt so weit geschafft hättest. Ich meine, sieh dich doch an …“

Ich umklammerte das Lenkrad so fest, dass meine Knöchel schmerzten. Sie sprach es nicht aus, aber ich wusste, was sie dachte. Weil sie Weiß, blond und perfekt war. Und ich laut, unangepasst und mit Genen aus den falschen Kulturkreisen ausgestattet.

Fassungslos schüttelte ich den Kopf. Der Fahrtwind des offenen Fensters war kühl auf meiner erhitzten Haut, aber eisig auf meinen Wangen. Erst da bemerkte ich, dass ich weinte.

„Fuck you, Goldie."

Wütend pfefferte ich das Handy in den Beifahrerfußraum und skippte den Song. *„Love me tender"*, am Arsch!

„You ain't nothing but a Hound Dog", schallte jetzt durch den Wagen, während ich auf eine rote Ampel zurollte. Schon besser.

Keine Ahnung, wie ich zurück in die Stadt gekommen war. Mit dem Rest Anstand, den ich besaß, regelte ich die Lautstärke herunter und kurbelte das Fenster hoch, spähte durch die Windschutzscheibe, um mich zu orientieren.

Chapel Ln – Main St stand auf dem Straßenschild an der Ecke.

Mein Zuhause.

Ein bittersüßer Cocktail aus Wehmut, Sehnsucht und Geborgenheit überfiel mich. Unterbewusst führen uns unsere Herzen wohl immer wieder nach Hause zurück.

Auch das wäre eine schöne Songzeile.

Aus einem Impuls heraus setzte ich den Blinker und ließ den Wagen vor dem Gemeindehaus ausrollen. Über das Knistern der Motorhaube hinweg war alles still, friedlich. Wie an dem Abend, an dem ich zurückgekommen war. Und plötzlich wusste ich eine Sache mit absoluter Gewissheit: Das hier war der Ort, an den ich gehörte.

Scheiß auf Nashville. Scheiß auf Ruhm. Wer brauchte falsche Freundinnen, falsche Wimpern und falsche Songmelodien, wenn er echte Freunde, echtes Glück und echte Liebe haben konnte?

Es wurde Zeit, die Sachen meiner Mom aus dem Haus zu holen und nach Hause zu gehen. Zu Ash. Das einzige Zuhause, das ich jemals gebraucht hatte. Das einzige, das ich für immer behalten wollte.

Das einzige, das ich nie hergeben würde.

Mit seliger Entschlossenheit stieg ich aus. Das Zaunmodul rasselte leise, die schwere Stahltür war nicht abgeschlossen. Im Haus war es stockfinster und roch nach Mörtelstaub, Holz und unverputzten Wänden. Noch ein Duft, der in meinem Gehirn untrennbar mit Ash verknüpft war. Niemand war da.

Der Lichtstrahl meiner Handytaschenlampe glitt über Holzlatten, Baumaschinen und von weißem Staub bedeckte Wasserflaschen. Ich musste schmunzeln, als ich an all die Jungs dachte, die hier für Ash arbeiteten. Für mich. Für uns. Dann zog sich mein Herz vor Liebe zusammen, als ich daran dachte, dass Ash Anthonys Schuld auf sich genommen hatte, damit der Junge nicht für seine Bagatelldelikte ins Gefängnis musste wie Ash damals.

Noch eine Songzeile für die Ewigkeit: Es macht dich nicht zu einem guten Menschen, wenn du dich an die Gesetze hältst. Es macht dich zu einem guten Menschen, wenn du das Richtige tust.

Vorsichtig huschte ich durch den erweiterten Flur, der jetzt ähnlich wie in Ashs Haus ein offener Eingangsbereich mit Durchbruch zum offenen Wohn-Esszimmer war, in mein altes Zimmer. Die Matratze war abgezogen und gegen die Wand gelehnt, die Leinwände waren zum Schutz mit dem Bild zur Wand gedreht. Ich konnte nicht widerstehen, eine davon leicht zu kippen, um das Bild zu betrachten. Eine abstrakte Blumenwiese: sattes Grün, getupfter knallroter

Mohn, sonnengelbe Sprenkel, zarte Schleier von Lila. Ich lächelte, während ich vorsichtig die anderen durchsah. Wir mussten sie bei uns aufhängen! Vielleicht in der Galerie im ersten Stock?

Was nicht in dem Zimmer war, war die Kiste mit den Andenken an meine Mutter. Ich erinnerte mich, dass Ash gesagt hatte, sie sei sicher im Keller. Mitten in der Nacht in den Keller gehen, klang wie ein super Plan für Leute, die noch nie Horrorfilme gesehen hatten. Aber ich kannte unseren Keller. Zwei große, trockene Räume ohne Fenster oder Löcher, perfekt zum Einlagern. Ein paar Hausspinnen wären das Schlimmste, was mir dort unten begegnen konnte.

Warum stellten sich dann meine Nackenhaare auf, als ich die Hand nach dem Türgriff ausstreckte?

Meine Finger umschlossen den kühlen Knauf –

Da schwang die Kellertür so heftig in meine Richtung auf, dass ich schreiend zurückstolperte und unsanft auf dem Hintern landete. Mein Handy schlitterte über den Boden, der Lichtstrahl blendete mich kurz, als sich die massige Gestalt vor mir bückte und es aufhob.

„Hoppla, Darling." Eine tätowierte Hand streckte sich mir entgegen.

„Mason!", keuchte ich erleichtert und ließ mich von ihm hochziehen. Mein Herz sprintete immer noch. „Was tust du hier?"

„Ich wohne hier, schon vergessen? Die Frage ist, was tust du hier, so mitten in der Nacht?" Er spähte hinter mich, überprüfte mein Handy. „Wo ist Crawford?"

Ich öffnete den Mund, wusste nicht, wo ich anfangen sollte, und schloss ihn wieder. Mason, der zu spüren schien, wie nah ich den Tränen war, legte eine tröstende Bärenpranke um meine Schulter, zog mich vom Keller weg und in den Wohnraum hinein. „Ach Darling … Du hättest nicht herkommen sollen."

„Ich wollte nur ein paar Sachen meiner Mom abholen, ich wusste nicht, dass du …" Ich schluckte. „Ash ist auf dem Polizeirevier."

Mason hielt inne, musterte mich argwöhnisch, suchte in meinem Gesicht nach den Anzeichen einer Lüge. Was er fand, waren meine Augen, die erneut überquollen.

„Hm." Ein winziger Laut, dessen Tonalität ich nicht einordnen konnte. Und als wäre ein Hebel umgelegt worden, veränderte sich Masons gesamte Körpersprache. Verwirrt beobachtete ich, wie er einen Schritt zurücktrat und sein Handy aus der Hosentasche zog.

„Ich bin's", sagte er ins Telefon. Leise. Knapp. Befehlsgewohnt. „Planänderung. Heute Nacht. Sag den Jungs Bescheid."

Heute Nacht?

Welche Jungs?

„Was für ein Plan?" Wieso kam mir ausgerechnet diese Frage laut über die Lippen, als wäre ich eine aufdringliche Spionin? Und wieso malte meine Fantasie plötzlich die wildesten Szenarien?

Mason steckte das Handy weg. Mittlerweile war er an der provisorischen stählernen Haustür angekommen. „'ne Überraschungsparty, was sonst?"

Er grinste, zwinkerte mir vertrauensselig zu.

Und schob den Riegel vor.

Alle Alarmsirenen in meinem Kopf schrillten los. Mein Nacken kribbelte, meine Handflächen wurden nasskalt.

Worte und Taten, Darling.

Er war derjenige gewesen, der mir das gesagt hatte. Erst jetzt begriff ich, dass er es nicht als guten Rat gemeint hatte.

Sondern als Warnung.

Ich war bloß zu blind gewesen, sie zu sehen.

Vorsichtig, so gelassen wie möglich, machte ich einen Schritt rückwärts, dann noch einen. Mit diesen paar Schritten Abstand zwischen uns schaffte ich es, ein harmlos wirkendes Lächeln aufzusetzen, auf das Ash sicherlich stolz wäre. „Du bist derjenige, der die Baustelle bestiehlt? Warum?"

Er schnaubte belustigt, spähte aus dem Fenster in die Nacht und lehnte sich gegen das Fensterbrett, als hätten wir uns zum mitternächtlichen Kaffeeplausch getroffen. „Überlebenstipp: Stell keine Fragen, auf die du keine Antworten willst, Darling."

„Warum schiebst du das Anthony in die Schuhe?"

Mason schnalzte mit der Zunge. „Anthony ist nur 'ne lästige Schmeißfliege, die ein Goldnugget nich' mal dann erkennt, wenn es genau vor ihrer Nase liegt."

Goldnugget? Wovon sprach er? Stand das Haus auch auf einem Ölvorkommen? Ich riss die Augen auf, als mir ein Gedanke kam.

„Du hast die vierhunderttausend geboten!"

„Seh ich aus, als hätt ich vierhunderttausend locker?" Er lachte, sah wieder aus dem Fenster. „Nein, das war Nina. Wär besser gewesen, wenn der Grünschnabel mit ihr nach Hause gegangen wäre und am nächsten Morgen den Termin verpasst hätte."

Mir entwich ein fassungsloser Laut. Ich erinnerte mich deutlich an die handgeschriebene Nummer auf Ashs Unterarm. Diese falsche Schlange!

„Bist du auch der Grund, aus dem Nina das Haus nicht verkaufen wird?"

Jetzt war Masons Lachen eine Mischung aus mitleidig und väterlich. „Oh, Sweetie. Redet ihr auch, oder vögelt ihr nur? Nicht Nina wird das Haus nicht verkaufen, *Ash* wird das Haus nicht verkaufen. Das wollte er von Anfang an nicht."

Ich keuchte. Ash hatte mir mehrfach versichert, dass der Verkauf meine Schulden tilgen würde. Er würde niemals –

„Er lässt Knox hier einziehen." Noch ein Blick aus dem Fenster. „Ich wette, das hat er nicht erzählt, was?"

Ein giftiger Stachel bohrte sich in meine Seele. Nein, das hatte er nicht erzählt. Aber es sah Ash so verdammt ähnlich, seinem großen Bruder eine Bleibe zu bieten, wenn er übernächsten Monat freikam, dass ich es, ohne zu zögern, glaubte. Mason sah meinen Schmerz und hob eine Augenbraue, während er eine Zigarettenschachtel aus seiner Hosentasche fischte. „Weißt du, Darling, keine Antwort ist auch eine Antwort."

Hör auf, mich so zu nennen, dachte ich. Doch ich wagte nicht, es laut auszusprechen. Ich wollte ihm auch sagen, dass mein Haus ein Nichtraucherhaus war. Auch das traute ich mich nicht. Also sah ich ihm bloß dabei zu, wie er ein Sturmfeuerzeug aufklappte, sich eine Zigarette anzündete und einen tiefen Zug nahm. Er war sogar so dreist – oder höflich –, mir eine anzubieten.

Ich schüttelte den Kopf. Er zuckte mit den Schultern.

„Dann hat er dir sicher auch nich' erzählt, warum er damals nicht mitgekommen ist?"

„Doch." Trotzig verschränkte ich die Arme vor der Brust. Mason würde keinen Keil zwischen uns treiben.

Ein überraschter Laut. „*Three Strikes Out?*"

„Was?“

Mason inhalierte wissend. „So viel dazu. So nennt man die Regelung, wenn du zweimal vom Staat verurteilt wurdest. Beim dritten Mal kriegst du lebenslänglich, ohne Wenn und Aber. Egal, ob du jemanden abgeknallt oder ’nem Baby ’nen Lolli geklaut hast. Willkommen in Amerika.“

Ich schüttelte den Kopf, mein Mund war so trocken, als hätte ich mit Sand gegurgelt. Das stimmte nicht. Oder?

„Das Gesetz gilt nicht in Kentucky.“

Sonst hätte ich doch davon gehört! Sonst wäre Ash gar nicht mehr auf freiem Fuß. Konnte die Welt so grausam sein?

„Stimmt genau.“ Die Zigarettenglut erhellte Masons Grinsen wie eine dämonische Fratze. „Aber in Tennessee schon. Schlag’s nach, wenn du mir nicht glaubst. Da ist es sogar noch übler: Da gehst du schon beim zweiten Mal drauf. Rückfällige Straftäter sind eben rückfällige Straftäter.“

Er machte eine geschmacklose „Kopf ab“-Geste. Ich taumelte rückwärts gegen die neue Zwischenwand zum Bad und schüttelte unablässig den Kopf wie ein kaputter Wackeldackel, weil ich spürte, weil ich *wusste*, dass das der Grund war. Ash hatte Angst davor gehabt, nach Nashville zu gehen, aber viel größere, als er mir erzählt hatte. Wenn das, was Mason sagte, stimmte, hätte er in Tennessee nur einmal falsch parken müssen und wäre lebenslänglich ins Gefängnis gewandert. Nacktes Entsetzen schnürte mir die Kehle zu.

Ash, du blöder Idiot! Wieso hast du nicht mit mir geredet? Wieso stellst du immer das Glück aller anderen über dein eigenes?

Heiße Tränen liefen über meine Wangen, die ich rasch wegwischte, auch wenn Mason sie in der Dunkelheit nicht sehen konnte.

Draußen schlug eine Wagentür zu. Mason wandte den Kopf, mein Herz sprang in meinen Hals. Dann noch eine Tür. Und eine dritte.

„Wer ist das?“ Ich klang wie nach einem Hundert-Meter-Sprint.

Mason zog erneut an der Zigarette. Das Ende glomm auf wie ein höllisches Glühwürmchen in der Dunkelheit und erlosch dann. Etwas Schweres pochte an die Stahltür.

„Sagen wir einfach, ich werd nicht dabei zusehen, wie Knox fucking Crawford sich hier bald ins gemachte Nest setzt, während mein Onkel für immer halbseitig gelähmt bleiben wird. Bleib hier und mach keinen Mucks, diese Typen fackeln nicht lange.“

Damit ging er zur Haustür und zog den Riegel auf. Augenblicklich zwängte sich ein breitschultriger Mann herein, eine riesige Holzkiste in beiden Händen, aus deren Ritzen Stroh quoll. Ein zweiter und dritter schoben sich an ihm vorbei in den Keller. Es herrschte dunkles Zwielicht im Haus, trotzdem kauerte ich mich hinter der Wand zwischen Küche und Flur zusammen, in die Ash vor einigen Wochen ein Loch gebohrt hatte, und presste mir beide Hände vor den Mund. Mein Herz hämmerte so laut, dass es im ganzen Haus zu hören sein musste.

Fassungslos sah ich dabei zu, wie die vier Männer routiniert Kisten stapelten, Deckel anhoben und – Heilige Scheiße! – Schusswaffen ausluden. Schwarzes Metall glänzte im fahlen Schein der Straßenlaterne.

Der dünnste Mann kam erneut aus dem Keller, das stoppelige Kinn auf Stapel von glänzend verpackten Paketen gepresst, die rasch den Platz in den Kisten einnahmen, den vorhin noch die Waffen gehabt hatten. Drogen?

Zane Hopkins hatte recht gehabt! Hier war wirklich ein Schmugglerlager. Mason war es gewesen, der dieses Haus – mein Haus! – als Umschlagplatz missbraucht hatte! Wie hatte ich auch nur eine Sekunde lang Ash verdächtigen können? Was für ein Mensch war ich, dass ich die Vorurteile und Gerüchte fremder Leute auch nur für einen Wimpernschlag lang über das gestellt hatte, was mein Herz unumstößlich wusste?

Wut klumpte sich zu einem heißen Geschwür in meinem Bauch. Wut auf Mason, auf Hopkins, auf das Rechtssystem und alle Vorurteile dieser Welt. Um nicht zu schreien, besann ich mich auf meine Atemübungen aus dem Gesangsunterricht und atmete tief durch die Nase ein.

Zu laut.

Die Männer hielten inne. „Was war das?"

Meine Augen wurden groß, ich hielt die Luft an. Staub reizte meine Augen, meine vollgefüllte Lunge schmerzte, aber ich wagte nicht zu blinzeln. Ich wagte nicht einmal zu atmen.

„Nichts", hörte ich Mason sagen, „mach weiter."

Lautlos ließ ich die Luft entweichen, presste den Hinterkopf gegen die kühle Wand und blinzelte die Tränen aus meinen Augen. Waren wurden umgepackt, Kisten neu verschlossen, und nun wanderten die Kisten mit den Waffen in den Keller. Der Keller des Hauses, in das Knox in ein paar Wochen einziehen würde. Mason wollte ihm das anhängen. Weil sein Onkel damals verletzt worden war.

Ich regte mich keinen Millimeter, bis die Stahltür wieder zufiel, bis der Zaun ratterte. Bis Mason ans Fenster trat und dem Wagen nachsah, wie er in die Nacht davonfuhr.

Sein Blick fiel auf mich, wie ich matt auf dem Boden kauerte. Er sagte kein Wort, während sich die Worte in meinem Kopf überschlugen.

„Er hat dir vertraut." Meine Stimme klang kratzig.

Der metallische Klang des Feuerzeugs ertönte erneut, als Mason sich eine neue Zigarette anzündete. „Ja, das war schon immer Grünschnabels größtes Problem. Wie ein treuer Hund, der immer wieder zu dir zurückkommt, egal, wie oft du ihn schlägst."

Er betrachtete die glimmende Zigarette in seiner Hand, ausdruckslos, als würden wir gerade über das Wetter sprechen und nicht über den Mann, den ich liebte. Der Mann, der ihn in den letzten zehn Jahren für einen Freund gehalten hatte!

Meine Hände bebten, meine Unterlippe zitterte. „Mason …!" Meine Stimme brach, ich musste neu ansetzen. „Du bist kein schlechter Mensch."

Er lachte. Die halb gerauchte Kippe landete auf dem Boden. Heiße Asche verglomm auf den mörtelstaubigen Fliesen und wehte davon, als Mason sich vom Fensterbrett abstieß.

„Netter Gedanke, Darling. Weißt du, ich hab mich damit arrangiert. Einmal Verbrecher, immer Verbrecher. Noch so etwas, das Ash nie wahrhaben wollte. Das Leben ist nicht fair, und zweite Chancen gibt es nicht." Mason zuckte mit den Schultern, griff in seinen Hosenbund. Ich erkannte den Gegenstand in seiner Hand. „Tja, ich wollte nicht, dass das passiert, aber …"

Er richtete die Pistole auf mich.

Und drückte ab.

Kapitel 33
Mordwerkzeug mit acht Buchstaben

ASH

Mit wachsamem Blick beobachtete ich die Gestalten hinter der Milchglasscheibe des Sheriff's Office. Ich hatte den Hinterkopf gegen die hellgelbe Wand im Wartebereich gelehnt, die Augen halb geschlossen. Dennoch war ich hellwach.

Maddie da Rosa war ein verfluchtes Genie.

Als wir das Polizeirevier von Sweet Springs betreten hatten, in dem gleichzeitig das Sheriff's Office untergebracht war, hatte uns Devins Vorgesetzter, Sheriff Toby Wallace, bereits erwartet.

Zane war sofort in einen Nebenraum geführt worden, aus dem seit knapp fünfzehn Minuten heftiges Gefluche drang. Natürlich stritt er alles ab, aber seinen Schlangenlinien auf der Fahrt hierher nach zu urteilen, hatte er keine Chance, seine Marke zu behalten. Oder dieses Revier heute Nacht zu verlassen.

Willkommen auf der anderen Seite der Gitterstäbe, Sackgesicht!

Irgendetwas schepperte in Tobys Office. Sharon und ich wechselten einen Blick. Ihr Mundwinkel zuckte, während sie meine Entlassungspapiere fertig machte. Bis die unterschrieben waren, war ich streng genommen noch ein festgenommener Mann. Immerhin durfte ich hier vorne auf den Besucherstühlen sitzen bleiben. Sie hatte mich vor die Wahl gestellt: Besucherstuhl, dafür Handschellen – oder keine Handschellen, dafür Zelle. Die Entscheidung war nicht sonderlich schwer gewesen. Freundlicherweise hatte sie mir eine Polizeijacke in den Schoß gelegt, damit nicht jeder hereinkommende Besucher meine Handschellen sah. Die meisten Einwohner liebten mich, aber Sweet Springs war immer noch eine Kleinstadt, was hieß, dass Gerüchte hier schneller die Runde machten als Grippeviren im Winter.

„Wie geht's deiner Mom?"

Ich starrte zu den Setzrissen im Deckenputz hinauf. Wieso hielten es alle für ein gutes Smalltalk-Thema, nach der Krankheit meiner Mutter zu fragen?

„Gut", antwortete ich, weil niemanden interessierte, wie es ihr wirklich ging. Wie es *uns* wirklich ging. „Hast du 'ne Ahnung, wie lange das da drin noch dauert? Ich hab heute wirklich noch was vor."

Der Frau, die Zane Hopkins schachmatt gesetzt hat, einen Ring an den Finger stecken, zum Beispiel.

Sharon zuckte mit den Schultern. „Ich schätze, maximal zehn Minuten. Willst du Kaffee?"

Ich hob die gefesselten Hände zur Demonstration meines vorübergehenden Handicaps. Ich hatte nicht vor, wie ein verdammtes Kleinkind mit beiden Händen einen Pappbecher zu halten. „Danke, ich muss noch fahren."

Sie kicherte. Zufrieden sah ich mich in dem Raum um, der seine besten Tage längst hinter sich hatte. Farbe platzte von den Wänden, an den einfachverglasten Fenstern sammelte sich Kondenswasser. Der durchgelaufene Linoleumboden wellte sich in den Ecken.

Aus dem Augenwinkel sah ich, wie Sharon die Papiere in ein Klemmbrett spannte, mit einer Büroklammer den Aktenzeichen-Zettel daran befestigte und einen Kugelschreiber darauflegte.

„Kann ich schon mal was eintragen?", fragte ich. „Meine Adresse oder so?"

Sie warf mir einen fast mütterlichen Blick zu. „Ich weiß seit deiner Geburt, wo du wohnst."

„Ich bin umgezogen."

Überrascht hob sie den Blick. Als ich keine Anstalten machte, aufzustehen – wenn es die Umstände erforderten, konnte ich mich durchaus an Regeln halten –, trug sie das Klemmbrett um den Tresen herum, der den Empfangsbereich vom offenen Büroraum dahinter trennte, und schob es mir auf den Schoß.

„Machst du immer noch diese Kreuzworträtsel?", fragte ich, um sie abzulenken.

„Ja. Aber ich komme schon wieder nicht weiter."

„*‚Präsident der Vereinigten Staaten*'?", zog ich sie mit dem wohl verhasstesten Wort auf, weil es dafür buchstäblich Dutzende Möglichkeiten gab.

„Nein, es war irgendwas mit *‚Krimi*' …" Sie ging hinüber, um nachzusehen. Ich überprüfte die Adresse meiner

Eltern – korrekt –, dann strich ich die eigentlich richtige Handynummer bis zur Unkenntlichkeit durch und schrieb sie noch einmal auf, während ich heimlich die Büroklammer abzog und den Aktenzeichen-Zettel stattdessen mit unter die Stahlklemme schob.

„Die Adresse stimmte doch, aber du hattest einen Dreher in der Handynummer." Ich hob ihr das Klemmbrett entgegen. Sie holte es ab.

„Danke. Ich werde wohl auch nicht jünger. Das Wort ist übrigens ‚*Mordwerkzeug mit acht Buchstaben*'."

Ich zählte mehrere Optionen an den Fingern ab. „*Revolver.*"

„Leider keine ‚*E*'s. Das Zweite ist ein *A*."

Ich bemühte meinen Songwriting-geschulten Wortschatz, während ich die Büroklammer aufbog, zählte verschiedene Optionen an den Fingern ab. Zu kurz. Zu lang. Zu kurz. Dann: „*Tatwaffe.*"

Sharon überprüfte die umliegenden Kästchen, strahlte dann. „Ha! Das ist es. Danke, Ash."

Nein, ich *danke dir.*

Mein Blick ging zur Wanduhr. Zehn nach zwölf, erst vier Minuten um.

Wieso schleicht die Zeit immer, wenn sie rennen soll,
aber rennt, wenn sie schleichen soll?

Ich schmunzelte. Könnte ein cooler Songtext werden. Meine Finger unter der Jacke hatten indes den dünnen Draht der Büroklammer gerade gebogen und stocherten nun blind nach dem linken Schloss.

„Ich habe gehört, Maddie ist wieder da", begann Sharon ein neues Gespräch. Ich beschloss, ihr einen Haufen unverfänglicher Anekdoten zu erzählen, um sie abzulenken.

Einige ausgedacht, andere wahr. Gerade gab ich das amüsante Gespräch mit Jades früherer Nachbarin Mrs Morrison zum Besten, als das Telefon klingelte.

Sharon verdrehte wohlwollend die Augen beim Blick auf die Nummer. „Mrs Morrison, wenn man vom Teufel spricht. Sekunde kurz, sie will sicher wieder einen harmlosen Passanten als dubiosen Einbrecher melden – Sweet Springs Police Department, guten Abend, Mrs Morrison." Die im Schloss stochernde Büroklammer hielt inne, als ich mich überdeutlich an die Nacht erinnerte, in der Jade zurückgekommen war. Jemand *war* am Haus gewesen, und es war sicher kein harmloser Passant gewesen. Meine Nackenhaare stellten sich auf, als Sharons Gesichtsausdruck hart wurde. „Im Nebenhaus?"

Um ein Haar wäre ich aufgesprungen. „Nummer Neun?" Sie ignorierte mich. Eilig hebelte ich die Klammer unter den nächsten Zahn, bis ich mein Handgelenk später problemlos herauszwängen konnte. „Ich habe einen Anruf frei, oder?"

Diesmal wartete ich ihre Antwort nicht ab, sondern stand auf, schob die Büroklammer in meine Hosentasche und langte über den Tresen, um mein Handy zu nehmen. Dabei stellte ich sicher, dass sie deutlich sah, dass beide Handschellen noch um meine Handgelenke saßen. Was sie nicht sah, war, dass die linke Öffnung jetzt größer war.

„*Ein* Anruf", versprach ich, als sie mir einen ungehaltenen Blick zuwarf, während sie Mrs Morrison zu beruhigen versuchte.

„Schüsse? Sind Sie sicher?"

Alles in mir gefror. Eilig wählte ich die Nummer, die ich im Schlaf kannte. Um Jade machte ich mir keine Sorgen, sie war sicherlich bei Evelyn oder Tess. Und sie schlief für gewöhnlich nicht in dem Haus.

Anders als Mason.

Der Anruf landete auf seiner Mailbox.

Ich wollte fluchen, aber das würde Sharon wissen lassen, dass mein Anruf fehlgeschlagen war. Also tat ich, als würde ich weiterhin warten, während ich blind auflegte und eine andere Nummer wählte.

Auch bei Jade landete ich auf der Mailbox.

Sorge rieselte in meine Glieder, doch ich zwang mich zur Ruhe. Pfeifend legte ich den Kopf schief und sah scheinbar geduldig an die Decke, während ich heimlich die dritte Nummer meines einen Anrufs wählte.

„Wie viel brauchst du?", fragte Jax sofort.

„Nichts, mir geht's gut. Wie schnell kannst du bei Jades Haus sein? Neben dem Gemeindehaus", fügte ich hinzu, weil ich nicht sicher war, ob er wusste, wo das Haus stand.

„Brauche ich einen Beifahrersitz?"

„Schätze nicht. – Warte", unterbrach ich mich, als ich sah, wie Sharon auflegte und nach dem Polizeifunk-Headset griff.

„An alle Einheiten, Schüsse in der Chapel Lane Nummer Neun. Kein Sichtkontakt. Ich wiederhole …"

„Ich hab's gehört", sagte Jax, noch bevor ich meinen Atemreflex wiederfand.

„Schfsdues in zehn Minuten?" Ich wusste selbst nicht, was meine gelähmte Kehle da fabriziert hatte.

Jax „Schachroboter" Rayne schon. Er überschlug kurz die Entfernung im Kopf.

„Ich schaffe es in sechseinhalb."

Kapitel 34

Asche zu Asche

JADE

Ich schrie auf, noch bevor der Schuss knallte, und dann noch einmal. Putz bröckelte von der Stelle, an der ich vor einer halben Sekunde noch gekauert hatte.

„Scheiße, Mason!“

Er hatte auf mich geschossen! Blut hämmerte in meinen Ohren, Tränen schossen mir in die Augen. Hektisch tastete ich mich ab. Ich war noch intakt. War ich? Ich wusste es nicht. Meine Hände zitterten, meine Tränen liefen über. Zu viel Adrenalin. *Denk, Maddie!*

Sterne tanzten vor meinen Augen. Ich hyperventilierte.

ATME, Maddie!

Ich musste meine Lungen füllen, mein Zwerchfell kontrollieren. Gesangsübungen. Einatmen …

„Komm schon, Darling“, hörte ich Mason hinter mir sagen. Damit war es offiziell, ich wollte diesen Namen nie wieder hören. Seine Turnschuhe knirschten auf dem staubigen Boden, als er seine Position veränderte. „Zieh's nicht in die Länge. Weißt du, wie viele Kugeln so ein Magazin fasst?"

Ich kniff die Augen zusammen, presste den Hinterkopf gegen das Wandstück, an dem ich kauerte. Nein, und das wollte ich auch nicht wissen.

„Du musst das nicht tun …?" Meine Stimme verlor sich in einer hohen Kopfstimmen-Oktave, die mein natürliches Alt-Timbre ohne Aufwärmen nicht erreichen konnte. Wieso um alles in der Welt dachte ich jetzt an Gesangsstunden?

„Damit du Ash und Knox alles erzählst? Ich denke nicht. Das hier ist immer noch dein Haus."

Mein Blick fiel auf den massiven Baustromverteiler. Ich erinnerte mich daran, was Sparks gesagt hatte:

… „Solange du das Ding nicht als Schießübungsziel verwendest."

… „Ein Funke, und das Ding fliegt uns um die Ohren."

Und dann daran, was Ash mir erzählt hatte: Brandstiftung war ein Verbrechen der Kategorie A. Zwanzig Jahre bis lebenslänglich, selbst in Kentucky und ohne dieses beschissene Three-Strikes-Gesetz.

„Ja", bestätigte ich und sandte eine stumme Entschuldigung an meine Mutter und meinen Onkel. „Das ist mein Haus. Und ich entscheide, was damit passiert."

Damit zog ich meinen rechten Stiefel aus und warf ihn gegen das klobige Gehäuse. Das dumpfe Klonk war laut in der Stille. Die augenblickliche Schusssalve war lauter. Ich zuckte zusammen, doch nichts geschah. Hatte Sparks sich geirrt?

Mason fluchte wütend. „Schluss mit den –"

Ein Knall unterbrach ihn. Zwei kleine Flammen stoben aus dem Verteilerkasten.

„Fuck!"

Diesmal hörte ich keine Wut in seiner Stimme, sondern Angst. Kein Wunder, denn binnen Sekunden hatten sich die zwei einzelnen Flammen zu einer mannshohen Feuerwand ausgeweitet. Der ganze Kasten stand in Flammen. Ungläubig, geradezu paralysiert glotzte ich das Inferno an wie der erste Mensch das Feuer, das sich keine drei Meter von mir entfernt durch den Kasten fraß und bereits nach den Wänden gierte. Ich konnte die Hitze bis hierher spüren.

Dann knallte es erneut, und ich schrie auf. Eine Stichflamme schoss zur Decke, steckte die schönen neuen Holzbalken in Brand. Dicker, schwarzer Rauch verschluckte das Holz, quoll über die Decke wie ein pechgetränktes Wolkengeschwür.

„Raus hier!", brüllte Mason.

Ich hörte ihn kaum. Denn in dem Augenblick knallte der Stromverteiler zum dritten Mal.

ASH

Ich riss die Beifahrertür auf, noch bevor Jax auf die Bremse stieg. Als er auf halber Strecke die Blaulicht-Kolonne aus Polizei, Feuerwehr und Rettungsdienst gesehen hatte, hatte er mitten auf der Kreuzung einen U-Turn hingelegt und war stattdessen zum Polizeirevier gerast, um mich einzusammeln. Glücklicherweise hatte Sheriff Toby Wallace in der Zwischenzeit seinen Streit mit Zane beendet und meine Entlassungspapiere unterschrieben.

Rache hatte sich noch nie so gut angefühlt wie in dem Augenblick, in dem Zane Hopkins vor Sharons Tresen nach rechts in Richtung der Kurzzeit-Zellen geführt worden war, und ich durch die Vordertür hinausspazieren konnte.

„Warte, Ash, die Handschellen!“, hatte Sharon gerufen.

Ich hatte bloß die nackte Linke in die Luft gestreckt. „Ich bringe sie morgen zurück.“

Der rechten Handschelle entledigte ich mich in den exakt drei Minuten und einundfünfzig Sekunden, die Jax für die zwei Kilometer zu Jades Haus benötigte – ich fragte gar nicht erst, warum er eine Stoppuhr unter der Tacho-Anzeige hatte, und vermied ohnehin jeden Blick auf die schwindelerregende Zahl. Ein Wunder, dass wir noch nichts gerammt hatten. Oder sich mein Mageninhalt entleert.

Letzteres wollte mein durchgeschüttelter Körper um ein Haar nachholen, als ich auf die überdimensionale Grillfackel zustolperte, die einmal Jades Haus gewesen war. Flammen loderten aus dem Dachstuhl, spuckten Funken in die Nacht wie sterbende Glühwürmchen. Die zerborstenen Fensterbrüche starrten wie leere Augen aus einem gequälten Gesicht.

Blaulicht zuckte über die umstehenden Häuser, Menschen drängten sich um die Einsatzwagen. Die gesamte Straße war auf den Beinen. Ich schob mich durch die Menge, versuchte vergeblich, über die Köpfe hinweg ein bekanntes Gesicht zu erspähen.

Als ich es fand, fiel mir ein Stein vom Herzen.

„Mason, Gott sei Dank!“ Ich rannte beinahe auf den Rettungswagen zu, auf dessen geöffneter Heckklappe er saß und unzufrieden zischte, als die Notärztin eine Schürfwunde an seiner Schläfe versorgte. Sein Blick fiel auf mich, und sein Körper zuckte zurück. Er schob entschuldigend die Hand der Ärztin beiseite.

„Was ist passiert?“

Meine Frage hatte Mason gegolten, doch jemand anders antwortete für ihn. Donald trat auf mich zu, seine massige Gestalt schirmte die Hitze des Feuers ab. „Noch nicht sicher, Kabelbrand, möglicherweise.“ Er hielt einen der Feuerwehrleute auf, die in voller Montur an uns vorbeistapften. „Neuigkeiten?“

„Schwer zu sagen. Da stand ein Baustromverteiler. Könnte ’ne Kugel abbekommen haben, wenn du mich fragst.“

Mein Blick zuckte zu Mason, als mir der naheliegendste Schluss in den Sinn kam. Sein Kiefermuskel zuckte.

„Behaltet den hier im Auge“, befahl Donald mit einem misstrauischen Blick auf meinen lädierten Freund. Ich hasste diese Vorurteile gegenüber Straftätern. Da erkannte ich, dass ich vor nicht einmal einer Sekunde unwillkürlich dasselbe gedacht hatte, und schüttelte rasch den Kopf.

„Wie geht es dem Mädchen?“, fragte Donald weiter.

Erneut flog mein Blick zu Mason. Er hatte auch noch eine Frau hierhergebracht?

„Stabil“, antwortete der Feuerwehrmann. „Hat’s rechtzeitig rausgeschafft, Kendra konnte sogar schon ein paar Worte aus ihr rauskriegen.“ Er verzog das Gesicht. „Nur singen wird sie wohl erst mal nicht mehr.“

Mein Körper gefror zu Eis. Mein Blick wanderte ein drittes Mal zu Mason, der beharrlich an mir vorbei auf das brennende Haus sah. Ich zwang mich, ihn nicht am Kragen zu schütteln und zur Rede zu stellen.

„Sag mir, dass es nicht das ist, was ich denke.“ Meine Stimme klang mehr wie ein Flehen als ein Befehl, weil mein Kopf sich gegen das sperrte, was mein Bauch vermutete.

In dem Moment rief jemand meinen Namen. Jax. Und die seltene Dringlichkeit in seiner Stimme schmolz meine Eingeweide zu flüssiger Lava, die mich von innen einzuäschern drohte, als ich mich endlich zu ihm und dem zweiten Krankenwagen durchgekämpft hatte.

„Oh, fuck … Oh, fuck, fuck, fuck."

Jades Lachen klang wie ein Hund mit Asthma. „Soll das eine Begrüßung sein? Ziemlich l…ausig für jemanden, der sein Geld mit W…orten verdient." Mehr Husten.

Ich wollte lachen, stattdessen brach ein Schluchzen aus mir heraus. Alle Flüssigkeit wich aus meinem Mund und sammelte sich in meinen Augen. Jade saß nicht bloß im Fond eines Rettungswagens, sie lag auf einer beschissenen Trage. Eine Notärztin befestigte gerade eine Kanüle in ihrer Armbeuge, ein Druckverband lag bereits um ihren rechten Unterarm. Abgesehen davon schien sie keine äußerlichen Verletzungen zu haben, aber …

„Fuck, Jadie …" Ungeachtet der protestierenden Notärztin, die offenbar Kendra war, beugte ich mich über Jade, berührte vorsichtig ihr Gesicht, streichelte ihr Haar. Schwarze Striemen überzogen ihr Gesicht, ob von Ruß oder verlaufener Mascara, konnte ich nicht sagen. Sie hatte geweint. Scheiße, ich weinte ja selbst, und ich war nicht da drin gewesen.

Vorsichtig tastete ich nach ihrer unversehrten Hand, verflocht meine Finger mit ihren und ging neben der Trage auf die Knie.

„Was ist passiert? Was machst du hier?", verbesserte ich mich. „Nein warte. Besser, du redest nicht. Wir können alles später klären."

Ich ertappte mich dabei, wie ich ihre Hand beinahe zerquetschte, und lockerte meinen Griff. Wie ich lächeln wollte, aber nicht konnte. Wie ich unablässig ihr widerspenstiges Haar streichelte.

„Scheiße, du könntest tot sein."

Zur Antwort hustete sie erneut. „Halb so wild." Ihre Worte sagten das eine, ihre schrecklich kratzige Stimme etwas ganz anderes.

Ich drückte einen Kuss auf ihren Handrücken und wartete mit ihr, bis Kendras Kollege mit vier Trinkpäckchen zurückkam, die Jade gierig leerte. Ich ließ sie keine Sekunde aus den Augen.

Dann: „Ash … ich m'ss dir etwas s'gen."

Mein Herz setzte einen Schlag aus, weil ihre Stimme so brüchig war. Und dann vergaß es ganz, wie man schlägt, als sie erzählte, was in dem Haus vorgefallen war. Jeden dritten Vokal brachten ihre Stimmbänder nicht zustande. Ich hatte lange nicht mehr so eine scheißohnmächtige Wut im Bauch gehabt.

„Jax. Bleib mal kurz bei ihr."

Ich stand auf. Sofort umklammerte sie meine Hand fester.

„Nein, Ash, w'rte!" Ein Hustenanfall hinderte sie am Weitersprechen, während ich über das geschäftige Wuseln hinweg zu meinem Vertrauten, Freund und Mentor hinübersah. Bis vor fünf Sekunden hätte ich Mason mein Leben anvertraut. Jetzt würde ich ihn nie wieder auch nur in die Nähe davon lassen. Denn mein Leben war Jades Leben. Blau-rotes Zucken malte Fratzen auf sein Gesicht. Er hatte mich noch nicht bemerkt.

„Ich brauche nur zwei Sekunden. Beweg dich nicht, Baby. – Wenn du sie aus den Augen lässt …" Ich brauchte den Satz nicht zu beenden, bevor Jax eisern nickte.

„Ash, du k'nnst keine Str'ftat begehen, um ..." Noch ein halb erstickter Hustenanfall.

Nein. Hier war Schluss.

Hör endlich auf, den falschen Leuten zu vertrauen, hatte Knox zu mir gesagt. Ich hasste es, wenn mein großer Bruder recht behielt.

Mason zuckte zusammen, als ich plötzlich vor ihm stand. Und seiner Körpersprache nach zu urteilen, erkannte er die Mordlust in meinem Blick. Es gibt Fragen, die keine Worte brauchen, um beantwortet zu werden.

Mason sprang von der Heckklappe des Krankenwagens auf, doch ich drängte ihn mit beiden Fäusten am Kragen zurück.

„Ash, ich schwöre dir, der Hausbrand war keine Absicht."

Ich grub meine Finger so fest in seine Schulter, dass er das Gesicht verzog, und klebte ein Grinsen auf mein Gesicht. „Hey, kein Problem. Du kennst mich, ich verzeihe vieles."

Er entspannte sich.

Bis ich die Handschelle um sein Handgelenk schnappen ließ und so fest zudrückte, dass er gepresst fluchte.

„Shit, sorry. Zu fest?" Ich ließ die andere Seite um die Haltestange schnappen und breitete die Arme aus. „Zu blöd. Ich weiß einfach nie, wann ich aufhören sollte. – Donald? Du solltest dir das hier mal anhören."

„Du weißt, dass es ein Unfall war", beschwor mich Mason. „Jade ist nichts passiert. Es gibt keine Beweise."

Er erdreistete sich wirklich, jetzt ihren Namen zu sagen? Ich spreizte die Finger, um ihm nicht doch noch eine reinzuhauen. Stattdessen ging ich vor ihm in die Hocke. „Tja, weißt du, Kumpel ... mit dem Gesetz ist das so eine Sache. *Recht haben* und *recht bekommen* ist nicht immer dasselbe.

Und ich bin ziemlich sicher, dass ich eine Menge Zeugen auftreiben kann, die bestätigen, dass du dort gewohnt hast. Das ist die Gelegenheit. Dann werden sie die Waffen im Keller und Einschusslöcher im Verteilerkasten finden und auf Brandstiftung schließen, mit der du scheinbar alles vertuschen wolltest. Das ist das Motiv." Ich kratzte mich mit dem Mittelfinger am Kinn, als müsste ich nachdenken. „Was denkst du, dreißig Jahre? Fünfunddreißig?"

Ich war nicht grausam genug, ihm vorzurechnen, wie alt seine Tochter Beanie dann wäre.

„Taten und Konsequenzen, Mason." Ich erhob mich, als Donald neben uns auftauchte. „Danke für die Überlebenstipps."

Ohne Mason noch einmal anzusehen, fasste ich Donald Jades Schilderung zusammen. „Die Handschellen kannst du mit aufs Revier nehmen, die sind von Sharon. Tu mir einen Gefallen und sorg dafür, dass es bei einem Verbrechen der Klasse A bleibt."

Natürlich lag das nicht in Donalds Macht, das wussten wir beide. Dennoch nickte er grimmig. „Ich frage nicht, wie du an die Handschellen gekommen bist."

Endlich stahl sich der Hauch eines echten Grinsens zurück auf mein Gesicht. „Ist 'ne lange Geschichte. Erzähl ich dir irgendwann bei einem Bier."

Ich hob die Hand zum Abschied und ging zurück zu Jade. Ausnahmsweise hatte sie ihr Versprechen gehalten und sich nicht vom Fleck bewegt. Kendra wollte mich fortscheuchen, um die Trage in den Krankenwagen zu schieben, doch ich würde den Teufel tun, noch mal von Jades Seite zu weichen.

Ich ließ nicht einmal ihre Hand los. Nicht auf der Fahrt ins Krankenhaus. Nicht während der Untersuchung in der Notaufnahme. Nicht, als sie zur vorübergehenden Beobachtung in ein Zimmer im zweiten Stock geschoben wurde.

Nie mehr.

Kapitel 35
Namen machen Menschen

JADE

Das Krankenhausbett war viel zu schmal für zwei Erwachsene, erst recht, wenn einer davon so lange Gliedmaßen hatte wie Ash. Dennoch würde ich keinen Zentimeter von ihm hergeben. Nie mehr.

Ich lag auf der Seite, spürte seinen warmen Körper gegen meinen Rücken gedrückt und war einfach dankbar, dass ich diesen Sonnenaufgang über Sweet Springs bewundern durfte. Harmlos, als hätte sich mein Leben heute Nacht nicht buchstäblich in Asche verwandelt, schob sich der goldene Ball über den Horizont, malte goldene Schleier über die grünen Wiesen, bis das Licht das Zimmer im zweiten Stock erreichte und mich in der Nase kitzelte.

Ash regte sich, seine Finger in meinen zuckten leicht. Ich hielt sie noch fester. „G'h nicht." Ich klang wie ein gerupfter Rabe.

Ich hasste es, dass meinen geschundenen Stimmbändern einfach so Vokale entglitten. Wie schwierig die einfachsten

Dinge werden konnten, und für wie selbstverständlich wir sie hielten. Unwillkürlich musste ich an Ashs Mutter denken. Ihr ging es Tag für Tag so.

Zur Antwort drückte er einen hauchzarten Kuss auf meinen Hals.

„Ich gehe nirgendwohin, Babycake", raunte er, und mein Herz brach ein bisschen darüber, wie wahr das war. Er würde nicht mit mir nach Nashville gehen. Und ich würde ihn nicht zwingen.

Stattdessen hatte ich eine andere Entscheidung getroffen: „Ich werde nicht n'ch Nashville gehen."

Er hob alarmiert den Kopf. „Warum? Was ist mit deiner Karriere?" Als ich nicht antwortete, hob er unsere verflochtenen Finger, um imaginäre Leuchtreklameworte in die Luft zu malen: „Jade Darling, der Rising Country Star. Jetzt Tickets sichern, solange sie noch erschwinglich sind!"

Wieder musste ich lächeln, gleich darauf husten. „Ich … weiß nicht, ob ich weiterhin Jade Darling sein will." Seine Finger hielten inne, über meine zu streicheln. Ich räusperte meine belegte Stimme. Nachdem Goldie unseren Song gestohlen hatte und mir all diese hässlichen Einblicke in diese Branche an den Kopf geworfen hatte, wusste ich nicht, ob ich weitermachen wollte wie bisher. „Du hattest recht, ich war nie Jade Darling. Aber ich bin auch längst nicht mehr Maddie da Rosa. Ich bin … verloren."

„Du bist nicht verloren, Baby. Du brauchst einfach einen Namen, der wirklich zu dir passt. Du bist nicht Everybody's Darling, und das ist okay. Und obwohl Madeleine einer der schönsten Namen der Welt ist, würde ich wohl jeden umbringen, der in Versuchung gerät, dich deswegen Babycake zu nennen, also fällt der auch flach."

Wieder musste ich lachen. „Merkt man gar nicht. Hast du einen besseren Vorschlag?"

„Lass mich kurz nachdenken …" Er verlagerte kurz sein Körpergewicht. Als er wieder nach meiner Hand tastete, reflektierte etwas Metallisches das Sonnenlicht. „Wie wäre es mit Jade Crawford?"

Ich verschluckte mich an meiner eigenen Überraschung.

Man sollte meinen, ein ausgewachsener Körper würde das mit dem Schlucken und Atmen allmählich hinbekommen. Das galt offenbar nicht für meinen Körper, denn als ich auf diesen silbernen Ring starrte, schlug mein Herz Purzelbäume und zündete mein Bauch ein Freudenfeuerwerk, das sich in einem erstickten Laut manifestierte.

Wie es sich anfühlte, gleichzeitig lachen zu wollen und weinen zu müssen? Genauso.

„Ash, ich …"

… war sprachlos. Das war definitiv etwas Neues. Umständlich drehte ich mich in seinen Armen, bis ich ihn ansehen konnte.

„Ich weiß nicht, was ich sagen soll."

Das Muttermal auf seiner Wange verschwand in seinem Grübchen, als er strahlte wie die Sonne am Himmel von Kentucky.

„Sag Ja."

Da kehrte mein Wortschatz zurück. „Moment, h'st du mir gerade ernsthaft einen Heiratsantrag gem'cht? In einem Krankenhausbett, während ich wie ein Waschbär aussehe und n'ch Barbecue rieche? Abgesehen davon, dass das wohl der lausigste Antrag ist, den die Welt jem'ls gesehen hat …", ich musste mich mit einem Husten unterbrechen, weil der Wortschwall seinen Tribut forderte, und spürte mein eigenes

Grinsen breiter werden, als Ashs Augen immer amüsierter blitzten, „... abgesehen von alldem: Ist das eine verdammte Büroklammer?!"

Grinsend strich er über den rund gebogenen Büroklammer-Verlobungsring. „Was anderes hatte ich gerade leider nicht in der Tasche." Ich lachte. Natürlich. Das hier war so vollkommen Ash Crawford, dass ich vor Liebe platzen wollte.

„Darf ich ihn dir jetzt anziehen, wenn ich dir verspreche, dass ich zu Hause einen echten Ring verstecke, der viel besser zu deinen Augen passt?"

Er sah mich so flehend an, dass ich ihn einfach küssen musste. Lange. Hingebungsvoll. Versprechend.

„Ja, Ash Crawford", hauchte ich gegen seine Lippen. „Ja, ich will."

Auffordernd hielt ich ihm meine linke Hand hin und betrachtete überwältigt die kreisrunde Drahtschlinge, deren Enden er zu einem kunstfertigen Drahtknäuel gedreht hatte.

Jade Crawford.

Der Name fühlte sich genauso richtig an wie der improvisierte Ring an meinem Finger.

ASH

„Ich glaube, ich behalte ihn", beschloss Jade, als sie das Krankenhaus drei Tage später verlassen durfte. Ich liebte es, wie sehr sie diesen improvisierten Ring liebte. Ihre Lunge war immer noch belegt, aber die Prognose der Ärzte war zuversichtlich, dass sie in spätestens zwei Monaten wieder ihre volle Stimmbandbreite nutzen konnte.

Grinsend warf ich mir die Sporttasche mit ihren Klamotten über die Schulter und legte einen Arm um Jade. Meine Verlobte.

„Das hoffe ich nicht. Für den anderen wäre ich fast in den Knast gewandert."

Ihr Blick schoss zu mir. „Das ist nicht dein Ernst."

Meine Mundwinkel zuckten. „Vielleicht. Vielleicht nicht."

Jade verengte die Augen, also zwinkerte ich ihr zu, während wir Betty umrundeten. „Keine Sorge. Er ist abbezahlt."

„Mit Geld?", hakte sie nach.

Verdammt, die Frau war gefährlich. Gut, dass sie *meine* Frau war. Übers Wagendach hinweg grinste ich sie an. „Steig ein."

„Du weißt, dass das nicht nötig gewesen wäre, oder?", fragte sie, nachdem wir eingestiegen waren und ich den Motor gestartet hatte. „Egal, wo ich war, ich habe schon immer dir gehört."

Prompt trat ich mitten im Ausparken auf die Bremse, um ihr Gesicht in beide Hände zu nehmen und sie für diese Worte zu küssen. Für die Gefühle, die sie in mir auslöste. Für ihre Liebe.

Erst, als jemand hinter uns hupte, löste ich mich von ihren Lippen und nahm ihre Hand, strich mit dem Daumen über den Büroklammer-Schlingenknoten an ihrem Ringfinger.

„Ja, das hast du mehrfach sehr deutlich gemacht." Ich drückte ihre Hand und zwinkerte ihr zu. „Aber das Tattoo hätte mir völlig gereicht. Du hättest nicht auch noch dein Haus in Schutt und Asche legen müssen."

Sie gab sich Mühe, ihr schlechtes Gewissen zu verdrängen, denn dafür gab es keinen Grund. Es war ihr Haus gewesen. Und Scheiße, es war ihr Leben, das sie damit gerettet hatte, und das war tausendmal mehr wert als Holz und Steine.

„Schon Neuigkeiten von der Versicherung?", fragte sie.

Ich setzte den Blinker. Ja, die gab es. Und wie immer entpuppte sich das Leben als eine gezinkte Münze: Ich konnte *entweder* die Versicherungssumme einstreichen *oder* Mason für Brandstiftung ins Gefängnis bringen. Beides zusammen ging nicht, denn Brandstiftung war nicht mitversichert. Womit wir wieder beim Anfang wären: Anzugträger waren die unterste Schublade von Verbrechern.

Gut, wenn man da einen besonders miesen Anzugträger im erweiterten Bekanntenkreis hatte. Für schlappe vierzehn Prozent der Streitsumme würde Gabe McKenzie mir beides vom Hals halten.

Würden meine Ersparnisse dafür draufgehen? Leider ja.

War es mir den Seelenfrieden, die Gerechtigkeit und Jades Sicherheit wert? Absolut.

Ich hatte nicht gelogen, als ich gesagt hatte, dass diese Frau mich ruinieren würde. Tja, Asche und Ruin bildeten einfach die schönste Poesie, seit Shakespeare aufgehört hatte, Sonette zu schreiben. Und es war ja nicht so, als hätte ich nicht noch ein halbes Dutzend anderer Häuser auf dem Markt – für die ich jetzt auch keine zwanzig Prozent Provision mehr an Nina Bowmaker abdrücken musste, nachdem wir unsere Geschäftsbeziehung aufgelöst hatten. Sie hatte nichts von Masons Plänen gewusst, trotzdem nahm sie mir immer noch übel, dass ich sie verarscht hatte und das Haus auf der Chapel Lane nie hatte verkaufen, sondern immer Knox geben wollen. Andererseits hatte sie mich auch seit unserem ersten Treffen verarscht, also waren wir quitt.

Jetzt würde es eben ein bisschen länger dauern, die übrigen Häuser zu verkaufen.

Aber mit Jade an meiner Seite hatte ich alle Zeit der Welt.

Kapitel 36

Not Your Darling

JADE

zwei Monate später

„Jade! Wie fühlt es sich an, mit der ersten Maxi-CD in die Billboard Top 200 einzusteigen?"

„Kannst du schon etwas über dein kommendes Album verraten?"

„Hast du Nashville für immer den Rücken gekehrt?"

„Wie dürfen wir deinen neuesten Song verstehen? Emanzipation, Rebellentum oder bekannt gemachter Beziehungsstatus?"

Tess sprang von dem Barhocker auf, den sie neben der selbst gebauten Bühne platziert hatte. „Hey, ich habe gesagt, eine Frage nach der anderen! Reißt euch gefälligst zusammen, sonst wird das hier eine kurze Party. Und kein Gedrängel dahinten, sonst fliegt ihr schneller raus, als ihr *Kentucky Derby* sagen könnt, klar?", ergänzte sie in Richtung der stehenden Gäste, die sich am Rand der überfüllten Reithalle drängten.

Ich musste gegen ein breites Grinsen ankämpfen. Dann fiel mir ein, dass ich hier auf *meiner* Bühne stand, in meiner Stadt und mit meinen Leuten. Und ich beschloss, dass ich mein Grinsen gar nicht verstecken musste. Ein Blitzlicht zuckte, als jemand den Moment einfing.

Dieses unfeine Foto würde Cassandra ganz und gar nicht gefallen. Das Gute war: Mir konnte völlig egal sein, was Cassandra gefiel oder nicht. Nachdem ich sie mit Goldies Song konfrontiert und ihr buchstäblich die Pistole auf die Brust gesetzt hatte, hatte sie zugestimmt, unseren Vertretungsvertrag in beidseitigem Einverständnis aufzulösen – normalerweise galt eine Sperrfrist zum nächsten Jahresende. Aber lieber hatte ich keine Managerin als eine, die mich nicht ernst nahm und um mein Geld betrog. Denn ja, auch diese Annahme von Ash hatte sich bestätigt, nachdem Gabe McKenzie sie mit einem schonungslos formulierten Schreiben gebeten – also gezwungen – hatte, meine Einkünfte offenzulegen.

Es stellte sich heraus, dass Jade Darling im Laufe der letzten eineinhalb Jahre fast fünfzigtausend Dollar verdient hatte: Aus Song-Streamings und Tantiemen, aber auch aus Gagen für Persönlichkeitsrechte, Fotoshootings und öffentliche Auftritte – von denen ich gar nicht gewusst hatte, dass man dafür Geld bekam. Kein Wunder, dass diese Frau all meine Finanzen gehütet hatte wie Gollum seinen Schatz, denn abzüglich ihrer Provision und den *angemessenen Aufwendungen* für meine Unterkunft und Verpflegung schuldete sie mir mehr als dreißigtausend Dollar. Fast die Hälfte meiner

Schulden beim Staat Kentucky. Die andere Hälfte hatte Ash aus dem Verkauf eines anderen Hauses beigesteuert.

„Ich beantworte die Fragen einfach, wie mir die Antworten einfallen", sagte ich endlich ins Mikrofon und ließ den Blick über die ovale Reithalle auf Tess' Ranch schweifen, die jetzt mit fünfhundert weißen Klappstühlen bestückt war – ich kannte die Zahl, denn ich hatte geholfen, sie aufzubauen –, auf denen fünfhundert Menschen saßen, zuzüglich denen, die sich stehend am Rand der überdachten Reithalle drängten. Ich konnte es immer noch nicht glauben. Sie alle waren meinetwegen hier, um den Release meiner Maxi-CD zu feiern, den Cassandra als fette Szeneparty im Honky Tonk Central geplant hatte.

Nichts da! Meine Karriere, meine Regeln. Selbst wenn das hieß, dass jetzt keine Pop-Sternchen und Promi-Reporter vom Rolling Stone anwesend waren.

„Ob mein neuer Song auf meinen Beziehungsstatus hinweist: Vielleicht. Vielleicht nicht. Geht euch vielleicht nichts an." Ich grinste über die teils lachenden, teils gutmütigen Schmährufe, während ich das Mikrofon so hielt, dass man den Verlobungsring an meinem Finger deutlich sehen konnte. Nicht den aus Büroklammerdraht, den ich als Andenken zu Hause aufbewahrte, seit ich einmal zu oft irgendwo hängen geblieben war. Sondern den goldenen mit dem eingefassten grünen Stein. Jade.

Wie immer, wenn ich daran dachte, musste ich lächeln. Mein Blick fand Ash, der an der neu errichteten Outdoor-Bar lehnte wie ein grinsender Halbgott in weißem T-Shirt und ausgewaschenen Jeans. Er zwinkerte mir zu, und ich wollte auf der Stelle dahinschmelzen.

„Zur Wohnsituation: Meine Heimat ist und bleibt hier. Aber wir haben vor, einen Zweitsitz in Nashville anzumelden."

Mason hatte zwar recht gehabt, dass man in Tennessee für die zweite Verurteilung lebenslänglich bekam. Was er hingegen verschwiegen hatte, war, dass das nur für zweimalige Schwerstverbrechen der Kategorie A galt und nicht für Bagatelldelikte geklauter Lollis. Ash, dessen höchste Strafe ein Kategorie-C-Verbrechen gewesen war, das obendrein mehr als zehn Jahre zurücklag, konnte daher tun, was er wollte.

„Wenn also jemand ein Haus zu verkaufen hat – gerne renovierungsbedürftig: Meldet euch bei meinem Manager, er sitzt gleich da vorne links."

Ich winkte Karl zu, der bei Bobby und Ash an der Outdoor-Bar lehnte, die Tess schon lange hatte installieren wollen. Meine Release-Party war die perfekte Ausrede gewesen, sie anzuschaffen. Karl hob seine Weißweinschorle zum Gruß. Ich warf ihm eine Kusshand zu.

Die Arbeit mit Karl war völlig anders als mit Cassandra. Keine Bevormundung, sondern Partnerschaft auf Augenhöhe. Ich teilte seinen Humor, liebte unsere kurzen E-Mail-Wechsel und vertraute ihm blind. Noch am selben Tag des Gesprächs mit seinem Vater hatte Bobby ein Treffen zwischen uns arrangiert, und zu meiner großen Verwunderung hatte Karl mir keinen Fünfzig-Meilenstein-Masterplan für meine Karriere vorgelegt, sondern mich gefragt, was *ich* für meine Zukunft wollte.

Und ich wollte das hier.

Eine kleine Premiere in meiner Heimatstadt. Zu meinen Bedingungen. Ich wollte mein Leben in Sweet Springs und meine eigene Musik. Keinen KI-Kommerz, auch wenn das bedeutete, dass mein Name in absehbarer Zeit nicht in den Musikolymp aufsteigen würde. Die Maxi-CD war auf Platz einhundertzweiundachtzig der Billboard Album Charts eingestiegen. Nicht, wovon Cassandra und ich geträumt hatten, aber nicht schlecht für Nobody's Darling vom Land.

Ja, ich war immer noch Jade Darling, denn die Mühen und Früchte der letzten Jahre wegzuwerfen, war bei allem Rebellentum ziemlich dumm. Lieber machte ich es wie Bobby und nutzte den Buzz, den dieser Name angesammelt hatte, um meine Geschichten an die Welt zu bringen.

Meine Geschichten. Nicht die generischen Worte einer KI.

„Und was meinen neuen Song angeht: Er ist natürlich alles davon. Emanzipation, Botschaft an die Welt und persönliche Abrechnung mit jedem, der sich davon angesprochen fühlt. Wie jedes künstlerische Werk spiegelt er meine Erfahrungen und Gefühle wider. Denn ich glaube fest daran, wenn wir beim Erschaffen von Kunst nichts fühlen, dann sind wir auch nicht besser als Maschinen." Ich steckte das Mikrofon zurück in die Standhalterung und stimmte die Gitarre auf meinem Schoß neu. „Er ist noch nicht offiziell draußen, also dürfte ich ihn euch eigentlich nicht vorspielen. Aber was wäre das Leben ohne ein bisschen Spaß, also zum Teufel mit den Regeln. Hier ist mein neuer Song: *Not Your Darling*."

Mein Blick fand Ashs und hielt ihn fest, während ich die Gitarre auf meinem Schoß positionierte. Er grinste von einem Ohr bis zum anderen, vor Liebe, Bewunderung – und vor Stolz.

Hey ..., Honey,

begann ich sinnlich, spöttisch und ein bisschen frech, gleichzeitig an Ash gerichtet und an die Menge. Ich sah, wie einige Kameras in seine Richtung blitzten. Und erneut war ich Karl dankbar, dass er Ash und mich nicht zur größten Nummer gleich nach Taylor und Travis machen wollte, was Cassandras erste Idee gewesen war, nachdem Charlies Video online gegangen war. Früher hatten Ash und ich immer vom großen Rampenlicht geträumt, heute wussten wir, dass das nichts für uns war.

Hey ..., Honey!
Keep the drink; I don't need your money.
Cut the crap; I break your rules, bunny.
Turn around; I'm not your Darling, sunny,
I am ... mine.

Vereinzelter Jubel, während ich mich auf die komplizierten Gitarrennoten der Bridge konzentrierte. Begeisterte Rufe, als es mir gelang. Das Grinsen auf meinem Gesicht konnte die ganze Stadt erhellen.

Wer brauchte schon sein Gesicht auf einer blöden Leinwand wie die mit Goldies Werbeplakat auf der Interstate, wenn er diese ganz besondere Mischung aus intimer Performance und Open-Air-Konzert haben konnte? Wer brauchte ausverkaufte Hallen in Nashville, wenn er knapp zweihundert Leute in seine Heimatstadt ziehen konnte?

Ich war das glücklichste Mädchen auf der Welt.

Mein Blick fand Ashs, während ich die nächste Strophe performte. Er kannte jedes Wort auswendig. Natürlich, schließlich hatte er den Text mit mir zusammen geschrieben.

Die letzte Silbe zog ich stark in die Länge, spielte mit dem Vibrato, bis es in Vocal-Fry brach. Mehr Jubel, frenetischer Applaus.

Friss das, synthetischer Studio Pitch.

Ich grinste atemlos, schwebte schier zwanzig Zentimeter über der Bühne, während ich meinen Blick wieder über die Menge gleiten ließ und versuchte, so viele Gesichter wie möglich zu erfassen, als ich zum letzten Refrain anhob.

Because I'm not your Darling, Baby.

Ein letztes Mal verhakte sich mein Blick mit dem von Ash.

I am his.

Ich konnte mich nicht gegen das Grinsen wehren, als ich aus einer Laune heraus improvisiert hinzufügte: *And he is mine.*

ENDE

Danksagung

KENTUCKY HALL OF FAME – PART 2

Das ist der zweite Band einer Reihe, trotzdem geht es für mich nicht ohne Danksagung. Ich mache es wieder kurz:

1. Unverändert DU. Egal, ob das hier dein erstes Buch von mir ist oder du alle sieben (crazy!) gelesen hast: Danke, dass du mir deine Zeit geschenkt hast. Ich hoffe, du hattest genauso viel Spaß wie ich beim Schreiben.

2. Danke an meine grenzenlos unterstützende Familie und Freunde, und an jede:n einzelne:n, der/die mir nach dem ersten Teil ihre Begeisterung ausgesprochen hat. Gerade wenn man sich in ein neues Genre wagt (und das auch noch ziemlich pikante Szenen enthält), ist das der schönste Honigbalsam für eine verunsicherte Autorenseele.

3. Meine Testleserinnen. Ich werde nicht müde, euch zu danken, weil ihr nicht müde werdet, auch die zehnte (dritte)

Fassung des zwanzigsten (siebten) Buchs zu lesen. Daniela – bis zum Mond und zurück. Anni und Anni. Naddi, Paula, Lea und ganz neu: Simone. Und natürlich Wridi Aileen. Ich liebe euch.

4. Alex. Es tut mir leid, dass es sieben Bücher gedauert hat, dir eines davon zu widmen. Aber jemand mit deiner Stimme, Power und Gefühlswelt verdient eine ebenbürtige Protagonistin.

5. Danke an Emilia und Mario für eure Stimmen und den erfüllten Traum vom Hörbuch. Felix: Danke für tollen Talk und sympathische Lache(r).

Special Thanks an meinen Lieblingsagenten Klaus (Initialen im Buch sind rein zufällig *g*), meine Lektorin Stefanie, Tonmeister Julian und das gesamte Team von SAGA und dotbooks für die großartige Zusammenarbeit. Auf zu Runde 3!